万葉集と新羅

Kajikawa Nobuyuki
梶川信行

翰林書房

万葉集と新羅◎目次

Ⅳ　東アジアの中の『万葉集』

＊

＊

I

八世紀の東アジアにおけるグローバル化と日本

新羅の都慶州の雁鴨池

三国を統一した直後に建設された離宮の跡である。

阿騎野と宇智野——『万葉集』のコスモロジー——

1　序

平城京は南を正面とした条坊制の都であり、その北辺に平城宮が置かれている。周知のように、それは中国の都城を範としたものであり、南面する天子の存在を前提とした都市計画にほかならない。ところが、日本には古来、東西をタテと呼び、太陽の運行方位を優位とする宇宙観が存在したのだとする指摘がある。すなわち、七世紀の後半に、中国から新しい宇宙観と思想が導入されたことによって、南北をタテとし、それを優位軸とする宇宙観に変わったのだ、と言うのである。[*1]

確かに、近年確認されつつある島庄遺跡と飛鳥京跡の遺構[*2]を比較してみても、その時期にそうした大転換があったということを窺い知ることができる。しかし、前期難波宮の遺構を見ても明らかなように、南北を軸とする建造物の存在は七世紀の前半に溯り得る。それは、たとえば西暦と元号を併用するようなものであって、西暦の採用によって元号を捨て去るといった二者択一的な問題ではあるまい。平城京の時代においてもなお、東西を優位軸とする宇宙観は、依然として存在し続け、南北を軸とする宇宙観と共存していたのだと考えた方がよい。

2　西向きの王権

確かに、八世紀には東を優位とする意識があったと考えられる。『日本書紀』（神功皇后摂政前紀冬十月条）には、「東に神の国有り。日本と謂ふ。亦聖の王有り。天皇と謂ふ」と見える。東アジアに対して、西向きに対峙する王権である。

たとえば、住吉の神の配置と社殿の向きである。周知のように、住吉大社（大阪市住吉区住吉）には航海神である住吉三神と外征の神としての神功皇后が祀られているが、『住吉大社神代記』『延喜式』などによれば、住吉の神は播磨・長門・筑前・壱岐・対馬など、難波津を起点とする国際航路の重要な各拠点に配置されている。もちろん、奈良時代の社殿は存在しないが、それらは概ね西向きである。『日本書紀』にはしばしば「西蕃」という語が見られるが、それに象徴されるように、西は服属させるべき国――『令集解』（公式令）に引く古記には「隣国は大唐、蕃国は新羅なり」とされている――のある方向だと考えられていたからであろう。これは、東アジアにおける日本列島の位置と、その形がもたらした必然的な結果でもあろうが、そこには東西をタテとし、東を優位とする宇宙観が反映していたのだと見ることができる。

また、聖武天皇は神亀元年（七二四）十月に紀伊国へ、同二年十月には難波宮へ、そして三年十月には播磨国印南野へと行幸している。『万葉集』の巻六には、その時笠金村・車持千年・山部赤人によって詠まれた従駕歌群（6・九一七～九四二）が存在するが、これらの行幸とその時の歌々からも、同様の世界観の存在を窺い知ることができる。各行幸の意義とその従駕歌についてはすでに論じたことがあるのだが、それらはいずれも、聖武朝の日本の覇権主義的な外交政策に基づく行幸であったと考えられる。[*3]

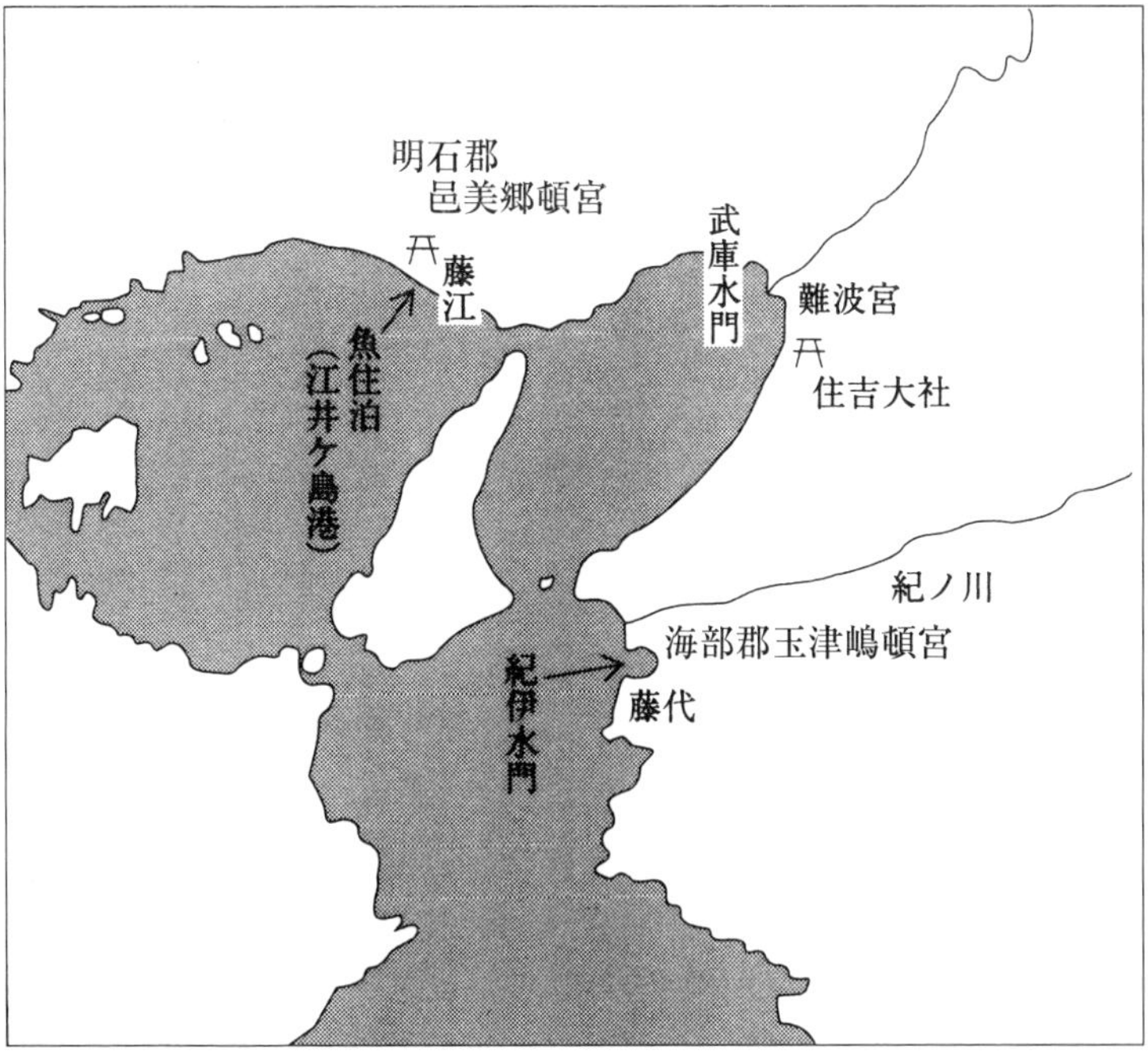

『続日本紀』によれば、神亀元年の紀伊行幸は、和歌浦湾に面した海部郡玉津嶋頓宮が目的地であったが、それは現在の和歌浦小学校（和歌山市和歌浦西）のあたりに設置された可能性が高い。[*4] その付近には、古くから「紀伊水門」（『日本書紀』神功皇后摂政元年二月の条）と呼ばれる港が存在したが、それはかつて和歌浦湾に注いでいた紀ノ川の河口付近にあったと考えられている。[*5]

また、印南野への行幸では、聖武天皇は明石郡邑美頓宮に滞在したが、それは播磨灘に面した「魚住泊」の背後に広がる高台に置かれたと推定されている。[*6]「魚住泊」とは、三善清行「意見十二箇条」（『本朝文粋』巻二）の「重請修復播磨国魚住泊事」にその存在が伝えられているが、それは明石市大久保町の江井ケ島港に比定されている。[*7] 播磨灘に面した漁港の一つであって、『万葉集』では「名寸隅の船瀬」（6・九三五）と呼ばれている。『住吉大社神代記』によれば、そのあたりは住吉大社の神領だったが、現在でもその一帯には住吉神社が多い。

同じく『神代記』には、「明石郡名次浜」が住吉大社の神領になった由来を語る伝承が見られる。紀伊国の藤代から流した藤の枝が流れ着いたところが明石の「藤江」――『万葉集』では「藤井の浦」（6・九三八）、「藤江の浦」（6・九三九）とされる――であり、そこに住吉大神が鎮座したのだという伝承である。いつ植えられたのかは不明だが、明石市魚住町中尾の住吉神社の境内には、現在もその伝承に基づくフジの古木が存在し、立派な藤棚が設けられている。

こうして見ると、都の西側の玄関口に相当する難波宮・難波津を中心として、玉津嶋頓宮と邑美頓宮は一対の関係にあったと見做すことができる。玉津嶋は紀淡海峡を、邑美頓宮は明石海峡を、外側から守護する位置にあたっている。る。すなわち、難波を中心とした三つの拠点への行幸は、大和の王権の西側の玄関口を固めるためにあたっていそこに鎮座する神々に対する祭祀を行なうことを最大の目的としたものであったと考えることができる。西側の蕃国に対して「背に日神の威を負ひ」（『日本書紀』神武天皇即位前紀戊午年四月の条）て立つ王権を、そうした形で支えていたのである。

『日本書紀』の崇神天皇九年に、

春三月の甲子の朔戊寅に、天皇の夢に神人有して、誨へて曰はく、「赤盾八枚・赤矛八竿を以て、墨坂神を祠れ。亦黒盾八枚・黒矛八竿を以て、大坂神を祠れ」とのたまふ。

四月の甲午の朔己酉に、夢の教の依に、墨坂神・大坂神を祭りたまふ。

とする記事が見られる。「墨坂神」は現在の墨坂神社（宇陀市榛原区萩原）に相当すると見てよいが、「大坂神」については、比定される社が二つある。香芝市穴虫東と、同市逢坂に鎮座する大坂山口神社である。[*8] しかし、いずれを是とするにせよ、「墨坂神」と「大坂神」は東西に延びる横大路の延長線上に位置している。「墨坂神」は大

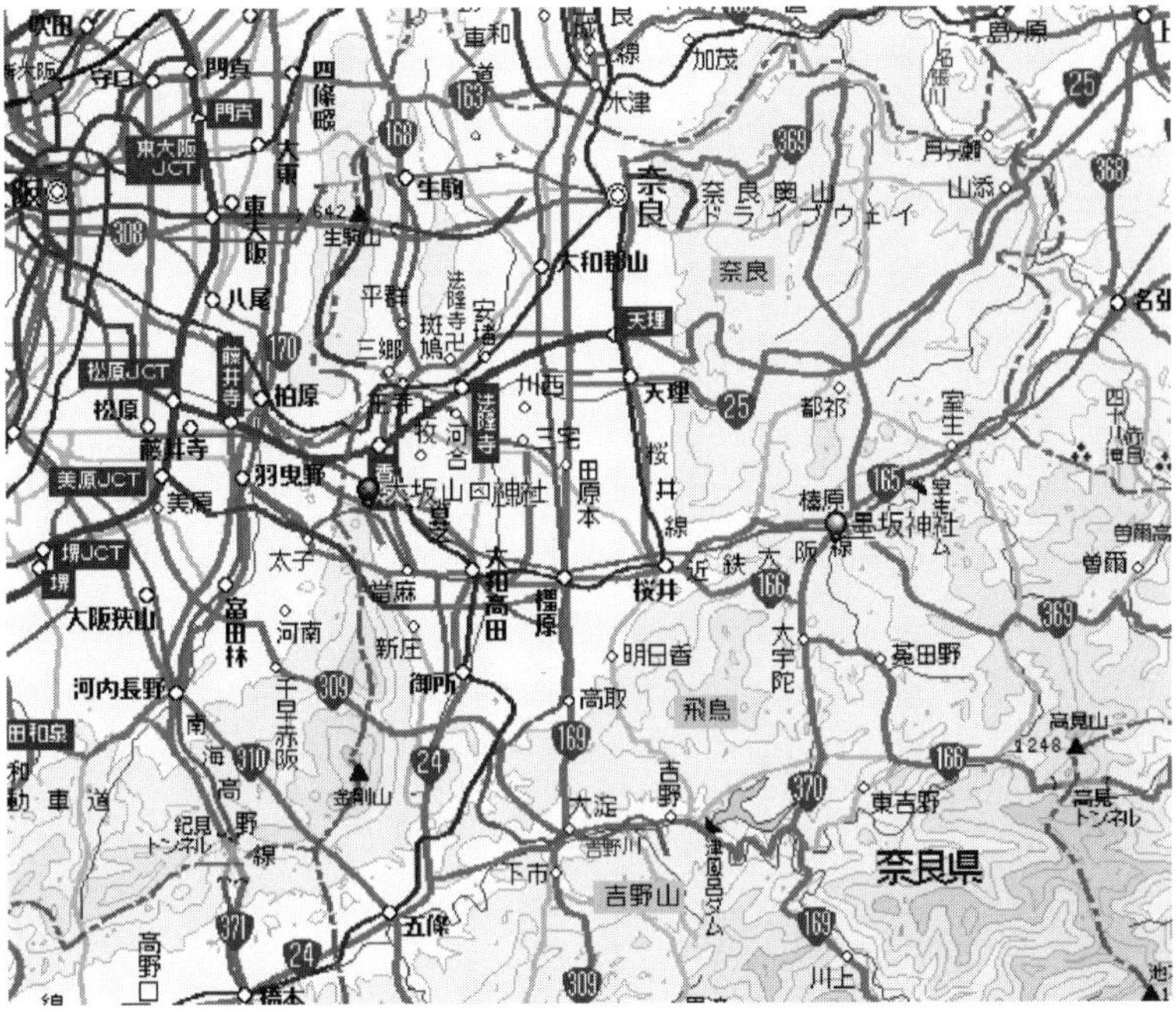

和と伊賀との境であり、「大坂神」は大和と河内との境にあたる。東西の坂（境）に鎮座する一対の神であったと考えられる。南が朱雀、北が玄武という四神の色と、方位が九〇度ずれているが、ここにも東西を優位軸とする宇宙観の存在を確認することができる。[*9] 東が赤、西が黒というのは、東が日の昇る方向であり、西が日の沈む方向、すなわち夜に通ずるとする観念が存在したことを窺わせる。[*10]

『延喜式』や『倭名類聚抄』などに見られる国郡の図式も、畿内、東海道、東山道、北陸道と続き、西海道は最後に置かれている。[*11] 東歌の配列が『延喜式』の国郡図式と一致していることからも窺えるように、こうした図式はすでに平城京の時代には定着していたものと考えてよい。このように、日本の古代において、東西を優位軸とし、とりわけ東を優位とする事例は枚挙に暇がない。[*12]

そもそも、平城京の時代の人々の地理的認識は、現代の私たちのように、宇宙から日本列島の形を認識するようなものだったわけではあるまい。たとえば、越前国足羽郡（現福井市）に拓かれた東大寺の荘園の図「東大寺開田地図」（正倉院中倉蔵）を見てみると、そのあたりの事情がよく理解できる。碁盤の目状の田んぼの周囲には、東西南北それぞれの方向に、平地に立つ人間の目に映った山々の形が描かれている。山頂には、山の高さとは不釣合いに、大きく枝を広げた木々の姿も見える。上に「北」と書かれているが、それは決して、今日の地図の常識と同じなのではなく、地図を広げた時に、前方を上にしたことに基づくのであろう。カーナビが常に前方が上になるのと同じである。平城京から越前は、ほぼ北にあたる。だからこそ、「東大寺開田地図」は北が上にされているのであろう。こうした点からも明らかなように、古代の人々の地理的認識は、水平的な視線に基づく身体感覚的なものであったと考えられる。遠近は、二つの地点の距離として数量的・概念的に認識されるものではなく、峠をいくつ越え、川を何回渡る、といった経験的なものだったのであろう。その点ではむしろ、奥行きのような感覚で認識されたものであったと考えた方がよかろう。

陽が昇る方角と沈む方角という東西の軸が具体的・現実的であるのに比して、北極星を基点とする南北の軸は、夜にならないと確認ができないだけに、やや抽象的である。あるいは、理念的である、と言った方がいいのかも知れない。律令官人たちも日の出とともに出勤したが、周知のように、日の出と日没は、近世に至るまで、生活時間の基準であった。東西が優位軸として機能するのは、そうした点も理由の一つであったと考えられる。

してみると、平城京の時代においても、北極星を背にして立つ「天皇」でありつつ、その一方では依然として、「背に日神の威を負ひ」て立つ「大王」という姿を強固に残していた、と見ることができる。そして、東を優位とするのは、言うまでもなく「大王」が「日の皇子」だったからであろう。と同時に、東北地方を除いた日本列島が、大和国を中心に東西に広がっており、海外への主たる交通路が、難波から西に向かって続いていることに基づく必然的な結果でもあったと考えられる。

今、日本列島が東西に広がっていると言ったが、それは現代の地図を見た印象を前提とした発言ではない。江戸時代の模写しかないとされるが、延暦二十四年（八〇五）の『輿地図』（下鴨神社蔵）に描かれた本州は、弓のように彎曲した形ではなく、東西方向に広がっていると言う。[*13] また、これも天正十七年（一五八九）書写の図が最古のものだとされているが、八世紀に溯る可能性があると言う『行基菩薩説大日本国図』[*14]も、実際よりも彎曲が少なく、しかも東が上になっている。このように、大和を中心とした日本は東西に広がっており、東が優位であるという認識は、すでに平城京の時代には存在した可能性が高い。

3 「天皇」と「大王」

『万葉集』は、漢文体の題詞では「天皇」と表記しているが、歌の表現においては、古来の呼称であるオホキミで一貫している。「於保伎美」「於保吉美」などとする一字一音の一九例のほかに、訓字主体表記の六〇例も、「大王」（二五例）「大皇」（六例）「太皇」（二例）「大君」（一例）など、オホキミと訓むしかない例が多数を占める。もちろん、異訓は見られないが、「王」（一四例）や「天皇」（七例）についても、やはりオホキミと訓むべきであろう。つまり、制度的には「天皇」となってはいても、ヤマトウタという固有の文学形式の中においては、依然として、オホキミという呼称で称えられるべき存在だった、ということである。「天皇」という称号が道教の神学用語に基づくという見方はすでに定説化している[*15]が、言うなれば、当時の世界標準に従って南面した「天皇」も、ヤマトウタの中では依然として、「背に日神の威を負ひ」て立つ古来の「大王」だったということになろう。

『万葉集』の形成過程においても、東西の方位が強く意識されていた、ということを窺うことができる。たとえば、巻一の藤原京の時代以前の歌々、すなわち「原万葉」[*16]と見られる部分に収録された歌々は、巻頭的な意義を持つ雄略天皇御製（1・一）を除くと、香具山で国見をする舒明天皇御製（1・二）から始まっている。香具山は盆地の東側に位置するので、舒明はおそらく、太陽の昇る方向を背にして、西向きに国見をしたということであろう。続いて、飛鳥の西側にあたる宇智野に狩に行く時の歌（1・三～四）が置かれ、最後は東の阿騎野における狩の歌（1・四五～四九）で終わっている。しかも、巻一にはなぜか伊勢と紀伊に関わる歌が多い。「原万葉」と言われる部分に限って見ると、伊勢に関わる歌が九首、紀伊に関わる歌が六首と、全体の三割ほどを占める。

また、伊勢と紀伊以外で、大和国の外の地名が詠み込まれた歌には、一時的に都となった近江を除くと、讃岐国安益郡（1・五～六）、熟田津（1・八）、印南国原（1・一四）と、瀬戸内航路周辺の歌が目立つ。すなわち、外の世界を見る目は主に西を向いていたと見ることができる。もちろん、その点も東が優位であったことの反映であろう。御代ごとに選ばれた歌々は、編者の歴史認識を反映しているはず[*17]だが、それと同様に、こうした地名の分布は、持統朝あたりに形成されたと見られる「原万葉」の地理的認識を反映していた可能性が高い。

『万葉集』に「東歌」があって、「西歌」が存在しないことも、東の優位性を反映しているのではないか。東国の人々は王権に馴化し、ヤマトウタをなすことも可能だったが、西は「蕃」とされ、文化を異にしていると見做されたのであろう。[*18]周知のように、八世紀においても、防人は東国から徴集されているが、こうした眼差しは「天皇」のものではなく、「大王」のものだと見た方がよい。御代別の標や題詞で「天皇」の時代としての位置づけを行ないつつも、ヤマトウタのアンソロジーである『万葉集』はやはり、伝統的な「大王」の視野を基本としたものであったと言ってよいだろう。

4　阿騎野と宇智野

ところで、ともに狩の歌が詠まれている阿騎野と宇智野は、王権の地であった奈良盆地の南部から見て、一対の関係にある土地であったと見做すことができる。どちらにおいても「馬並めて」の狩が行なわれたが、宇智野は紀伊へ、阿騎野は伊勢へと続く交通の要衝であった。伊勢には皇太神宮が存在するのに対して、紀伊には日前神宮（和歌山市秋月）が鎮座している。『延喜式』神名帳に「日前神社名神大。月次相嘗新嘗」と見える神社である。その祭神は日前大神。天照大神の前霊であるとされる。[*19]すなわち、皇太神宮と日前神宮はいずれも、天照大神を祀っているばかりでなく、神階の贈られない特別な神社であるという点も共通している。また『古語拾遺』によれば、三種の神器の一つである鏡を作った時、最初に作った不具合の鏡が日前神宮のご神体であり、改めて造り直した完全な鏡が皇太神宮のご神体である、[*20]ともされている。すなわち、ここでも東が優位なのである。

舒明朝のものと位置づけられている宇智野の歌には、

たまきはる　宇智の大野に　馬並めて　朝踏ますらむ　その草深野　（1・四）

と、現在推量の形で「草深野」という季節感が詠まれている。夏の狩なのであろう。だとすれば、それは推古朝の頃から行なわれるように

日前神宮

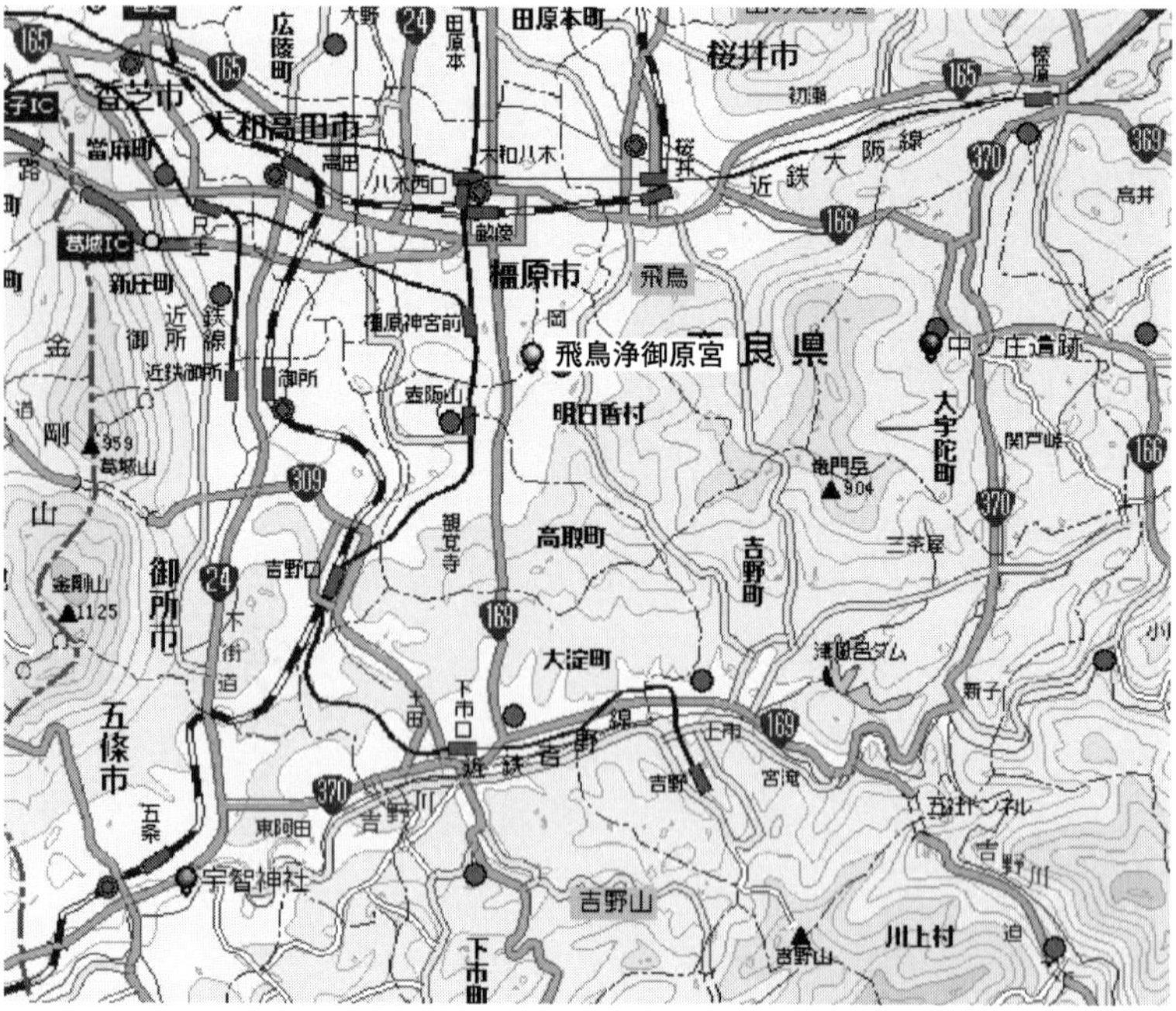

なった五月五日の薬狩の時の歌であった可能性が高い。すなわち、夏至の頃であったということになろう。

　それに対して、軽皇子は「み雪降る　阿騎の大野」（1・四五）に赴いている。この時の「短歌」の一つ、

　東の　野にかぎろひの　立つ見えて　返り見すれば　月傾きぬ　（1・四八）

という景観を手掛かりに、それは持統六年（六九二）十一月十七日のことであったとする説がある。[*21]それに従えば、太陽暦の十二月三十一日。[*22]周知のように、当面の短歌には異訓もあるので、[*23]厳密には不明と言うしかないが、概ね冬至の頃であろう。だとすれば、夏至の頃に太陽の沈む方向である西の宇智野に行き、もっとも日の短い冬至の頃に、昇り来る太陽を求めて東の阿騎野に行った、ということになる。

　紀伊国の日前神宮の境内には、それと一対の神社として国懸神宮が鎮座している。これも式内社

だが、東側に社のある国懸神宮が日の出を、西側の日前神宮が日没を象徴しているとされる。また、阿騎野に鎮座する阿紀神社（宇陀市大宇陀区迫間）には、天照大神とともに、天手力男命が祀られている。[*24] いつから祀られているのかは不明だが、太陽を取り戻そうとした時に直接的な力を発揮した神である。そうした点でも、伊勢・阿騎野と紀伊・宇智野は一対の関係にあったと見做すことができる。

阿紀神社

5 阿騎野と阿紀神社

阿紀神社と宇智野に鎮座する宇智神社（五條市今井）も、一対の存在と見做すことができる。もちろん、いずれも式内社である。

周知のように、やや時代の下がる文献だが、『皇太神宮儀式帳』には「宇太の阿貴宮」の存在が伝えられている。垂仁天皇の御代、天照大神が倭姫命を御杖代として、「美和の御諸宮」より「宇太の阿貴宮」に座し、諸宮を経て、やがて五十鈴川の川上に鎮座したとされるが、阿紀神社は倭姫命が「阿貴宮」にとどまったことを契機として創始されたと伝えられている。また『太神宮諸雑事記』（垂仁天皇廿五年・養老六年）にも、宇陀が神宮の神戸であったとする伝えがあり、阿紀神社は「神戸大神宮」とも呼ばれていた。現在も神明鳥居に神明造りの社殿であって、本殿は西向きに建てられている。つまり、伊勢を遥拝する形だが、そこは大和における伊勢祭祀の拠点であったと考えられる。[*25]

人麻呂の阿騎野の長歌には、

やすみしし　吾ご大王　高照らす　日の皇子（中略）太敷かす　都を置きて　こもりくの　泊瀬の山は　真木立つ　荒き山道を　石が根　禁樹押し靡べ　坂鳥の　朝越えまして（中略）み雪降る　阿騎の大野に……（1・四五）

と、軽皇子は方向違いの「泊瀬の山」を越えて「阿騎の大野」に行ったことがうたわれている。その理由などについては諸説があるが、『日本書紀』に見られる「泊瀬」の用例はいずれも泊瀬川の右岸である。したがって、「泊瀬の山」もその一帯だと考えなければならない。してみると、一行は現在の桜井から、後に伊勢本街道と呼ばれる道を東に進み、西峠を越えて、大和と伊勢の境界である墨坂まで行った、ということになろう。これは皇嗣と目された軽皇子が、神武東征の故事や壬申の乱における天武天皇の事跡に習い、東側の菟田野から阿騎野に入ったということを伝えているのであろう。これも、「背に日神の威を負ひ」て立つ「大王」という観念と、東を優位とする宇宙観の存在を伝える事例の一つだと考えることができる。

しかし、菟田野に赴いた理由は、それだけではあるまい。『日本書紀』の皇極天皇三年（六四四）三月の条に、次のような記事がある。

倭国言さく、「頃者、菟田郡の人押坂直、（中略）一の童子を将て、雪の上に欣遊しぶ。菟田山に登りて、便ち紫の菌の雪より挺て生ふるを看る。高さ六寸余。四町許に満めり。乃ち童子をして採取りて、還りて隣の家に示す。総言はく、「知らず」といふ。且毒しき物なりと疑ふ。是に、押坂直と童子と、煮て食ふ。大だ気しき味有り。明日往きて見るに、都て不在し。押坂直と童子と、菌の羹を喫へるに由りて、病無くして寿し」とまうす。或人の云はく、「蓋し、俗、芝草といふことを知らずして、妄に菌と言へるか」といふ。

宇陀市にはかつて、多くの鉱山が存在した。現在では廃鉱になってしまったところもあるが、菟田野区大沢の大和水銀鉱山、大宇陀区本郷の神戸鉱山、同区藤井の奈良水銀鉱山などである。いずれも辰砂（硫化水銀によって赤く発色した鉱物）を産出している。周知のように、『抱朴子』（内篇）などによれば、水銀は不老長生を可能にする仙薬だと考えられていた。「菟田郡」に「芝草」が群生していて、それを取って食べた人たちが長寿を得たとする右の伝承は、水銀鉱床の存在と関係があろう。[*26]

宇陀市には、その存在を示す「丹生」という地名も分布するが、ニフとは、赤土（ニ）が広がっている所（フ）の意にほかならない。[*27]「宇陀の血原」（『日本書紀』神武天皇即位前戊午年八月の条）――現在の宇陀市菟田野区宇賀志に鎮座する宇賀神社の一帯であろう[*28]――という地名も、水銀を含む赤い土が露出している所が多かったことに基づくのではないか。夭折した父日並皇子の轍を踏まないためにも、軽皇子はそうした宇陀に赴かなければならなかったのであろう。

6　宇智野と紀伊国

一方、宇智神社と日前神宮にも深い繋がりのあることを窺うことができる。宇智神社の祭神については諸説があるが、一般に内臣の祖で孝元天皇の皇子の彦太忍信命（ひこふつおしのまことのみこと）であるとされる。[*29]武内宿禰を祀っているとする見方があるばかりでなく、[*30]かつての宇智郡には武内宿禰の子孫が居住していたとする説もある。[*31]周知のように、武内宿禰とは長寿で知られ、『日本書紀』によれば、景行・成務・仲哀・神功皇后・応神・仁徳の六朝に仕えた伝承上の忠臣のことだが、宿禰は紀伊国の出身であったとする見方もある。

和歌山市の郊外に鎮座する安原八幡宮の奥宮武内神社（和歌山市相坂）には、現在も宿禰が祀られている。小さな集落の中の狭い境内の一角に、「長寿殿」と呼ばれる木造の小屋が設けられ、そこには宿禰の産湯に使ったと

産湯の井戸

される古井戸がある。境内の説明版によれば、これを宿禰の産湯の井戸と認定したのは第七一代の国造紀俊範であって、享保十六年（一七三一）のことに過ぎないと言う。ところが、十九世紀になると、『紀伊続風土記』や『紀伊名所図会』などにも宿禰の産湯の井戸のことが取り上げられ、宿禰が紀伊国の生まれであるということは、確かな事実であるかのようになって行く。

とは言え、『古事記』（孝元天皇段）には、宿禰の母は代々日前神宮の神官を務めて来た紀国造の血筋の山下影日売であったとされている。同様に、『日本書紀』の景行天皇三年二月の条にも「紀直が遠祖菟道彦が女影媛を娶りて、武内宿禰を生ましむ」と見える。紀氏は、紀ノ川流域を勢力範囲としていたと考えられ、[*32] 宇智神社も南海道に沿った紀ノ川の河川敷近くに鎮座している。宿禰の子孫には、巨勢氏、葛城氏など、紀伊国への交通路を拠点としていた氏族も見られる。そうしたことが、宿禰は母の里紀伊国で生まれたとする理解を生んだのであろう。

宇智野の歌の反歌（1・四）には「たまきはる宇智」という《古事》が使用されている。それは、ウチに関わる何らかの古事（由緒・来歴）の存在を前提とした表現であったと考えられる。[*33] 『古事記』にも、

たまきはる　内の朝臣　汝こそは　世の長人　そらみつ　大和の国に　雁卵産むと聞くや　（記七一）

という同じ表現を持つ歌謡が見られる。ほぼ同じ歌謡は『日本書紀』（仁徳天皇五十年春三月の条）にも見られるが、この「内の朝臣」とは武内宿禰（『記』では「建内」）のことである。宿禰に縁のある宇智野の歌に使用された「た

まきはるウチ」という《古事》の背後には、宿禰に関する古事の存在を想定することができよう。言うまでもなく、それは長寿に関わる古事であった可能性が高い。

「たまきはる」の語義は不明だが、平城京の時代の万葉の世界では、「命」を導き出す例が一般的である。しかし、元来それは、地名や人名を導き出す古層の枕詞[*34]であったと考えられる。したがって、「世の長人」である「内の朝臣」を称える働きを持っていた、と考えて間違いあるまい。「タマは霊魂。キハルはすり減る、尽きるの意」[*35]とする説、「魂のながらえている限り」という意味であったとする説[*36]などがあるが、いずれにせよ、宇智野の歌で「たまきはる宇智」とうたわれた時、長寿のシンボル的な存在であった武内宿禰がイメージされた可能性は高いと見てよいだろう。

宇智神社

すでに述べたように、阿騎野では水銀が産出されたが、吉野川（紀ノ川）沿いの宇智郡（現五條市）にも、水銀鉱床と関わりの深い「丹生」という地名が分布している。たとえば紀ノ川の支流の丹生川であり、式内社の丹生川神社（五條市丹原町）である。宇智野も長寿に関わり、生命力の強化と再生を促すことが期待された場所であったと見做すことができる。長寿のシンボルとしての武内宿禰と、その子孫とされる内臣の居住地が紀ノ川流域に広がるのも、一つには水銀鉱床の分布と関係があるのではないか。

『続日本紀』には、文武二年（六九八）二月、慶雲二年（七〇五）二月、慶雲三年二月に、宇智郡に行幸したという記事が見える。いずれも藤原京の時代のことであって、平城京に遷都された後には見えない。盆地の南部に都が置かれた時代にはとりわけ、宇智野は身近な存在であったということになろう。言われるように、天皇家の狩場であったと考えてよいのかも知れない。

天平三年（七三一）の跋を持つ『住吉大社神代記』には、紀伊国伊都郡にも住吉神社の置かれていたことが見える。伊都郡高野口町名古曾に鎮座する住吉神社であろうが、それは紀ノ川の北岸を平行して走る南海道の道沿いに鎮座している。とは言え、『延喜式』の神名帳にはその名が見えない。平城京の時代にはその役割が低下していた可能性が高いと見るべきだが、伊都郡の住吉神社の存在は、盆地の南部に都を置いた七世紀において、海外への玄関口として、紀伊国が重要な拠点だったということを示すものであろう。

7　中央構造線

伊勢と阿騎野は、明日香のほぼ真東にあたるが、紀伊と宇智野は必ずしも、明日香の真西ではない。紀伊方面の道は「南海道」と呼ばれていたことからも窺えるように、やや南に傾いている。にも拘わらず、伊勢・阿騎野と紀伊・宇智野という対であるのは、そうでなければならない理由があったからではないか。

実は、それらの土地はいずれも、ほぼ中央構造線上に位置している。この大断層は、現在の伊勢市から櫛田川を溯り、高見峠を通って、紀ノ川を和歌山市へと向かって東西に走っているが、この上には広く水銀鉱床の分布することが知られている。[*37] すでに述べたように、水銀は不老長生に効果があるとされるのだが、その鉱床は皇太神宮と日前神宮とを結ぶ中央構造線に沿って分布しているのだ。「原万葉」には伊勢と紀伊に関わる歌が多いと述べたが、阿騎野、宇智野、吉野などに関わる歌々をも含めれば、「大和国中」と呼ばれる盆地の外の地に関わる歌は、中央構造線に沿った地域におけるものが大半であると言ってもよい。

大鹿村中央構造線博物館ホームページより

東西をタテとする観念は、言うまでもなく、太陽の運行方位を前提として形成されたのであろう。しかし、「原万葉」において東西の方位、すなわち伊勢・阿騎野と紀伊・宇智野が強く意識されているのは、東西に広がる日本列島の形とともに、中央構造線の存在があったのではないか。武内宿禰の伝承は決して古いものではなく、七世紀に形成されたのだとする説[*38]も有力だが、水銀の効用が注目されるようになったのも、おそらく同じ時期であろう。『続日本紀』文武二年（六九八）九月の条には、各国から顔料が献上されたとする記事が見えるが、伊勢国からは「朱沙」、すなわち水銀が献上されている。

周知のように、正倉院にはさまざまな薬物が保存されているが、古代日本の貴族社会においては、長生を得るための薬物に対する関心が深かったという指摘がある[*39]。度重なる持統の吉野行幸を、水銀との関係で説明しようとする説も有力である[*40]。確かに、孫の成長を待たねばならなかった持統は、自身の長寿こそが最大の課題であったと考えられる。したがって、そうした持統を典型として、長生を可能にする土地に赴くことは、古代の王権にとって必要な政治的課題ですらあったのだと考えることができよう。

盆地の北側に位置する平城京の時代になると、当然のことだが、地理的な条件が違って来る。たとえば、藤原京の時代、大宝二年（七〇二）

に渡唐した山上憶良は、帰り着く港として「大伴の御津」（1・六三）――堺市甲斐町東に鎮座する開口神社の一帯と見られる[*41]――をうたっているが、天平五年（七三三）の遣唐使に関わる笠金村の歌（8・一四五三）には、難波津から出航したことがうたわれている。平城京から西に行く場合は、三条大路の延長線上にあたる暗峠、すなわち「直越えの道」（6・九七七）を越えて難波津へというルートが中心になっているのだ。

しかし、すでに述べたように、聖武天皇の行幸には、西に向かって世界に君臨する天皇という意識が明確に見られる。中央構造線の存在によっても意識化された東西方向を優位軸とする世界観が、依然として引き継がれているのであろう。平城京の万葉の世界が形成される基盤の一つとして、そうした面を指摘することができる。

8　『万葉集』巻一の視野

藤原京への遷都直前の歌（1・四五～四九）で終わるとされる「原万葉」に対して、その増補部は藤原京への遷都に関わる歌（1・五〇）から始まり、平城京に遷都した後の歌（1・八一～八三）で終わっている[*42]。また、藤原京に遷都した直後の「御井」の歌（1・五二～五三）で終わる前半部に対して、それは平城京遷都直後の「御井」の歌（1・八一～八三）で終わるとする説もある[*43]。いずれにせよ、それらは概ね、南面する天子の都であった藤原宮の時代がヤマトウタの歴史の大きな節目だと考えられていたことに基づく、と見ることができる。

「原万葉」と呼ばれる部分は、雄略御製（1・一）から始まり、香具山で国見をする舒明御製（1・二）が続いている。盆地の東側から、西向きに国見をしていることになる。以後は、地方での歌が多数を占めているが、冒頭の二つの御製と節目となる藤原京への遷都に関わる歌々を別とすれば、宇智野の歌に始まり、阿騎野の歌で終わる、といった形になっている。大和の西と東の境界の野である。狩は野で行なうものだが、それは神と人との境界であったとする見方もある。[*44]『万葉集』巻一には、大和の王権の側にあったと見られる編者の視野が、こうした形で反映されていると見てよい。

一方、増補部に収録されている歌々は、紀伊国（1・五四〜五六）、三河国（1・五七〜六一）、難波宮（1・六四〜六九、七一〜七三）、吉野宮（1・七〇、七四〜七五）など、行幸先で詠まれたものが中心である。三九首中の二〇首、すなわち過半数を占めている。それらの土地が、藤原京の時代の王権にとって重要な拠点だったということであろうが、それは八世紀の大半をかけて形成されたと見られる『万葉集』の各編纂段階においても追認され得るものだった、ということであろう。

紀伊、伊勢などと同様に、三河にも中央構造線が走っている。伊勢湾を渡り、渥美半島を縦断し、豊川市を通って、伊那谷を諏訪に向かって北上しているのだ。また、前半部には見られなかった難波宮行幸の歌の多さ（九首）も目を引くが、「在大唐」とする歌（1・六三）をも含め、その視線は全体に西を向いていると見做すことができる。その点では巻一後半部も、「原万葉」の視野と基本的に同じであると考えてよい。

9　結

『万葉集』はどのような歴史認識に基づいて編纂されているのか、といった問題の立て方によって、一首一首の万葉歌を読み解いて行く必要がある。[*45] 一方、『万葉集』はどのような宇宙観に基づいて形成されたのか、といった空間認識の問題をも考えてみなければならない。そうした場合、式内社を中心とした各地の神社に注目してみることによって、『万葉集』を別の面から捉え直すことが可能である。とりわけ、歌々に詠まれた地名を考える場合、それが一つの有効な方法となる。[*46] 神社の位置とその祭神、及び祭祀の構造などを確認することによって、その土地と王権との関係が見えて来るからである。

現在、多くの日本人が畳と椅子を併用する生活をしているように、古代においても、固有の文化と外来の制度等は、決して矛盾する関係にあったわけではあるまい。『万葉集』の比較文学的な研究はとても大きな成果を上げており、もちろん重要である。とは言え、平城京の基本は中国を範とする律令制だが、その職員令において、太政官に優先するのは神祇官である。当然のことながら、その一方で、日本の神々に対する検討も必要だということである。『万葉集』研究の方法の一つとして、そこに詠まれた地名と式内社を中心とした神々との関係を検証することの必要性を、ここで改めて確認しておきたいと思う。

注

＊1　千田稔「横大路の歴史地理」（上田正昭編『探訪 古代の道　第一巻　南都をめぐるみち』法蔵館・一九八八）。

＊2　「島庄遺跡」（明日香村教育委員会・二〇〇四）、「飛鳥京跡第一五一次調査――内郭中枢の調査――」（奈良県立橿原考古学研究所・二〇〇四）など。

＊3　拙稿「東アジアの中の玉津嶋――神亀元年の紀伊国行幸について――」（『万葉史の論　山部赤人』翰林書房・一九九七）、同「『野嶋の海人』と『あはび珠』――再び難波宮従駕歌の論――」（同）など。

＊4　拙稿「東アジアの中の玉津嶋――神亀元年の紀伊国行幸について――」（先掲）。

＊5　日下雅義「紀伊水門と和歌浦」（『古代景観の復原』中央公論社・一九九一）。

＊6　吉田東伍『増補大日本地名辞書　第三巻』（冨山房・一九〇一）。

＊7　千田稔「五泊の位置」（『埋れた港』学生社・一九七四）。

＊8　吉川正倫「大坂山口神社」（式内社研究会編『式内社調査報告　第三巻　京・畿内』皇學館大學出版部・一九八二）。

＊9　注＊1に同じ。

＊10　赤と黒を一対にした事例は、『日本書紀』にはこの一例だけである。ただし、垂仁天皇二年の条に、任那の使者の帰国に際して、任那王への「賜物」として「赤絹」を持たせたという事例が見える。同条の「一云」に、都怒我阿羅斯等に「赤織の絹」を授けたとする伝えもある。また、『続日本紀』天平十三年（七四一）十一月の条に、「始めて赤幡を大蔵・内蔵・大膳・大炊・造酒・主醬等の司に班ち給ひ、供御の物の前に建てて標とす」とする記事もある。いずれも赤が天皇の印であると言ってよい。

＊11　伊藤博「東歌――巻十四の論――」（『萬葉集の構造と成立　上』塙書房・一九七四）。

＊12　そうした事例については、拙稿「古代日本におけるグローバル化をめぐる問題――大伴坂上郎女と平城京――」（本書所収）でも論じた。

＊13　海野一隆「日本図」（国史大辞典編集委員会編『国史大辞典　第十一巻』吉川弘文館・一九九〇）。

＊14　注＊13に同じ。

＊15　たとえば、福永光司「天皇と道教」（『道教と古代日本』人文書院・一九八七）など。

＊16　中西進「原万葉――巻一の追補――」（「美夫君志」7号・一九六四）。

＊17　拙稿「《初期万葉》の世界――その歴史認識を考える――」（高岡市万葉歴史館編『額田王〈高岡市万葉歴史館叢書18〉』高岡市万葉歴史館・二〇〇六）。

＊18　その点に関しては、拙稿「万葉集と新羅――遣新羅使人等はなぜ新羅をうたわなかったか――」（本書所収）で論じた。

＊19　丹生廣良・岩田千春・名草杜夫「日前神社・国懸神社」（式内社研究会編『式内社調査報告　第二十三巻　南海道』皇學館大學出版部・一九八七）。延享三年（一七四六）、杉原泰茂によって記された『南紀神社録』（神道大系編纂会編『神道大系　神社編四十一　紀伊・淡路国』神道大系編纂会・一九八七）による記述であろう。

＊20　『日本書紀』神代上・第七段一書の第一には、「石凝姥を以ちて冶工とし、天香山の金を採りて日矛に作る。又真名鹿の皮を全剝にして、天羽鞴に作る。此を用ちて造り奉る神は、是即ち紀伊国に坐します日前神なり」と見える。

＊21　中山正実『壁画「阿騎野の朝」』（大宇陀町教育委員会・一九四〇）。

＊22　内田正男編『日本暦日原典』（雄山閣・一九七五）。
＊23　二句目の「炎」を、ほとんどの写本がケブリと訓んでいる。『萬葉集燈』などは、それを炊煙としていたが、現代でもこれをケブリと訓む説がある。たとえば、佐佐木隆「『万葉集』四八番歌の〈東野炎立所見而〉」（「学習院大学文学部研究年報」37号・一九九〇）である。
＊24　小田基彦「阿紀神社」（式内社研究会編『式内社調査報告　第三巻　京・畿内』皇學館大學出版部・一九八二）。
＊25　拙稿「阿騎野について――中ノ庄遺跡の発見に寄せて――」（「語文」95輯・一九九六）。
＊26　和田萃「丹生水銀をめぐって――佐奈県の手力男命――」（『日本古代の儀礼と祭祀・信仰　下』塙書房・一九九五）。
＊27　上代語辞典編修委員会編『時代別国語大辞典　上代編』（三省堂・一九六七）。
＊28　『奈良県の地名〈日本歴史地名大系30〉』（平凡社・一九八一）。
＊29　木村芳一「宇智神社」（『式内社調査報告　第三巻　京・畿内』皇學館大學出版部・一九八二）。
＊30　伴信友『神名帳考証』。国書刊行会編『伴信友全集　第一巻』（ぺりかん社・一九七七）による。
＊31　宮坂敏和「宇智神社」（谷川健一編『日本の神々　神社と聖地　4大和』白水社・一九八四）。
＊32　岸俊男「紀氏に関する一試考」（『日本古代政治史研究』塙書房・一九六六）。
＊33　《古事》の機能については、拙稿「《枕詞》と《冠辞》と――枕詞の生成とその環境Ⅰ――」（梶川信行編『万葉人の表現とその環境　異文化への眼差し〈日本大学文理学部叢書1〉』冨山房・二〇〇一）などで論じたが、それは古事（由緒・来歴）に支えられつつ地名等を荘厳化する働きを持つ表現であったと考えられる。
＊34　土橋寛「枕詞の源流」（『古代歌謡論』三一書房・一九六〇）。
＊35　注＊27に同じ。
＊36　土橋寛『古代歌謡全注釈　古事記編』（角川書店・一九七二）。
＊37　松田壽男「古代日本の水銀文化」（『丹生の研究』早稲田大学出版部・一九七〇）。
＊38　津田左右吉「新羅に関する物語」（『日本古典の研究　上』岩波書店・一九四八）、岸俊男「たまきはる内の朝

臣」（『日本古代政治史研究』塙書房・一九六六）など。

＊39　増尾伸一郎「〈長生久視〉の方法とその系譜」（『万葉歌人と中国思想』吉川弘文館・一九九七）。

＊40　和田萃「持統女帝の吉野行幸」（『日本古代の儀礼と祭祀・信仰　下』塙書房・一九九五）。

＊41　千田稔「古代畿内の水運と港津」（上田正昭編『探訪 古代の道　第二巻　都からのみち』法蔵館・一九八八）。

＊42　注＊16に同じ。

＊43　伊藤博「巻一雄略御製の場合」（『萬葉集の構造と成立　上』塙書房・一九七四）。

＊44　古橋信孝「村の外の世界」（古橋信孝編『ことばの古代生活誌』河出書房新社・一九八九）など。

＊45　拙稿「《初期万葉》の『挽歌』」（『語文』115～116輯・二〇〇三）、同「《初期万葉》の『相聞』」（『日本大学文理学部人文科学研究所紀要』67号・二〇〇四）、同「《初期万葉》の世界――その歴史認識を考える――」（先掲）など。

＊46　式内社に注目することによって、万葉歌の読みを明らかにしようとした論文としては、拙稿「武庫の浦の入江――遣新羅使歌群の冒頭歌をめぐって――」（本書所収）、同「港と神々――式内社から探る万葉の世界――」（梶川信行編『万葉人の表現とその環境　異文化への眼差し〈日本大学文理学部叢書1〉』冨山房・二〇〇一）などがある。

古代日本におけるグローバル化をめぐる問題――大伴坂上郎女と平城京――

1 序

現代の日本では、グローバル化の進行に伴って、さまざまな分野で大きな変動が起きている。しかし、私たち日本人がグローバル化の洗礼を受けることは、決して初めてのことではない。程度の差こそあれ、世界の動きと無縁に存在し得た時代などなかったと言うべきだが、とりわけ七、八世紀の東アジアにおいては、唐及び漢字文化を中心としたグローバル化が進行している。いわゆる漢字文化圏の形成である。

現在、唯一の超大国がアメリカであるように、七、八世紀の東アジアにおいては、言うまでもなく唐が、その周辺の国々を圧倒する文化の高さと武力とを兼ね備えていた。かたや、七世紀の後半から、新羅が朝鮮半島を統一し、強大化して行ったこともあって、日本も海外の進んだ文化を受容することを通して、国際標準に基づく国家の建設を急がなければならなかった。都城の建設、元号の制定、律令の公布、歴史書の編纂、貨幣の鋳造などである。そうした七、八世紀と現代とを比較してみると、さまざまな点で共通する部分が見えて来る。一つには、どちらもグローバル化の波を日本固有の文化と融合する形で受けとめている、という点である。言うなれば、和魂漢才と和魂洋才との違いであって、現代と七、八世紀の状況は、いろいろな点で相似形であると見做すことができる。

『万葉集』に見られる「青丹よし奈良」という表現は一般に、朱塗りの柱と漆喰の壁といった異国的な都の景観を反映したものだとされている。[*1] 宮廷の儀式や遊宴、官人の服装なども、国際標準に合わせて、唐風の色合いで染められていた。大宝二年（七〇二）六月、遣唐執節使として渡唐した粟田真人が、彼の地で「真人好んで経史を読み、文を属するを解し、容止温雅なり」（『旧唐書』倭国日本伝）と評されたこと一つを見ても、当時の知識人たちが、唐風の教養を身につけることにいかに腐心していたか、ということを窺い知ることができる。

ところが、律令の規定では、太政官をも含め、すべての機関に優越する形で神祇官が置かれている。政治はまさにマツリゴトであった。そうした神祇官の位置づけは、固有の神と漢字文化との融合という形が、日本の古代社会がグローバル化に対応する一つの方法であった、ということを示している。固有の文学形態であるヤマトウタを、漢文体の題詞によって位置づけている『万葉集』は、そうしたグローバル化が生み出した和漢混淆の文学であると言ってもよい。

もう一つ言えることは、グローバル化という現象は常に新しい価値観を生み出し続け、流動してやまないものだ、という点である。一つの価値観が永続性を持つことはない、と言い換えてもよい。歴史を振り返って見れば明らかなように、八世紀の日本における漢字文化の浸透も、永続性を持たなかった。もちろん、それは表層的な現象に過ぎず、漢字に基づく文化は深く浸透していたのだが、漢字文化の謳歌は九世紀の初頭にピークを迎えたものの、やがて仮名が生まれ、遣唐使も廃止されて、国風中心の時代を迎えたことは、周知の事実である。かつてのように、海外の動きから目を背け、列島の中に閉じこもって独自の文化を形成することはもはや不可能だが、著名な『平家物語』の冒頭を引くまでもなく、栄華を誇った国が、やがて衰退して行くのは歴史の常である。現代におけるグローバル化もまた、いずれ転換点を迎え、異なる価値と規範が生まれて来る可能性が高い、ということであろう。

さらに言えば、グローバル化によって競争が激化する中から非常に価値の高いものも生み出されるが、一方で、その周辺に必ず日の当たらない部分が生まれる、という点も共通している。現在、いわゆる南北問題ばかりでなく、日本・中国・韓国など、アジアの多くの国々で貧富の差の拡大が問題になっているが、それは平城京においても同じであった。絢爛たる文化の陰で、支配者層の搾取から逃れるために、逃亡を余儀なくされた民衆がいかに多かったかということは、すでに指摘されて久しい[*2]。

今後の日本は、グローバル化のさらなる進行の中で、どのような方向に向かうのか。過去の事例を見据えることによって、多少なりとも、それを予見することができるのではないかと思われる。その場合、もっとも参考になる時代は、八世紀であろう。平城京という都の文化は、天平期（七二九～七四九）を典型として、グローバル化の進行とともに成熟して行った。天平文化の国際色の豊かさは、正倉院の御物を見れば一目瞭然だが、やがて国風の時代を迎える要因も、すでにその中に胚胎していたと見ることができる。

そこで本稿では、大伴坂上郎女という天平期を代表する『万葉集』の女流歌人に焦点をあて、一人の貴族の女性が平城京というグローバル化を象徴する空間をどう捉えていたのか、という問題を考えてみたいと思う。そうした問題を探ることを通して、八世紀の日本におけるグローバル化という現象がいかなるものであったのか、ということの一端を垣間見ようという試みである。現代におけるグローバル化の本質を見極める手がかりも、そうした中から見つけ出せるのではないかと考えている。

2　聖武朝の世界認識

周知のように、平城京は唐の長安を模した都である。長安のごとき城壁は築かれなかったものの、南を正面として条坊制の土地区画がなされている。その北辺に営まれた平城宮も南を正面としており、朝堂院の中心に建てられた大極殿で、天皇が南面するように設計されている。宇宙の中心たる北極星を背にして立つ帝王を演出しているのだが、それは当時の世界標準に合わせた形である。こうした平城京の都市計画こそ、八世紀におけるグローバル化の波を目に見える形で示したものの代表であると言ってよい。

ところが、平城京のような南北を優位軸とする宇宙観はすでに、七世紀の後半には導入されていたと考えられている。「天皇」という漢語の称号の採用であり、飛鳥浄御原宮という新しい都の建設である。

それ以前の宇宙観では、太陽の運行方向である東西を優位軸としていた。「背に日神の威を負ひ」（『日本書紀』神武天皇摂政前紀戊午年四月の条）て立つ「大王《おほきみ》」として、あるいは「日の皇子」（『万葉集』1・四五など）として、とりわけ東が優位とされていたのだが、天武朝（六七二～六八六）に「天皇」という道教の神学用語に基づく称号が採用されたことに伴って、宇宙軸が九〇度転換したのだとする説がある。[*3] 確かに、近年継続的に発掘調査がなされている、明日香村の島庄遺跡と飛鳥京跡の遺構を比較して見ても、その時期に大きな転換のあったことを窺い知ることができる。七世紀中葉までの島庄遺跡の遺構は、南北の軸を意識したものではなく、土地の傾斜に合わせて建設されている。石舞台古墳の周囲の方形池と同じ方位で建てられているのに対して、飛鳥京跡の遺構はすべて、きちんと南北の方位に揃えられている。[*4]

しかしながら、「天皇」という称号の採用と宮殿の方位の転換が、王権の世界観を根こそぎ変えてしまったことを意味するのだと考えるのならば、それは誤りであろう。言葉を奪い、名前まで奪ったかつての植民地支配とは違うのだ。武力などによって押しつけられたものとは違って、自ら選び取ったものの場合、自己の価値観やプライドと共存できるものでなければ、決して受け入れたりはしないだろう。したがって、これも固有の文化と融合する形で受容されたのだと考えた方がよい。東西を優位軸とする宇宙観は、平城京の時代になっても、当然、根強く残っていた。否、現在でも、元号と西暦を併用しているように、両者は矛盾なく共存していたのだと見るべきである。[*5]

その典型は、まさに天平の天子と言うべき聖武天皇である。平城京は藤原不比等の領導のもと、その孫の首《おびと》皇子、後の聖武の即位を見据えて建設された都であるとする説がある。[*6]首皇子は、平城京で南面する帝王になることが予定されていたのだが、『続日本紀』によれば、神亀元年（七二四）二月に即位すると、その年の十月には紀伊国玉津島へ、翌二年十月には難波宮へ、そして三年十月には播磨国印南野へと行幸し、『万葉集』巻六にはその折の従駕歌が載せられている。いずれの場合も、その土地の国・郡司に対する授位と賜禄などが行なわれているが、これらの行幸は、聖武朝が西向きの王権であったことを示している。

平城京の三条大路を一直線に西に進むと、生駒山の南側の暗《くらがり》峠を越えて、難波宮に行き着くが、古代の日本にとっての難波は、海外への玄関口であった。平城京が東京ならば、難波津は成田空港に相当するが、その港を守護する神が、現在の住吉大社（大阪市住吉区住吉）である。航海の神である住吉三神（底筒男命・中筒男命・表筒男命）とともに、外征の神である神功皇后が祀られているのだが、古代における政治はまさにマツリゴトであった。この祭神の構成には、古代の大和の王権にとっての難波の位置づけが明確に現れている。

周知のように、神功皇后は新羅征討伝承の主人公だが、そこに住吉大社が置かれていることは、難波が覇権主義的な外交政策の拠点であったことを示している。遣唐使や遣新羅使が派遣される際に、繰り返し住吉の神に対する祭祀が行なわれたということは、『万葉集』からも窺うことができる。そうした難波宮への行幸は言うに及ばず、紀伊国への行幸も播磨国印南野への行幸も、瀬戸内航路の遥か彼方に広がる世界、すなわち唐を中心とした東アジアの国々を意識したものであったと考えられる。[*7]

難波宮の前面に広がる大阪湾には、明石海峡と紀淡海峡という二つの出入口がある。明石海峡は『万葉集』に

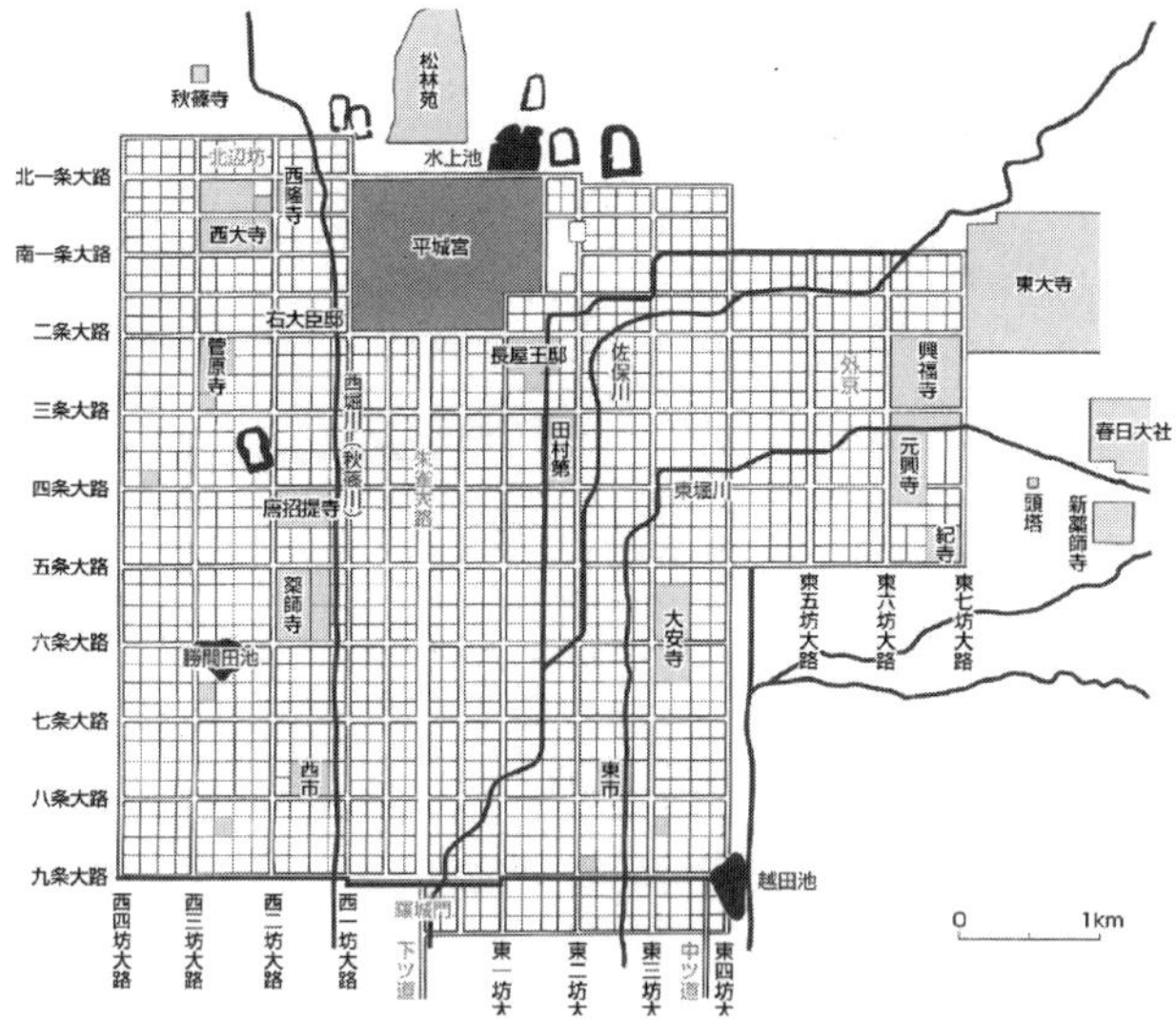

大和郡山市教育委員会・（財）元興寺文化財研究所
「下三橋遺跡第一次発掘調査」（二〇〇五）

「明石大門《おほと》」（3・二五四）ともうたわれているように、平城京の国際的な玄関口である難波津から見て、まさに正門にあたっていた。播磨国印南野への行幸は「邑美頓宮」（『続日本紀』神亀三年十月の条）がその目的地であった。明石市西部の魚住町のあたりに置かれたと見られるが、そこは明石海峡を通過する際の潮待ちの港として利用された「魚住泊」（三善清行「意見十二箇条」『本朝文粋』）に隣接していた。[*8] また、住吉大社の縁起などを記す『住吉大社神代記』などによれば、その一帯は住吉大社の神領とされていたが、「邑美頓宮」の置かれた丘陵からは、広々とした播磨灘はもちろんのこと、淡路島と明石海峡の一帯が手に取るように見える。『万葉集』に「藤江の浦」（6・九三八）と詠まれている海だが、ここに住吉の神が置かれているのは、大和の王権の西側からの入口を守護するためであったと考えられる。

紀伊国玉津嶋への行幸も同様である。和歌浦湾は、大阪湾から紀淡海峡を出たところに位置するが、この時の目的地である「玉津嶋頓宮」（『続日本紀』神亀

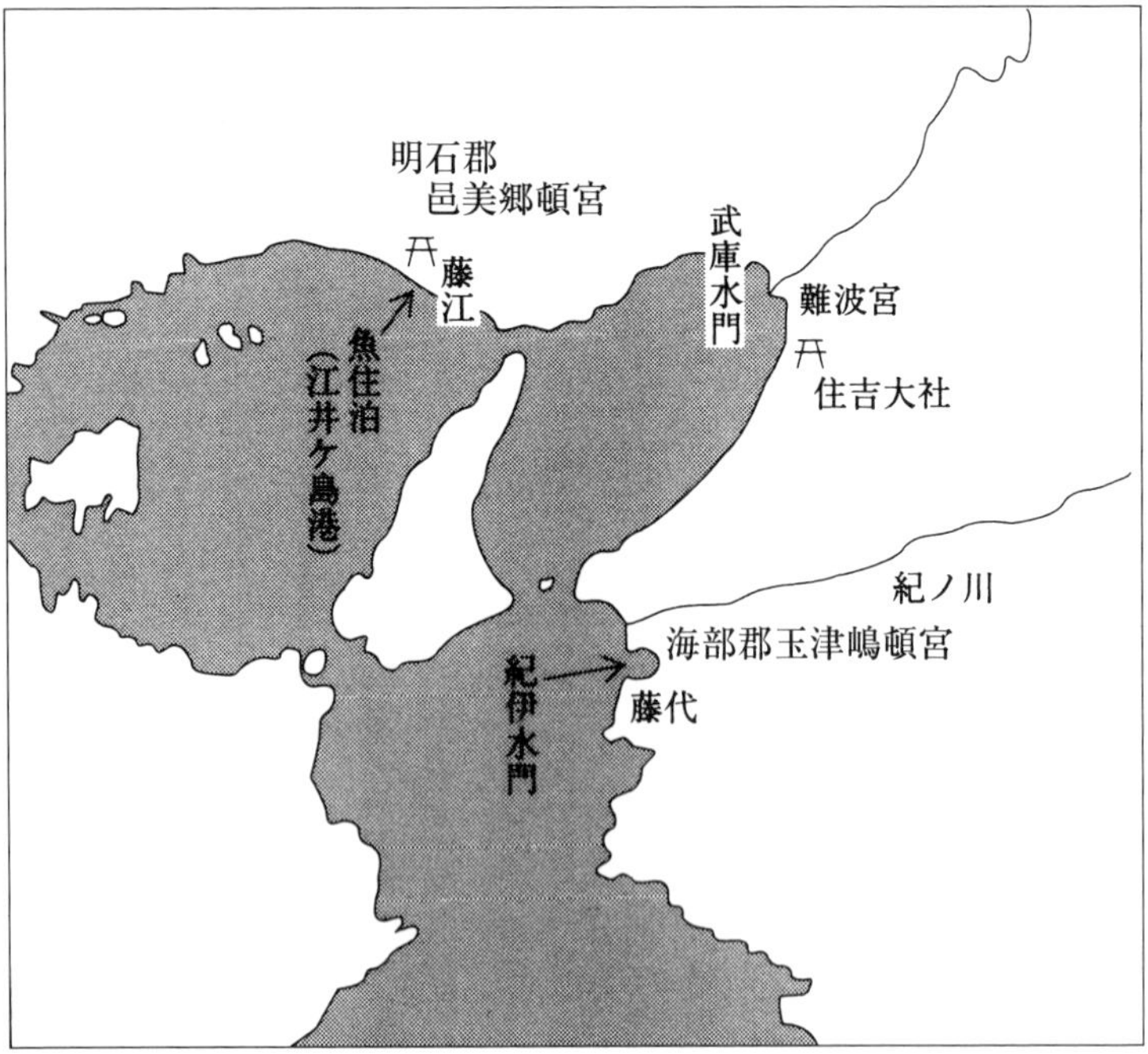

元年十月の条）は、その和歌浦湾に面した海岸近くに設営された。[*9] 聖武天皇はこの行幸で、玉津嶋の優れた景観にいたく感激し、その景観を保全するために、今後、明光浦の霊を祀りなさいという詔さえ公布している（『続日本紀』神亀元年十月の条）。従来の研究では、この詔ばかりが注目されて来たのだが、その一方で、玉津嶋神社（和歌山市和歌浦中）には古来、神功皇后が祀られていたということも、忘れてはなるまい。

頓宮のすぐ東側には、かつて「紀伊水門《きのみなと》」（『日本書紀』神功皇后摂政元年二月の条）と呼ばれた港が設置され、古くは、地元の大豪族であった紀氏が、ここから海外に派遣されている。[*10] また、頓宮西側の雑賀崎の突端には、後に紀州徳川家によって番《ばん》所《どこ》が置かれたことでも知られるが、天気のよい日はそこから、紀淡海峡と淡路島、大阪湾一帯を一望することができる。すなわち、玉津嶋への行幸も、一つには、大阪湾の南側の入口を守護する神と港に関係していたと考えられるのだ。[*11]

和歌浦湾の南側には、現代でも藤白という地名が残っているが、『住吉大社神代記』には「藤代」と播磨国の「藤江」に関わる次のような伝承がある。かつて、住吉大神が自らの鎮座すべき場所を求めて、「藤代」からフジの枝を流したところ、播磨の「藤江」に流れ着いたので、そこに鎮座したと言うのだ。難波津を中心とした大阪湾の二つの出入口である「藤代」と「藤江」は、住吉の神に関わる伝承でも一対の関係にある。

このように、聖武天皇が即位当初に行なった各方面への行幸は明らかに、国際的な玄関口である難波宮と難波津の機能の強化を意図している。当時の王権にとっては世界の中心たるべき大和国中《くんなか》（奈良盆地）から、その眼差しは西に向き、難波津を玄関口として世界を見据えていたのだと考えることができる。その場合の世界とは、もちろん唐を中心とした東アジアである。やはり『住吉大社神代記』によれば、住吉の神は難波、長門、筑前、壱岐、対馬など、半島への国際航路の各拠点に置かれている。一方、東と南には太平洋が広がっており、そちら側から外国に脅かされる心配は、十九世紀までなかった。『続日本紀』を見ても、渤海の使節が訪れたとする記事などに見られる地名は、日本海側のみである。したがって、八世紀の国家の眼が西に向いていたのは、日本列島の位置と形に基づく宿命的な姿であったと言ってもよい。

現在でも、福岡と韓国の釜山との間は、飛行機や高速船などによって、人の行き来が活発である。駅などに見られるハングルによる案内表示も、福岡は東京より早く、筆者の知る限りでも、二十年ほど前からなされていた。唐・新羅からの最初の玄関口は、半島からもっとも近い筑前の娜大津《なのおおつ》（現在の博多）でなければならなかったのだ。そして、娜大津は難波津から瀬戸内航路を経て、ほぼ西にあたっている。

大阪の住吉大社は、三神が「往来ふ船を看さむ」（『日本書紀』神功皇后摂政前紀元年二月の条）として、そこに鎮座したと伝えられている。[*12] 海は神社の西側なので、西向きに鎮座したということになるが、現在の社殿も西を向いている。また、博多・壱岐・対馬の住吉神社の社殿も西を向いているが、往来する船を見守るならば、博多の住吉神社（福岡市博多区住吉）は北西を向いていた方がふさわしい。また、壱岐は四方が海なので、住吉神社（壱岐市芦辺町住吉東触）はどちらを向いていても構わないはずだが、やはり西を向いている。したがって、社殿は必ずしも海の方を向いているということではあるまい。その向きはむしろ、理念的な世界観を示すものであろう。『日本書紀』（神功皇后摂政前紀冬十月の条）には「東に神国有り。日本と謂ふ。亦聖の王有り。天皇と謂ふ」と見える。同じ記事の中に「西」は「蕃」とされてもいるが、それは概ね新羅を指している。九世紀のものだが、養老律令の注釈書である『令集解』（公式令）には、「隣国は大唐、蕃国は新羅なり」とする記述もある。これもやや時代が下り、十世紀初頭の事例だが、応神天皇と神功皇后を祀る博多の筥崎宮（福岡市東区箱崎）の社殿も真西を向いており、その正面の楼門に掲げられた扁額には、醍醐天皇によって「敵国降伏」と認められている。もちろん、八世紀の国家の意識も、その点については同様であったと考えられる。

一方、皇祖神であり、日神でもあった天照大神は、大和の東、伊勢において祀られている。伊勢神宮（伊勢市宇治館町）である。周知のように、伊勢神宮に関しては、研究の蓄積が多い。したがって、論旨の拡散を防ぐ意味でも、今はその問題には深入りしないことにするが、神宮には天皇のみが祀れる神として特別な格式が与えられていた。神宮にそうした特別な地位が与えられたのは、壬申の乱以後、すなわち天武朝（六七二～六八六）であるとするのが通説である。それもあって、八世紀の天皇も「日の皇子」であり続けた。東を優位とし、西に向かって君臨する「大王」の国家という覇権主義的な世界認識は、聖武朝において、とりわけ鮮明に意識されるようになっていたのだ。それはむしろ、世界の動きを意識していたからこそのことであって、東西の宇宙軸は、南北の宇宙軸とともに、グローバル化が進行したからこそ、鮮明に意識されることになったのだと考えるべきであろう。

3 平城京の時代の大伴氏と坂上郎女

大伴坂上郎女は、そうした王権の周辺に活躍の場を与えられていた。周知のように、坂上郎女は佐保大納言と呼ばれた大伴安麻呂の娘（『万葉集』4・五二八左注）であり、母は石川内命婦（『万葉集』4・六六七左注）。安麻呂の後、佐保大納言家を継いだ大伴旅人の異母妹である。『万葉集』の最終的な編纂者と目される大伴家持は、旅人の嫡男。坂上郎女にとっては甥にあたる。

神亀五年（七二八）六月、大宰帥として筑紫に赴任したばかりの旅人は、妻大伴郎女を亡くしている（『万葉集』5・七九三）が、坂上郎女には天平二年（七三〇）十一月に、「帥家」を発って上京する道すがら、筑前国宗像郡で作ったとされる歌（6・九六三～九六四）がある。郎女の筑紫下向は一般に、旅人の妻の死を契機としたものであったと考えられている。まだ少年だった家持の養育も、その理由の一つであろう。[*13] そして、天平三年（七三一）七月に旅人が薨じた後は、大伴家という誇り高い旧家の大刀自として、一族の中での重みが、より一層増して行ったものと思われる。家持はやがて、郎女の娘坂上大嬢を娶ったこともあって、この叔母からはさまざまな影響を受けている。とりわけ初期の作品の中には、坂上郎女の影響が色濃く見られる。

「坂上」と通称されるのは、郎女が坂上の里に住んでいたことによる（『万葉集』4・五二八左注）。奈良市百万ヶ辻子町にある開化天皇陵が「春日率川坂上陵」（『延喜式』巻二十一・諸陵寮）と呼ばれていることもあって、坂上家はそのあたりに存在したとする説が説得力に富む。[*14] 平城京の東側の張り出し部分、すなわち外京の二条大路と三条大路とに挟まれた一角である。現在、開化天皇陵はホテル・旅館や観光客向けのお土産屋などが並ぶ三条通りに面しており、近鉄とJR、どちらの奈良駅にも足の便がよい。そこは外京とは言え、貴顕氏族の邸宅が軒を連ねた佐保にもほど近く、藤原氏の氏寺興福寺（奈良市登大路町）の境内に隣接している。すぐ南側には、後に南都七大寺の一つに数えられた元興寺（奈良市中院町）の大伽藍の甍も見えたことであろう。『日本霊異記』（中巻・第一縁）には、天平元年（七二九）二月、聖武天皇がその元興寺で大法要を営んだということが伝えられている。平城宮からやや離れてはいるものの、当時もそこは、決して辺鄙な場所ではなかったと考えられる。

今、「外京」という今日一般化している呼称を使用したが、これは奈良時代に使われていたものではない。古代の建築史研究の巨人とも言うべき関野貞（一八六七〜一九三五）が用いた呼称[*15]であって、坂上郎女の与り知らないものである。したがって、郎女の中に、そこが「外京」であるという意識はなかったと断じてよい。そこは紛れもなく、平城京の内だったはずだが、ほかに適当な呼称もないので、本稿では便宜的に、この通称を使用することにしたい。

さて、坂上郎女の生没年は知られていないが、藤原京に遷都された持統八年（六九四）頃の生まれであったと考えられる。[*16]『万葉集』に収録されている歌の中には、作歌年次の記されていない歌も見られるが、知られる限りでは、養老年間（七一七〜七二三）に歌を作り始め、とりわけ天平期（七二九〜七四九）に集中的に作品を残した、という形である。『万葉集』中の位置づけを信じるならば、その九〇パーセント以上は天平期の作品である。そして最後の歌（19・四二二〇〜四二二一）は、天平勝宝二年（七五〇）の作だから、郎女はまさに天平の歌人という位置づけである。

一方、家持の生年も明確ではない。後世の文献だが、養老二年（七一八）の生まれだとする伝えがある（『公卿補任』）。それに従えば、郎女が活発に創作に励んでいた頃、佐保大納言家では、家持が少年期から青年期を過ごしていたことになる。

佐保は平城宮の東側、一条大路に面した一帯を言う。天平勝宝八歳（七五六）に作成された『東大寺山堺四

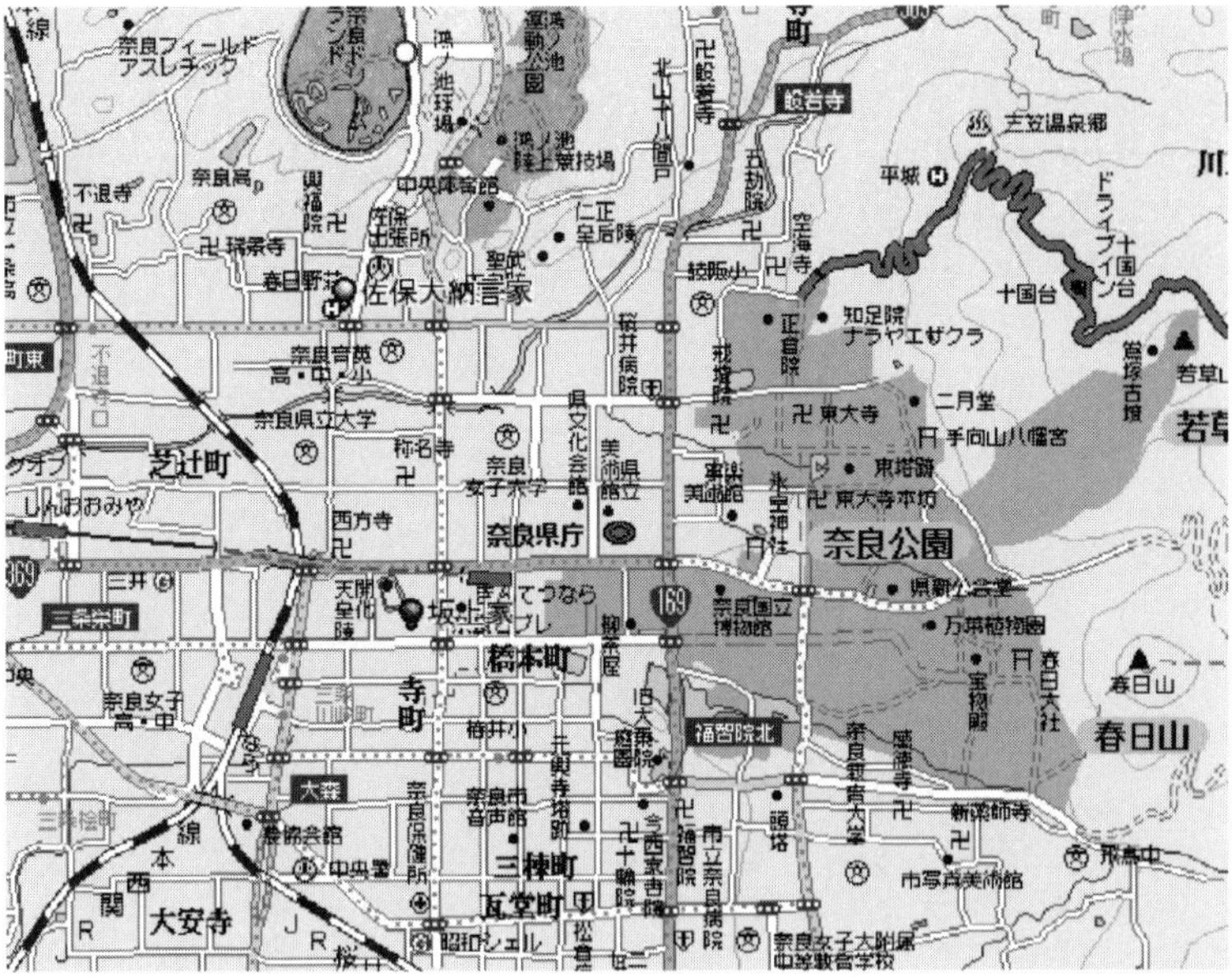

至図』[*17]に、東西に走る一条大路に向かって西向きに造られた転害門を「佐保路門」と呼んだ例が見える。大伴家の宗家であった佐保大納言家は、現在の奈良市法蓮町、一条通に面した春日野荘（公立学校共済組合宿泊所）のあたりに存在したと推定されている。[*18]考古学的に確認されてはいないが、蓋然性の高い推定であろう。二つの家は南北に一キロほど離れているが、郎女は大伴家の家政を取り仕切るために、坂上家と佐保大納言家との間を、日々行き来していたものと考えられる。

坂上郎女の作品を考えて行く上で、もう一つ確認しておかなければならない問題がある。『万葉集』の歌人としては決して珍しいことではないのだが、坂上郎女の歌とその人となりを伝える記述は『万葉集』にのみ見られ、『続日本紀』など同時代のいかなる史料にも見られない、という点である。すなわち、郎女の歌々と伝記的な記述を一つの史料として見た場合、その客観性を裏づけることができない、ということである。

後世の歌人たちの活動を見ても明らかなように、多くの歌人はその生涯に膨大な数の歌を作っている。たとえば、前衛短歌の旗手として戦後の歌壇に大きな足跡を残した塚本邦雄（一九二〇〜二〇〇五）のように、数十万首もの歌を作ったと見られる歌人もある。もちろん、百冊を優に超える歌集に収録された歌々は、その中から厳選されたものに違いあるまいが、坂上郎女の作品は、『万葉集』の女流歌人の中で最多であるとは言え、三十年ほどの間に残された歌は、わずか八四首に過ぎない。歌人という概念の存在しなかった時代の作者を、現代歌人と同列に扱うことはできないにしても、それが生涯に作った歌のすべてであったとは、とうてい考え難い。それらは何らかの形で選別された結果として残ったものである、と見るべきであろう。

その一方で、女流歌人の中でもっとも多くの歌が『万葉集』に収録されているという事実も、忘れてはなるまい。男性歌人を含めても、大伴家持・柿本人麻呂に次ぎ、坂上郎女は第三位である。家持がまだ歌を作り始めないうちに薨じてしまったからでもあろうが、父旅人の七二首よりも多い。これは、よく言われるように、郎女と家持が非常に近しい関係にあったことで、資料の入手が容易だったことに基づくのであろう。しかし、それ以上に、郎女が家持に与えたさまざまな影響が、家持の郎女に対する評価に反映し、その結果として収録された歌が多い、ということを示していよう。

また、題詞には必ず「郎女」という敬称[*19]が用いられている。旅人を「大宰帥大伴卿」（3・三三八題）「大納言大伴卿」（3・四五四題）とする題詞と同じである。同様に、邸宅の所在地が付された「坂上郎女」という名も、それが自称ではなく、他者による呼称であったことを示していよう。そもそも自分の歌の手控えの中に、いちいち署名をすることはあるまい。したがって、郎女の歌の題詞は本人が記したままの姿ではない、と見なければならない。

たとえば、

大伴坂上郎女、親族を宴する日に吟ふ歌一首

山守の　ありける知らに　その山に　標結ひ立てて　結ひの辱しつ

（3・四〇一）

という歌は、すでに通う男のある娘子に言い寄って、いい恥をかいてしまったという歌である。「山守」は男を、「山」は娘子を意味するが、これは男の立場で詠んだ歌なので、資料の出所がはっきりしていないと、坂上郎女の歌だとは断定できない。しかも、寓意を含む「譬喩歌」なので、当事者でなければ「親族之日吟歌」といった作歌事情を書くこともできない。巻三の編者が、当事者（おそらく、郎女か家持であろう）の書いたメモに「大伴坂上郎女」という作者名と「一首」という歌数を加えて、題詞としたのであろう。

大伴坂上郎女の橘の歌一首

橘を　屋前に植え生ほし　立ちてゐて　後に悔ゆとも　験しあらめやも

（3・四一〇）

という歌の題詞も、もともとは「橘歌」とのみあったものに、作者名と歌数が付されたのではないか。この歌も『万葉集』に「譬喩歌」として収録されているが、「『橘』をわが娘に譬え、婚期を控える娘を持つ母親の不安を述べている。丹精こめて育てた娘だもの、そう安々といんちきな男に取られてはたまらないという意が裏にある[20]」と見られる。それを郎女は、素知らぬ顔で「橘歌」としたのであろう。これが理解できないような男に娘を嫁がせるわけには行かない。そんな姿勢であろう。

このように、そのすべてが後人の手になるものだとは言えないまでも、少なくとも、題詞に後人の手が入っていることは確実である。また、左注が編者の見解だということは、言うまでもあるまい。すなわち、坂上郎女の歌々は『万葉集』の編者が評価し、選択し、位置づけたものだ、ということである。もう少し踏み込んで言えば、最終的な編者と見られる家持がそうした評価と位置づけに関与し、追認したものである可能性が高い、ということになろう。

そういう意味で、『万葉集』の坂上郎女は所詮、家持の目に映った姿でしかない、と見るべきであろう。本稿の関心に基づいて言えば、平城京に対する坂上郎女の眼差しも、郎女自身のそれを、必ずしも生のまま反映しているわけではあるまい。それは『万葉集』の編者の価値観と世界観に基づくレンズを通したものであった、と考えた方がよい。異文化は常に、固有の文化との融合の中で定着するものだと述べたが、そもそも伝えられた異文化自体、それを伝えた人間の価値観に基づく選別の結果として掬い取られたものでしかない、ということであろう。

4　大伴坂上郎女の地名表現

ここで、坂上郎女の歌に詠まれた地名表現[*21]に注目してみることにしたい。その作品八四首（短歌七七首・長歌六首・旋頭歌一首）のうち、地名表現を含む歌は四二首（五〇％）・五七例である。また、それは郎女のみに見られる傾向ではなく、『万葉集』全般に見られることだが、長歌には地名表現が含まれることが多い。郎女の場合も、六首中のすべて（一〇〇％）に一六例見られ、短歌の三五首（四五・五％）・四〇例を大きく上回っている。因みに、旋頭歌の地名表現は一首に一例である。

筆者がここで地名表現と呼ぶものは、「新羅」「佐保」「春日野」「高円山」といった狭義の地名ばかりではない。「京（平城京）」「国（日本）」「山（佐保宅）」「古郷（跡見庄）」などのように、具体的な場所を代名詞的に指し示す表現をも含めている。また、同じ「佐保」でも、佐保という地域を意味するのではなく、「佐保の山辺」という形で佐保大納言家を指す例（4・四六〇）もある。長屋王は自邸を「作宝楼」と呼んだ（『懐風藻』）が、そこをどう呼ぶかということは、その人の価値観や世界観を反映している。地名ばかりではなく、地名に準ずる表現にも目を向けなければならないのは、坂上郎女が平城京という都をどう捉えていたか、という問題を考えるためには、郎女が目を向けたさまざまな場所・空間と、その呼称を総体として捉えることが必要になるからである。

狭義の地名の分布は、郎女が目を向けた対象を包括的・数量的に示してくれるものであるのに対して[*22]、代名詞的な個々の地名表現は、郎女の生活圏の中にある特定の場所を感覚的にどう捉えていたかという、個人的な価値観と世界観を浮かび上がらせてくれる。また、狭義の地名は主として、その時代の人々が共有する一般的なイメージに基づいて使用されたものであったと考えられる。たとえば、電気街・オタクといったイメージを多くの人が共有している現代の「秋葉原」という地名を例に取れば、わかりやすい。それに対して、代名詞的な地名表現は、きわめて個人的・主観的な位置づけを反映している。たとえば、大伴家の中には「西宅」（『万葉集』６・九七九題詞）と呼ばれる家があるが、それは平城宮から見れば東側にあったと考えられている[*23]。「西宅」と言うのは、あくまでも大伴家の諸家の中での相対的な方位・位置にほかならない。

当然のことだが、個人の価値観と世界観は、人によって程度の差はあれ、普遍性を持つものと極めて個人的なものとが、共存する形で成り立っている。その点は、グローバル化の中で生まれた文化と同じ構造である。したがって、坂上郎女の世界認識を考えようとする場合、その両面に目を向ける必要がある。地名表現を広義で捉えようとするのは、そうした理由による。

兄旅人は、基本的に短歌を中心とした歌人だが、七二首中の四九首（六八・〇％）に、五七例の地名表現が見られる。小さな長歌一首の用例を除いても、四八首（六六・七％）・五五例という高率になり、郎女とはやや傾向の違いを見せている。郎女には恋歌もしくは恋歌的発想の歌が多いということもあって、旅人に比べて、地名に対する関心が比較的薄い、ということであろうが、もちろん、詠まれた地名にも大きな違いが見られる。当然のことだが、両者の行動範囲と、その中で何に目を向けたかという、関心の違いが明確に浮かび上がって来るのである。したがって、郎女の地名表現のありようは、極めて郎女的なものであると見做すことができる。
その特徴の一つは、すでに指摘されていることだが、「佐保」を詠むことが多いという点である。旅人には一例もなく、佐保大納言家で生まれ育ち、『万葉集』に四七四首もの歌が収録されている家持でさえ五例（全体の一・〇五％）しか見られないのに対して、「佐保の山辺」「佐保川」「佐保風」「佐保道」という形で九例（同一〇・七％）も詠まれている。とりわけ「佐保川」が詠まれることが多く、そのうちの六例を占める。すでに述べたように、郎女は坂上家と佐保大納言家との間を日々行き来していたものと見られるが、その往還には必ず佐保川を渡らなければならなかった。

一方、旅人と家持は、地方官として任地に赴任していた時期もあったが、在京の官にある時は、日々平城宮に出仕していた。その場合は、一条大路を東西に移動することが日課であったと考えられる。だとすれば、その往還に佐保川を渡ることはあるまい。彼らがあまり「佐保川」を詠まなかった理由の一つはそこにあろうが、実は、家持の五例の「佐保」のうちの三例は、やや特殊な事例である。亡妾を悲傷する歌（3・四七三〜四七四）の二例と、長逝した弟を哀傷した歌（17・三九五七）の一例であって、いずれも佐保山で火葬されたことで詠まれたものである。自ら選択してうたったものではない。しかも、残りの二例も、郎女の庇護の下にあった青春時代の歌であって、官人として一人歩きするようになってからの例は一つもない。

もちろん、単に日々渡ったか渡らなかったかといった、単純な問題ではあるまい。佐保は、皇族や伝統ある大氏族の屋敷が軒を連ねる、落ち着いた佇まいの高級住宅地であったと考えられる。すでに述べたように、佐保には長屋王の邸宅「作宝楼」も存在した。神亀六年（七二九）二月の長屋王の変以後は火が消えたようになっていたと思われるが、そこは国際色豊かな、しかも文化の香り高い社交場であったということが、『懐風藻』に収録された多くの漢詩によって知られる。大宰少弐石川年足が、直属の上司の大伴旅人に、

刺す竹の　大宮人の　家と住む　佐保の山をば　思ふやも君　（6・九五五）

という歌を贈っているが、この「大宮人の家と住む佐保」という言い方からも、佐保は高級官僚たちの住む所であるという認識が一般的なものであった、ということを知ることができる。具体的な場所、及び、どのような施設であったのかということは明らかでないが、「佐保の内に　遊びしこと」（6・九四九）とうたわれた場も、貴族たちの社交場の一つであったと考えてよいだろう。[*24]

周知のように、官位令では、たとえば左大臣と右大臣のように、右よりも左の方が上位である。佐保が高級住宅地となったのは、平城宮で南面する天子から見て、そこが左側になるからであろう。それとともに、東を優位とする世界観の反映でもあろう。郎女が頻繁に「佐保」をうたったのは、一方に、そうした場所に居を構える旧家の大刀自としての矜持も含まれていたと見るべきである。官位と官職を持つ男性たちとは違って、それはいかにも女性的な矜持であると言ってもよい。

ところが、郎女が詠んだ平城京とその周辺の地名を見てみると、「春日野」「高円山」「平城の明日香」というように、平城京の外京とその周辺に限られている。現在で言えば、いずれも奈良公園の周辺である。右京は言うに及ばず、左京の地名すら見られないのだ。当然のことだが、衆庶の生活の場である五条より南の地名が詠まれることは、あるはずもない。これは、一人坂上郎女に見られる特徴ではなく、『万葉集』全般に見られる傾向であると言ってよい。

もちろん、家持もその例外ではない。「高円の野辺」「高円の山」「春日の山」「三笠の山」「佐保山」「佐保の山辺」「佐保の川戸」というように、平城京の外京とその周辺の野山しかうたっていないのだ。ところが、飛鳥に都が置かれた時代に生まれ育った旅人の場合、外京とその周辺の地名すら見られない。佐保大納言家の庭園と見られる「吾が山斎」（3・四五三）が、唯一の平城京内の地名表現である。家持は、その点でも郎女の訓育によっ

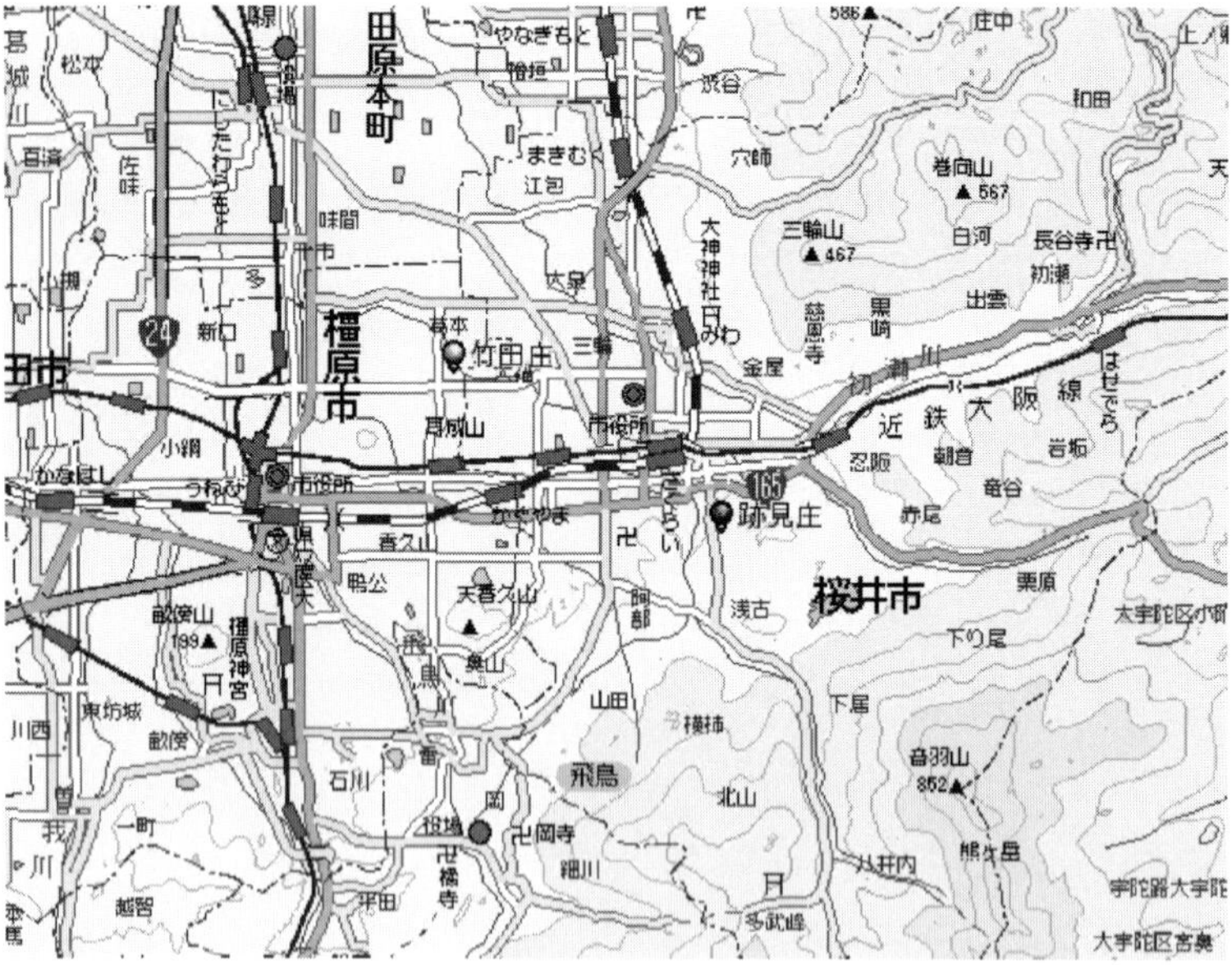

て人となったと見られるが、そういう意味で『万葉集』は、平城京の外京を母胎とした歌集であったと見做すこともできる。

　ところが、郎女の南北の移動は、平城京の中ばかりではなかった。実は、その庄をも含んでいるのだ。竹田庄（4・七六〇～七六一、8・一五九二～一五九三）と跡見庄（4・七二三～七二四、8・一五六〇～一五六一）である。しかし、大伴氏ほどの大氏族ならば、ほかにも庄を所有していたに違いあるまい。たとえば、本貫と見られる摂津・和泉などにこそ、大規模な庄を所有していた可能性が高い。[*25] また『日本書紀』（神武天皇二年二月乙巳の条）には、大伴氏の祖先である道臣命に「筑坂邑」（橿原市鳥屋町）に「宅地」を賜ったとする伝承も見られる。盆地の南西側だが、竹田と跡見以外にも、盆地の中に庄を所有していた可能性がある。にも拘わらず、歌が見られるのは、盆地の東側のこの二つの庄だけなのだ。

　竹田庄は一般に、奈良県橿原市東竹田町に鎮座する竹田神社を中心とした集落のあたりに比定されている。[*26]

左京と外京との境にあたる東四坊大路のほぼ延長線上にあった中ツ道を南下したところである。また、跡見庄は奈良県桜井市外山に鎮座する等彌神社の一帯と見るのが通説である。[*27]そこは、春日野一帯から南に延びていた上ツ道を南下したところ。いずれも平城京の外京のほぼ南にあたっている。もちろん、そうした庄に行くことも、郎女にとっては大切な家政に関わる仕事の一つだったのであろう。

このように、郎女は常に盆地の東側を生活の場とし、日々移動していたことになるが、庄での歌々に詠まれた地名表現も、なぜか盆地の東側ばかりである。竹田庄で詠まれた地名表現は、「竹田の原」「早川」「五百代小田《いほしろをだ》」「田廬《たぶせ》」「京《みやこ》」「泊瀬の山」の六つ。「早川」は、現在も東竹田町の集落の中を流れる寺川であろう。現在は穏やかな川だが、多武峰を源流とし、季節によっては急流になることもあったのだろう。また、「五百代小田」は竹田庄の田地を言う。「五百代」はその広さを表し、一ヘクタールほど。しかし、「しかとあらぬ　五百代小田」は一種の謙譲表現であり、「猫の額のような土地」と言うのと同じであろう。それは実際の広さを反映しているわけではあるまい。そして、「田廬」は竹田庄のことを指し、「京」はもちろん平城京である。「泊瀬の山」が、具体的にどの山を指すのかは不明だが、泊瀬谷の入口あたりは現在でも、東竹田町から指呼の間に望むことができる。

また、跡見庄の歌々には「小金戸」「古郷」「始見《はつみ》の崎」「吉隠《よなばり》の猪養《ゐかひ》の山」といった地名表現が見られる。「小金戸」については諸説があるものの、いずれにせよ戸口の意。坂上家の戸口だと考えてよい。「古郷」

竹田庄からの三輪山

は跡見庄のこと。そして「吉隠」は、桜井市吉隠。[*28] 初瀬川の上流、近鉄の長谷寺駅と榛原駅の中間あたりの山中である。「始見の崎」は不明だが、いずれも泊瀬谷の奥（東側）、後に伊勢街道と呼ばれる道筋の地名であろう。[*29]

このように、坂上郎女の視線はまったく西に向いていない。その目は、生活動線の中の風景にのみ向けられているのだ。当然のことだが、王権のイデオロギーとしての世界観と、大氏族の大刀自であるとは言え、一人の女性貴族の個人的な世界観は必ずしも一致しないと言うしかないが、東が重視されているという点は、大和の王権とその周辺の人々にとって、宇宙軸の基本であったと見るべきであろう。少なくとも、『万葉集』は常に東を意識しつつ南北に移動する歌人としての坂上郎女を伝えている、と見做すことができる。

5　大伴坂上郎女と風流《みやび》

実は、直接的な地名表現は見られないものの、坂上郎女の目が西を向いている例が一つだけある。

天皇に献る歌一首　大伴坂上郎女、佐保の宅に在りて作る

あしひきの　山にしをれば　風流なみ　吾がするわざを　咎め賜ふな　（4・七二一）

という一首である。「天皇」とは、天平の天子である聖武。天平の歌人と言うべき坂上郎女と聖武との直接的な接点が、ここにある。

「佐保の宅に在りて作る」という題詞下の注は、事情をよく知る近親者の手になるものであろうが、それによって知られるように、「山」は「佐保の山辺」（3・四六〇）ともうたわれた佐保大納言家を指す。代名詞的な地名表現の典型である。私は鄙びた「山」におりますゆえ、宮中の「風流」を弁えておりません、失礼があってもご勘弁下さい、と畏まる歌である。天皇に対する献上品に添えられた歌であったとも見られるが、[*30] 佐保宅は平城宮

から二キロ足らずの距離であり、すでに述べたように、決して辺鄙な場所ではない。しかし、そうたうことによって、天皇が「風流」を体現した存在だということになり、間接的に天皇を称えることにもなるのである。

西向きとは言え、佐保から平城宮を見ているのであって、もちろんその視線が、さらにその先の難波や海外に向いているわけではない。しかも、西を「蕃」とする意識とは逆に、平城宮を最高に「風流」な世界として位置づけている。郎女にとって価値観の基準は平城宮にある、とさえ言ってもよい。換言すれば、「日の皇子」としての天皇に目が向けられているのであって、たとえ天皇がどこにいたとしても、常に天皇の坐しどころが優位の方角である、ということになろう。あるいは、郎女にとっては天皇の坐しどころこそが絶対的方位である、と言うべきかも知れない。すなわち、郎女が東を優位とする宇宙観を持っていたということと、決して矛盾するわけではあるまい。

「風流」はミヤビと和訓するが、宮廷風のこと。たとえば「閑雅・都会風・文化的・ものの情趣を解するなど、多くの内容をもち、華美にはしらず、素朴でもなく、むしろ、その中間の洗練された情趣的な、美的理念」[*31]などと説明されている。郎女を「都会の女」と捉える立場もある[*32]が、確かに郎女は、兄旅人とは違って、生まれながらの都市生活者であった。藤原京という南面する天子の都で生まれ育ち、やはり南面する天子の都平城京で歌を作り続けていた。だからこそ、郎女の意識の中では、この歌のように、「風流」は宮廷の中にこそある、ということになるのであろう。平城宮の大極殿で営まれた秩序ある儀式、宮中の庭園で行なわれた優雅な遊宴、詩歌・管弦などの風雅な催し、そして、そこに集う皇族・高級官僚・女官たちの洗練された服装と物腰。いずれも唐風のものである。郎女の言う「風流」とは、そうしたグローバル化の中で出現した世界を前提としたものであったと考えてよい。

同じく聖武天皇に献じた歌がある。こちらは「春日里に在りて作る」とされている。

天皇に献る歌二首　大伴坂上郎女、春日の里に在りて作る

にほ鳥の　潜く池水　情あらば　君に吾が恋ふる　情示さね　（4・七二五）

よそにゐて　恋ひつつあらずは　君が家の　池に住むといふ　鴨にあらましを　（4・七二六）

という二首である。「君が家の池」も、平城宮内の池ということで、概ね場所を特定することができる。したがって、地名表現に含めたが、二首とも典型的な恋歌の発想と表現によってなされている。とりわけ「恋ひつつあらずは……ましを」という形は、『万葉集』に類例が多い。

この歌の場合も、「春日の里に在りて作る」という注が歌の理解を助けている。一首目は、「にほ鳥」（カイツブリ）の遊ぶ宮中の池水よ、私は「風流」から遠い春日の里におりますので、心があるならば、どうか「君」（天皇）に私の恋心を示して下さい、という歌。また二首目は、遠い春日の里で恋しく思っているよりは、いっそのこと「君が家の池に住むといふ鴨」でありたいものだ、と願う歌である。

『万葉集』は、明日香の島の宮の池に「鳥」が放し飼いにされていたことを伝えている（2・一七三、一八〇、一八二）が、長屋王邸の跡で出土した木簡からも、その邸宅で鶴が飼われていたということを知ることができる。[*33]

平城宮内の庭園の池でも、「にほ鳥」「鴨」などが飼育されていたのであろう。すなわち、郎女の歌は二首ともに、宮中の庭園の風景を詠んでいると見られるのだが、恋心をどう伝えるかという時、郎女はあえてそうした風景を選んでいるのである。

恋歌の場合、いわゆる本旨、すなわち心情表現の部分は必ずしも重要ではあるまい。何を伝えたいかということは、言わずとも知れていよう。異性を求める気持ち以外にはあり得ない。究極的には、好ましい異性と閨房を共にしたいという願望である。だからこそ、恋歌の心情表現は類型的なものにならざるを得ないのだ。つまり、歌という表現形式を選択した以上、作者はそうした気持ちを五・七音のリズムに乗せて三一音でいかに表現する

か、ということの方が重要だと考えているのである。換言すれば、何を伝えるか、ではなく、いかに伝えるか、である。したがって、序詞として風景などが詠まれている場合は、むしろ選ばれた景物の方こそが重要であり、その作者の個性を浮かび上がらせていると考えるべきである。

ここで坂上郎女は、宮中の庭園の様子をうたうことによって、恋心を伝えている。もちろん、恋情表現は擬似的なものであって、事実ではあるまい。だとすれば、この歌は宮中の様子を熟知しているということを前提に成り立っているのであって、そこに郎女のプライドが透けて見える、と理解すべきではないか。「佐保宅」にいても「春日里」にいても、ミヤビを意識し続ける郎女が、そこにある。

東院庭園

男性官人が宮中の池をうたったものとしては、

池の辺の　松の末葉に　降る雪の　五百重降り敷け　明日さへも見む

（8・一六五〇）

という例がある。『万葉集』では雪の降ることは豊穣の予兆とされる。したがって、「降る雪の　五百重降り敷け」とは、豊穣の予兆が幾重にも重なることを願う、めでたい表現である。それを「降り敷け」と、命令形で強く訴えているのだ。

旅人が大宰府で、

沫雪の　ほどろほどろに　降り敷けば　平城の京し　念ほゆるかも

（8・一六三九）

とうたっているように、現在でも奈良の雪はあまり積もらず、すぐに消えてしまうことが多い。にも拘わらず、「明日さへも見む」と、めでたい現象を明日さらにもう一度見ようとまでうたっている。それは、個人の意志と言うよりも、官人全体が共有すべき公の意志であると言った方がよかろう。ところが郎女の場合は、天皇に対しても、恋歌という表現形式を選択し、極めて個人的に恭順の意を表している。郎女にとっては、ミヤビの世界の象徴としての平城宮の主に対して、そうした形で恭順の意を示すことこそが「風流」だった、ということであろう。

このように、郎女の世界観に基づく視野の中に、国際社会はない。一つの規範として、宮廷（＝ミヤビ）があるのみである。*34 絶対的方位としての「日の皇子」である、と言ってもよい。郎女はグローバル化に基づく唐風の文化と風俗を、もっとも享受していた一人であり、「風流」という価値観も、グローバル化の浸透によって形成されたものであったと見られるにも拘わらず、その意識の中に、それはない。当然のことだが、文化の浸透とは、あたかも水や空気のように、意識しなくても存在するものとしてある状態のことであろう。生まれながらの都市生活者であった郎女の場合、すでにそういう状態だったのだと考えられる。

一方、坂上郎女の歌には、伝統的な世界観の典型を示す例もある。

謂ふことの　恐き国そ　紅の　色にな出でそ　念ひ死ぬとも　（4・六八三）

という一首である。「大伴坂上郎女の歌七首」という形で、他の六首の恋歌とともに、巻四相聞に載せられている。「謂ふことの恐き国（日本）」も代名詞的な地名表現の一つだが、そうした観念がうたわれたものとしては、

神代より　言ひ伝てくらく　そらみつ　倭の国は　皇神の　いつくしき国　言霊の　幸はふ国と　語り継ぎ　言ひ継がひけり　……　（5・八九四）

という山上憶良の歌が、その典型である。遣唐使の一員として渡唐する丹比広成に贈った歌だが、外国とは異なり「倭の国」は「言霊の幸はふ国」であるという観念が、その前提にある。いわゆる言霊信仰である。

記紀の神話では、天地は神々の生成とともに成り立ったとされるが、日本の古代においては、自然の中に宿る

神々は、ただただ恐れ畏むものとしてあった。形を持たず、目にも見えないが、人間に大きな影響を与えるコトバ（この場合は音声言語）も同様に、恐れ畏むものとして存在したのである。[*35]「謂ふことの」の歌は、どんなに恋しく思っていても、決してそぶりに出してはいけませんよ、という一首である。何よりも「人言」（他人の無責任なうわさなど）を恐れるのが、『万葉集』の恋歌である。コトバに出した時に、その恋が破綻してしまうことを恐れ、戒めているのだ。

天皇に献じた先の歌々とは、ずいぶんと趣が異なる。むしろ矛盾していると言った方がよいほどだが、恋歌としては、この方が自然な姿なのである。郎女は、グローバル化の象徴としての宮廷の「風流」を、絶対的な価値の基準として肯定的にうたっているが、その一方で、こうした形で伝統的な言語観をも、矛盾なく自己の歌の中に取り入れている。本稿の冒頭で、固有の神と漢字文化との融合が、グローバル化に対する日本の対応だったと述べたが、当然のことながら、それは郎女の歌々からも窺うことができるのだ。

6　佐保

ここで、佐保に注目してみることにしたい。すでに述べたように、坂上郎女は「佐保」を詠むことが多い。『万葉集』全体では三五例見られるが、作者未詳歌の一〇例を除くと、長屋王、門部王、石川年足、智努女王、大原桜井など、やはり皇族や高級官僚の作が多数を占める。作者未詳歌の例も、決して庶民の作ではあるまい。そして、そのうちの四分の一強（二五・七％）が坂上郎女の歌である。佐保を二回以上詠んでいるのは、郎女と家持しかいないが、家持の五例のうちの三例が特殊な事情に基づくということは、すでに述べた通りである。したがって郎女の九例は、表面的な比率以上に突出していると見なければならない。

もちろん郎女にも、自らの意志で歌の表現として選択した「佐保」ではなく、事実関係を語るために詠まざるを得なかった「佐保」の例がある。新羅から渡来し、長年佐保大納言家に寄住していた尼理願の死を悼む歌である。説明の便宜上、長歌をA～Eに分けて提示するが、

七年乙亥、大伴坂上郎女、嘆尼理願の死去しことを悲嘆して作る歌一首并せて短歌

Aたくづのの　新羅の国ゆ　人言を　吉しと聞かして　問ひ放くる　親族兄弟　なき国に　渡り来まして　大王の　敷きます国に　うちひさす　京しみみに　里家は　さはにあれども　いかさまに　念ひけめかも　つれもなき　佐保の山辺に　哭く児なす　慕ひ来まして
Bしきたへの　家をも造り　あらたまの　年の緒長く　住まひつつ　いまししものを
C生ける者　死ぬと云ふことに　免れぬ　ものにしあれば　頼めりし　人のことごと　くさまくら　客なる間に
D佐保川を　朝川渡り　春日野を　背向《そがひ》に見つつ　あしひきの　山辺を指して　晩闇と　隠りましぬれ
E言はむすべ　せむすべ知らに　徘徊り　ただ独りして　しろたへの　衣袖干さず　嘆きつつ　吾が泣く涙　有間山　雲居たなびき　雨に降りきや　（3・四六〇）

反歌

留め得ぬ　寿にしあれば　しきたへの　家ゆは出でて　雲隠りにき　（3・四六一）

という歌である。[*36]

長歌は、新羅の尼理願が縁あって「佐保の山辺（佐保大納言家）」にやって来て（A）、家まで造って長い年月を過ごした（B）が、人の世の定めで身まかってしまった（C）ので、「佐保川」を渡って野辺の送りをした（D）と、これまでの経緯を説明した後に、万感の悲しみを述べて結ばれている（E）。五三句から成る長歌だが、A

では二〇句も費やして理願と佐保大納言家との宿縁を強調している。そうした中で、「佐保の山辺」という地名表現は、縁もゆかりもなかった佐保の大伴家に、遠い新羅の国から理願がやって来たということを、縁の深さとして叙述する部分に見られるのだ。また、「佐保川」の詠まれたDの六句は、道行的表現と言われる。その葬列が一条大路を東に進み、東大寺の転害門に突き当たったところからは「春日野」、すなわち現在の奈良公園一帯を「背向に見つつ」、奈良市川上町にあったとされる大伴家の氏寺、永隆寺（『東大寺要録』）に向かったことを表している。大仏殿の北六〇〇メートルほどのところである。

実は、Eの「嘆きつつ　吾が泣く涙　有間山　雲居たなびき　雨に降りきや」という心情表現は、通常の「挽歌」とは違って、死者に向かっているものではない。有間（有馬）温泉に湯治に行っていた母石川命婦（3・四六一左注）に向けて、私の悲しみが雨となって、有間山に降りましたか、と問うているのである。そういう意味でこの二例は、心情表現に直接繋がるものではなく、説明的な叙述の中にあると言ってよい。とりわけ「佐保川」は、家持が亡妾と弟の死にあたって「佐保山」を詠んだ例（3・四七三、四七四）と同じく、葬儀に関わる例である。これらは必ずしも、自ら選び取った地名・景観というわけではなく、詠まざるを得ない事情があったからこそ詠まれた地名表現であった、と見做すことができる。

『万葉集』では一般に、死者は山中に行くとうたわれる。いわゆる山中他界である。Dの「あしひきの　山辺を指して　晩闇と　隠りましぬれ」は、確かに理願の葬列は春日山塊に向かって進んだのだが、そうした表現の一つであったと考えてよい。とは言え、他界に赴く過程で、ほかの地名ではなく、「佐保川」を渡ることがうたわれている点は、重視されなければならない。すなわち、新羅から来た理願は「佐保の山辺」を今生の地とし、「佐保川」を渡って他界に赴いた、ということになる。生と死を、「佐保」の内と外とで考えているのだ。郎女は平城京の外京から世界を見ていると述べたが、こうしてみると、「佐保」から世界を見ていると言った方が、よりふさわしい。

もう一つ注意しておくべき点は、「佐保の山辺に　哭く児なす　慕ひ来まして」という部分である。「佐保の山辺」、すなわち佐保大納言家は「新羅の国ゆ　人言を　吉しと聞かして」「慕ひ来」るところである、と言うのだ。すでに述べたように、「西」にあたる新羅は「蕃」とされたが、これは当然、東にある「大王の　敷きます国（日本）」の優位性を前提としている。その「京」の中から特に「佐保の山辺」が選ばれたとされるのだが、この点からも、郎女は「佐保」を中心に世界を見ている、ということを確認することができる。

ともあれ、自ら選び取った地名であろうが、詠まざるを得なかった地名であろうが、それらが郎女の世界観と価値観を形成している、ということには違いがない。とは言え、郎女が自ら意図的に選び取った地名表現である残りの七例の「佐保」は、なお一層、郎女の価値観を色濃く反映していると見ることができる。以下、その七例を一つ一つ確認して行くことにする。

大伴郎女の和ふる歌四首（うち三首）

佐保川の　小石踏み渡り　ぬばたまの　黒馬の来る夜は　年にもあらぬか（4・五二五）
千鳥鳴く　佐保の川瀬の　さざれ波　止む時もなし　吾が恋ふらくは（4・五二六）
千鳥鳴く　佐保の川戸の　瀬を広み　打ち橋渡す　汝が来と念へば（4・五二八）

この「四首」は、知られる限りにおいて、坂上郎女のもっとも若い時期の作品である。藤原不比等の四男であった麻呂の「大伴郎女に贈る歌三首」（4・五二二～五二四）に対する「和歌」だが、四首のうちの三首に「佐保」が詠まれている。この点でも坂上郎女は、「佐保」を原点とした歌人であった、と見做すことができる。

『懐風藻』によれば、麻呂は持統九年（六九五）の生まれ。坂上郎女とほぼ同年齢であったと考えられる。当時の二人は、おそらく二十代。若い男女の贈答歌であった。一首目では、颯爽と黒い馬に乗り、「佐保川の小石」を「踏み渡」って、恋人のもとに通う貴公子の姿がうたわれている。とは言え、平城京の大路には木造の橋が架けられていたことが知られている。[*37] したがって、現実的には「佐保川の小石」を「踏み渡」ることなどなかったと考えなければならない。「打ち橋渡す」も、当然事実ではあるまい。きちんと整備された橋を渡って通ったはずだが、それでは絵にならない、ということであろう。悪路も厭わず通って来る男の姿を描いている、と見た方がよい。それは、現実の麻呂の姿を詠んでいるのではなく、イメージの中の貴公子の姿、すなわち白馬の王子様ならぬ「黒馬」の貴公子であったと考えられる。

麻呂の邸宅がどこにあったのかは不明である。したがって、本当に「佐保川」を渡ったのかどうかもわからない。しかし、事実がどうであったのかということは、必ずしも重要ではあるまい。男は川を渡って、すなわち困難を乗り越えて、異郷から訪れなければならなかったのだ。『伊勢物語』（二十三）で、龍田山を越えて河内の高安に住む女のもとに通った「昔男」のように、国境の山を越えてもいいのだが、平城京の中に山はなく、イメージしにくい。また、郎女が価値を見出せる世界は、平城京の外にはない。だからこそ、異郷から川を渡って訪れる男がイメージされたのであろう。その時渡る川が、「佐保川」でなければならなかったのである。

二首目の四・五句、「止む時もなし　吾が恋ふらくは」という表現は、とりわけ作者未詳歌に類例が多い。一途に恋する時の切ない思いに、身分の違いなどない。したがって、本旨が変わらないのは当然である。むしろ、この歌の場合、初句から三句目までの序詞の部分こそが重要である。序詞にどういう景物を選ぶかというところに、その人の生活環境や価値観が現れるからである。坂上郎女はそこで「千鳥鳴く　佐保の川瀬の　さざれ波」を選んだ。『万葉集』では「千鳥」は「佐保川」と言ってもよいほどに、その用例が集中している。[*38] どこの「千鳥」か判明するものの半数ほど（一九例中の九例）が「佐保川」である。家持が越中で詠んだ三例も、「佐保川」の「千鳥」がその原風景であろう。

だからこそ、三首目でも「千鳥」が詠まれることになるのだと考えられる。この「打ち橋渡す」も、現実のことではあるまい。「汝が来」は「長く」の掛詞だが、二人の関係が長く続いてほしいので、あなたが来られるならば、わざわざ橋を造ってでもお迎えしましょう、という意味である。すでに述べたように、男は「佐保川」を渡って訪れるべきものだった、と考えられる。

次は、旋頭歌である。

又大伴坂上郎女の歌一首

佐保川の　岸の官の　柴な刈りそね　ありつつも　春し来たらば　立ち隠るがね　（4・五二九）

「官」は諸注、高い所の意としている。したがって、佐保川の岸辺の高い所の草を刈らないでおくれ、春が来たならば、そこを逢引の場所として二人で隠れるのだから、という一首である。歌謡的な性格を持つとされる旋頭歌らしく、牧歌的に男女の野合をうたった恋歌である。坂上郎女には似つかわしくない野卑な歌だが、もちろん、これは郎女の恋愛生活の現実を反映したものではあるまい。歌謡めかして、あえて旋頭歌体の歌にすることで、郎女は自分の歌ではないという顔をしているのだ、とする説[*39]もある。そうした見方の当否はどうであれ、他界に赴く時に「佐保川」を渡っただけではなく、子孫の繁栄に繋がる仮初の閨房にも「佐保川の岸」が選ばれている、という点は注意しておいてよい。

大伴坂上郎女、姪家持の佐保より西の宅に還帰るに与ふる歌一首

吾が背子が　着る衣薄し　佐保風は　疾くな吹きそ　家に至るまで　（6・九七九）

この歌は家持に与えたものだとされているが、家持を「吾が背子」と呼ぶのは、恋歌仕立てなのである。「佐保風」という語は、他に例がない。郎女の造語であろう。『万葉集』には「明日香風」（1・五一）という例もあるが、藤原京に遷都した後の歌であって、そこには「明日香」に対する限りない郷愁が込められている。しかも、この歌は「疾くな吹きそ　家に至るまで」と、あたかも人に訴えかけるかのように風に呼びかけている。「佐保風」を心情を理解するものとして詠んでいるのだが、こうした表現にも、佐保という土地への強い愛着を読み取ることができよう。

大伴坂上郎女の柳の歌二首

吾が背子が　見らむ佐保道の　青柳を　手折りてだにも　見むよしもがも　（8・一四三二）

打ち上る　佐保の河原の　青柳は　今は春へと　なりにけるかも　（8・一四三三）

平城京の大路には、柳の並木が植えられていた（19・四一四二）。一首目の「青柳」は一条大路の並木であろう。これらはいずれも「青柳」を詠んでいるので一括されているが、もともと「二首」として詠まれたものであったかどうかは、定かでない。しかし、一首目は「吾が背子」の形見として「青柳」を求める歌であって、それは恋歌によく見られる発想である。季節の到来をうたう二首目とは、むしろ異質である。二首は「春雑歌」に載せら

れているが、「吾が背子が」の歌はむしろ「春相聞」に載せられた方がふさわしい。したがって、「二首」と明記されていたかどうかは別として、これらは『万葉集』に収録される以前から、すでに一括されていたのだと考えた方がよい。ともあれ、男が日々通うのも「佐保道」であり、春の到来を感じ取るのも、「佐保の河原の青柳」である。それが坂上郎女の世界であった。

このように見て来ると、坂上郎女にとっては「佐保」こそが世界の中心であった、と見做すことができる。坂上の里に生活し、坂上郎女と呼ばれながら、「坂上」という地名をまったく詠んでいない。郎女は生も死も、恋愛も、季節の到来も、すべて「佐保」の景観を通して見つめていたことになる。そういう意味でも、「大伴坂上郎女」とは決して自称ではあるまい。『万葉集』の中に「大伴郎女」という呼称も見られる（4・五二二）が、郎女の意識の中では〈坂上〉の郎女ではなく、「佐保」に居を構える名門〈大伴〉の郎女だった、ということであろう。

7　外京周辺の景観

「佐保」以外の平城京の中の地名を、坂上郎女はどううたっているのだろうか。ところが、その用例は意外と少ない。その中では、よく知られたものとして、次の歌を挙げることができる。

大伴坂上郎女、元興寺の里を詠む歌一首

古郷の　飛鳥はあれど　あをによし　平城の明日香を　見らくし好しも　（6・九九二）

「古郷の飛鳥」は、現在の奈良県高市郡明日香村。橘寺（明日香村橘）より北、香具山より南の明日香川右岸の一帯が、古代のアスカである。[*40]『懐風藻』の没年の記載によれば、旅人は天智天皇四年（六六五）の生まれ。二十歳代までをそのアスカで過ごしたが、藤原京に遷都された頃の生まれと見られる坂上郎女の場合、たとえアスカで生まれていたのだとしても、その記憶はなかったはずである。

また、『万葉集』におけるフルサトとは、旧都のことを言う場合が多い。限りない郷愁を込めて、そう呼んでいるのだが、それは「常になつかしきもの、よきものとして表現されている」[*41]。そういう意味でも、アスカを「古郷」とする感覚は、郎女個人の意識ではなく、宮廷人の多くが抱いていた一般的感情であったと見るべきであろう。その「古郷の飛鳥」はよい土地としてあるけれど、「平城の明日香」を見ると本当によい、という意の一首である。

周知のように、元興寺の前身は、明日香村飛鳥に今もある法興寺である。飛鳥寺と通称されるが、養老二年(七一八)に平城京に移転し、元興寺という名称になった。「元興寺の里」を「平城の明日香」と呼んでいるのは、元興寺がかつて飛鳥寺と呼ばれたことによる。すでに述べたように、この寺もやはり平城京の外京、三条大路と四条大路の間の一角に大伽藍が築かれていた。坂上の里からは、まさに目と鼻の先である。

大伽藍と言えば、元興寺のすぐ北隣には興福寺もあった。坂上郎女がその興福寺ではなく、「元興寺の里」を「見らくし好しも」とうたったのには、理由がある。周知のように、興福寺は藤原氏の氏寺だが、元興寺の前身法興寺の創建は、蘇我馬子の発願による(『日本書紀』崇峻天皇即位前紀・『元興寺伽藍縁起并流記資材帳』)。坂上郎女の母は石川郎女。石川氏は蘇我氏の後裔氏族である。坂上郎女が、元興寺の里に心を寄せるのは、母の縁によるのであろう。郎女が、他氏族の氏寺である興福寺の金堂に足を踏み入れたことはなかったと思われるが、元興寺金堂の弥勒仏の前では、何度も額づいたことがあったのではないか。あるいは、藤原京で過ごした幼き日に、母に連れられて、法興寺の釈迦如来を拝んだことがあったのかも知れない。

藤原京の邸宅や寺院などを平城京に移した際、飛鳥京域の寺院などを外京に移転したのだとする説もある[*42]。現在、藤原京が平城京よりも大きかったということが、考古学的に確認されたことによって、そうした外京の捉え方は、より蓋然性の高いものになったと言えるかも知れない。そういう意味でも、外京は飛鳥の香りの漂う地域であったと見られるが、坂上郎女に即して言えば、「平城の明日香」はとりわけ、「元興寺の里」でなればならなかったのだ。

この歌がどういう状況で詠まれたものであるのか、ということについて、題詞に書かれている以上のことはわからない。「詠〈地名〉歌」とされているので、土地を詠む歌であることは確かだが、それは国土讃美の歌の伝統に基づくものであろう。「〜はあれど」という表現は、たとえば舒明天皇の国見歌とされる「大和には　群山あれど」（1・二）や、柿本人麻呂の吉野讃歌の「国はしも　さはにあれども」（1・三六）などがその典型だが、多くの同類の中からとりわけ優れた土地として、そこを提示する形であって、国土讃美の歌の常套的発想である。また「見らくし好しも」という結びも、「見れど飽かぬかも」（1・三六）などと同様、土地をミルことを通して、そこがヨキところだと言挙げする国土讃美の歌の形式である。[*43] したがって、一首は「平城の明日香」を称えた土地ぼめの歌であった、と見ることができる。こうした歌が生まれる場としてはやはり、元興寺に関わる何らかの儀礼的な場を想定すべきであろうが、今のところ、それ以上具体的に述べる材料はない。

「あをによし奈良」という表現は本来、平城京の北側に広がる丘陵地一帯の「奈良（の）山」に関わる《古事》であった。それを「青丹吉平城」（原文）と表記し、平城京の都会的な景観を表す枕詞として使用している点にも、注意をしておく必要がある。今、《古事》という用語を使用したが、一般に枕詞と呼ばれる表現はもともと、古事（フルコト・ものの由緒、来歴に関する伝承）の存在を前提に、特定の地域の中でのみ、口誦の表現として機能するものであったと考えられる。[*44] たとえば「そらみつやまと」「うまさけみわ」のように、とりわけ地名と一体化した表現は、《古事》と呼んだ方がふさわしい。それがやがて古事の存在とは別に、文字の歌の中で、特定の語を導き出すためだけの表現として定着すると、枕詞と言ってもよいものになる。郎女が使用した「あをによし（青丹吉）」は、文字を前提とした表現であったと考えられる。古事の存在よりも、文字が表すイメージの方が重要なのである。

郎女に先行する使用例としては、

あをによし　寧楽の都は　咲く花の　薫ふがごとく　今盛りなり　（3・三二八）

という著名な小野老の歌がある。老の歌は大宰帥であった旅人の邸宅で詠まれたものであろうが、当時、筑紫に下っていた坂上郎女も、そこに同席していた可能性がある。したがって、平城京という都に対して抱く郎女の感情を、この歌からも窺い知ることができる。都会の華やかさこそが郎女の「好し」とするものであり、それを代表する場所が外京の一角「平城の明日香」だった、ということであろう。

ところで、当面の歌では「飛鳥」と「明日香」を書き分けているが、その違いはいったいどこにあるのか。その用例から見る限り、「飛鳥」は「飛鳥板蓋宮」（『日本書紀』斉明天皇元年正月の条）「飛鳥浄御原宮」（『書紀』天武天皇二年二月の条）などといった宮都の名称に用いられている。また、『万葉集』中のアスカの例は「明日香」という表記が多く、三二例中の二七例（八四・三％）を占めている。そして、その大半が「明日香（の）川」で、二七例中の二〇例（七四・〇％）までが、それである。「飛ぶ鳥の」という枕詞として使用され、宮都を導き出す例の多い「飛鳥」とは、その点に違いが見られる。大雑把に言えば、宮都は「飛鳥」であり、宮都を取り巻く自然を象徴するものが「明日香（の）川」である、ということになろう。

郎女の「古郷の飛鳥」もやはり、かつて都が営まれたアスカ、といったニュアンスで選択された表記であったと考えられる。ところが、「平城の明日香」は例外的である。少なくとも「元興寺の里」をアスカと呼んだ例は他に見られず、「明日香」と表記される場所も、それ以外はすべて現在の明日香村である。指し示す場所が異なるので、表記を変えただけのことかも知れないが、郎女は「明日香」という表記を、積極的に選択したと見るべきではないか。すなわち、自分の生活圏である外京の一帯をめでたい表記によって書き表した、ということであろう。郎女にとっての外京は、世界の中心にほかならないからである。

先ほど、郎女は坂上の里をまったく詠んでいないと述べたが、実は、坂上家を詠んだと見てもよい歌が、一首だけある。

風交じり　雪は降るとも　実に成らぬ　吾宅の梅を　花に散らすな　（8・一四四五）

という歌だが、ここに見られる「吾宅」が、それである。もちろん、佐保大納言家である可能性がまったくないわけではないが、「吾宅の梅」は坂上二嬢を寓していると見る説[*45]に従うべきであろう。それは「咲いたばかりでまだ実を結ばない我が家の大切な梅、この梅の花を花のまま散らさないでおくれ[*46]」の意で、娘はまだ結婚にふさわしい年齢ではないので、軽い気持ちでちやほやすることはやめて下さいと、娘に言い寄る男を牽制する歌であろう。したがって、「吾宅」はやはり坂上家であると見た方がよい。

だとすれば、坂上郎女は「佐保の山辺」と「吾宅」とを呼び分けていたことになる。すでに述べたように、「坂上」とは自称ではあるまい。音数の問題もあろうが、郎女にとって言挙げすべき地名は「坂上」ではなく「佐保」だった、ということではないか。やはり「佐保」こそが、郎女の矜持の原点だったと考えるべきであろう。

二嬢を「梅」に譬えている点にも、注意をしておく必要がある。周知のように、ウメは外来の植物で、その名称は中国語の音をそのまま写したものである。また天平二年（七三〇）、大宰府で大伴旅人を中心に梅花の宴が催され、三二首の歌（5・八一五～八四六）が作られているが、それに付された漢文の序は、つとに王羲之の「蘭亭記」「蘭亭序」に基づくものだということが指摘されている。[*47]ウメを詠むことはまさに中国趣味である。作者名も、「伴氏百代」「阿氏奥嶋」という形で、中国風に一字の姓にしている。つまり、二嬢をウメに譬えたことは、明治で言えば、鹿鳴館に集う洋装の若い貴婦人をバラに譬えるようなものだと言ってもよい。郎女は「吾宅」を国際標準の浸透した世界として位置づけているのである。

その他、外京周辺の地名としては、「高円山」が見られる。

獦高の　高円山を　高みかも　出で来る月の　遅く照るらむ　（6・九八一）

という「月の歌三首」とされる中の一首である。「山」から出る「月」をうたった例はほかにもあるが、「高円山」から出る例は、この一例のみ。平城京の周辺では「春日山」（三例）と「御蓋山」（四例）から出る「月」がうたわれているが、「春日なる　御蓋の山に　月の船出づ」（7・一二九五）という例によっても知られるように、御蓋山は花山を中心とした春日山塊の中の一つの山にほかならない。[*48] したがって、いずれも現在春日大社の神域となっている原生林の東側の山全体を指すものだと考えてよい。それは、三条大路のほぼ東にあたる。

たまたま郎女の歌と並んで、

安倍朝臣蟲麻呂の月の歌一首

雨籠り　三笠の山を　高みかも　月の出で来ぬ　夜は更けにつつ　（6・九八〇）

という歌が見える。いずれも月の出の遅いことを「山を高みかも」とうたっているばかりでなく、夜遅く昇る月、すなわち十五夜以後の「月」だという点でも共通している。しかし、「御蓋山」と「高円山」の「月」とでは、どのように違うのか。

「三笠の山」の「月」の歌としては、同じ阿倍（安倍）氏でも、仲麻呂の歌の方がよく知られている。『古今和歌集』の「羇旅歌」巻頭に載せられた歌で、

もろこしにて月を見てよみける　　安倍仲麿

あまの原　ふりさけみれば　かすがなる　みかさの山に　いでし月かも　（9・四〇六）

という一首である。仲麻呂は養老元年（七一七）に派遣された遣唐使の一員として渡唐している。したがって、右は『古今集』に収録された歌だが、それは奈良時代初期の常識を反映しているものだと見てよい。

言うまでもなく、月の出る時刻と方位は約一カ月をサイクルとして変化しているが、平城宮を中心として考えた場合、高円山よりも北側に位置する御蓋（三笠）山から出る「月」を詠む方が自然ではないか。当然のことだが、月は東から出て西に沈むものだと考えられていた。[*49] たとえば、一般にツキカタブキヌと訓まれている「月西渡」（1・四八）は、それをツキニシワタルと訓んだとしても、[*50] 月は西に沈むものだということを前提にした表記である。ところが、御蓋山は三条大路のほぼ東だが、高円山はむしろ東南方向に近い。

もちろんこれは、月の出の位置と時間の観測のように、必ずしも正確な事実を確認する必要のある事柄ではあるまい。実際、見る位置によって、満月は御蓋山からも高円山からも出たはずだから、それはあくまでもイメージの問題にほかならない。「もろこしにて」という仲麻呂の歌も、平城京の「月」と言えば「御蓋山」から出るもの、といったイメージがあったからこそ、生まれたものであろう。それは御蓋山の西にあたる「佐保」に住む貴族たちからの視線である、と言ってもよい。

試みに、二〇〇六年のデータ[*51]で言えば、奈良の月の出の方位は、北を起点として、時計回りで約五四度から約一二六度の範囲である。また、その角度が小さければ小さいほど、南中時の角度は大きい。すなわち、約五四度の時は南中時の高さが八四度ほどであるのに対して、約一二六度の時は二五度ほどの高さでしかない。しかし、これは標高ゼロメートルを基準にした計算上の数値なので、山の上に月が出た状態を想定すると、月の出の位置が北に近いほど、計算上の方位との誤差が少なく、南に行くほど南中時の角度が小さくなる（月の位置が低くなる）ので、計算上の方位との誤差が大きくなる。もちろんこうした事情は、天平期においても、それほど大きな違いはあるまい。

平城宮の大極殿を基準とした場合、御蓋山は北から約一〇〇度、高円山は約一二〇度の位置にある。比較の問題で言えば、御蓋山から出る月は比較的高い角度で上昇し、高円山から出る月は、それよりも低い角度で上昇する、ということになる。すなわち、北に位置する山ほど、月がその上にある時間は長く、山の上にぽっかりと浮かんだ姿を見やすいのだ。佐保のほぼ東にあるということをも含め、「御蓋山」の月を詠む歌の方が多いのは、当然のことであったと言えよう。

にも拘わらず、坂上郎女が一人「高円山」の「月」をうたうのは、春日山塊が藤原家の氏神を祀るための神域だったからではないか。藤原清河が遣唐使に派遣された際、春日の神を祀ったことが知られる(『万葉集』19・四二四〇)ばかりでなく、実は、春日山麓には「安倍氏社」が鎮座していたことも知られている(『東大寺要録』)。安倍蟲麻呂や仲麻呂の歌も、そうした背景があってのことだと考えられる。

周知のように、大伴旅人は長屋王派、すなわち反藤原勢力の一人だったとする説が有力である。もちろん、そんなに単純に色分けすることはできない[*52]だろうが、神亀六年(七二九)二月、その長屋王が自尽に追い込まれ、天平元年(七二九)八月には、光明子が立后している。光明子は藤原不比等の娘で、大宝元年(七〇一)の生まれ。坂上郎女よりも、やや年下である。新興貴族の娘の、こうした異例の立后に対しては、坂上郎女も快く思っていなかったに違いあるまい。すでに述べたように、郎女の作品の大半は天平期のものだが、それを光明子の立后以後と言い換えてもよい。それは興福寺ではなく、元興寺の里をうたった意識と同じであろう。平城京の貴族たちにとって、月は「春日山」あるいは「御蓋山」から昇るものであったにも拘わらず、あえて「高円山」の「月」を詠んでいるのは、その辺の事情に基づく複雑な感情を反映しているのではないかと思われる。

このように、どのような景観が選ばれるかという時には、当然のことながら、個人的な立場や感情が大きく影

響するものだと見なければなるまい。

8　庄

坂上郎女は、盆地の東側の中ツ道を南下し、大伴家の庄に行くことがあった。いずれも秋であったと見られるので、毎年収穫の時期には庄に滞在したのかも知れないが、知られる限りにおいて、庄での歌々は天平十一年（七三九）頃にしか見られない。郎女四十歳代の作であったと考えられる。すでに述べたように、竹田庄と跡見庄での歌が見られるのだが、それに関してはすでに詳論したことがある。[*53] したがって、詳細は旧稿に譲ることとして、本稿に関係する事柄だけを述べておきたいと思う。

『日本書紀』における大和平野は「中洲＝ウチツクニ」（神武天皇即位前紀戊午年四月の条）であり、「玉牆の内つ国」（神武天皇三十一年四月の条）であるとされている。すなわち、そこは世界の中心であり、青垣の内の聖域として位置づけられている。[*54] しかし、郎女にとって盆地の中は、必ずしもそうした世界ではなかった。

まず、竹田庄での歌々だが、

大伴坂上郎女、竹田の庄より女子大嬢に贈る歌二首

打ち渡す　竹田の原に　鳴く鶴の　間なく時なし　吾が恋ふらくは　（4・七六〇）

早川の　瀬に居る鳥の　縁をなみ　念ひてありし　吾が児はもあはれ　（4・七六一）

といった「二首」がある。一首目の「打ち渡す　竹田の原に　鳴く鶴の」は、「間なく時なし」という状態を表す譬喩的な序詞で、それは「吾が恋ふらくは」という本旨を導き出す。また、二首目の「早川の　瀬に居る鳥の」という景物も、「縁をなみ」ということの譬喩で、「念ひてありし　吾が児はもあはれ」という本旨を導き出す序詞である。すでに述べたように、この場合も、何を伝えているのかを考えることよりも、いかに伝えようとしているのか、ということを受け止めることの方が重要であろう。とりわけ本稿の関心は、心情表現を分析することにはない。繰り返し述べて来たように、郎女の地名表現からどのような世界観が見えて来るのか、ということを考えることにある。

たとえば、「早川の」の歌の「縁をなみ」という恋歌に多い表現に注目してみる。典型的な例は、

海の底　奥つ白玉　縁をなみ　常かくのみや　恋ひ渡りなむ　（7・一三二三）

という歌である。確かに「海の底　奥つ白玉」は、海のない大和の人たちにとって、とりわけ縁のないものであろう。この序詞は、恋する相手との絶望的な距離感を示す喩として使用されている。また、

うつつには　逢ふ縁もなし　ぬばたまの　夜の夢にを　継ぎて見えこそ　（5・八〇七）

うつつには　逢ふ縁もなし　夢にだに　間なく見え君　恋に死ぬべし　（11・二五四四）

という二首も同様である。何らかの事情があって、現実には決して逢えない状態にあるので、せめて夢にでもということが、嘆きの前提にある。したがって、「早川の　瀬に居る鳥の」も、そうした状態の喩だということに

なろう。それにしても、なぜ「瀬に居る鳥」が「縁をなみ」の喩になるのか。

「女子大嬢に贈る歌」を二首一組として見た場合、「竹田の原」と「早川」を一つの景と見做すことができる。だとすれば、「早川の瀬に居る鳥」は「鶴」の言い換えである、ということになろう。ところが、『万葉集』における「鶴」は、一般に海辺の景物である。難波、武庫の浦、敏馬の崎、淡路、若の浦、伊勢などに見られるが、とりわけ難波の例が目立つ（九例）。瀬戸内を航行した遣新羅使歌群でも、五首に詠まれている。行幸従駕歌にもしばしば見られるように、『万葉集』における「鶴」は、主として海辺の旅の景物であると言ってよい。田園の「鶴」は例外的な存在であり、いわんや平城京の中の例は皆無である。それはやはり、旅先で、異郷にあることを感じさせる景物である、と見なければならない。すなわち、郎女が好んだ「佐保川」の「千鳥」がミヤビな景物であるのに対して、「竹田の原」の「早川」にいる「鶴」は異郷の風景を意味するのであろう。だからこそ、郎女にとってそれは、あたかも「海の底」の「沖つ白玉」のように、「縁をなみ」の喩になるのだと考えられる。大伴家の庄であるにも拘わらず、郎女にとって田園の風景は、「縁をなみ」という表現を連想させるものでしかなかったのだ。

もう一つの竹田庄の歌は、

　　大伴坂上郎女、竹田の庄にして作る歌二首

しかとあらぬ　五百代小田を　刈り乱り　田廬に居れば　京し念ほゆ　（8・一五九二）

隠口の　泊瀬の山は　色づきぬ　しぐれの雨は　降りにけらしも　（8・一五九三）

　　右、天平十一年己卯の秋九月に作る

という二首である。

「しかとあらぬ　五百代小田を　刈り乱り」ともうたわれているが、郎女が実際に額に汗して農作業をした、というわけではあるまい。農繁期に監督者的な立場で庄にあった、と見るのが一般的である。これは序詞ではないが、「京し念ほゆ」という心情を伝えるために選ばれた景物である。それにしても、どうして郎女自身がこんな姿で農作業に従事しているとうたわなければならないのか。また「隠口の」の歌では、季節の推移を「泊瀬の山は　色づきぬ」という風景描写で伝えているが、これも、なぜ「泊瀬の山」でなければならないのか。その点も問題となろう。

「五百代小田」についてはすでに、一種の謙譲表現であると述べたが、もう少し説明を加えておく必要がある。まず、この歌では「田盧」と「京」が対概念になっている、という点を見過ごすべきではあるまい。「京」(＝ミヤビ)に対して、「五百代小田を　刈り乱り」という状態にならざるを得ない「田盧」(＝ヒナビ)といった関係である。たとえ、盆地の中が聖域と見做されていたのだとしても、郎女にとって庄は平城京の外の世界以外の何物でもなかった、ということであろう。してみると、「しかとあらぬ　五百代小田を　刈り乱り」とは、猫の額のような田んぼでの農作業に煩わされて、といったニュアンスで、「京」の生活との落差の大きさを表しているのだと考えられる。だからこそ、「京し念ほゆ」という望郷の念は、一層切実なものとならざるを得なかったのだ。

それでは、「泊瀬の山」はどう見たらいいのか。竹田庄から東側の山々を見た場合、まず目につくのは三輪山である。大物主神の宿る神体山だが、額田王は近江遷都に関わる歌(1・一七〜一八)で、三輪山に対する惜別の思いをうたっている。大和国のシンボル的な存在だが、それに比べて、「泊瀬の山」は特定の山を指すわけではない。しかし、用例は決して多くないが、そのイメージは非常にはっきりしている。

土形娘子を泊瀬の山に火葬りし時に、柿本朝臣人麻呂が作る歌一首

隠口の　泊瀬の山の　山の際に　いさよふ雲は　妹にかもあらむ　(3・四二八)

隠口の　泊瀬の山に　照る月は　盈ち欠けしけり　人の常なき　(7・一二七〇)

隠口の　泊瀬の山に　霞立ち　棚引く雲は　妹にかもあらむ　（7・一四〇七）
狂語か　逆言か　隠口の　泊瀬の山に　廬りせりといふ　（7・一四〇八）
隠口の　泊瀬の山　青旗の　忍坂の山は　走り出の　宜しき山の　出で立ちの　妙しき山ぞ　惜しき　山の荒れまく惜しも　（13・三三三一）
事しあらば　小泊瀬山の　石城にも　隠らば共に　な思ひそ吾が背　（16・三八〇六）
右、伝へて云はく、時に女子あり。父母に知らせず、竊に壮士に接る。壮士その親の呵嘖はむことを悚惕りて、稍くに猶予ふ意あり。これに因りて、娘子この歌を裁作りて、その夫に贈り与ふ、といふ。

「泊瀬の山に火葬りし時」という人麻呂の歌が典型だが、「泊瀬山」をうたった歌は「挽歌」部に収録されているものが多い。周知のことだが、「泊瀬」は他界に通ずる土地だと観念されていた、と見ることができる。三首目の「泊瀬の山に（中略）棚引く雲は　妹にかもあらむ」や、四首目の「泊瀬の山に　廬りせりといふ」は、明らかにそうしたイメージに基づく歌である。

「事しあらば」の歌は、左注によって作歌事情が知られるが、何かあった時は一緒に死んでもいいわ、という健気な女歌である。その際に同穴する場所が、「小泊瀬山」なのだ。また、「照る月は　盈ち欠けしけり」という歌には「寄物発思」とされているが、ここで「思」を寄せられた「物」は「盈ち欠け」する「月」である。こうして「月」に人の世の無常を感ずるのは、身近な者の死に直面した時であろう。唯一の長歌も、やや意味のわかりにくい歌だが、「挽歌」部に収録されている。

また、後に文武天皇となる軽皇子は、成年式の儀礼とも見られる阿騎野（現在の奈良県宇陀市大宇陀区迫間の一帯）への狩猟の折、わざわざ方向違いの「こもりくの泊瀬の山」を越えたとうたわれている（1・四五）。その点を含め、この歌をどう捉えるか、ということについては諸説があるが、子供としての皇子は一旦死に、大人として再生するための儀礼を反映していると見ることもできる。[55]

『万葉集』では、ラシという推量の助動詞が使われる場合、その根拠が一首の中に示されるのが普通である。郎女の歌の場合、「泊瀬の山は　色づきぬ」という事実を確認したことがその根拠であって、「しぐれの雨」が本当に降ったのかどうかは、定かでない。「秋九月作」とあるので、「しぐれの雨」にはやや早いようにも思われるが、郎女は確かな根拠に基づいて推量している、ということになろう。おそらくそれは、「泊瀬山」が異界に通ずる場所とされていたからであろう。黄泉国に行く場合と同様、季節も「泊瀬山」を通ってやって来ると理解されていたのだと考えることができる。

さて、跡見庄の歌には、次のような長歌がある。

大伴坂上郎女、跡見の庄より、宅に留まれる女子大嬢に賜ふ歌一首并せて短歌

常をにと　吾が行かなくに　小金門に　もの悲しらに　念へりし　吾が児の刀自を　ぬばたまの　夜昼と言はず　念ふにし　吾が身は痩せぬ　嘆くにし　袖さへ濡れぬ　かくばかり　もとなし恋ひば　古郷に　この月頃も　ありかつましじ　（4・七二三）

反歌

朝髪の　念ひ乱れて　かくばかり　汝姉に恋ふれぞ　夢に見えける　（4・七二四）

右の歌は、大嬢が進る歌に報へ賜ふ

この中の地名表現は、「小金門」と「古郷」である。「小金門」については諸説があるものの、坂上家の戸口のこと。「古郷」は跡見庄を指す、とするのが通説である。

長歌は、三段に分けることができる。「常をにと（中略）吾が児の刀自を」の六句が第一段。遠い常世の国に行くというわけでもないのに、娘大嬢が、家の戸口で母との別れを悲しんでいる様子である。続く「ぬばたまの

（中略）袖さへ濡れぬ」という六句が、第二段。離れて暮らしてはいても、母は日々あなたのことを思い、心を痛めていますよ、とうたっている。そして、「かくばかり」以下の五句が第三段で、心情表現が集約されている部分である。こんな状態では、この跡見庄にとても一ヶ月もいられませんと、娘に対する溢れる思いを伝えて、一首を結んでいる。

この長歌の中では、とりわけ「古郷」という語を問題にしなければならないが、すでに見たように、坂上郎女には「古郷の飛鳥」という例があった。こうして、かつての都を指すのが『万葉集』中のフルサトの一般的な用例だが、その点でこの「古郷」は例外的であると言ってよい。一般に、庄は父祖伝来の領有地だったと見られているが、だとすれば、フルサトとは「昔から一族が住んできたところ。古くから親しんだ里」[*56]の意とする説明の方が適切であろう。

もちろん、飛鳥をフルサトとする感情は、平城京の官人たちに共有されていたはずである。跡見庄をアスカの範囲に含めていいとする見方もあるが[*57]、この例の場合は、あくまでも一族の中でのみ共有できる感情として、跡見庄をフルサトと呼んでいるのであろう。その一方で、フルサトがいずれも「古郷」と表記されている、という点をも見過ごすべきではあるまい。『万葉集』における「古」は、イニシへと訓まれることが多い。すなわち、その「古」に対する〈今〉を象徴する空間が平城京であった、ということであろう。

跡見庄の歌も、もう一組ある。

大伴坂上郎女、跡見の田庄にして作る歌二首

妹が目を　始見の崎の　秋芽子は　此の月頃は　散りこすなゆめ　（8・一五六〇）

吉隠の　猪養の山に　伏す鹿の　嬬呼ぶ声を　聞くがともしさ　（8・一五六一）

という歌である。この中の地名表現は、「始見の崎」と「吉隠の　猪養の山」。それについては、すでに述べたよ

うに、泊瀬谷の奥、後に伊勢街道と呼ばれる道筋の山中であろう。

この二首は巻八の「秋雑歌」に載せられているが、むしろ「相聞」的な歌だと考えた方がよい。一首目には、「妹が目を　始見の崎の」という枕詞的な表現が使われている。「始見の崎」は「妹」を見初めた場所だということであろうが、「妹」という語も、それが男歌だということを示している。また、「散りこすなゆめ」とあるので、その「秋芽子」は形見のハギと思しい。一方、鹿の「嬬呼ぶ声」を聞いて、「ともしさ」を感じている二首目は女歌である。そこには明らかに、恋歌的な情調が漂っている。日本の恋歌の伝統ともなった一人を嘆く歌である。『万葉集』では、「秋芽子」と「鹿」は、取り合わせの景物として、しばしば同時に詠まれるばかりでなく、

吾が岳に　さ壮鹿来鳴く　初芽子の　花嬬問ひに　来鳴くさ壮鹿　（8・一五四一）

とする例もある。「秋芽子」は「鹿」の「花嬬」、すなわち「初芽子」と「鹿」は妹と背の関係なのである。したがって、「妹が目を」と「吉隠の」の歌はやはり、二首一対で恋歌であると見ることができる。それにしても、その時になぜ「始見の崎」であり、なぜ「吉隠の　猪養の山」でなければならなかったのか。その点が問題となろう。

「吉隠の　猪養の山」は、『万葉集』中、他に一例のみ。

但馬皇女の薨ぜし後に穂積皇子、冬の日雪の落るに、御墓を遙かに望み、悲傷流涕して作らす歌一首

降る雪は　あはにな降りそ　吉隠の　猪養の岡の　寒からまくに　（2・二〇三）

という歌である。周知のように、五句目には本文の異同がある。したがって、異訓があるのだが、本稿にとっては、そこをどう訓もうと論旨に影響はない。

穂積皇子は、坂上郎女が最初に嫁したとされる人物である（4・五二八左注）。「吉隠の　猪養の山」は、その穂積と但馬皇女の悲恋物語の舞台であった。この歌のイメージが強いからでもあろうが、『万葉集』中の「吉隠」

の歌は秋から冬の例ばかりで、いずれも物悲しい。「吉隠の」の歌が、穂積の歌を意識したものであることは確実である。「始見の崎」は未詳だが、「妹が目を」初めて見たという「始見の崎」である。それは恋歌の舞台であった可能性が高い。したがって、二首は一人を嘆く歌であり、満たされない恋の歌であると見ることができる。

このように、郎女は跡見庄で一人を嘆く恋の歌をなした。天皇に対しても、恋歌的な表現で恭順の意を示した郎女である。恋の思いの届かない場所として庄が位置づけられている、ということであろう。ミヤビからはほど遠い世界、郎女にとって、それが庄であったと考えることができる。

9　結

本稿では、特に天平期に焦点を絞り、大伴坂上郎女の作品の中に、どのような形でグローバル化の影響が現れているか、という問題を考えて来たのだが、周知のように、それより遥か以前から、日本列島の歴史は世界の動きと無縁ではなかった。今更めくが、通常「漢委奴国王」と訓まれている金印の事例一つを取って見ても、中国を中心とした東アジアの動きの中に、この列島の歴史があったということを窺い知ることができる。

とは言え、日本という名の古代国家が建設される過程で、国際社会の動きが強く意識され始めたのは、中国の動きよりもむしろ、朝鮮半島を新羅が統一した時ではなかったか。『日本書紀』はその戦闘の様子を具体的に伝えているが[*58]、天智天皇二年（六六三）八月の白村江における惨敗が、非常に大きな衝撃であったことは想像に難くない。明治の文明開化と同じく、国家の存亡に関わる危機感こそ、国際標準に基づく国家の建設を急がせる原動力となったのだと考えられる。

筆者は、韓国の釜山[*59]でこの原稿を書いたのだが、日々、あちらこちらの山城や邑城、寺院、博物館などを見て歩いていると、そう思えてならなかった。釜山港からやや奥まった東萊（トンネ）の山間に、金井山城（クムジョンサムソン）と呼ばれる、周囲一七キロにも及ぶ山城がある。新羅時代に築かれたものだとされるが、さらにその奥には、梵魚寺（ポモサ・釜山広域市金井区青龍洞）という古刹もある。新羅の文武王十八年（六七八）、義湘大師という高僧によって創建された寺院で、倭国の侵攻を防ぐために、護国の寺として建立されたのだとされている。[*60]日本では天武朝である。白村江における敗戦以後、対馬・壱岐・筑紫に「防と烽」を置き、「水城」を築いた（『日本書紀』天智天皇三年是歳の条）ことはよく知られているが、日本も国防を強化していた時期である。こちらが半島の勢力を脅威としていたのと同様に、半島の側でもこの東海の島国を脅威と感じていたのである。[*61]

そうした中で日本は、国際標準に基づく国家の建設を急いだ。そして、その一方で、東西の宇宙軸を非常に強く意識するようになって行ったのだと考えられる。この列島の形と半島との位置関係、そして王権の地である大和の位置が、東西を意識することを決定づけたのだと言ってよいだろう。平城京の三条大路を西に一直線に進むと、国際的な玄関口である難波津に行き着くが、国際航路としての瀬戸内海も、その難波津からさらに西に向かって延びている。その結果、新羅は西と認識されたのであろう。[*62]

しかも、対馬からは半島を視認することができる。当然のことだが、半島からも直接対馬を視野に入れることができる。釜山博物館に所蔵されている朝鮮時代の釜山浦周辺の地図にも、必ず対馬が描かれている。また、釜山市の南側に影島（ヨンド）という島があり、釜山港にとっては、天然の防波堤のような形で、入港した船を東シナ海の荒波から守っているが、その東南の突端に太宗台（テジョンデ）という岬がある。晴れた日には対馬が見えることで知られ、観光客も多い。太宗台とは、三国統一の基礎を築いた新羅王、太宗武烈王（ムヨルワン）がそこに立ったとする伝承に基づく。太宗は、若き日に「質」として日本に来た金春秋である（『日本書紀』大化三年是歳の条）。斉明六年（六六〇）には百済を滅ぼし、天智二年（六六三）、白村江で日本軍を大敗させている。現在でも太宗台には軍の施設があり、一般の立入を禁じているが、両国はまさに一衣帯水である。よきにつけ、悪しきにつけ、日本と半島の国々はさまざまな形で交渉を持たざるを得なかったのである。

したがって、本稿の課題である八世紀におけるグローバル化の問題は、当然のことながら、日本だけの問題ではあるまい。裏を返せば、韓国の問題でもあったはずである。スポーツの日韓戦は、いまだに異様な熱気を孕むが、それは八世紀においても同様であった。唐の天宝十二載（七五三）正月、玄宗皇帝の前に「諸蕃」の一つとして日本の遣唐使一行が朝賀に参列したが、その際の席次が新羅の下位であったことに、大使の藤原清河が猛然と抗議し、席次を変更させたと伝えられている（『続日本紀』天平勝宝六年正月の条）。その結果、両国の関係は険悪化したのだが、新羅との関係が険悪になったのは、この時ばかりではない。そうした中で、八世紀の日本が、東を優位とする西向きの王権を志向したのは当然のことであったと考えられる。

もちろん坂上郎女も、そうした世界の動きと無縁に生きていたわけではあるまい。すでに述べたように、大伴家には新羅の尼理願が住み、天平七年（七三五）、その死にあたって郎女は、長歌までなしている。しかも、天平九年には、不調に終わった遣新羅使の帰朝報告に基づき、台閣内で新羅討つべしとの議論が沸き上がっているにも関わらず、その長歌からは、手厚く葬られたことが読み取れ、生前の交友のほどが窺える。郎女は、新羅がどのような国か、理願から伝え聞いていたことであろう。当然理願は、その文化の優越性を、自己の矜持とともに伝えたに違いあるまい。しかし郎女は、「佐保」を世界の中心と位置づけ、絶対的方位としての宮廷を価値の基準として、歌を作り続けた。それ以外の価値は認めなかったようにも見える。もちろん、それは『万葉集』から見える姿でしかなく、郎女の自意識が、実際どのように世界を捉えていたのかは不明だと言うしかないが、『万葉集』は東に固執する歌人としての「大伴坂上郎女」を伝えているのだ。

郎女には、筑前の名児山でうたった歌がある。

大汝　小彦名の　神こそは　名づけ始めけめ　名のみを　名児山と負ひて　吾が恋の　千重の一重も　慰めなくに
（6・九六三）

という短い長歌だが、心が和むという名を持つナゴヤマなのに、私の恋をちっとも慰めてくれないとうたっている。言うなれば、西の果て、筑前の山なんぞに価値はない、と揶揄する歌である。そこを「風流」とは正反対の世界として位置づけているのだ。

郎女の地名表現が東に偏っているのはおそらく、郎女自身が意図的にそうしたものではあるまい。それは『万葉集』全般に見られる傾向である。したがって、その編者と見られる大伴家持の価値観と世界観を反映していると見るべきであろう。しかし、それは家持個人のものと言うよりは、天平という時代の価値観と世界観を反映したものであった、と考えた方がよい。天平の貴族たちにとって、平城京が唯一の世界であり、その中心をなす平城宮こそが、すべての価値の基準だった、ということであろう。

天平期の平城京では、グローバル化の影響を受けつつ、その文化は成熟の度を増して行った。そうした中で、敗戦の記憶のない天平の貴族たちにとってはすでに、世界標準を前提とした生活環境や価値観は所与のものとしてあった、と見ることができる。危機感の中で、精一杯背伸びをして、学んだ結果として獲得したものであったという事実は、もはや忘れ去られてしまっていた可能性が高い。坂上郎女の意識もすでに、そういう状態だったと考えてよいだろう。

ここに、国風化に向かう条件がすでに用意されている、と見ることができる。「風流」を弁える旧家の大刀自としての郎女の矜持をも支えた文化は、グローバル化の波の中で獲得したものであったにも拘わらず、平城京の貴族たちにとって、それはすでに忘却の彼方にあった。そして、それを自己の中から生まれた文化だと信じ得た時、その眼差しは外の世界に向かわなくなる。それが平安朝の国風文化であったと考えられる。

本稿で確認し得たことは、人間は所詮自分を中心にしてしか世界を見ない、ということに過ぎないのかも知れない。あるいは、坂上郎女のような誇り高い人間は、えてして自分の価値観でしか世界を捉えず、事実を客観的に見ようとはしない、と言い換えてもよい。そうした八世紀の貴族たちが、九世紀の国風化の時代を準備したように、現代のグローバル化の行く末にも、人間が本質的に持つ、ある種の自己中心性が大きな影響を与えるのではないか。とりわけ情報化が進み、高学歴化した現代社会は、自己が肥大化しただけの人間を多く生み出しているように思われる。二十一世紀の世界と文化の変容に、それが影響しないわけはあるまい。

しかし、本稿で確認し得たことは、その事例研究としてあまりにも特殊な一例でしかない。今はとりあえず、天平期の女流歌人の目を通して見た平城京というもののありようを確認し得たことで、満足するしかあるまい。残された問題は、今後の課題として、ひとまず擱筆することにしたい。

注

＊1 この表現の語誌については、拙稿「あをによし奈良――枕詞の生成とその環境――」（『万葉人の表現とその環境 異文化への眼差し〈日本大学文理学部叢書1〉』冨山房・二〇〇一）を参照のこと。

＊2 北山茂夫「古代農民の労働と闘争」（『萬葉の世紀』東京大学出版会・一九五三）など。

＊3 千田稔「横大路の歴史地理」（上田正昭編『探訪 古代の道 第一巻 南都をめぐるみち』法蔵館・一九八八）。

＊4 「島庄遺跡」（明日香村教育委員会・二〇〇四）、「飛鳥京跡第一五一次調査――内郭中枢の調査――」（奈良県立橿原考古学研究所・二〇〇四）など。

＊5 この点については、拙稿「阿騎野と宇智野――『万葉集』のコスモロジー――」（本書所収）で詳論した。

＊6 林陸朗「平城遷都の事情」（『国史学』81号・一九六九）。

＊7　拙稿「東アジアの中の玉津嶋――神亀元年の紀伊国行幸について――」（『万葉史の論　山部赤人』翰林書房・一九九七）。
＊8　拙稿「コトバから文字へ――印南野従駕歌の論――」（『万葉史の論　山部赤人』翰林書房・一九九七）。
＊9　注＊7の拙稿で、詳しい考証を行なった。
＊10　岸俊男「紀氏に関する一試考」（『日本古代政治史研究』塙書房・一九六六）。
＊11　注＊7に同じ。
＊12　住吉三神は「大津の渟中倉の長峡」に鎮座したと伝えられているが、その比定地について、本居宣長『古事記伝』は、摂津国菟原郡住吉郷（現在の神戸市東灘区住吉宮町）とする説を取るが、谷川士清『日本書紀通証』以来、摂津国住吉郡（大阪市住吉区住吉）に鎮座する現在の住吉大社の地に鎮座したとする見方が通説である。
＊13　若山貴志子「大伴坂上郎女」（『萬葉集講座　第一巻　作者研究篇』春陽堂・一九三三）。
＊14　川口常孝「大伴諸宅」（『大伴家持』桜楓社・一九七六）。
＊15　関野貞『平城京及大内裏考』（東京帝国大学・一九〇七）。
＊16　拙稿「大伴坂上郎女ノート」（『近畿大学教養部研究紀要』16巻3号・一九八五）。因みに、坂上郎女の生年については、持統天皇三年（六八九）説から大宝元年（七〇一）説まで、諸説によってかなりの幅が見られる。
＊17　『平成六年　正倉院展』（奈良国立博物館・一九九四）の写真による。
＊18　注＊14に同じ。
＊19　神田秀夫「『嬢子』と『郎女』」（『古事記の構造』明治書院・一九五九）。
＊20　伊藤博『萬葉集釋注　二』（中央公論社・一九九五）。
＊21　野口恵子「大伴坂上郎女作品の地名表現――地名をうたう意識――」（「桜文論叢」66巻・二〇〇六）も、坂上郎女の「地名表現」を問題にしているが、それを「行政的・地勢的・歴史的な地名ばかりではな」く、「通常は地名とされない、場所を指し示す表現をも含める」と定義している。その点には賛成できるが、本稿では、野口と違って、題詞・左注の例は含めない。その理由は、それらは郎女の記述かどうかの確信が持てないこと、歌の表現と題詞・左注の説明的言辞を同じものさしで測ることは適当でないこと。その二点である。なお、地

名表現の認定にも若干の違いがある。
＊22　かつて犬養孝が『万葉の旅』（現代思想社・一九六四）全三巻で行なった索引と分布図のごときものである。
＊23　川口常孝「『佐保の宅』と『西の宅』」（『大伴家持』桜楓社・一九七六）。
＊24　吉井巌『萬葉集全注　巻第六』（有斐閣・一九八四）は、「皇室の特別な施設が設けられていた」としている。
＊25　川口常孝「本拠と諸領」（『大伴家持』桜楓社・一九七六）。
＊26　川口常孝「本拠と諸領」（先掲）、『奈良県の地名〈日本歴史地名大系30〉』（平凡社・一九八一）など。それが通説である。
＊27　『奈良県の地名〈日本歴史地名大系30〉』（平凡社・一九八一）。
＊28　注＊27に同じ。
＊29　注＊27に同じ。
＊30　青木生子ほか校注『萬葉集一〈新潮日本古典集成〉』（新潮社・一九七六）は、「季節ごとに大伴家から土地の産物を献上する習慣があり、家刀自がそれを取りしきっていたのであろう」と推定している。
＊31　上代語辞典編修委員会編『時代別国語大辞典　上代編』（三省堂・一九六七）。
＊32　東茂美「田園から愛娘に」（『大伴坂上郎女』笠間書院・一九九四）。
＊33　奈良国立文化財研究所編『平城京長屋王邸宅と木簡』（吉川弘文館・一九九一）。
＊34　青木生子「大伴坂上郎女」（久松潜一ほか編『上古の歌人〈日本歌人講座〉』弘文堂・一九六九）に、すでにそうした指摘がある。
＊35　拙稿「ことばと自然——古代的〈自然〉論の試み——」（『万葉人の表現とその環境　異文化への眼差し〈日本大学文理学部叢書1〉』冨山房・二〇〇一）。
＊36　この作品に関しては、拙稿「新羅の尼理願の死をめぐって——大伴坂上郎女の「悲嘆尼理願死去作歌」の論——」（本書所収）で詳論した。
＊37　中井公（奈良市教育委員会）の講演「万葉集と考古学」（平成十六年九月一日・於奈良ユースホステル）による。また、奈良文化財研究所の遺跡データベースによれば、平城京朱雀大路（奈良市四条大路）、平城京左京三

坊十坪（奈良市三条栄町）、平城京朱雀大路跡／下ツ道（奈良市二条大路南）などの遺跡で、橋あるいは橋脚の遺構が確認されている。

＊38　青木生子ほか校注『萬葉集一〈新潮日本古典集成〉』（新潮社・一九七六）に、「佐保川は千鳥の名所で、枕詞のように用いている」とある。

＊39　注＊20に同じ。

＊40　岸俊男「万葉集の歴史的地盤」（『宮都と木簡』吉川弘文館・一九七七）。近年は、小澤毅「小墾田宮・飛鳥宮・嶋宮――七世紀の飛鳥地域における宮都空間の形成――」（奈良国立文化財研究所編『文化財論叢Ⅱ』同朋舎出版・一九九七）に、雷丘東方遺跡より南とする説もある。

＊41　上野誠「万葉語『フルサト』の位相」（『古代日本の文芸空間　万葉挽歌と葬送儀礼』雄山閣出版・一九九七）。

＊42　岸俊男「平城京の建設」（『日本の古代宮都』岩波書店・一九九三）。

＊43　土橋寛「『見る』ことのタマフリ的意義」（『古代歌謡と儀礼の研究』岩波書店・一九六七）。土橋は「見る」歌と捉えるが、それは漢字によって意味の枠組みを考えるべき語ではなく、ミルという音で表す概念で理解すべきものである。その点については、注＊35の拙稿で論じた。

＊44　拙稿「《枕詞》と《冠辞》と――枕詞の生成とその環境――」（『万葉人の表現とその環境　異文化への眼差し〈日本大学文理学部叢書1〉』冨山房・二〇〇一）。

＊45　「吾家の梅」が二嬢を寓意しているとする説は、窪田空穂『萬葉集評釋　第五巻〔新訂版〕』（東京堂出版・一九八四）などに見られる。

＊46　伊藤博『萬葉集釋注　四』（集英社・一九九七）。

＊47　契沖『萬葉代匠記』以来の説で、小島憲之「天平期に於ける萬葉集の詩文」（『上代日本文學と中國文學　中』塙書房・一九六三）などが支持している。

＊48　注＊27に同じ。

＊49　「二上に　隠らふ月の　惜しけども」（11・二六六八）という歌もある。「二上」は、奈良県香芝市の二上山。

奈良盆地の西側の山である。また、「二上山に　月傾きぬ」（17・三九五五）という歌も見える。これは越中の二上山だが、富山県高岡市古国府に比定される越中国庁の西側の山である。これらは必ずしも正確な方位に基づくものではなく、月は西に沈むもの、という常識を前提としたものであろう。

＊50　伊藤博『萬葉集釋注　一』（集英社・一九九五）。

＊51　国立天文台天文情報センター暦計算室「こよみの計算（CGI版）」による二〇〇六年のデータに基づく。方位の基準となる地点は奈良県庁（奈良市登大路町）だが、県庁は平城京の二条大路（平城宮の朱雀門前の大路）のすぐ南側だから、その緯度は平城宮跡とほとんど同じである。

なお、「出で来る月の　遅く照るらむ」とは、十六夜の月か立待の月、せいぜい居待の月くらいであろう。大きく欠けた月では、「照る」という表現にふさわしくあるまい。高円山は、平城宮の大極殿を基準に考えた場合、北から約一二〇度の方角にあるので、一〇〇度から一二〇度の間で、しかも夜更けに出る十六夜、立待、居待の月を探すと、二〇〇六年の場合、三月十八日（月の出二一時一六分、方位一一〇・四度、月齢一七・六）、十九日（二二時一八分、一一六・五度、一八・六）、七月十三日（二一時〇八分、一一〇・四度、一七・八）、十四日（二一時四〇分、一〇二・五度、一八・六）の四日のみである。こうした月が見られる機会はごく少ないという点では、もちろん天平期も同じであろう。また、現代の感覚からすると、時間帯がやや早いという気もするが、照明がなく、官人は夜明けとともに出勤する時代である。こんなものではなかろうか。

＊52　原田貞義「旅人と房前――倭琴献呈の意趣とその史的背景――」（大久保正編『万葉とその伝統』桜楓社・一九八〇）。

＊53　拙稿「天平期の女歌に関する一断章」（美夫君志会編『万葉史を問う』新典社・一九九九）。

＊54　平城京を中心とした王権の側の地理的認識の問題については、拙稿「大和・畿内・夷――万葉人の旅と歌――」（『万葉人の表現とその環境　異文化への眼差し〈日本大学文理学部叢書1〉』冨山房・二〇〇一）で詳論した。

＊55　阿騎野の歌を成年式の儀礼の反映と見る説は、渡瀬昌忠「人麻呂の表現――軽皇子安騎野行讃歌について――」（『上代文学』63号・一九九九）などに見られる。

＊56　注＊31に同じ。
＊57　跡見庄は飛鳥の範囲に入り、この「古郷」は例外的なものではない、とする向きもある（木下正俊『萬葉集全注　巻第四』有斐閣・一九八三）。しかし、『万葉集』や『日本書紀』の用例から帰納的に判断すると、それは無理であろう。
＊58　この戦闘に関しては、『三国史記』（新羅本紀第七）にも詳しい記述がある。
＊59　港を中心として発展した釜山市は、五〇キロほど南の海上に対馬がなかったなら、現在のように韓国第二の都市になることはなかった、と思われてならない。さらに、対馬の向こう側には壱岐もあるので、二つの島伝いに、九州と往き来することが可能である。天平八年の遣新羅使も釜山付近に上陸したと見られる（拙稿「万葉集と新羅——遣新羅使人等はなぜ新羅をうたわなかったか——」本書所収）が、文禄・慶長の役の時も、二十世紀前半の植民地支配の時も、釜山がその入口となった。また朝鮮通信使も、釜山港から船出をしている。よきにつけ、悪しきにつけ、釜山は日本の歴史と深い関係を持たざるを得なかったのだ。大和の王権の眼が西に向いたのも、壱岐・対馬を経由して釜山へという、航路の存在を抜きにしては考えられない。そういう意味で、九州と朝鮮半島との間に壱岐・対馬がなかったとしたら、日本と朝鮮半島の歴史は、大きく変わっていたに違いあるまい。
＊60　梵魚寺発行（発行年不明）の『梵魚寺の聖宝博物館』という小冊子に、そうした記述がある。しかし、『三国遺事』（巻四・義解五）の「義湘伝教」には、梵魚寺を含む十の寺に義湘が華厳経を伝えたとされてはいるが、創建したとは書かれていない。
＊61　『三国史記』には、「倭人」の侵攻に関する記事が多い。また、釜山博物館に所蔵されている「東萊府地図」など、朝鮮時代の釜山の地図には、必ず対馬が描かれている。直接視認できる日本列島の存在を、いかに意識していたかということを窺うことができる。
＊62　遣新羅使人等にとっての「新羅」のイメージについては、拙稿「万葉集と新羅——遣新羅使人等はなぜ新羅をうたわなかったか——」（本書所収）を参照のこと。

【付記】本稿は、日本大学精神文化研究所の共同研究「二十一世紀の世界と文化の変容――八世紀の東アジアにおけるグローバル化の問題を通して考える――」の報告として執筆したものである。

II

心の中の「新羅」

新羅の都慶州の鶏林
新羅時代に37人が王位に即いた慶州金氏の氏祖が誕生したとする伝説のある林。

万葉集と新羅——遣新羅使人等はなぜ新羅をうたわなかったか——

1　序

『万葉集』を読もうとする時、いかにして七、八世紀の世界に近づいて行くかということが、私たち研究者にとっては、常に大きな課題である。とりわけ戦後の研究史は、万葉の世界が異文化であるという自覚を深める過程であり、それに近づくための方法を模索する道程であったと言ってもよい。私たちはその研究史を踏まえた上で、八世紀においてヤマトウタとはいかなるものであったのかという、もっとも根本的で本質的な問いかけを、常に念頭に置きつつ、個々の問題に取り組まなければならない。

そこで本稿では、そうした問いかけを意識しつつ、遣新羅使人たちはなぜ新羅をうたわなかったのか、という問題を考えてみたいと思う。

2　ヤマトウタの本質

『万葉集』巻十五に収録されている遣新羅使人等歌は、天平八年（七三六）に派遣された一行の歌々である。それは難波で詠まれたと見られる「悲別贈答」の歌から始まり、備後国長井浦、筑紫館、壱岐嶋、対馬嶋など、往路で詠まれた歌一四〇首と、その帰途、播磨国家嶋で詠まれた歌五首によって構成されている。「新羅国、常の礼を失ひて、使の旨を受けず」（『続日本紀』天平九年二月の条）と伝えられるので、現在の慶州まで行くことができたのかどうかは、不明である。その直前の天平七年（七三五）に来訪した新羅使が、国号を「王城国」と改めると通告して来たことで、日本は「その使を返し却く」（『続日本紀』天平七年二月の条）という措置を取り、彼らが帰国した後の天平十年（七三八）に訪れた新羅使にも、大宰府から「即放還せしむ」（『続日本紀』天平十年六月の条）という扱いをしているので、天平八年の遣新羅使に対して報復的措置が取られた可能性は高い。都に上ることを許されなかったのではないかと見られるが、いずれにせよ、彼らが新羅の地を踏んだことは間違いあるまい。ところが、『万葉集』には新羅で詠まれた歌が一首も存在しないのだ。

遣新羅使人たちは、なぜ新羅をうたわなかったのか。もちろん、そうした問い方が正しいのかどうか、ということがまず問題となろう。単に記録されなかった、あるいは、歌は残されていたのだが、『万葉集』には収録されなかった、といったケースも考えられるからである。しかし、いずれにしても、遣新羅使人たちが新羅を詠んだ歌は『万葉集』に存在しない、という事実には変わりがない。

反対に、『万葉集』にはなぜ東歌が存在するのか、といった問題もある。やや唐突に聞こえるかも知れないが、それは新羅を詠んだ歌がないということと、根を等しくする問題である。いずれも、『万葉集』という歌集はどのような世界認識に基づいて成り立っているのか、といった問題だからである。『万葉集』は、南北の宇宙軸とともに、東西の宇宙軸を強く意識しており、とりわけ東を優位とする世界観に基づいて成り立っている。[*1] 遣新羅使人等歌に新羅を詠んだ歌がないということも、そうした問題と関係があるものと思われる。

結論から言えば、遣新羅使人たちは自らの意志でうたわなかったのではないかと考えている。一行は「鬼病」（巻十五・三六八八題）に見舞われ、対馬で雪連宅満が死に、大使の阿倍継麻呂も没している。そんな状況では、うたえるはずがなかったのかも知れない。しかし、たとえ「鬼病」に見舞われなかったとしても、彼らはうたわなかったのではなかったか。彼らの中には暗黙のうちに、ここはヤマトウタを詠むべき場所ではない、という共通理解が成立していたのではないか。蛮勇を承知で言えば、ヤマトウタは日本の中でしか詠み得ないものだった、ということではないかと考えている。

そう言うと、『万葉集』には山上憶良の「大唐に在りし時に、本郷を憶ひて作る歌」があるではないか、という反論が予想される。

いざ子ども　早く日本へ　大伴の　御津の浜松　待ち恋ひぬらむ　（1・六三）

という歌である。確かに、この題詞には本文の異同がなく、その記述を疑わなければならない理由もない。長安かどうかは不明だが、憶良の歌が日本の外で詠まれたものだ、ということは間違いあるまい。

ところが憶良の歌は、「いざ子ども」と呼びかけられた日本の人々の中で、「大伴の御津の浜松」という日本の地名と景観を詠んでいる。決して、唐の地名や景観を詠んだわけではない。したがって、もう少し正確に言うと、ヤマトウタは日本の風土と景観を詠み、日本人の中で披露されるべきものであって、ヤマトコトバの通じない世界で作られるものではなかった、と言うべきであろう。

3　地名表現と神々

古代の王権が世界をどう捉えていたかということは、『万葉集』にとっても、非常に重要な問題である。とりわけ地名表現を読み解く場合、そこは王権にとってどのような場所として位置づけられていたのか、ということを確認することが必要である。

広田神社

その場合、式内社に注目してみると、説明のつくことが多い。遣新羅使歌で言えば、その冒頭歌（15・三五七八）に「武庫の浦の入江」が詠まれた理由を、西宮市大社町に鎮座する広田神社との関係で考えたことがある。[*2]そこには、天疎向津媛命、住吉三神、八幡神といった神功皇后の新羅征討伝承に関わる神々が祀られているのだが、難波で行なわれたと見られる別れの宴席で、あえて、やや距離のある「武庫の浦の入江」が詠まれた理由は、広田神社の存在を措いては考えられない。それは新羅征討を支えた神々の存在を暗示していたのであろう。

周知のように、日本の古代における地名は、その土地の神々との関係が深い。また、大和大国魂大神、飛鳥坐神、奈良豆比古神、添御県坐神などのように、地名そのものが神名である例も枚挙にいとまがない。いずれにせよ、地名の背後には、その土地の神が存在するのだと考えてよい。『延喜式』の神名帳は、もちろん時代の下る文献だが、『万葉集』を考える際、一つの仮説を立てる上では有効な史料であろうと思われる。

先の憶良の歌で言えば、「大伴の御津」が詠まれ、そこの「松」が「待ち恋ひぬらむ」と、恋歌的な表現でうたわれる理由も、堺市堺区甲斐町東に鎮座する開口神社という式内社との関係で説明することができる。それは「大伴の御津」が「開口水門姫」という港の女神だったことによる。[*3]つまり、ここでは地名とその景観を詠むことが、その土地の神を人々の意識の中に呼び起こすことに繋がっているのだ。

「日本へ」と言った時の「日本」の範囲も、憶良の心情に即して言えば、奈良盆地の中を指すと見るべきだが、国家の理念として言えば、神名帳に収録された神々の鎮座する地を、一応の目安にできる。八世紀の時点においては、神名帳の時代よりも狭かったと考えた方がよいのかも知れないが、いずれにせよ、それが「皇神のいつくしき国」（5・八九六）であり、その範囲内こそが、「言霊の幸はふ国」（同）であったと考えられる。

不定型の「能登の国の歌三首」（16・三八七八～三八八〇）を見ても明らかなように、短歌定型を基本とするヤマトウタはおそらく、八世紀の日本列島全体に普及していた歌のスタイルだったわけではあるまい。とりわけ、文字化の過程で五・七の定型化が進んだと見られることもあって、それは大和の王権と国庁など、その支配が直接及ぶ場所でのみ一般化していた歌のスタイルであったと考えた方がよい。「和歌は言霊や神々、すなわち日本の風土性と一体の文芸」[*4]だとする指摘もあるが、確かに、ヤマトウタは王権の及ぶ範囲内でのみ作られた、ということであろう。

4 「日本」の範囲

『万葉集』巻十四に収録された東歌が、『延喜式』の国郡図式と同じ形で配列されているということは、すでに指摘されて久しい。[*5]すなわち、畿内を中心に世界を見ているのだが、八世紀で言えば、当然のことながら、平城京を中心に世界を見ていたのである。そして、神祇官が太政官の上位に位置づけられていることからも知られるように、政治（マツリゴト）の基本は神々を祀ることであった。地方の側から言えば、中央の神々を受け入れ、それを祀り続ける（マツロフ）ことこそが、臣従することの証であったと言ってよい。換言すれば、中央の神々を受け入れることによって、そこは「皇神のいつくしき国」になったのである。したがって、神名帳に記載された神々の存在しないところは王権の及ばない地域であり、そこは「日本」ではなかった、と考えることができる。

大阪の住吉大社を例に挙げると、マツロフという語の原義が理解しやすい。その神官は津守連氏、すなわち港の番人という職能によって天皇家に臣従していた氏族だが、住吉大社には住吉三神と神功皇后が祀られている。言うまでもなく、いずれも天皇家の側の神である。航海の神と外征の神だが、その祭神の構成は、都の西側の玄関口である難波津を守護する神々といった形である。津守氏の祖先神は現在も、その境内の北隣の大海神社に祀られているが、彼らは難波津の維持管理をしつつ、そこを守護する神々を祀っていたのである。平城京の時代の遣唐使や遣新羅使は、難波津から船出をしたが、彼らにとって住吉の神々は、その加護がもっとも切実に期待されるものであったと考えられる。

瀬戸内航路は、半島から大陸へと続く国際航路であったが、その航路の要所、要所に、航路を維持し、それを守護する神々が祀られている。もちろん、マツロフ人たちがいたということだが、その中心は住吉の神である。住吉の神は播磨、長門、筑前、壱岐、対馬に祀られ、国際航路を見守っていた。遣新羅使人たちは、そうした神々に守られつつ対馬まで航海した、ということになろう。『住吉大社神代記』には、「大唐」「新羅」にも住吉の神が祀られているとされるが、言うまでもなく、そうした記述は現実的でない。ヤマトコトバの通じる対馬までが、住吉の神に守られる範囲であったと考えるべきであろう。

神々と交わす言語である祝詞は、もちろんヤマトコトバである。したがって、ヤマトコトバの通じないところでは、その土地の神々との意思疎通も不可能になる。当然、遣新羅使人たちは、「大通事」(『延喜式』巻三十・大蔵省「賜人蕃使例」)のごとき一部の人を除くと、新羅ではその土地の神々と交わすべき言葉を持たなかった。そのことが、彼らの不安を非常に大きなものにしたであろうことは、想像に難くない。

5　朝鮮半島の山城

大和の王権は、その土地を掌握した証として、王権の側の神々を祀らせている。また地方の神々も、その支配機構の中に組み込まれた。その神々の体系が『延喜式』の神名帳であったと言えよう。その体系の及ぶ範囲は対馬までであって、当然のことだが、新羅は圏外である。

それでは、新羅の王権がその土地を掌握し続けるために設置したものは、何か。あるいは、掌握している証として維持していたものは、何だったのか。すなわち、日本の神々に相当するものだが、それは山城ではなかったか。日本で、シンラ（シラ）をシラギと訓むのは「新羅城」の意だとするのが通説である。新羅自身も「王城国」（『続日本紀』天平七年二月の条）と名乗っているが、当時の日本人はシンラ（シラ）を、城に象徴される王権と捉えていたのであろう。

韓国の各地を歩いていると、山城の多さに驚かされる。慶州周辺には、『三国史記』（新羅本紀第四）に見える南山城、明活山城、仙桃山城などの跡が残っている。ソウル（漢城）の南北にも、北韓山城と南韓山城という大規模な山城があるが、もちろんそれは新羅に限ったことではない。かつての百済の都扶余にも、扶蘇（泗沘）山城と聖興山城があり、公州には公山城がある。高句麗でも、平壌城の周囲には羅城が築かれ、その周辺には大城山城があったとされる。[*6] 半島全体では、一六〇〇箇所を超える山城があるとも言われている。朝鮮時代のものだが、世界遺産に指定された水原の華城のごとき、市街地を取り囲む美しい羅城も見られる。ソウルの東大門の北側にも、その一部だが、立派な城壁が残っている。このように、朝鮮半島では各時代を通じて山城や羅城が築かれ、その補修が繰り返されて来たのである。

慶州・明活山城跡

釜山・金井山城の南門

水原・華城の烽火台

公州・公山城

扶余・聖興山城

扶余・扶蘇山城

南韓山城

ソウル・東大門北側の城壁

周知のように、平城京には羅城が築かれなかったが、各地の重要な拠点には、そこにふさわしい神々が配置されていた。日本の場合、その神々が羅城と山城の代わりだった、と言えるのではないか。ところが、海という天然の掘割で囲まれた島国日本とは違って、朝鮮半島の歴史は常に、南北双方からの侵攻の危険にさらされて来た。『三国史記』（新羅本紀第一）には、百済や伽耶との抗争の記事も多く、その侵攻を防ぐために城塁を築いたとする記事も見える。国家の安全のためには、強固な羅城と山城を築くことこそが切実な問題だったのであろう。幸いと言うべきか、韓国には岩山が多い。その多くは、建築資材として利用しやすい花崗岩である。したがって、石材の調達にも事欠かない。そのこともまた、膨大な数の山城が築かれた要因でないかと思われる。

もちろん、日本の神々と韓国の山城とでは、根本的に事情の異なる面もある。伊勢神宮を頂点とした神々の体系が、十世紀初頭という一点に集約され、畿内を中心に体系的に分布しているのに対して、朝鮮半島の山城は、個々に築かれた時代が異なるばかりでなく、守るべき王都も異なっている。一貫性のある世界認識を、そこから窺うことは難しい。とは言え、朝鮮半島では三国時代から営々として山城が築かれている。『三国史記』（百済本紀第一）には、「険を設け国を守るには、古今の常道なり」とも見える。始祖王温祚の言である。それが国防の基本であったということは、各時代に共通していると見てよい。

6　新羅の景観に対する恐れ

天平八年の遣新羅使人たちの往路の歌は、対馬の竹敷浦で詠まれたもの（15・三七〇〇〜三七一七）で終わっている。竹敷浦は、現在の対馬市美津島町竹敷。かつての上県郡と下県郡とを分けていた浅茅湾の中の、小さな入江の一つである。そこは旧日本海軍の要港部のあったところ。現在も、海上自衛隊の対馬防備隊本部が置かれている。いつの時代もそこは国境警備の重要な拠点とされて来たが、一行はその竹敷から一路新羅を目指したのであろう。

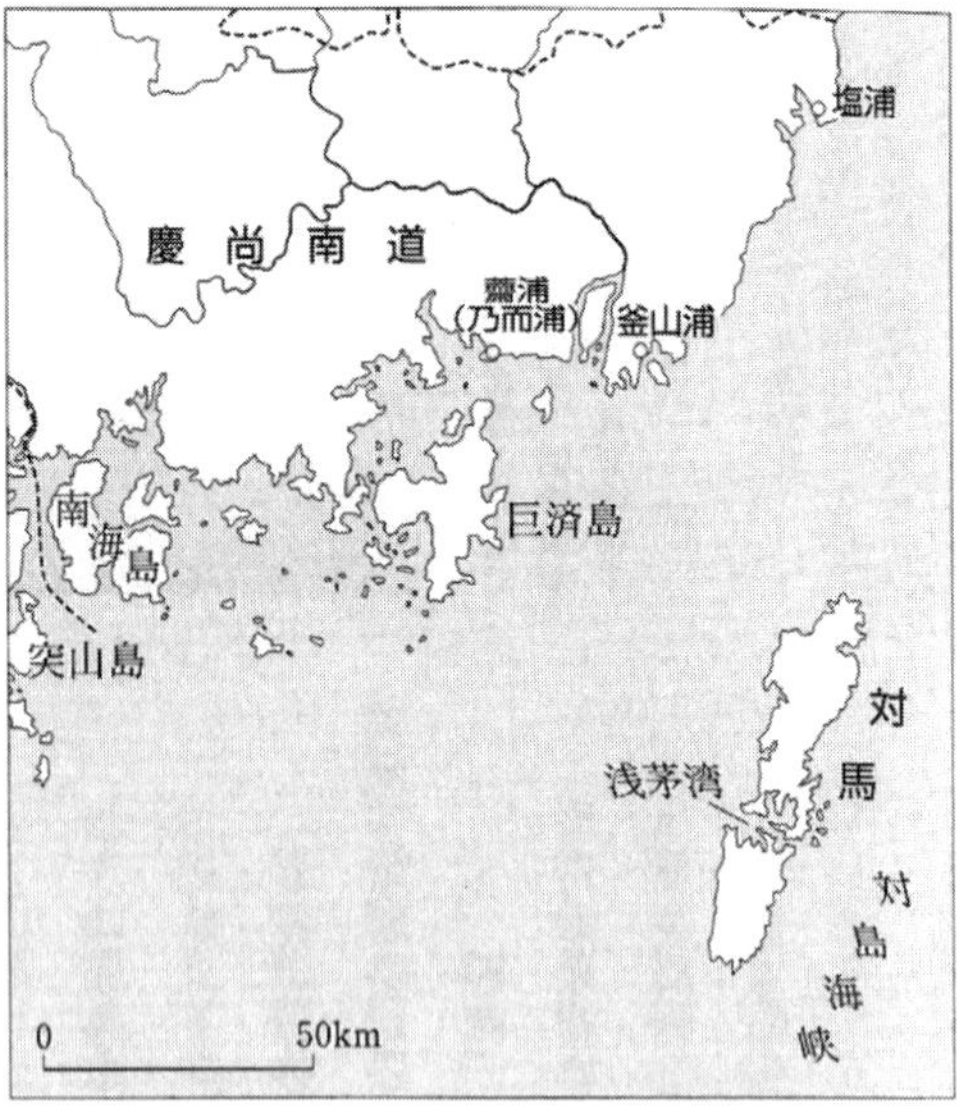

関周一『中世日朝海域史の研究』より

『万葉集』にも『続日本紀』にも、ここから先の行程を窺わせる記述はないが、浅茅湾の西側の入口から半島に向かう場合、現在の釜山市の南西五〇キロほどに位置する巨済島が、距離的にもっとも近い。北西に六五キロほどである。しかし、そこには対馬海流が流れている。悪天候でなくても、うねりは大きい。したがって、南北に長い対馬の西側の沿岸を北上しつつ、その北端に近い上県町の棹崎あたりから海流に乗って、海峡を南から北へと渡るのが、もっとも合理的であろう。そうすれば、危険な海を渡る距離も五〇キロほどで済むばかりでなく、海流を直角に横切る必要もない。もちろん、新羅の都慶州への行程を考えても、それがもっとも近道である。遣新羅使一行が、現在の釜山の地を踏んだ可能性は高いと見てよいだろう。

釜山港は東南方向に口を開けた奥の深い入江だが、その南側にある影島と呼ばれる島が天然の防波堤の役割を果たし、入港した船を東シナ海の荒波から守っている。八世紀においても、そこは天然の良港であったに違いあるまい。影島の東南（対馬側）の突端に、太宗台と呼ばれる岬がある。船が近づくのを拒むかのような切り立った断崖絶壁が続いている（写真）が、百済を滅ぼし、統一新羅の時代の礎を築いた太宗武烈王（六〇四～六六一）がそこに立ったと伝えられる。そうした伝承が存在するのも、そこから直接対馬が見える――「東萊府地図」（釜山博物館蔵）など、釜山浦周辺の古地図には、必ずその沖合に対馬の姿が描かれている――からであろう。もちろん、そればかりでなく、若き日の武烈王、金春秋が「質」として日本に遣わされた（『日本書紀』大化三年是歳の条）経験を持ち、その在位中に、白村江で日本の船師を打ち破ったからであろう。現在も、釜山には軍事施設が多い。七、八世紀の新羅も、その一帯を日本の侵攻を防ぐ最重要拠点の一つと考えていたのではなかろうか。

釜山付近に上陸した遣新羅使一行は、そこでまず何を見たのか。それは筆者の印象に基づく憶測でしかないが、奈良周辺の穏やかな山並とはまったく違った、山の佇まいではなかったか。剝き出しの巨岩が目立つ山々の姿は異様で、異国を感じさせるに十分である。特別に高いわけではないが、彼らの行く手を阻むかのように、急峻な岩山が海に迫っている。釜山港の周辺は二十世紀の初頭以後、山を切り崩して埋め立てられたことによって、陸地がかなり広がっている。八世紀には今以上に山が海に迫り、むき出し

の岩も多かったことであろう。十八世紀のものだが、「釜山浦草梁和館之図」（釜山博物館蔵）には、岩肌の目立つ山々の姿が写実的に描かれている。そうした景観を見て彼らは、異国に来たことを実感するとともに、この先の道程の困難さを感じ取ったのではないかと思われる。

十九世紀までの釜山は、現在の釜山港の北北東一二〜三キロに位置する東萊が中心であった。『三国史記』（雑志第三）にもその名が見えるが、港の奥の隠れ処のような狭隘な盆地である。その西側に連なる山々に、金井山城と呼ばれる山城がある。新羅時代に築かれたものだが、朝鮮時代には周囲一七キロにも及び、国内最大の山城であったと言う。「東萊府殉節図」（釜山博物館蔵）には、文禄・慶長の役の際、丁髷の侍たちがこの山城を攻めている様子が描かれているが、半島に侵攻しようとするならば、まずはここを攻めなければならなかったのである。晴れた日には、金井山城から釜山港や影島などを望むことができる。ここも岩山で、山中を歩くと、城壁の外にも、至るところに天然のトーチカのような岩が転がっていて、加工された跡のある岩も散見される。それ自体が天然の要塞のように見える巨岩も多い。勾配も急で、ここを攻めることの困難さを窺わせる。

八世紀の日本人にとって、自然の中の神々は十分にリアリティーを持つ存在だったと考えられる。しかし、岩を積み上げた城壁は、神々の存在以上のリアルさと重量感で、彼らを驚かせたことであろう。また、そもそも日本では、たとえば磐船神社（大阪府交野市私市）や、生石神社（兵庫県高砂市阿弥陀町生石）などのように、巨岩そのものがご神体として崇拝の対象となることが多い。したがって彼らは、無数の巨岩に覆われた山々に、強い霊威を感じたに違いあるまい。姿の見えない神に、畏れを抱いたことであろうと思われる。

旅の歌では地名を詠むことが多い。しかし、意味のわからない外国の地名を詠んだ結果として、得体の知れない神の名を言挙げしてしまう危険性もある。目に映る自然にも、どんな神が潜んでいるのかわからない。それはあたかも、地雷原のようなものだ。彼らにとって、新羅の地名や景観をコトバで捉えることは、危険極まりないことだったのだと考えられる。とりわけヤマトウタのように、様式の整ったコトバには言霊の力も強く働くと意識されていたはずである。したがって、異国から無事に帰るためには、妄りに歌を詠まないこと。彼らは、そう考えたのではなかったか。

7 むすび

遣唐使の一員として唐に渡ったことのある山上憶良は、天平五年（七三三）、これから渡唐する丹比広成に対して、ことさらに、この日本は「言霊の幸はふ国」（5・八九六）であるとうたっている。逆に言えば、日本の外に出ると「言霊」は「幸は」わない、ということである。意味不明の外国語が飛び交う世界を、コトバの秩序の混乱した世界だと捉えているのであろう。そして、そうした秩序の混乱は、マイナスの呪力を発揮するかも知れない。したがって、むやみやたらに軽率なコトバを発するな、という戒めでもあろう。天平八年の遣新羅使人たちに、そういう忠告をしてくれた人がいたかどうかは不明である。しかし、それはむしろ、当時の日本人――ここで言う日本人とは、日本列島に住む人々の意ではなく、式内社の分布する範囲に生活する人々のことでもない。大和の王権とその周辺に位置を占めるごく一握りの人々の謂である――の共通認識だったのではなかったか。

また、天平勝宝四年（七五二）に渡唐した藤原清河に対する餞の歌には、「そらみつ　大和の国は　水の上は　地行くごとく　船の上は　床にをるごと　大神の　斎へる国ぞ　……」（19・四二六四）とうたわれている。これも逆に言えば、「大和の国」以外は「大神の斎へる国」ではないので、「水の上は　地行くごとく　船の上は　床にをるごと」く行かない、ということになろう。外国とは、それほど厄介で危険なところだと認識されていたのである。だからこそ、神々の加護が切実に期待されたのだが、如何せん、対馬から先は、日本の神々の加護が及ばない地域だったのである。

八世紀の日本は「隣国は大唐、蕃国は新羅なり」(『令集解』公式令)と考えていた。遣新羅使人たちにも、当然、そのような国家観を前提とした「新羅」のイメージが刷り込まれていたものと考えられる。彼らが実際に新羅の地を目のあたりにした時、そうした固定観念に基づいて、その風景を眺めたに違いあるまい。現在の私たちには風光明媚と見える海岸も、彼らの目には、まさに夷狄の地と映ったのではなかったか。

しかも、折悪しく、天平八年の一行が新羅を訪れた時には、「鬼病」まで蔓延していた。平城京のみが人間の住むところだと信じていた人たちから見れば、それはとうてい人間の住めるところではない、と思えたことであろう。したがって、下手にコトバを発することは危険である。定型の力を持つ歌を詠むことは、さらに危険なことである。ヤマトウタとはそうしたものだと考えられていたからこそ、遣新羅使人たちは新羅をうたわなかったのであろう。

注

＊1　拙稿「阿騎野と宇智野――『万葉集』のコスモロジー――」(本書所収)。
＊2　拙稿「武庫の浦の入江――遣新羅使歌群の冒頭歌をめぐって――」(本書所収)。
＊3　拙稿「港と神々」(『万葉人の表現とその環境　異文化への眼差し〈日本大学文理学部叢書1〉』冨山房・二〇〇一)。
＊4　神野富一「沈黙の和歌――遣新羅使歌群を中心に――」(『万葉の風土・文学　犬養孝博士米寿記念論集』塙書房・一九九四)。
＊5　伊藤博「東歌――巻十四の論――」(『萬葉集の構造と成立　下』塙書房・一九七四)。
＊6　金思燁「三国の首都図」(『三国史記　下』六興出版・一九八一)。

武庫の浦の入江——遣新羅使歌群の冒頭歌をめぐって——

1 問題の所在

『万葉集』巻十五前半の遣新羅使人等の歌群には、「大使」「副使」「大判官」などと役職名によって、あるいは「大石蓑麻呂」「田辺秋庭」などと実名によって、作者名が明記された歌のほかに、作者名の記されていない多くの歌が見られる。それらの作者がいったい誰なのかということについては、古来多くの議論がなされて来た。説は大別して、単数説と複数説に分かれるが、編集者の創作の補入を考える説などもあって、帰するところを知らない状態である。

たとえば単数説には、一行中の無名氏とする説[*1]、副使の大伴三中だとする説[*2]、巻十五後半の贈答歌の作者中臣宅守だとする説[*3]や、丹比屋主をあてる説[*4]がある。また複数説にも、三中の作が多く含まれているとする説[*5]、一行中の多人数とする説[*6]、一行中の一無名歌人を中心とした歌人グループとする説[*7]などが見られ、さらに編集者家持の創作がかなり補入されているとする説[*8]などもあって、全体に大伴三中の関与を認める説が有力ではあるものの、いまだ決着を見ていない。その上、その歌群の筆録者は誰で、さらに後半の中臣宅守・狭野茅上娘子の贈答歌と合わせて『万葉集』の一巻とした人物は誰かという問題を含めると、遣新羅使歌群をめぐる諸説は、一層多岐にわたるものとなる。

こうして、今本稿で行なった無記名歌の作者の認定に関する諸説の整理は、諸説が錯綜している以上、当然のこととして、諸論考においてしばしば行われて来たのだが、そうした整理がかえって問題の所在を不鮮明なものにして来たように思われる。すなわち、本来個々の歌の創作がなされるための基盤を明らかにし、その創作のメカニズムを究明することが作品論の本題であるべきはずなのに、従来の研究においては、それぞれの立場での作品への論究が、無記名歌の作者と筆録者は誰かという問題に、そのまま横滑りさせられているように見える。また、三中の関与を認める説が有力なのも、大伴家持に近い人物であるはずだという予見が、まったくなかったとは言えないように思われる。

作者像の認定に関する問題は、ここに詠まれた歌々の本質をどう捉えて行くかという問いかけから、帰納的に考えて行くべき事柄であろう。ある個人の名を挙げることは、もちろん必要なことではあるが、いくらその蓋然性を追究してみたところで、『万葉集』があくまでも無記名歌としている以上、どこまで行っても蓋然性の域を出ない。それならば、個人名を挙げることよりも、まずは作者像を明らかにすることに努める方が建設的であろうと思われる。

もちろん、そうした問いかけが今までにまったくなかったわけではない。冒頭十一首の歌群（三五七八～三五八八）の女歌について、「序の用法などは、常套的な表現を借りて用ゐて居る」とし、天平五年（七三三）の遣唐使の時に笠金村が代作した例などをも考慮に入れながら、「専門作者が代つて作つたものであらう」とする土屋文明の発言[*9]は、決して実証的なものではないものの、歌自体のあり方から無記名歌の作者像に迫った早い例であった。また、個々の小歌群の中に宴の折の具体的な座を想定し、創作と享受が同一の場でなされることによる、場の持つ力によって、歌の発想が規制されつつ創造されて行く姿を詳細に説いた研究も見られた[*10]。しかし、そのような方法に基づく作者像と創作のメカニズムの究明も、座の想定できる歌群においてのみ有効な方法である点に、その限界があったと言えよう。

　そこで本稿は、遣新羅使歌群の無記名歌の作者像への一つのアプローチとして、巻頭に置かれた「武庫の浦の」の一首を取り上げ、序詞として詠まれた地名に着目することを通して、その問題を考えてみたいと思う。すなわち、その地名と『延喜式』（巻九・神名）に見られる神社との関係を検討することこそ、そうした問題を解く鍵であると考えている。

2　景物の即境性

　遣新羅使歌群の冒頭を飾る一首は、次のような歌である。

　武庫の浦の　入江の渚鳥　羽ぐくもる　君を離れて　恋に死ぬべし　（15・三五七八）

言うまでもなく、第一句と第二句の「武庫の浦の　入江の渚鳥」はいわゆる序詞であり、この歌の本旨は第三句の「羽ぐくもる」以下にある。すなわちそれは、「翼に抱へ愛撫して下さる君を放れて、私は恋思に死ぬにちがひない」[*11]の意であろう。望郷係恋の歌群たる遣新羅使歌群の冒頭歌として、まことにふさわしい一首であると言ってよい。

　だがそれにしても、遣新羅使歌群の冒頭歌に、なぜ「武庫の浦の　入江の渚鳥」が詠まれなければならないのか。かつては、そこから船出をしたのだとする向きもあった[*12]が、「右の三首、発ちに臨む時に作る歌」の中には、

　大伴の　御津に船乗り　漕ぎ出ては　いづれの島に　廬りせむわれ　（15・三五九三）

という船出の歌も見える。

「大伴の御津」は難波津のことだとする説[*13]もあるが、それは現在の大阪府堺市堺区甲斐町東に鎮座する開口神

社の付近にあった[*14]と考えた方がよい。藤原京の時代に渡唐した山上憶良は「大伴の御津」（1・六三）に帰ることをうたっているが、同じく憶良は、天平五年（七三三）の遣唐使派遣の時には「難波津」（5・八九六）への帰還をうたっている。難波津は、現在の大阪市の中心部にあったと見られる[*15]が、地理的に見て、奈良盆地の南部に都が置かれた時代は大伴の御津が、盆地の北端の平城京の時代には難波津が、国際的な玄関口とされたのであろう。大伴の御津と「武庫の浦の入江」は、難波津から距離的にほぼ等しい。平城京の時代における二つの港は、難波津を起点とした航路の、大阪湾内の一対の港であったと考えられる。[*16]したがって、その時代の遣唐使や遣新羅使が、大伴の御津から船出をしたとは考えることができない。「大伴の御津」の歌（15・三五九三）は、古歌の転用ではないか。

天平五年の遣唐使が難波津から出航したということは、その折の笠金村の歌（8・一四五三〜一四五五）によっても知られるが、天平八年のこの一行も、「武庫の浦」や大伴の御津ではなく、難波津から船出をしたと考えるべきであろう。冒頭十一首も、その難波における別れの宴席で詠まれたものであった可能性が高い。[*17]

現在の大阪市中央区法円坂に営まれていた難波宮から、後に詳述するが、兵庫県西宮市にあったと見られる「武庫の浦の入江」までは、直線距離で一七キロほど。難波津からだとしても、それほど距離は変わるまい。いずれにせよ、出発地でもないのに、なぜそのように遠く離れた「入江の渚鳥」に寄せて冒頭歌が詠まれなければならなかったのか。当該歌を十全に理解するためには、その点を明らかにしなければならない。

しかし、そのことに触れている注釈書はごくわずかであって、しかも「武庫は近き海路なればかく云ひ出せり[*18]」、「難波津から出る夫の船のまず通過する地[*19]」、「難波の津から程近い[*20]」といった程度の簡略な説明に過ぎなかった。近年は、

難波津を出航して最初の寄港地であったと認められる。長途の出始めであることとて、この港でまずは一服、

さまざまな調整に当たったらしい。往くとて来るとて、「武庫」は気を改め力を矯める港として定着しており、瀬戸内の航路にかかわる人びとにとって、まずは鮮明に脳裡に浮かぶ港（旅先）であったことを確認したい。

とする説明も見られるが[*21]、なぜそれが遣新羅使歌群の冒頭歌に詠まれなければならないのか、という説明にはなっていない。その具体的な説明はなされていないものの、

「武庫の浦の入江の渚鳥」が序詞として詠みこまれていることを軽視すべきではない。それは作者の女性と何らかの地縁的関係を持つか（中略）出航地でない武庫の浦の出現には納得しにくいものがある。

という発言[*22]は、依然として、重く受けとめるべきものであろう。

周知のように、序詞は単にある語を導き出すための形式的な修辞法ではない。それは心情の寄物陳思的表現形式である。もともとは、はじめに即境的景物を提示し、そこから何らかの契機によって陳思部に転換して行く発想形式であって、景物の提示は「場所＋景物」の形式を取るのが普通である。そうした歌謡の方法から、『万葉集』では一般的景物へと傾斜し、しかも心情表現である本旨に、より重心がかかって行く方法で抒情詩化したと説明されている[*23]。

もちろん、当該歌の序詞も、即境的景物だと考えるべきものであろう。実際、『万葉集』の宴席歌には、嘱目の景を詠み込んだものが多い。たとえば、

大目秦忌寸八千嶋が館に宴する歌一首

奈呉の海人の　釣する船は　今こそば　船棚打ちて　あへて漕ぎ出め　（17・三九五六）

右、館の客屋に居つつ蒼海を望み　仍りて主人八千嶋この歌を作る

は、その左注によって、嘱目の景を詠んでいることが確実である。また次の例なども、いささか長い題詞によっ

て、即境的景物であることが明らかである。

同じ月の九日に諸僚、少目秦伊美吉石竹が館に会ひて飲宴す。ここに主人百合の花縵三枚を造り豆器に畳ね置き賓客に捧げ贈る。各この縵を賦して作る三首

油火の　光に見ゆる　我が縵　さ百合の花の　笑まはしきかも　（17・四〇八六）

右の一首、守大伴宿禰家持

もちろん、ここに挙げたごとき遊びの宴における余裕のある心的状況で詠まれた歌と、場合によっては、永遠の訣別となるかも知れない別れを前にした宴における歌々を、同列に扱うことは不適切であるのかも知れない。しかし、『万葉集』の宴席歌は社交的性格を持ち、即境性こそが重視されるものなのである。[*24] 同様に、嘱目の景を序詞にしたと考えられる例として、

十六年甲申の春正月五日に諸の卿大夫の安倍虫麻呂朝臣の家に集ひて宴する歌一首　作者審らかならず

吾が屋戸の　君松の木に　降る雪の　行きには行かじ　待ちにし待たむ　（6・一〇四一）

を挙げることもできる。「吾が屋戸の」の「松の木」に「降る雪」を眺めながらの宴席だからこそ、同音反復的に「行きには行かじ　待ちにし待たむ」という心情表現が導かれるのであって、この序詞に詠み込まれた景物はやはり、即境性を持つものだと考えてよい。

そこで、当面の歌と作歌年次の近い歌々の中から、即境的景物でない序詞を詠み込んだ宴席歌を見てみると、次のような例がある。

秋八月廿日に、右大臣橘家に宴する歌四首

長門なる　奥つ借島　奥まへて　吾が念ふ君は　千歳にもがも　（6・一〇二四）

右の一首、長門守巨曾倍対馬朝臣

これは三句目以下が本旨だが、「奥まへて吾が思ふ」ということを言うために「長門なる　奥つ借島」が詠み込まれている。「右大臣橘家」とは橘諸兄の邸宅を意味するが、この歌の詠まれた天平十年（七三八）当時のその邸宅は、「相楽別業」（『続日本紀』天平十二年五月の条）——一般に京都府綴喜郡井手町井手に比定される[*25]——であったと見て間違いない。したがって、その序詞は当然嘱目の景ではあり得ない。「長門」が詠み込まれたのは、その作者が「長門守」だったからに違いあるまい。つまりこれは、その地名に縁のある人物だったからこそ、うたい込まれた序詞なのである。

このように、当該歌に「武庫の浦の　入江の渚鳥」が詠まれたのも、それを詠み込まなければならない何らかの理由があったからだと考えなければなるまい。

3　冒頭歌群の女歌の作者像

さて、本稿の冒頭でも見て来たのだが、遣新羅使歌群の無記名歌の作者については、さまざまな説があった。それを冒頭十一首の贈答歌群だけに絞ってみても、次のように分けることができる。

(1)二人作説
(イ)ある使人と妻
(ロ)大伴三中と妻
(ハ)中臣宅守と狭野茅上娘子
(2)多数説（複数の男女）
(3)代作説

(4)家持創作説

このように、ここでもさまざまな説が見られるのだか、この歌群の女歌の作者については、そのほとんどが実際の使人の妻の作であるとする点で一致している。(4)も、十一首のうちの四首は実際の贈答であり、それに家持の創作を加えて十一首としたとする立場である。[*26] したがって、もともとあった女歌はやはり、実際の使人の妻であると考えていることになろう。だとすれば、(1)(2)(4)の説は、女歌を実際の妻の歌と見たものだと見做すことができる。

当該歌群は歌の座が想定できるほどに、前の歌を意識しつつ、座の流れを巧みに取り入れながらうたわれたものだとされている。[*27] それほどよくできた歌々だということになろう。しかし、これから海外に遣わされる使人の実際の妻たちに、あるいは今生の別れともなるかも知れない出航を前にしての宴席で、はたしてそうした歌が作れるものなのだろうか。家持創作説なども、言うなれば、それができ過ぎている点に疑問の目を向けたところから出発しているのである。

遣唐使に関しては、かなりの歌が『万葉集』に残されてはいるものの、使人の肉親が作ったと確実に認定できる歌は、一首も存在しない。「親母子に贈る歌」（9・一七九〇～一七九一）という例は見られるが、それは陸路の旅をうたったものであって、古歌の転用の可能性もある。[*28] 遣唐使に関わる歌の場合は、神々の加護によって船が速く安全に進行し、本国に無事帰還するという内容をうたうことが多い。宴席歌の場合でも、それがある程度固定化した伝統的な発想様式となっていたと考えてよい。[*29] もちろん、だからこそ、そうした妻たちの歌として、当該歌群は貴重なのだと言えるかも知れない。とは言え、実に当意即妙で、時にコケティッシュで、しかも〈恋ひ死に〉などといった恋歌の常套的表現をも含み持つ冒頭十一首の女歌は、やはりでき過ぎていると言った方がふさわしい。

その女歌を見てみると、

武庫の浦の　入江の渚鳥　羽ぐくもる　君を離れて　恋に死ぬべし　(15・三五七八)
君が行く　海辺の宿に　霧立たば　我が立ち嘆く　息と知りませ　(15・三五八〇)
大船を　荒海に出だし　います君　つつむことなく　早帰りませ　(15・三五八二)
別れなば　うら悲しけむ　我が衣　下にを着ませ　ただに逢ふまでに　(15・三五八四)
たくぶすま　新羅へいます　君が目を　今日か明日かと　斎ひて待たむ　(15・三五八七)

といった歌々である。これらと、おそらく宴の場での歌だと思われるものだが、肥前国松浦郡狛嶋亭における「娘子」と明記された、

天地の　神を祈ひつつ　我待たむ　早来ませ君　待たば苦しも　(15・三六八二)

という歌と、残される女の嘆きをうたった歌として、いったいどのような違いを見出せるのか。また、「対馬娘子名玉槻」の作とされる、

竹敷の　玉藻なびかし　漕ぎ出なむ　君が御船を　いつとか待たむ　(15・三七〇五)

という歌との間にも、とりたてて性格の違いを見出すことができない。嘆きつつも、とにかく精進潔斎して待とうという恋歌としての発想と表現の形において、両者の間に明確な違いは認められない。

「早帰りませ」という歌句は、山上憶良の好去好来歌(5・八九四)などに見られる寿歌的遣唐使歌の常套的表現[*30]だが、こうした表現も冒頭十一首中の女歌の中(15・三五八二)に見られる。さらに、狛嶋亭における娘子の歌にも「天地の　神を祈ひつつ　……　早来ませ君」(15・三六八二)と詠まれている。

また、別れに臨んだ「娘子」の歌としては、

明日よりは　我は恋ひむな　名欲山　石踏みならし　君が越え去なば　(9・一七七八)

などもも見られるが、こうした歌との間にも、別れに望んだ女の恋歌の発想と表現の質において、いったいどれほどの違いが見出せるのであろうか。はたして、当面の女歌は本当に実際の使人の妻の歌だったのか。巻頭歌が難波での歌でありながら、「武庫の浦の入江」という序詞を詠み込んでいることとともに、不審と言わねばならないだろう。

もちろん、まだ結論を急ぐ段階ではないが、これらはむしろ、「武庫の浦」ゆかりの遊行女婦の作だと考えた方が自然なのではないか。具体的に名前を特定することはできないものの、遣新羅使の出発に先立って、難波における宴席に侍り、妻の立場になって、使人たちの中の歌に秀でた男性と、悲別を主題とする歌をうたい交わし、一行の共感を呼び、涙を誘った歌々だったと考えてみることは、決して無謀な推測ではあるまい。巻十五の目録には、宅守と娘子の贈答歌に対して、「ここに夫婦別れ易く会ひ難きことを相嘆きて（中略）贈答せる」と書かれているのに対して、当該歌群については「使人等各別れを悲しびて贈答し」としかなく、明らかに扱いに違いが見られる。その点も決して、見逃すべきではあるまい。

4　武庫の浦の入江と天疎向津媛命

「武庫の浦の入江」は、現在ではもうその姿をとどめていないが、兵庫県西宮市西部の海岸寄りの一帯に、かつてあった入江であると考えられている。[*31]

大阪湾は全体的に水深が浅く、特に阪神地区一帯の海岸は比較的遠浅なので、近代以後は埋め立てが進められ、自然の海岸線はほとんど残っていない。「入江」は、現在の今津出在家町と浜松原町のあたりを入口として、そのすぐ内側に津門——言うまでもなく、港の入口の意であろう——という地名の残っているあたりにあったとさ

津門の入り海の推定復原図

（『西宮市史　第一巻』から転載）

れる。さらに奥へ、JR西宮駅や阪神電車の西宮駅あたりから、その北側の城ケ堀町、中前田町、中須佐町一帯まで、二キロ以上の奥行きを持っていたと推定されている。

「入江」であったところの多くは、現在「宮水」の湧出する地帯として知られており、大手の酒造場もこのあたりに集まっている。かつての灘五郷のうちの今津郷と西宮郷に相当する。「宮水」はかなり塩分の高い硬水で、その成分の特徴の一つに燐の含有が挙げられているが、そうした「宮水」の生成には、地下の貝殻層の堆積が重要な働きをしている。かつてそこが入江だったことが大きく作用していると言うのだ。

また、大阪湾の潮の流れは概ね、神戸側から大阪の方に向かって時計まわりに流れている。西宮市の西部を北から南に流れ、大阪湾に注ぐ夙川の運んだ土砂を、その潮流が押し流し、現在の西宮港の少し北側に、東に延びる砂嘴を形成した。それが、入口が狭く中が広い天然の良港「武庫の浦の入江」を生んだのである。かつて海であったと推定される一帯からは、古墳等の古代の遺跡は発見されていない。その点からも、そこがかつて入江であったことは確実だが、やがてその東側を北から南へと流れる武庫川のデルタ地帯が広がって行くとともに、「入江」は消滅して行ったと考えられている。

言うまでもなく、「武庫の浦の入江」の形成と消滅を考えることが本稿の目的ではない。その正確な位置さえ確認できればそれでいいのだが、『日本書紀』(応神天皇三十一年八月の条)にも、その「入江」に関する記述が見える。

秋八月に、群卿に詔して曰はく、「官船の、枯野と名くるは、伊豆国より貢れる船なり。是朽ちて用ゐるに堪へず。然れども久に官用と為りて、功忘るべからず。何でか其の船の名を絶たずして、後葉に伝ふること得む」とのたまふ。群卿、便ち詔を被けて、有司に令して、其の船の材を取りて、薪として塩を焼かしむ。是に、五百籠の塩を得たり。則ち施して周く諸国に賜ふ。因りて船を造らしむ。是を以て、諸国、一時に五百船を貢上る。悉に武庫水門に集ふ。是の時に当りて、新羅の調使、共に武庫に宿す。爰に新羅の停にして、忽に失火せぬ。即ち引きて、聚へる船に及びぬ。而して多の船焚かれぬ。是に由りて、新羅人を責む。新羅の王、聞きて、讋然ぢて大きに驚きて、乃ち能き匠者を貢る。是、猪名部等の始祖なり。

もちろん、この記事をそのまま事実として鵜呑みにすることはできないが、ここには二つの大事な点が含まれている。その一つは、かつて「武庫水門」――当該歌の「武庫の浦の入江」と同じと見てよいだろう――は天然の良港として、ある程度の賑わいを見せていたということ。そして二つ目には、そこは新羅との関係の深い土地であり、渡来人たちもその一帯に住んでいたということである。『書紀』には舒明天皇二年（六三〇）に、難波大郡に「三韓の館」ができたとされるが、それ以前は、そうした外国の使節を宿泊させる施設がこの「武庫水門」にあった、と推定する向きもある。[*32]

この「入江」の奥の北側に、『延喜式』（巻九・神名）に摂津国「武庫郡四座」の筆頭として挙げられる広田神社が鎮座している。現在は、海岸線から三～四キロ離れた西宮市大社町に位置するが、かつての「入江」の渚からならば、一キロ以内だったはずである。[*33] ここの祭神は、当所から天照大神の荒魂天疎向津媛命であったとされている。[*34] この神名は、都を遠く離れた向こう側の港の媛という意で、難波から大阪湾を挟んで反対側の入江の神として、いかにもふさわしい名称である。また後には、底筒男命・中筒男命・表筒男命という住吉三神、及び神功皇后も祀られているが、[*35] こうした広田神社の祭神はいずれも、神功皇后の新羅征討伝承との関係が深い。

『日本書紀』（神功皇后摂政前紀）に、次のような記事が見られる。

九年の春二月に、足仲彦天皇、筑紫の橿日宮に崩りましぬ。時に皇后、天皇の神の教に従はずして早く崩りたまひしことを傷みたまひて、以為さく、祟る所の神を知りて、財宝の国を求めむと欲す。是を以て、群臣及び百寮に命せて、罪を解へ過を改めて、更に斎宮を小山田邑に造らしむ。（中略）請して曰さく、「先の日に天皇に教へたまひしは誰の神ぞ。願はくは其の名をば知らむ」とまうす。七日七夜に逮りて、乃ち答へて曰はく、「神風の伊勢国の百伝ふ度逢県の折鈴五十鈴宮に所居す神、名は撞賢木厳之御魂天疎向津媛命」と。亦問ひまうさく、「是の神を除きて復神有すや」と。（中略）即ち対へて曰さく、「日向国の橘小門の水底に所居て、水葉も稚に出で居る神、名は表筒男・中筒男・底筒男の神有す」と。

神功皇后を新羅征討へと駆り立てたのが、これらの神々だと伝えられているのだが、『古事記』では、それがより一層直截的な形になっている。神々は名を顕すとともに、神功皇后の新羅征討を守護するという託宣まで下し、皇后はすぐに船出をしたことになっているのである。

続いて『書紀』は、この新羅遠征の結果として、新羅王から、以後属国の礼を取り、定期的に朝貢を欠かさないという約束を取りつけるまでの経緯を詳しく述べているが、新羅から帰国する折のこととして、忍熊王の反逆事件を伝えている。しかし、それは未然に皇后の知るところとなり、難波で待ち受けていた忍熊王を避けて、皇后は一旦紀伊水門に泊まってから難波に向かう。そして『書紀』（神功皇后摂政元年二月の条）には、

皇后の船、直に難波を指す。時に、皇后の船、海中に廻りて、進むこと能はず。更に務古水門に還りまして卜ふ。是に、天照大神、誨へまつりて曰はく、「我が荒魂をば、皇后に近くべからず。当に御心を広田国に居らしむべし」とのたまふ。即ち山背根子が女葉山媛を以て祭はしむ。

と、天照大神の荒魂である「天疎向津媛命」が広田神社に鎮座することになったと伝えているのである。

さらに『書紀』は、

亦表筒男、中筒男、底筒男、三の神、誨へまつりて曰はく、「吾が和魂をば大津の渟中倉の長峡に居さしむべし。便ち因りて往来ふ船を看さむ」とのたまふ。是に、神の教への随に鎮め坐ゑまつる。則ち平に海を度ること得たまふ。

とし、住吉三神が航海守護の神として「大津の渟中倉の長峡」に祀られることになったとも伝えている。すなわち、現在の大阪市住吉区住吉に鎮座する住吉大社[*36]である。そして、代々その神官を務めた津守氏は、住吉の神を祀りつつ、難波津の維持管理に従事して来たのである。

周知のように、住吉の神は、藤原清河が入唐使として遣わされた時の歌に、

住吉に　斎く祝が　神言と　行くとも来とも　船は速けむ　（19・四二四三）

とうたわれているように、遣唐使との関係が深い。『延喜式』（巻八・祝詞）に見られる「唐に使を遣はす時の奉幣」も、住吉の神に言上されるものである。その住吉三神が広田神社の祭神となって行く過程は詳らかでないが、『住吉大社神代記』には、その「部類神」として「広田大神」の名が挙げられている。奈良時代にはすでに、両者が関わりの深い神社であったことが知られるのだ。

このように見て来ると、その主たる祭神が「天疎向津媛命」である点からしても、広田神社と「武庫の入江」は、切っても切り離せない関係にあったと考えることができる。否、入江そのものが「天疎向津媛命」だと見るべきであろう。そして、神功皇后の新羅征討の故事に因んで、やがてそこに住吉三神も祀られるようになったのではないか。それは、「武庫の入江」が新羅と関係の深い地であったこととともに、天然の良港だったからに違いあるまい。「入江」は、「天疎向津媛命」であると同時に、「往来ふ船を看さむ」とする神、すなわち往来する船を海難から護る神としての住吉三神の鎮まりいます所ともなったのである。

事実はともあれ、広田神社の神々は神功皇后の新羅征討を成功に導き、さらにその後、皇后の危急をも救った。やがて、そうしたことなどが契機となって、神功皇后もその祭神に加えられたのであろう。このように、遣新羅使にとって広田神社は、もっともその加護が期待される神社であったと見ることができる。遣新羅使歌群の冒頭歌において、「武庫の浦の入江」が詠まれることの必然性も、そこにあるに違いあるまい。

5　時宜に適った宴席

ところで、当面の歌の本旨は、第四句・第五句の「君を離れて　恋に死ぬべし」であったが、〈恋ひ死に〉というのは、かなり誇張した表現である。『万葉集』中に多くの用例が見られ、恋歌の類型的表現の一つであると言えようが、死と隣り合わせの危険な航海に出る直前にその妻（恋人）がうたう歌として、「死」をうたうこの歌は、決してふさわしいものではあるまい。このような表現は、いったいどのような場においてなされるものなのだろうか。

すでに指摘されているように、宴席での歌だと考えるのがもっとも穏当であろうが、遣唐使の場合には、次のような宴席の歌が見られる。

従四位上高麗朝臣福臣に勅して難波に遣はし、酒肴を入唐使藤原朝臣清河等に賜ふ御歌一首

そらみつ　大和の国は　水の上は　地行く如く　船の上は　床に座る如　大神の　鎮へる国ぞ　四つの船　船の舳並べ　平安けく　早渡り来て　返り言　奏さむ日に　相飲まむ酒ぞ　この豊御酒は　（19・四二六四）

反歌一首

四つの船　早帰り来と　しらかつけ　朕が裳の裾に　鎮ひて待たむ　（19・四二六五）

当該歌とこうした荘重な歌を比べてみると、その違いは明らかであろう。当該歌はおそらく、肆宴のような改まった席での歌ではあるまい。やはり、遊行女婦なども加わった、あまり堅苦しくない宴席で作られたものであったと考えるべきではないか。

すでに述べて来たように、当該歌を実際の使人の妻の詠と考えるには不自然な点が見られる。また、そこでう

たわれた「武庫の浦の入江」という序詞も、非常に意図的なものであったと考えられる。してみると、その女歌の作者はやはり、「武庫の浦」に地縁的な関わりを持つ女性ではなかったかと想像される。肥前国松浦郡の狛嶋泊で「娘子」が、また対馬の竹敷浦では「対馬娘子名玉槻」が宴に侍っていたように、難波における出発の宴に際しても、そのような遊行女婦のごとき女性が侍り、歌を披露したのではなかったか。

土橋寛によれば、遊行女婦とは招かれればどこにでも出向いて行く女性ではあるが、諸国を遊行するものではなく、定着遊女であったと言う。「娘子」と呼ばれる女性も同様であって、それらは万葉の時代においてはまだ職業化していなかったと考えている。彼女たちは主に宴席の場において勧酒歌、引き留め歌的な創作歌や、掛合い歌の機智的性格を継承したコケティッシュな贈答歌をなした。歌はすべて恋愛歌であり、中には媚態的なものもあるが、それは実際に恋愛関係にあったことを示すのではなく、送別の歌とはそのように作られるものだったのだと説明している。[*37] 当面の「武庫の浦」の一首も、以上のような説明に尽きるように思われる。

すでに述べたように、広田神社は住吉大社の「部類神」として難波津とは関係が深かった。また、筑紫に向かう瀬戸内航路の最初の港として、難波津を出航した船がしばしば「武庫の浦の入江」に立ち寄ったであろうことも想像に難くない。「武庫の浦」の娘子は招かれるべくして招かれたのであろうが、それ以上に、天平八年の遣新羅使派遣の折にはとりわけ、「武庫の浦の入江」すなわち広田神社のことが顧みられる歴史的必然があったのだと考えられる。

周知のことだが、それは当時における対新羅関係の悪化である。『続日本紀』によって、そのおおよその事情を確認しておくと、次のごとくである。天平四年（七三二）正月二十二日に新羅使が来朝したが、彼らを大宰府に呼んだのが三月五日。五月十一日に入京させ、同十九日に拝朝させるまでに実に四ヶ月も経過している。日本側の対応が冷たかったかどうかは定かでないが、この時新羅側からの提案で、新羅使の来朝は三年に一度になった。そして、天平六年十二月六日に次の新羅使が来朝する。翌七年二月十七日に入京。そこで朝廷は、中納言多治比県守を兵部の曹司に遣わして、新羅使の入朝の理由を問わせたが、彼らの言うには、新羅は国号を改めて「王城国」としたと言う。その国号を尊大なものと受け取った日本側は、「茲に因りてその使を返し却く」という措置を取った。つまり拝朝も許さず、即刻追い返したのであろう。これによって両国の関係は険悪化したのだと考えられている。

よく知られているように、この天平八年の遣新羅使がまったくの不首尾に終ったということは、翌九年二月の『続日本紀』に見える帰朝の記事によって明らかである。

己未、遣新羅使奏すらく、「新羅国、常の礼を失ひて使の旨を受けず」とまうす。是に、五位已上并せて六位已下の官人、惣て卅五人を内裏に召して、意見を陳べしむ。丙寅、諸司、意見の表を奏す。或は言さく、「使を遣してその由を問はしむ」とまうし、或は「兵を発して、征伐を加へむ」とまうす。

と、征討論も飛び出すような状態だった。先年の新羅使に対する日本側の扱い方を受けて、新羅も報復措置を取ったのであろう。それに対して朝堂は、侃々諤々だったのである。

こうした新羅側の対応は、おそらく出発前から予想ができたはずである。その関係の調整役が、この度の遣新羅使であったと言ってよい。派遣にあたり、あるいはこの帰朝記事にも見られるような強硬論が出ていたかも知れない。そこには、神功皇后の新羅征討の故事も飛び出したことだろう。そうしたところに、天平八年の遣新羅使には、とりわけ神功皇后の新羅征討の事績が思い起こされ、その征討を支えた神々の加護を特に期待する雰囲気があったのだと考えられる。この遣新羅使は、通常よりも出発までに時間を要しているが、その間に、使命の達成を広田神社の神々に祈願するべく、「武庫の浦」に赴いた可能性もあろう。

「武庫の浦」ゆかりの娘子が、その出発に先立つ宴席に呼ばれたのも、そうした事情によるものではなかったか。彼女はそのような事情を十分に承知した上で、「武庫の浦の　入江の渚鳥」の歌を詠んだのだと考えられる。その「武庫の浦の　入江の渚鳥」が「羽ぐくもる」というのは、彼ら使人たちにとって、広田神社の神々の加護を暗示する、祝意に富んだものだと受けとめられたに違いあるまい。事前に広田神社を参拝していたのだとすれば、なおさら効果的な序詞だったことになろう。そして、その序詞が巧みに意味転換され、「君を離れて　恋に死ぬべし」と続くことによって、あっと言う間に恋の歌となる。宴席の気分を巧みに捉えた一首であると言ってよい。それは出発に先立つ宴の悲別歌の口火を切るものとして、まことにふさわしいものであり、「武庫の浦」ゆかりの娘子ならではの歌であったと考えられる。

6 結

このように、「武庫の浦の　入江の渚鳥」の歌は、難波における出発に先立っての宴席で、「武庫の浦」ゆかりの娘子によって、妻の立場で詠まれたものであったと考えられる。天平八年の遣新羅使には特に、「武庫の浦」やそこに鎮座する広田神社のことなどを想起する必然的な事情があったのだ。そうした序詞は、航海の安全と対新羅関係の修復という使命の達成に対する祝意を含んだものではあったが、それが披露されたことによって、必ずしも宴席の使人たちの士気を鼓舞することにはならなかった。広田神社の神々の加護を期待しつつも、「君を離れて　恋に死ぬべし」という歌句に、家郷の妻たちへの思いは一層かき立てられ、

大船に　妹乗るものに　あらませば　羽ぐくみ持ちて　行かましものを　（15・三五七九）

という、叶わぬ同行の願いをうたう男歌が作られる契機となった。そして、十一首の贈答歌が作られる直截的な要因ともなったのである。

遣新羅使歌群には季節の合わない素材がうたわれていたり、一部の題詞の様式が基本的な型と違っていたりすることが指摘されている。[*38] それは、当歌群が集録されたままの姿であるとする見方の障碍となろう。そうだとすれば、冒頭十一首も宴の場における詠出順のままに並んでいるのではないのかも知れないが、ともあれ「武庫の浦の」の歌はその巻頭に飾られた。その意味を決して軽く見るべきではあるまい。それは、遣新羅使歌群の冒頭歌として確かにふさわしく、祝意を持ちつつも、悲別の歌として仕立て上げられていたからである。

論ずるべきことは、まだ残されている。少なくとも、本稿の論述では、遣新羅使歌群の無記名歌の作者について、明確な答を出してはいない。ただ、「武庫の浦の入江」と広田神社との関係を考えることを通して、冒頭十一首の中の女歌の作者像として、「武庫の浦」ゆかりの娘子の姿を想定してみたに過ぎない。そして、結局本稿は複数説の立場を取るものの、どの複数説に与するかは、以上の論述だけでは決し難いと言わなければならない。従来の諸説に導かれつつ、大伴三中の作が相当数含まれているのではないかと考えて[*39]はいるが、もちろんそれは憶測に過ぎない。それらは今後の課題として、ひとまず擱筆することにしたい。

注

＊1　井上通泰『万葉集新考』（『井上通泰上代関係著作集　第六巻』秀英書房・一九八七）、鴻巣盛廣『萬葉集全釋　第四冊』（廣文堂書店・一九三二）、土屋文明『萬葉集私注　八〔新訂版〕』（筑摩書房・一九七七）など。

＊2　武田祐吉『増訂　萬葉集全註釋　十二』（角川書店・一九五七）、迫徹朗「大伴三中と遣新羅使歌の主題」（『国語と国文学』32巻9号・一九五五）、古屋彰「万葉集巻十五試論」（『国語と国文学』38巻7号・一九七一）など。

＊3　加藤順三「巻十五に対する私見」（『萬葉』22号・一九五七）、森脇一夫「新羅への道」（『上代文学』35号・一九七四）。

＊4　土居光知「遣新羅使人の歌」（『古代伝説と文学』岩波書店・一九六〇）。

*5 山田孝雄「万葉集と大伴氏」(『萬葉集考叢』寶文館・一九五五)、原田貞義「今ひとたびの〝秋〟」(「国語国文の研究」60号・一九七八)、高橋庄次「『遣新羅使人等歌』の性格」(『芭蕉連作詩篇の研究』笠間書院・一九七九)など。

*6 窪田空穂『萬葉集評釋 第八巻〈新訂版〉』(東京堂出版・昭和60年)、高木市之助「新羅へ」(「国語と国文学」31巻3号・一九五四)、後藤利雄「遣新羅使歌群の構成」(伊藤博・稲岡耕二編『万葉集を学ぶ 第七集』有斐閣・一九七八)など。

*7 藤原芳男「遣新羅使人等の無記名歌について」(「萬葉」22号・一九五七)。

*8 伊藤博「一つの読み」(「日本語と日本文学」2号・一九八二)。

*9 土屋文明『萬葉集私注 八〈新訂版〉』。

*10 渡瀬昌忠「四人構成の場」(『萬葉集研究 第五集』塙書房・一九七六)、近藤健史「遣新羅使人等の歌の座」(森脇一夫博士古稀記念論文集刊行会編『万葉の発想』桜楓社・一九七七)、同「遣新羅使人等の歌の座――麻里布の浦歌群・竹敷の浦歌群の場合――」(「万葉研究」1号・一九七八)、同「遣新羅使人歌とその場――長門の浦船出歌群の場合――」(「上代文学」43号・一九七九)など。

*11 注*9に同じ。

*12 鴻巣盛廣『萬葉集全釋 第四冊』。

*13 たとえば、武田祐吉『増訂 萬葉集全註釋 十一』、『大阪府の地名Ⅰ〈日本歴史地名大系28〉』(平凡社・一九八六)、伊藤博『萬葉集釋注 八』(集英社・一九九八)など。

*14 千田稔「古代畿内の水運と港津」(上田正昭編『〈探訪古代の道 第二巻〉都からのみち』法蔵館・一九八六)。

*15 難波津の位置をめぐっては二つの説がある。吉田東伍『増補 大日本地名辞書 第三巻』(冨山房・一九〇一)、千田稔「難波津と住吉津」(『埋れた港』学生社・一九七四)、吉田晶「住吉津から難波津へ」(『古代の難波』教育社・一九八二)、『大阪府の地名Ⅰ〈日本歴史地名大系28〉』(平凡社・一九八六)などのように、大阪市中央区三津寺町のあたりとする説と、日下雅義「難波津の位置をめぐって」(『古代景観の復原』中央公論

社・一九九一）、直木孝次郎「難波津と難波の堀江」（『難波宮と難波津の研究』吉川弘文館・一九九四）などのように、同じく中央区の高麗橋付近とする説があり、現在のところ決着はついていない。

＊16　拙稿「港と神々――式内社から探る万葉の世界」（梶川信行編『万葉人の表現とその環境　異文化への眼差し〈日本大学文理学部叢書1〉』冨山房・二〇〇一）。

＊17　窪田空穂『萬葉集評釋　第八巻〔新訂版〕』、久米常民「万葉第四期の歌風」（『万葉集の文学論的研究』桜楓社・一九七〇）など。

＊18　契沖『萬葉代匠記』（精撰本）。

＊19　青木生子ほか校注『萬葉集四〈新潮日本古典集成〉』（新潮社・一九八二）。

＊20　中西進『万葉集（三）全訳注原文付』（講談社・一九八一）。

＊21　伊藤博『萬葉集釋注　八』（集英社・一九九八）。

＊22　吉井巌「遣新羅使人歌群――その成立の過程――」（土橋寛先生古稀記念論文集刊行会編『日本古代論集』笠間書院・一九八〇）。

＊23　土橋寛「序詞の概念とその源流」（『古代歌謡論』三一書房・一九六〇）。

＊24　土橋寛「万葉創作歌の性格」（『万葉開眼（上）』日本放送出版協会・一九七八）。

＊25　『山城志』（『大日本地誌大系　五畿内志』雄山閣・一九二九）以来の説。『京都府の地名〈日本歴史地名大系26〉』（平凡社・一九八一）、青木和夫ほか校注『続日本紀二〈新日本古典文学大系13〉』（岩波書店・一九九〇）などにも支持され、通説と見做してよい。

＊26　注＊8に同じ。

＊27　近藤健史「遣新羅使人等の歌の座」（先掲）。

＊28　拙稿「人麻呂からの離脱――入唐使に贈る歌」（『万葉史の論　笠金村』桜楓社・一九八七）。

＊29　注＊28に同じ。

＊30　中西進「八世紀の万葉」（『万葉史の研究』桜楓社・一九六八）、同「遣唐使に餞る」（『山上憶良』河出書房新社・一九七三）。

＊31　「西宮地方の自然環境」（魚澄惣五郎編『西宮市史　第一巻』西宮市役所・一九五九）。以下、「武庫の浦の入江」の生成と消滅、その周辺の自然環境に関する記述はそれによる。

＊32　「西宮地方の自然環境」（先掲）。

＊33　吉井良隆「広田神社」（『式内社調査報告　第五巻　京・畿内五』皇學館大學出版部・一九七七）によると、広田神社が現在の位置に移されたのは享保十二年（一七二七）のことであると言う。しかし、それ以前の鎮座地は、現在の一キロほど北側の上ケ原一帯の丘陵地とされている。いずれにせよ、あまり離れてしないので、本稿の論旨に影響はない。

＊34　吉井良隆「広田神社」（先掲）。

＊35　注＊34に同じ。

＊36　この「大津の渟中倉の長峡」については、本居宣長『古事記伝』以来、神戸市東灘区住吉の住吉神社であるとする説と、谷川士清『日本書紀通証』以来の大阪市住吉区の住吉大社だとする説がある。しかし、坂本太郎ほか校注『日本書紀上〈日本古典文学大系67〉』（岩波書店・一九六七）、井上光貞監訳『日本書紀　上』（中央公論社・一九八七）、小島憲之ほか校注・訳『日本書紀①〈新編日本古典文学全集2〉』（小学館・一九九四）など、現在では大阪市の住吉大社とするのが通説である。

＊37　土橋寛「遊女の歌」（『古代歌謡の世界』塙書房・一九六八）。

＊38　注＊22に同じ。

＊39　注＊2に同じ。

III

挽歌の諸相

新羅の都慶州の統一殿からの眺望

三国の統一をなし遂げた武烈王・文武王・金庾信の顕彰碑などがある。

遣新羅使歌の「挽歌」
――天平期において「挽歌」とはいかなるものであったか――

1　「挽歌」とは何か

人の死に関わる歌はすべて挽歌である、というわけではない。「挽歌」という語は、『万葉集』以外の上代文献にまったく見えないばかりでなく、『万葉集』においてさえ、部立名を除くと、その用例はごく限られている。作者自身が「挽歌」というジャンル意識に基づいて作った歌は、山上憶良の「日本挽歌」(5・七九四~七九九)を嚆矢とするが、そうしたものはむしろ例外的な存在である。「挽歌」部に収録された歌の題詞に「挽歌」とされた例は皆無である。すなわち、そのほとんどは「挽歌」として生まれたものではなく、『万葉集』の「挽歌」部に収録されたことによって、初めて「挽歌」となったのである。[*1]

そういう意味では、『万葉集』の「挽歌」部に収録されていない「挽歌」こそが、まさに本来の「挽歌」であった可能性が高い。すなわち、題詞に「挽歌」と明記されている歌々のことだが、そうした例は次の三例に過ぎない。

日本挽歌一首(5・七九四~七九九)　山上憶良
古き挽歌一首并せて短歌(15・三六二五~三六二六)　(丹比大夫)
挽歌一首并せて短歌(19・四二一四~四二一六)　大伴家持

ただし、遣新羅使歌——以下、巻十五の七割ほどを占める天平八年（七三六）の遣新羅使に関わる歌々をこう称する——に収録されている「古き挽歌」は、もともと「挽歌」という名目で作られたものではあるまい。その左注にあるように、「亡き妻を悽愴する歌」として生まれたものだと考えられる。「悽愴」という語は『万葉集』に三例見られるが、他の二例はいずれも「挽歌」の用例ではない。「本郷を遥かに望み悽愴して作る歌」（15・三六五二題）、「感慟悽愴、疾疹に沈み臥せぬ」（16・三八〇四題）という例であって、いずれも悲しみ悼むという意味で用いられている。「古き挽歌」は亡き妻を偲び、一人寝を悲しむ歌だが、それが妻と離れて異国に向かう使人たちの一人寝を悲しむ歌に転用されたのであろう。*2

それは後に追加されたものだとする説がある。不吉なことがとりわけ忌み嫌われたと見られる航海の最中に、「挽歌」を誦詠したとは考えにくいと言うのだ。*3 しかし、そうではあるまい。「亡き妻を悽愴して作る歌」として生まれたものが、現在の心境を表すにふさわしい歌として披露され、遣新羅使歌が筆録・編集される過程で「古き挽歌」と呼び換えられたのであろう。少なくとも、巻十五が編纂される段階までには「古き挽歌」となっていた、ということは間違いあるまい。したがって、遣新羅使歌にとってどのようなものが「挽歌」であったのかという問題を考える際に、そうした例もその資料に加えて差し支えないだろう。

また、左注に「挽歌」とされた例も見られる。遣新羅使歌の中に見える、

　　壱岐嶋に到りて、雪連宅満が忽ちに鬼病に遇ひて死去せし時に作る歌一首并せて短歌

　　右の三首、挽歌（15・三六八八～三六九〇）

　　右の三首、葛井連子老が作る挽歌（15・三六九一～三六九三）

　　右の三首、六鯖が作る挽歌（15・三六九四～三六九六）

といった歌群である。雪連宅満の死去に関わる歌群だが、これは左注に「挽歌」とされた唯一の事例である。し

かも、巻一・巻二の「今案」という左注がその典型だが、左注の中には『万葉集』の編者が付したと見るべきものも多い。[*4]したがって、これも編者によって「挽歌」とされた可能性がある。しかし、宅満の死に関わる歌々も、「挽歌」として生まれた数少ない作品の一つであったと考えてよい。周知のように、遣新羅使歌は副使の大伴三中のごとき一行の中の中心的な人物によって集められた実録的な資料に基づくとする説が有力である。[*5]しかも、当該歌群は遣新羅使歌の中でも、もっとも実録である可能性が高いとされる部分に収録されている。[*6]

遣新羅使歌の左注のほとんどは、作者に関わる注記だが、それは当事者が記録しない限り、編者が知り得ることではない。また、宅満は「雪宅麻呂」(15・三六四四左)ともされているが、表記が不統一なのは原資料の体裁を反映しているからであろう。[*7]さらに、「六鯖」とは六人部鯖麻呂のことであって、これは「大陸の人の氏名に擬して、みずから略書した」[*8]ものだとする説も説得力に富む。したがって、たとえ最終的に編者の手が加わっていたにしても、[*9]当面の歌々の左注も、当事者たちの筆の跡を反映していると見做すことができる。だとすれば、少なくとも天平期において、どのようなものが「挽歌」と考えられていたのか、といった問題にとって、宅満に対する「挽歌」群も貴重な資料の一つであると見てよいだろう。

以上が「挽歌」として生まれた歌のすべてであったと考えられる。してみると、「挽歌」というジャンル意識に基づいて作歌した人物は、山上憶良と大伴家持のほかには、この遣新羅使人等(あるいは遣新羅使歌を編集した者)以外には存在しない、ということになる。部立のない巻十七以降の用例を見ても、家持の「挽歌一首」のほかは、「長逝せる弟を哀傷する歌」(17・三九五七〜三九五九)、「死にし妻を悲傷する歌」(19・四二三六〜四二三七)、「智努女王の卒かりし後に、円方女王の悲傷して作る歌」(20・四四七七)などとされている。こうした事例も、「挽歌」とは八世紀において一般に定着していた用語ではなく、ごく限られた人たちの間でのみ通用した用語であった、ということを教えてくれる。また家持でさえ、常に「挽歌」という名目で死者を悼む歌を作ったわけではなかった、という点も銘記しておく必要がある。

本稿は、遣新羅使歌に収録された雪連宅満に対する「挽歌」群を対象として、それらの一首一首がどのような構造を持ち、そこでどんな表現を用いているのかということを検討してみようとするものである。しかし、そうした作業は決して、「挽歌」というものの普遍的な性格を見据えることではあるまい。たまたま宅満の不慮の死に遭遇したことによって、「挽歌」をなしたそれぞれの作者が、どのようなものを「挽歌」と考えていたのか、ということを確認することにほかならない。編集作業が行なわれたことを想定すれば、筆録者もしくは巻十五の編者がどのようなものを「挽歌」と考えていたのか、ということを明らかにするに過ぎない可能性もあろう。

さらに言えば、『万葉集』の「挽歌」とはどのようなものであったのか、といった問題に対する解答は、必ずしも一つではあるまい。「挽歌」として生まれた歌々も、それぞれの作者のイメージに基づいて作られたものにほかならず、各巻の「挽歌」部のありようも、それぞれの巻の編者の考え方の違いの反映であろうが、微妙に異なっている。すなわち、そうした多様なイメージの集積こそが『万葉集』の「挽歌」である、ということになろう。

ともあれ本稿は、天平期において「挽歌」とはいかなるものであったのか、という問題の一端を、遣新羅使歌の「挽歌」を通して考えてみようとするものである。

2　宅満「挽歌」とその周辺

次のAからCは、「挽歌」として生まれた長歌、あるいは「挽歌」部に収録された長歌の中では小型の部類に属する。しかし、説明の便宜のために、反歌をも含めて、(1)〜(19)に分けて提示することにしたい。

壱岐嶋に到りて雪連宅満が忽ちに鬼病に遇ひて死去せし時に作る歌一首并せて短歌

A (1)天皇の　遠の朝廷と　韓国に　渡る我が背は

(2)家人の　斎ひ待たねか　正身かも　過ちしけむ

(3)秋さらば　帰りまさむと　たらちねの　母に申して　時も過ぎ　月も経ぬれば

(4)今日か来む　明日かも来むと　家人は　待ち恋ふらむに

(5)遠の国　いまだも着かず　大和をも　遠く離りて　岩が根の　荒き島根に　宿りする君　（15・三六八八）

反歌二首

(6)石田野に　宿りする君　家人の　いづらと我を　問はばいかに言はむ　（15・三六八九）

(7)世の中は　常かくのみと　別れぬる　君にやもとな　我が恋ひ行かむ　（15・三六九〇）

右の三首、挽歌

B (8)天地と　共にもがもと　思ひつつ　ありけむものを

(9)はしけやし　家を離れて　波の上ゆ　なづさひ来にて　あらたまの　月日も来経ぬ　雁がねも　継ぎて来鳴けば

(10)たらちねの　母も妻らも　朝露に　裳の裾ひづち　夕霧に　衣手濡れて　幸くしも　あるらむごとく　出で見つつ　待つらむものを

(11)世の中の　人の嘆きは　相思はぬ　君にあれやも

(12)秋萩の　散らへる野辺の　初尾花　仮廬に葺きて　雲離れ　遠き国辺の　露霜の　寒き山辺に　宿りせるらむ　（15・三六九一）

反歌二首

3689番歌の歌碑（露木悟義氏撮影）

⒀はしけやし　妻も子どもも　高々に　待つらむ君や　島隠れぬる
（15・三六九二）

⒁もみち葉の　散りなむ山に　宿りぬる　君を待つらむ　人し悲しも
（15・三六九三）

右の三首、葛井連子老が作る挽歌

C⒂わたつみの　恐き道を　安けくも　なく悩み来て

⒃今だにも　喪なく行かむと　壱岐の海人の　ほつての卜部を　かた焼きて　行かむとするに

⒄夢のごと　道の空路に　別れする君
（15・三六九四）

反歌二首

⒅昔より　言ひけることの　韓国の　辛くもここに　別れするかも
（15・三六九五）

⒆新羅へか　家にか帰る　壱岐の島　行かむたどきも　思ひかねつも
（15・三六九六）

右の三首、六鯖が作る挽歌

「壱岐嶋」は、現在の長崎県壱岐市。⑹に宅満が「石田野」に葬られたということが詠まれ、⒅には「ここに別れする」とうたわれてもいるので、右の歌群は壱岐国石田郡石田郷（『倭名類聚抄』巻九）、すなわち壱岐市石田町で作られた、ということになろう。

壱岐の東南部、印通寺港の北西約一・五キロの石田町池田東触に、雪連宅満の墓とされる小さな供養塔がある。

いつ建てられたのかは不明だが、確かにその一帯は「野」と呼ぶにふさわしいなだらかな丘陵地である。また『万葉集』によれば、一行は狛嶋亭を経由して壱岐に到達している。狛嶋亭の所在地は不明だが、佐賀県唐津市の神集島に比定するのが一般的である。[*10] 東松浦半島の北東、女瀬の鼻の〇・五キロほど沖合に浮かぶ小さな島である。現在も、半島北端の呼子と印通寺港とを結ぶフェリーの便があるが、確かに東松浦半島から加唐島などを経て壱岐に向かったと考えるのがもっとも自然である。[*11] とすれば、「到」とはこの遣新羅使一行が、現在の石田町に着いたという意味であると考えてよい。宅満の墓とされる供養塔の存在も、強ち根拠がなかったわけではあるまい。

『続日本紀』によれば、この遣新羅使の大使に従五位下の阿倍継麻呂が任命されたのは、天平八年二月二十八日。そして、四月十七日に天皇に謁見している。『万葉集』の目録には「夏六月」とされているが、それは難波津を出発した時を意味するのであろう。

一行は筑紫館――現在の福岡市中央区城内[*12]――で七夕を迎えている（15・三六五六題）。ところが、それ以前に「筑紫館に至り遥かに本郷を望み悽愴して作る歌四首」があって、その中で「今よりは　秋づきぬらし」（15・三六五五）とうたわれている。七月一日には筑紫館に着いていたことを窺わせる。『延喜式』（巻二十四・主計）によれば、大宰府までは「海路卅日」である。佐婆海――山口県防府市の沖合[*13]――で逆風に遭い、漂流したりしている（15・三六四四題）ので、この時は多少日数がかかったものと思われる。しかし、『日本書紀』によれば、斉明七年（六六一）一月の「御船西征」の時は、概ねその半分の距離だが、伊予の熟田津[*14]まで九日間で航行している。したがって、六月の初めに難波津を発ったとすれば、七月一日までに筑紫館に着くことは十分に可能であろう。

壱岐にいつ到着したのかも不明だが、やはり『延喜式』によると、大宰府から壱岐までは「海路行程三日」。しかし、この遣新羅使は韓亭――福岡市西区宮浦の唐泊付近[*15]――で三日停泊し、引津亭――福岡県糸島郡志摩町付近[*16]――、狛嶋亭を経て、壱岐に到達している。各亭が夜の停泊地だとすれば、少なくとも六日を要したことになる。七月中旬になっていたことは確実である。ところが、引津亭における歌々（15・三六七四〜三六八〇）には「さ雄鹿」がうたわれている。典型的な秋の景物の一つだが、作歌時期の判明する例はいずれも八月である。してみると、七月初めには筑紫館に到着していたが、しばらく滞在し、八月になってから壱岐に向かった、と考えた方がいいのかも知れない。

壱岐における滞在期間も不明である。天平宝字年間（七五七〜七六四）になると、その役割が低下し、大使は六位の官人から選ばれるようになるが、対新羅関係が悪化する中、この時の遣新羅使はまだ、両国の調整役として、ある程度期待されていたと見られている。[*17]それだけに、道半ばでの「鬼病」の発生は、一行にとって、衝撃的なことだったに違いない。態勢を整え直すまでの間、しばらくは動きが取れなかったのではなかったか。

「対馬の浅茅の浦に到り舶泊まりする時」の歌々の中に、「時雨の雨に　もみたひにけり」（15・三六九七）とうたわれている。「時雨」も秋の代表的な景物だが、作歌時期の判明する例で言えば、むしろ十月の歌の方が多い。対馬では「我妹子が　待たむと言ひし　時の経行けば」（15・三七一三）と、秋の終わりを暗示する歌や、「長月の黄葉の山も　うつろひにけり」（15・三七一六）といった歌も詠まれている。対馬に到着したのは九月の終わり頃であった可能性が高い。「鬼病」の発生によって壱岐を発つことができず、小康を得るまでの間、少なくとも一ヶ月以上、壱岐に滞在することを余儀なくされた、ということになろう。[*18]

『続日本紀』の天平九年正月の条によれば、大使の阿倍継麻呂は対馬で死亡している。対新羅交渉が不首尾に終わったことの責任を取って、自殺したのではないかとする憶測もある。[*19]しかし、この時は「鬼病」が蔓延し、一行から多くの死者が出たことは確実である。[*20]『続紀』には「大使従五位下阿倍朝臣継麻呂、津嶋に泊りて卒しぬ。副使従六位下大伴宿禰三中、病に染みて京に入ること得ず」と、継麻呂と行を共にしていた三中が感染性の病に罹っていたことも伝えられている。継麻呂も「鬼病」で死んだと見た方が自然であろう。壱岐で作られた歌は当該歌群しか存在しないが、対馬においては遊行女婦も参加して、二一首もの歌が作られている。その時点では、「鬼病」も小康状態だったのであろう。それが猛威を振るったのは帰路のことで、継麻呂の死も帰路のことだったのではないかと考えられる。

ところで、(16)に「壱岐の海人の　ほつての卜部を　かた焼きて」とうたわれていることを根拠の一つとして、宅満は壱岐を本拠とする壱岐氏の人であって、卜部として遣新羅使の一行に加わっていたのであろうとする説[*21]がある。確かに、その可能性もないわけではないが、ここにうたわれている「壱岐の海人」は、「君」とは別人であると見た方がよい。少なくとも、歌の表現から宅満が卜部であったと考えることはできないだろう。

『新撰姓氏録』（左京諸蕃上・右京諸蕃上）に、壱岐（伊吉・雪）氏は長安の人劉楊雍から出たとする記述がある。しかも壱岐氏には、舒明四年（六三二）引唐客使となった伊伎史乙等、斉明五年（六五九）に遣唐使に任命された伊吉連博徳、遣唐使の一員として渡唐し、慶雲四年（七〇七）に帰国した伊吉連古麻呂など、外交面で活躍した人物が多い。その点からすれば、「渡来人の才能をもって、遣新羅使の一員に選ばれたのであろう[*22]」とする説の方が蓋然性は高い。しかし、いずれにせよ、宅満が「挽歌」をなしたわけではない。したがって、宅満が卜部か否かという問題は、この挽歌の本質を考えようとする上で、必ずしも重要な問題ではないように思われる。

さて、BとCには作者名が記されているが、Aには作者名がない。遣新羅使歌の無記名歌の作者についてはすべて大伴三中だとする説[*23]、あるいはその作を少なからず含むとする説[*24]など、三中の関与を認める説が有力である。周知のように、巻三の「挽歌」部には、天平元年（七二九）、摂津国班田使生の丈部龍麻呂が自経した時の三中の歌（3・四四三～四四五）が収録されている。「挽歌」の作者としてふさわしいと言えようが、その当否については、作品自体を分析してからのことにしたい。

一方、作者名のあるBとCだが、Cの葛井連子老は伝未詳である。とは言え、葛井連氏については、『続紀』の養老四年（七二〇）五月の条に、「白猪史の氏を改めて葛井連の姓を賜ふ」と見える。百済系の渡来氏族である。一族には、天武朝に入唐留学生となり、大宝律令の撰定にも加わった白猪史宝然など、外交で活躍した人物が多い。養老三年（七一九）、大外記従六位上として遣新羅使に任じられた広成のいたことも知られる。職員令によれば、大外記とは太政官の一員で、その職掌は「詔奏を感へむこと、及び公文読み申し、文案を勘署し、稽失を検へ出さむこと」とされている。子老もやはり、録事など、文筆に関わるポストで遣新羅使の一員に加わっていたのであろう。

また六鯖は、すでに述べたように、六人部鯖麻呂であった可能性が高い。鯖麻呂は天平勝宝三年（七五一）従六位上、天平宝字八年（七六四）には外従五位下に達している。『続紀』の神護景雲三年（七六九）十月の条に、外従五位下を授けられた六人部連広道の名も見られるが、氏としての職掌などは不明である。外従五位下に達したのが五十歳代であったとすれば、天平八年（七三六）当時の六鯖は二十歳代の若者であり、まだ微官であったということになろう。

この一行からは多くの死者が出たと見られるが、『万葉集』には宅満に対する「挽歌」しか残されていない。ところが、それ以外にも相当数の「挽歌」が作られたであろうとする見方がある。[*25] しかし、「挽歌」をなすということがそれほど普通のことだったのかどうか、その点はよく考えてみる必要がある。「鬼病」の罹患者が続出し、死者も出て、対馬を出航してから帰京するまでの間は、とうてい歌が作れるような状況ではなかったとする見方の方が、肯綮に中るように思われる。[*26] したがって、現存する作品のみを対象として、遣新羅使歌にとって「挽歌」とはどのようなものであったのか、といった問題を考えて行くべきであろう。

すでに述べたように、題詞や左注に「挽歌」とされている歌自体が異例である。また、一人の死に対して、複数の作者が九首もの「挽歌」をなすことも、極めて異例である。天智天皇や日並皇子といった皇族たちへの「挽歌」を除くと、『万葉集』中にはほとんどそうした事例がない。とりわけ、三組もの長歌をなした例は皆無である。しかし、この作者たちの中では、宅満の死を悼む「挽歌」を詠むということが共通の了解事項になっていたのであろう。また、長歌という歌体を選択したのは、巻二の「挽歌」部に収録された柿本人麻呂の歌々や、憶良の「日本挽歌」などのような、長歌による「挽歌」の系譜を意識したものであったことを窺わせる。

してみると、先行する歌々と比較しつつ、長歌の表現を仔細に分析してみることこそ、天平期において、どのようなものが「挽歌」と考えられていたのか、ということを見極める、もっとも有効な方法となろう。

3 宅満「挽歌」の構造とその主題

1 Aの構造とその主題

二五句から成るAの長歌は、(1)~(5)の五つの部分に分けることができる。

まず、(1)の四句は主語の提示である。「我が背」がそれであって、冒頭の「天皇の」から「渡る」までは、すべてその修飾語である。「我が背」は「天皇の遠の朝廷」としての「韓国」に渡る使人である、と言うのだ。周知のように、「遠の朝廷」とは大宰府や国府など、「夷」[*27]でありつつも皇権の及ぶ範囲に置かれた拠点を意味し、天皇の偉大さを称える表現である。人麻呂の歌(3・三〇四)を嚆矢とし、憶良(5・七九四)、家持(17・四〇一一)などにも使用例が見られるが、そこに遣わされることは、官人として名誉なことであって、その矜持を示す語であると言ってよい。

ところが、続く(2)の四句は、唐突に、「家人」と「我が背」に何か過失があったか、とうたわれている。興味を後ろに繋いで行くために、意図的に選ばれた手法であろうが、それは(3)の八句で示される事実の原因を推定する部分となっている。すなわち、後に続く部分を聴くことによって、秋に帰ると母に言い残して来たにも拘わらず、時が経ってしまったのは、「家人」が潔斎をしていなかったからか、本人が禁忌を犯したからかと思いを巡らせていたのだということが、初めてわかる仕組みである。約束通りの帰郷が果たせなくなった、ということである。(4)では一旦家郷に目を転じ、「家人」が首を長くして「我が背」の帰りを待っている様子をうたう。ところが、(5)は一転して、待ち焦がれる「君」が、使命を果たせずに客死してしまったことをうたっている。(5)の末尾の逆接的用法の「に」という助詞が、希望を打ち砕く(5)の七句を導いているのだ。

このように、長歌は官人としての矜持からうたい始められるのだが、そこに突如暗雲が立ち込め、約束の不履行が決定的になると、一旦鶴首して待つ家族に思いを馳せてから、その願いも叶わず、異郷で死を迎えた、とうたわれている。あえて主観的な物言いをするが、一首は簡にして要を得ており、全体にバランスのよい構成である。変化に富んでもいる。手慣れた作者によって作られた長歌であると見做すことができる。

(1)の「我が背」を受けて、(5)にも「宿りする君」とあるので、Aはあたかも妻の立場でうたわれた長歌であるかのようにも見える。しかし、作者は一貫して、死者を「我が背」あるいは「君」と呼ぶ立場にい続けたわけではなかった。その間に挟まれた(2)と(4)では、「家人の　斎ひ待たねか」「家人は　待ち恋ふらむに」と、第三者的な立場で「家人」に思いを馳せている。おそらく、同じ一行の一員としての立場でうたっているのであろう。

もっとも、「背」という語は必ずしも夫（恋人）に限定した呼称ではなく、「夫・恋人・兄弟・友人など広く男子を親しみ呼ぶ称[*28]」とする説明が一般的である。表現された主体と作者が一致しているとする前提に立った説明であろうが、仮にそう考えるならば、一首は一貫して同行者の立場でうたわれている、ということになろう。しかしながら、人称が途中で変わる長歌はそう珍しいものではない。つとに、それはワザヲキの性格転換に基づくとする指摘があるが、[29]笠金村や高橋虫麻呂など、天平期に活躍した宮廷歌人的な作者たちの長歌にも、そうした事例が見られる。[30]Aもその一つであり、それは意図的になされた手法であると見るべきではないか。ともあれ一首は、「家」あるいは「妻」の存在を介在させることによって、死者を悼む形を取っているのだ。

たとえば、『万葉集』の「挽歌」部には、

……浪の音の　しげき浜辺を　しきたへの　枕になして　荒床に　ころ臥す君が　家知らば　往きても告げむ　妻知らば　来も問はましを……　（2・二二〇）

家にあらば　妹が手巻かむ　草枕　旅に臥せる　この旅人あはれ　（3・四一五）

草枕　旅の宿りに　誰が嬬か　国忘れたる　家待たまくに　（3・四二六）

……国問へど　国をも告らず　家問へど　家をも言はず　ますらをの　行きのまにまに　ここに臥やせる　（9・一八〇〇）

という歌々が見られる。いずれも旅先において横死した者を悼む歌、いわゆる行路死人歌[31]である。(5)の「岩が根の　荒き島根に　宿りする君」という表現も、右の歌々と同様の発想に基づくものであろう。

行路死人歌については、たとえば「うたい手が自分の居住する空間とは別の場所で、身元不明の屍を見てうたったという状況、そして死者の現在の死に様と家にあったようすが対比されるという歌の構造において共通する歌群である[32]」とする定義がある。それは共同体の外で死んだ者を共同体の中に掬い取ることによって鎮魂が完成する形であると言う。[33]確かにAは、行路死人歌と共通の発想で作られている。だとすれば、そうした構造を持つAは、宅満に対する鎮魂の歌として生まれた、ということになろう。

とは言え、Aを鎮魂の歌だと断定することはできない。叙事的な長歌に比して、反歌の方は心情表現により重点が置かれているが、(7)の「世の中は　常かくのみと　別れぬる」は、作者が人の世の無常を避けられない宿命

として受け入れている、ということを示していよう。「世の中」は仏典語「世間」の訳語とされる[*34]が、こうした表現は、

　世の中は　空しきものと　知る時し　いよよ益々　悲しかりけり　（大伴旅人　5・七九三）

　……生けるもの　死ぬと言ふことに　免れぬ　ものにしあれば……　（大伴坂上郎女　3・四六〇）

　天地の　遠き始めよ　世の中は　常なきものと　語り継ぎ　流らへ来たれ……　（大伴家持　19・四一六〇）

などと、とりわけ大伴家の人々の歌にしばしば見られる。

　これは鎮魂といった形で、他者に向かう表現ではあるまい。むしろ、内省的なものであろう。とは言え、人間はそう悟り切れるものではない。下二句の「君にやもとな　我が恋ひ行かむ」は、そうした道理を受け入れつつも、感情を抑えることができない、ということを示している。心の中は千々に乱れるのだ。そうした(7)がAの結びの位置にあるということは、意味が大きい。Aは最終的に、鎮魂という他者に向かう行為に収斂されているのではなく、自身の心の中にある理性と感情の分裂に目を向けている、と見られるからである。してみると、鎮魂の歌の発想様式を踏まえてはいるものの、Aは決して鎮魂歌そのものではあるまい。

　やや先走ってしまったが、長歌をもう少し仔細に検討してみることにしよう。(3)は(2)・(4)とは違って、出発時を回想しての叙述だが、その「秋さらば帰りまさむ」という部分については、解釈に揺れがある。自敬表現のようになってしまうからである。それについては、完全に疑問が氷解するわけではないが、今は一応、宅満自身が「たらちねの母」にそう言い残して来たことを意味しており、「作者が間接話法に改め死者への敬語を添えたもの」[*35]だとする見方に従っておくことにしたい。

　そうした(3)は、挿入句的な性格を持っている。必ずしもその部分がなくても、文脈的には(2)から(4)へとスムーズに繋がって行くからである。しかし、これによって「家人」が妻一人ではなく、「たらちねの母」をも含むも

のである、ということがわかる。それは愛惜の情が直接死者に向かう遺族、とりわけ配偶者の「挽歌」ではなく、「家人」の悲しみを想像しつつ、死者に哀悼の意を捧げる第三者的な立場における「挽歌」である、ということを見て取ることができる。

(4)には「待ち恋ふらむに」とうたわれているが、こうした推量の表現は、たとえば天智挽歌群（2・一四六～一五五）のような妻たちの「挽歌」には存在しない。同様に、人麻呂の「妻が死りし後に、泣血哀慟して作る歌」（2・二〇七～二一六）にも見えない。一方、「泊瀬部皇女と忍坂部皇子とに献る歌」（2・一九四～一九五）や「讃岐の狭岑の嶋にして、石の中の死人を見て……作る歌」（2・二二〇～二二二）など、作者が当事者でない「挽歌」には見られる。Aはやはり、行路死人歌の発想をその基本に据えつつ、あたかも人麻呂のように、第三者の立場でうたった「挽歌」であると考えるべきだろう。

宅満が母に対して、実際に「秋さらば帰りまさむ」と言ったかどうかということは、どうでもよかろう。むしろ、大伴三中が「我妹子が　待たむと言ひし　時そ来にける」（15・三七〇一）とうたっていることの方が重要である。「秋さらば帰りまさむ」は宅満の言葉ではなく、Aの作者の言葉だと見るべきだからである。「我妹子」が「待たむ」と言ったのは、三中の「秋さらば帰りまさむ」という言葉に対してだったのではないかと思われる。

また、遣新羅使歌は「妹」と「秋」を主題とするという説[36]が有力である。そうした説に従えば、遣新羅使歌の中の「挽歌」としてはこの(3)こそが重要であった、ということになろう。単に哀悼の意を示すだけならば、(1)と(5)さえあれば、とりあえず事は足りる。しかし、一つの主題のもとに一貫性を持つ遣新羅使歌の中の「挽歌」としては、とりわけ(3)の叙述が必要だった、ということである。

一方、二首の反歌だが、(6)が「家人」の嘆きを想像しつつ、間接的に死を悼む歌であるのに対して、(7)は「君にやもとな　我が恋ひ行かむ」と、死者に対して直接悲しみの情を訴えかけている。死んでしまった者を置き去りにして、先に進まなければならない辛さをうたっているのだ。宅満の死から時間が経過し、いよいよ壱岐を発とうとする時の作であろう。(6)の発想は長歌の(3)・(4)に対応するものだが、結びとなる(7)で作者自身の嘆きを直接的にうたっているのは、「我が背」とうたった(1)に対応する形だと見ることができる。作者は、最後に自身の嘆きとしてうたうことこそが、「挽歌」の結びとしての要件であると考えていた、と見てよいのかも知れない。いずれにせよ、鎮魂の様式を踏襲しつつ、抒情性に向かう「挽歌」として捉えるべきではないかと思われる。

この長歌と反歌に、死者への個人的な「友情」を読み取ろうとする説[*37]もある。共通の使命を帯びて、同じ船に命を託して来た間柄である。同志的な連帯感を共有していたことは確かであろうが、それは「友情」という言葉で表すべきものなのかどうか。長歌は行路死者に対する鎮魂の発想様式を踏まえつつ、第三者的な立場でうたっているが、反歌はいずれも、「我」の心情に集約されている。したがって、そこに個人的な愛惜の情を読み取ることは、必ずしも無理ではないように思われる。

因みに、Aは家持による創作ではないかとする説がある[*38]。確かに、「挽歌」としての長歌の作り方を知悉した人物の作であるように見える。とは言うものの、筆者はそうした説には与しない。(6)には「石田野」というほかにはまったく見えない地名が詠まれている。その点をも含め、それはやはり一行の中の人物の詠と見た方が自然である。この「挽歌」群は、遣新羅使歌の中では例外的に、作者を記さない歌が冒頭に置かれている。その点から、これは「記録者自身の作と見るべき[*39]」だとする説がある。また、「挽歌」とは大伴家の周辺でのみ確認される語であった。また、「いづらと（中略）問はば」という表現はほかに、大伴旅人のいわゆる亡妻挽歌（3・四四八）に見られるのみだが、これは旅人の影響ではないか。したがって、副使の大伴三中が、その作者としてもっとも有力な候補者となろう。「副使」と書いた例もあるので、なお疑問は残るものの、むしろ三中の作である可能性の方が高い、と見るべきであろう。

2　Bの構造とその主題

Bは三五句から成り、三首の中では最大の長歌だが、これも五つの部分に分けることができる。冒頭から「月日も来経ぬ」までの一〇句、続く「雁がねも」から「待つらむものを」までの一二句、そして「世の中の」以下結句までの一三句という形の三段に分かれるとする説もあるが[*40]、従うことはできない。(9)の末尾の「雁がねも継ぎて来鳴けば」を第二段の冒頭としているのだが、これはその直前の「あらたまの　月日も来経ぬ」と一対で、時の経過、そして秋の到来をうたっていると見るべきであろう。また、以下に述べるように、「継ぎて来鳴けば」で切った方が、(10)としてのまとまりもよい。

さて、長歌は遣新羅使として派遣され、しかも、辺境で客死するなどとは思ってもみなかった日々をうたう(8)から始まっている。平穏だった生前の述懐から始まるのは、「泣血哀慟して作る歌」の長歌（2・二〇七）などと同じである。ところが、その末尾の「を」という逆接的用法の助詞を境に、(9)では、心ならずも海上を行く旅に出た上に、予想以上に時が経過してしまった現状をうたっている。すなわち、「雁がねも　継ぎて来鳴けば」という確定した条件の提示に基づいて、家郷に思いを馳せる(10)に繋がって行くのだが、家郷では、母と妻が宅満の無事を信じて、ひたすら首を長くして待っているだろう、とうたう。ここでも、末尾に「を」という助詞を用いて、不幸な結末へと進むことを予感させるのだが、(11)では、無事を祈る家族の気持ちなんぞは思いもしない「君」なのか、そんなはずはあるまいにと、(10)に示された家族の願いを裏切る結果になってしまった「君」の無念さをうたっている。この(11)は挿入句のようなものであって、(10)から(12)に直接繋がって行ったとしても、一首としては十分に成り立つ。しかし、宅満の無念さを強調するために、あえて(11)を挟んでいるのであろう。

そして、結びの(12)では、異郷で葬られた宅満の様子を具体的に描き出している。この「初尾花　仮廬に葺きて」は、「葬儀の現実に添った表現」[*41]だとする見方もある。「仮廬」は旅先における不自由な宿を指すのが通例であり、死者の安置された所を意味する例はほかにない。しかし、異郷での死をそう表現したのであろう。確かに、「初尾花」と散る「秋萩」は季節的に一致する。したがってそれは、実際に葬儀に立ち会い、「尾花」を目のあたりにした者の表現であると見做すことができる。

ここで注意すべきは、Bでは、Aの(1)のように、「君」は新羅に派遣された人物であるということがうたわれていない点である。壱岐の地名も、まったく見られない。単に「遠き国辺」で客死したとうたうのみである。この「挽歌」が披露された場において、それは自明のことだったからであろう。また、Aの(3)にあるように、秋に帰るという約束もうたわれていない。これは、Aの存在が前提にあったからではないか。こうした点からすれば、AとBは壱岐において、一連の歌として作られたものであったと見做すことができる。

一方、二首の反歌だが、(13)は(10)を受けて、まず家族が首を長くして待つ様子をうたっている。しかし、「母と妻」が待っているとうたった(10)とは異なり、(13)では「妻も子どもも」とされている。また、「寒き山辺に　宿りせるらむ」とうたう(12)に対して、(13)は「島隠れぬる」としている。いずれも死の敬避表現だが、(13)は長歌と違った形である。(14)も、家郷で待つ家族に思いを馳せつつ、哀悼の情をうたっている点は共通しているが、「山」に「宿りぬる君」をうたっている点で、(13)とは異なっている。

周知のように、『万葉集』の「挽歌」においては、山中を他界としてうたうことが一般的である。Bもそれを基本としつつ、そのバリエーションの一つとして、異郷の島にあるからこそ、意図的に「島隠れぬる」という敬避表現を用いたのであろう。琵琶湖に面した大津京で崩御した天智天皇だったからこそ、「大御船　泊てし泊りに　標結はましを」（2・一五一）とうたわれたのと同じである。

このように、敬避表現が長歌と一致するのは(14)の方だが、季節を表す景物は、「秋萩」「初尾花」とする長歌に対して、⒁には「もみち葉」がうたわれている。この点は注意をしておく必要がある。なぜならば、「秋萩」「初尾花」と「もみち葉」とでは、明らかに時期がずれているからである。温暖化が急速に進む昭和三十年代以前のデータで言えば、北九州において、ハギが満開になる標準日は九月二十日、同様にススキの穂が出始めるのも概ね九月二十日であった[*42]。旧暦に換算すると、天平八年の場合、それは八月十日にあたる[*43]。もちろん『万葉集』においても、作歌時期の判明する「秋萩」の例は、七月か八月の歌がほとんどである。それに対して、「もみち葉」は晩秋か初冬の例が多い。巻十の「詠黄葉」という項目は、「冬雑歌」に置かれている。しかも、「散りなむ山とあって、対馬における「九月の　黄葉の山も」（15・三七一六）という歌と時間が逆転しているようにすら見える。こうした⑿と⒁における季節感の差は、無視し得ない問題であろう。

壱岐では長期間の滞在を余儀なくされたと見られるが、⒁の反歌は、長歌に対して、やや時が経過した時点での歌として作られている、と見るべきではないか。帰京後の作だとする説もあるが[*44]、それを積極的に裏付ける根拠はない。むしろ、「泣血哀慟して作る歌」などのごとき後日談的な反歌[*45]と同様である、と考えた方が穏当である。つまり、Bは宅満の死によって壱岐を発つことができず、時間が経過した後の作であって、⒁は作歌の現在を反映した季節感であるのに対して、⑿は宅満が急死し、あたふたと埋葬した時点における季節感であった、と考えることができる。すなわち、BはAと同様、宅満の死からかなり時間の経過した時点で作られている、と見なければなるまい。

ところで、Bの⑼では「雁がねも　継ぎて来鳴けば」などと、心ならずも秋が深まってしまったことがうたわれている。「雁がね」はしばしば「寒く」という表現とともにうたわれ、晩秋の景物として巻八や巻十に多く見られる。しかし、この「雁がね」は必ずしも、季節の景物としてのみ詠まれたものではあるまい。そもそもガンの標準的な渡来日は、下関で十一月十七日であったと言う[*46]。旧暦に直すと、天平八年の場合、それは十月十日にあたる。[*47] 壱岐でもほぼ同じ頃だと考え、十日前後の誤差を見込んでも、時期的に合わない。とすれば、これは実景ではなかった可能性が高い。

その点で、引津亭や狛嶋亭で詠まれた、

天飛ぶや　雁を使ひに　得てしかも　奈良の都に　言告げ遣らむ　（15・三六七六）

あしひきの　山飛び越ゆる　雁がねは　都に行かば　妹に逢ひて来ね　（15・三六八七）

といった歌々と同様、それは雁信の故事（『漢書』蘇武伝）を踏まえたものであるとする説[*48]に注目しておく必要がある。確かに、遣新羅使人たちは現在、匈奴にあった蘇武と同様、辺境に置かれている。しかも、「天飛ぶや」の歌には、紛れもなく「雁を使ひに」とうたわれ、「あしひきの」の歌でも、「雁」が「都」に行き「妹」に「逢」うことを願っている。それらは間違いなく、そうした故事を踏まえたものだと見ることができる。とは言え、すでに述べたように、(9)は予想以上に時間が経過してしまったことをうたっている部分にほかならない。文脈上は、帰ると約束して来た秋も、だいぶ深まってしまったことをうたっていると見るべきだが、時期の合わない景物をあえて詠み込んだのは、そうした故事を念頭に置いてのことであったと考えることもできよう。

ところで、(10)では、「待つらむ」という推量の表現によって、家郷の「母」と「妻」をうたっている。それが「ものを」という逆接的な表現によって結句に繋がって行くことなど、Aの長歌とも共通する部分が多い。すなわち、BはAの存在を前提としつつ作られた歌であろうが、Aよりも時間の経過が明確である点に特徴がある。「壱岐の嶋に到りて……一首」という題詞は、もちろんAに付されたものだが、BはAとの連続性を前提として作られたものであるという意味で、その題詞はBをも支配する、と見ることができる。

葛井連氏には、大成、広成、諸会など、『万葉集』に歌を残している人が多い。すでに述べたように、文書の作成を得意とする氏族である。一族の中に、歌を作る雰囲気があったのかも知れない。子老は「あらたまの」

「たらちねの」といった枕詞を用い、「朝露」「夕霧」などの対句表現をも駆使しつつ、三五句もの長歌を破綻なくまとめ上げている。引津亭や狛嶋亭における歌々を受けて、季節の景物を巧みに取り込みつつ、中国の故事を踏まえることも忘れていない。反歌の敬避表現も「島」と「山」という一対の形である。Aに依存しつつも、Bはなかなか手際のよい一首である、と見てよいように思われる。

3　Cの構造とその主題

A・Bとは異なり、Cは三つの段によって構成されている。一三句というごく小さな長歌だということもあって、ここでは反歌を含めて、秋の到来をまったくうたっていない。季節の景物も見られない。その点からすればCは、遣新羅使歌全体を貫くテーマの統一性を、必ずしも意識せずに作られた歌であった可能性もあろう。しかし、A・Bとの連続性を意識してCが作られた結果として、秋の到来をうたうことはAとBに委ねられたのだ、と考えるべきではないか。少なくとも、「六鯖が作る挽歌」という左注は、Aの題詞に「雪連宅満……死去せし時」とあることを前提としていよう。それが宅満に捧げられたものだということは自明のことである、という扱いである。また、⒂・⒃の主体は六鯖であるのに対して、⒄の主体は宅満であって、これも人称の転換が見られる長歌の一つである。人称を転換してまで「道の空路に　別れする君」という形にしているのは、Aの「荒き島根に　宿りする君」を受けているからであろう。反歌が二首である点も、AとBに習ったものだと考えられる。Cはやはり、A・Bの存在を前提として作られた「挽歌」であったと見做してよい。

長歌はまず、⒂で困難な航海をして来たということをうたっている。それは、Bの⑼で「波の上ゆ　なづさひ来にて」と詠まれていることを受けているのであろう。続く⒃では、だからこそ無事を願って「壱岐の海人」の熟達した卜部に占わせて航海を続けようとしていたのに、とうたわれる。Aの⑷と同様、ここでも逆接的な助詞

「に」によって、思い描いていたこととは逆の結果になることをうたう⒄を導いている。Aの⑵が念頭にあったのであろうが、思いもよらず「君」と永遠の別れをすることになってしまった、と結んでいる。この長歌はAの⑺を受けて、「その境地を敷衍深化した歌」[*49]だとする見方もあるが、ともあれ、一応破綻なくまとまった一首であると言ってよい。

ところが、Cには『万葉集』にあまり見られない表現が多い。たとえば「悩み来て」は、ほかにまったく例がない。万葉歌の表現としては、「なづみ来し」が一般的である。また、「喪なく」という例も、例外的な表現である。確実な例は、やはり遣新羅使歌の中に、

旅にても　喪なく早来と　我妹子が　結びし紐は　なれにけるかも　（15・三七一七）

と見られるのみ。さらに、「ほつて」「空路」という語も唯一の事例である。A・Bが長歌の詠み方を心得た者の作であるように見えるのとは対照的に、Cは歌の基本的な表現などに暗い者が、自身の語彙に基づいて作った歌であったように見える。『万葉集』中、六鯖の歌はほかにない。わずか一三句と、例外的に小さな長歌であることも、まだ年若かった六鯖が、長歌をなすことにあまり習熟していなかったからではないかと考えられる。

「家人」あるいは「母」「妻」などに思いを馳せつつうたうA・Bとは異なり、Cにはまったく「家人」がうたわれていない。同様に、⒅と⒆の反歌にも、「家人」等はうたわれていない。秋の到来をうたっていない点、死者に向けられた嘆きの表現が存在しない点などをも含め、CにはA・Bと異なるところが多い。共通するのは、「道の空路に　別れする君」と、Aを受けた形で「君」との別れという事実をうたっていることくらいである。この点も、六鯖が作歌に不慣れだったことの現われではないか。

再びあえて主観的な物言いをするが、とりわけ二首の反歌には哀切さが感じられない。一つには、⒅の「昔より　言ひけることの」という部分がやや言葉足らずで、意味が取りにくいからである。したがって、「韓国の」

を枕詞として、「韓国」に渡るのが辛いと理解すべきなのか、上三句を序詞として理解すべきなのか、意見が分かれている。いずれにせよ、三句目の「韓国の」で同音の「辛く」を導き出し、下二句の「辛くもここに　別れするかも」という心情表現に繋げているのだが、「この序詞の発想の基盤にほとんど作者の感動がなく、同音繰り返しに働いているものは、思いつきの知的興味でしかない」とする評があるのも、諾なるかなと思われる。(19)も同様に、三句目の「壱岐の島」という地名から、同音の「行かむ」という語を導き出して、「行かむたどきも　思ひかねつも」という心情表現としている。『万葉集』にはよく見られる形だが、いずれも語呂合わせ的な技巧によって心情表現をなすことこそが、反歌の目的であったかのようにすら見える。真情を吐露することよりも、歌らしい形を作ることに汲々としていたのではないか。AとBの反歌は取り立てて技巧を弄することはしていないが、その点でもCはやや異質であるように思われる。

これは都で作られたものであろうとする説もある。しかし、「辛くもここに」とあるように、「作者の位置は死者の埋葬された地点にある」とする見方の方が穏当であろう。A・Bとの異質さはやはり、六鯖が作歌に習熟していなかったことの反映ではないか。とは言え、それでも六鯖は「挽歌」をなしている。すなわち、作歌に習熟していようがいまいが、この時は「挽歌」をなさなければならなかった、ということであろう。それは必ずしも平城京の官人たちの常識ではなかったと見られるが、宅満の不慮の死に遭遇したこの一行の中にあっては、「挽歌」をなすということが共通の了解事項になっていたのだと考えることができる。

『延喜式』(巻三十・大蔵省)によれば、遣新羅使の構成員は、入新羅使以下、判官・録事・大通事・史生・知乗船事・船師・医師・少通事などであって、副使・訳語・請益生・陰陽師・留学生・学問僧など、遣新羅使にないポストを多く含む遣唐使と比べると、ごく小規模であったことが窺える。四隻の遣唐使とは異なり、一隻だったのではないか。彼らは、険悪化していた新羅との外交交渉という困難な使命を負って、一つの船に命を託し、危険な航海を続けていた。さらにそこに、「鬼病」の発生という困難が追い討ちをかけた。そうした極限状況に置かれた一行の中に共通の気分を醸成することは、容易なことだったのではないかと思われる。一行の中に長歌をなすことに長じていた者が二人いたことも、「挽歌」群の誕生にとっては幸いしたのであろう。Aの作者と思しき副使の三中と、文書の作成を得意とした子老である。彼らがその場を領導したに違いない。だからこそ、集団で「挽歌」をなす雰囲気が生まれたのであり、Cのような「挽歌」も生まれ得たのではないかと考えられる。

4 結

以上の考察を前提として、天平期において「挽歌」とはいかなるものであったか、という問題について確認して来たことと、そこから考えられることを箇条書き風にまとめてみると、次のようになろう。

① AとBは、『万葉集』の「挽歌」部に収録された歌々の表現と様式を踏まえつつ作られている。一方、Cには歌の表現としては一般的でない語が目立つ。すなわちAとBは、歌を作ることにある程度習熟した人物の作だと見られるのに対して、Cは歌を作ることにあまり慣れていなかった人物の作であったと見做すことができる。

② 天平期において、「挽歌」という語は一般に定着していた用語ではなかったと考えられる。にも拘わらず、この遣新羅使一行においては、作歌に習熟した者も、そうではなかった者も「挽歌」をなしている。それは、遣新羅使という一つの目的を持った閉鎖的な集団の中で、そうした雰囲気を醸成した人物がいたからであろう。

③ 「挽歌」という用語が大伴家の周辺にのみ見られる点からすれば、宅満に対する「挽歌」群の形成にとっ

ても、大伴家の人間の関与が考えられる。だとすれば、Aの作者は、副使の大伴三中であった可能性が高い。また、子老も長歌を作ることに習熟していたからこそ、「挽歌」群の形成される雰囲気が生まれたのであろう。

④ BとCは、Aの存在を前提として作られたものであった可能性が高い。すなわちA～Cは、宅満を悼む集団の中から生まれた一連の作品であったと考えられる。こうして、死者を哀悼する歌を連続的になす集団が形成された例としては、日並皇子の舎人たちの「慟傷して作る歌」群（2・一七一～一九三）などもあるが、それをその場で「挽歌」と呼んだ例は、知られる限りにおいて、この時以外にはない。

⑤ AとBは、宅満の死去からある程度時間の経過した後に作られたものであった可能性が高い。したがってそれは、葬儀の場で直接鎮魂といった機能を果たすために作られた歌ではあるまい。もちろん、AとBを受けて作られたと見られるCも、決して直接葬儀の場でうたわれたものではないと考えられる。また、中には歌をなすこと自体が目的化しているような歌すら見られる。してみると、それらは葬儀と直接関わる歌々ではなく、「挽歌」を詠むこと、それ自体を目的とした場で生まれたものであった可能性が高い。それがどのような場であったのかは不明だが、広い意味での宴席ではないかと想像できる。

⑥ こうした「挽歌」群がなされたことは、天平期においてのみならず、七、八世紀を通じても、例外的なことであったと考えられる。困難な使命を負った危険な航海、異郷における「鬼病」の発生という異常事態の出来、及び集団を領導しつつ「挽歌」をなし得る複数の人間の存在。当該歌群はあくまでも、そうした条件がたまたま揃った天平八年の遣新羅使一行の中でこそ生まれ得た、一回的な事象であったと考えるべきであろう。

以上を、「挽歌」の論の一斑としたいと思う。

注

＊1　拙稿「『挽歌』の位相」（『万葉史の論　笠金村』桜楓社・一九八七）。

＊2　編纂時に補入された歌であるとする説もある。後藤利雄「遺新羅使歌群の構成」（伊藤博・稲岡耕二編『万葉集を学ぶ　第七集』有斐閣・一九七八）、阪下圭八「遺新羅使人と古歌」（『万葉集を学ぶ　第七集』）、吉井巌「遺新羅使人歌群——その成立の過程——」（土橋寛先生古稀記念論文集刊行会編『日本古代論集』笠間書院・一九八〇）などである。

＊3　後藤利雄「遺新羅使歌群の構成」（先掲）、壬生幸子「遺新羅使歌群の長歌——配置の意図と機能——」（「美夫君志」27号・一九八三）など。

＊4　たとえば、澤瀉久孝『萬葉集注釋　巻第十五』（中央公論社・一九五七）など。

＊5　大濱厳比古「巻十五」（『萬葉集大成　第四巻　訓詁篇下』平凡社・一九五三）の「実録風な創作」とする見方を、伊藤博「万葉の歌物語」（『萬葉集の構造と成立　下』塙書房・一九七四）、後藤利雄「遺新羅使歌群の構成」（先掲）、阪下圭八「遺新羅使人と古歌」（先掲）、原田貞義「今ひとたびの〝秋〟——万葉集編纂資料の一として見た遺新羅使人等の歌——」（「国語国文研究」60号・一九七八）、吉井巌「遺新羅使人歌群——その成立の過程——」（先掲）、壬生幸子「遺新羅使歌群の長歌——配置の意図と機能——」（先掲）、影山尚之「遺新羅使人雪宅満挽歌に関する試論」（「美夫君志」48号・一九九四）などが支持している。

＊6　阪下圭八「遺新羅使人と古歌」（先掲）は、左注で括って行く三六〇一以前と、題詞によってまとめられているそれ以後とでは明らかな相違があり、とりわけ長井浦の歌々（三六一二〜三六一四）以後には、「船旅の実際に即した旅日記のごとき具体性」があると指摘している。また、伊藤博「万葉集巻十五の原核」（『萬葉集の歌群と配列　下』塙書房・一九九二）は、三つの部分に分けられるとする。題詞に地名を示さない歌々（三五七八〜三六一一）、題詞に必ず地名を示している歌々（三六一二〜三七一七）、帰路の歌々（三七一八〜三七二二）で、この二つ目の実録資料を原核として、現在の遺新羅使歌が形成されたのだと論じている。ただし、伊藤は

本稿で言うBとCを実録資料から省いている。だとすれば、左注の「挽歌」とは、編者の認定だったことになるが、いずれにせよ、天平期おける認定であったことには違いあるまい。

＊7 吉井巌『萬葉集全注　巻第十五』（有斐閣・一九八八）、影山尚之「遣新羅使人雪宅満挽歌に関する試論」（先掲）。

＊8 武田祐吉『増訂　萬葉集全註釋　十一』（角川書店・一九七五）。つとに、契沖『萬葉代匠記』（『契沖全集　第六巻』岩波書店・一九七五）に見られる説である。

＊9 吉井巌「遣新羅使歌群」（先掲）、壬生幸子「遣新羅使歌群の長歌――配置の意図と機能――」（先掲）など。

＊10 犬養孝『万葉の旅　下』（社会思想社・一九六四）、伊藤博『萬葉集釋注　八』（集英社・一九九八）など。

＊11 犬養孝『万葉の旅　下』、瀧川政次郎「遣新羅使卜部雪連宅満」（『萬葉律令考』東京堂出版・一九七四）など。

＊12 昭和初期に、中山平次郎「鴻臚館（筑紫館）の所在」（岡崎敬校訂『古代乃博多』九州大学出版部・一九八四）によって提唱された説だが、その後、山崎純男・吉武学「福岡県鴻臚館跡（筑紫館跡）」（『日本考古学年報（一九八七年度版）』40・一九八九）によって、その遺構の確認が報告されている。

＊13 奈良本辰也・三坂圭治監修『山口県の地名〈日本歴史地名大系36〉』（平凡社・一九八〇）など。

＊14 熟田津の所在地については諸説がある。それについては、拙稿「歌謡と和歌――熟田津の歌」（『初期万葉をどう読むか』翰林書房・一九九五）を参照のこと。

＊15 竹内理三編『角川日本地名大辞典 40 福岡県』（角川書店・一九八八）など。

＊16 鴻巣盛廣『萬葉集全釋　第四冊』（廣文堂書店・一九三三）、澤瀉久孝『萬葉集注釋　巻第十五』（中央公論社・一九六五）など。

＊17 東野治之「『延喜式』にみえる遣外使節の構成」（『遣唐使と正倉院』岩波書店・一九九二）。

＊18 伊藤博『萬葉集釋注　八』は、「八月十日（太陽暦九月二十日頃）に至らぬ頃か」としている。

＊19 土居光知「遣新羅使人の歌」（『古代伝説と文学』岩波書店・一九六〇）。

＊20 阿蘇瑞枝「万葉後期の羈旅歌――遣新羅使人歌を中心に――」（「高岡市万葉歴史館紀要」創刊号・一九九一）。

＊21　武田祐吉『増訂　萬葉集全註釋　十一』、瀧川政次郎「遣新羅使卜部雪連宅満」（先掲）、平凡社地方資料センター編『長崎県の地名〈日本歴史地名大系43〉』（平凡社・二〇〇一）など。

＊22　東茂美「遣新羅使人たちの歌」（林田正男編『筑紫古典文学の世界　上代・中古』おうふう・一九九七）。

＊23　武田祐吉『増訂　萬葉集全註釋　十一』、古屋彰「万葉集巻十五試論」（「国語と国文学」38巻6号・一九六一）など。ほかに、平岡好正「万葉集巻十五と中臣宅守に関する一考察」（「國學院雑誌」33巻12号・一九二七）、加藤順三「巻十五に対する私見」（「萬葉」22号・一九五七）などの中臣宅守説、土居光知「遣新羅使人の歌」（先掲）の丹比屋主説、鴻巣盛廣『萬葉集全釋　第四冊』（廣文堂書店・一九三〇）、土屋文明『萬葉集私注　八〈新訂版〉』（筑摩書房・一九七七）などの無名氏説がある。

＊24　山田孝雄「萬葉集と大伴氏」（『萬葉集考叢』宝文館・一九五五）、阿蘇瑞枝「万葉後期の羈旅歌——遣新羅使人歌を中心に——」（先掲）など。ほかに、粂川定一「巻十五論」（『萬葉集講座　第六巻　編纂研究篇』春陽堂・一九三三）、高木市之助「新羅へ」（「国語と国文学」22巻3号・一九四五）などの不特定多数説、藤原芳男「遣新羅使人等の無記名歌について」（「萬葉」22号・一九五七）の一歌人を中心とした複数作者説などがある。

＊25　影山尚之「遣新羅使人雪宅満挽歌に関する試論」（先掲）。

＊26　島田修三「遣新羅使人歌群の史的背景——文学論的考察の前提となるもの——」（「愛知淑徳短期大学研究紀要」30号・一九九一）。

＊27　「夷」のイメージについては、拙稿「大和・畿内・夷——万葉人の旅と歌」（梶川信行編『万葉人の表現とその環境　異文化への眼差し〈日本大学文理学部叢書1〉』冨山房・二〇〇一）による。

＊28　上代語辞典編修委員会編『時代別国語大辞典　上代編』（三省堂・一九六七）。

＊29　土橋寛「古代歌謡の様式——詩歌起源論のために——」（『古代歌謡論』三一書房・一九六〇）。

＊30　金村の例については、拙稿「軽の道の悲恋物語——紀伊国従駕歌——」（『万葉史の論　笠金村』桜楓社・昭和62年）、虫麻呂の例については、拙稿「東国の赤人——真間娘子歌をめぐって——」（『万葉史の論　山部赤人』翰林書房・一九九七）で論じた。

＊31　行路死人歌という用語は、神野志隆光「行路死人歌の周辺」（『論集上代文学　第四冊』笠間書院・一九七三）

を嚆矢とする。
＊32 古橋信孝「行路死人歌の構造」（『古代和歌の発生　歌の呪性と様式』東京大学出版会・一九八八）。
＊33 注＊32に同じ。
＊34 たとえば、『時代別国語大辞典　上代編』、吉井巌『萬葉集全注　巻第十五』など。
＊35 小島憲之ほか校注・訳『萬葉集〈日本古典文学全集5〉』（小学館・一九七五）。
＊36 伊藤博「万葉の歌物語」（先掲）。
＊37 伊藤博『萬葉集釋注　八』。
＊38 注＊25に同じ。
＊39 澤瀉久孝『萬葉集注釋　巻第十五』。伊藤博『萬葉集釋注　八』も、それを支持している。
＊40 注＊25に同じ。
＊41 注＊25に同じ。
＊42 大後美保『季節の事典』（東京堂・一九六一）。
＊43 内田正男『日本暦日原典』（雄山閣出版・一九七五）。
＊44 吉井巌「遣新羅使人歌群——その成立の過程——」（先掲）。
＊45 渡部護「泣血哀慟歌二首」（『萬葉』77号・一九七一）、稲岡耕二「人麻呂『反歌』『短歌』の論」（『萬葉集研究　第二集』塙書房・一九七三）など。
＊46 注＊42に同じ。
＊47 注＊43に同じ。
＊48 注＊22に同じ。
＊49 注＊37に同じ。
＊50 荷田信名『萬葉集童蒙抄』（官幣大社稲荷神社編『荷田全集　第五巻』吉川弘文館・一九三一）以来の説である。
＊51 契沖『萬葉代匠記』以来の説だが、それを明確に述べたのは、澤瀉久孝『萬葉集注釋　巻第十五』である。

＊52　吉井巌『萬葉集全注　巻第十五』。土屋文明『萬葉集私注八〈新訂版〉』も、例によって、「拙い技巧だ」と切り捨てている。
＊53　注＊44に同じ。
＊54　注＊25に同じ。

新羅の尼理願の死をめぐって――大伴坂上郎女の「悲嘆尼理願死去作歌」の論――

1　序

新羅から渡来した尼理願の死にあたっては、大伴坂上郎女が「尼理願の死去にしことを悲嘆して作る歌」をなしている。それは『万葉集』巻三の「挽歌」部に収録されていることもあって、「理願挽歌」と通称されることもあるが、人の死を悼む歌だからと言って、必ずしも「挽歌」だというわけではない。「挽歌」とは、『万葉集』の部立てを除くと、その使用例は極めて限られたものに過ぎず、日本の上代においてほとんど定着しなかった用語だと見るべきである。[*1]「悲嘆……死去作歌」とされているその歌も、決して「挽歌」として生まれた作品ではあるまい。それは『万葉集』に収録されたことによって、「挽歌」部の一部を構成することとなったのである。

だとすれば、そうした作品については、「挽歌」というレッテルを剝がして見た時に、どのような視野が開けて来るのか、ということが問題となろう。また、『万葉集』の「挽歌」――題詞に「挽歌」と明記されている歌、及び『万葉集』の「挽歌」部に収められている歌の総体としての謂――とはどのような性格を持ち、いかに位置づけられているのか、ということも問題となる。

本稿では、大伴坂上郎女の「挽歌」ならぬ「悲嘆……死去作歌」の発想や表現などの分析を通して、新羅の尼の死を契機としたその歌が、万葉史の中にいかに位置づけられるかを考えてみることを目的とする。と同時に、多様な作品を含み持つ『万葉集』の「挽歌」の一つのありようの一端を、垣間見ようとするものである。

2 「悲嘆尼理願死去作歌」の形成

本稿で考察するのは次のような作品だが、説明の便宜上、A~Eの五つの段落に分けて提示することにする。

七年乙亥、大伴坂上郎女、尼理願の死去しことを悲嘆して作る歌一首并せて短歌

Aたくづのの　新羅の国ゆ　人言を　吉しと聞かして　問ひ放くる　親族兄弟　なき国に　渡り来まして　大王の　敷きます国に　うちひさす　京しみみに　里家は　さはにあれども　いかさまに　念ひけめかも　つれもなき　佐保の山辺に　哭く児なす　慕ひ来まして
Bしきたへの　家をも造り　あらたまの　年の緒長く　住まひつつ　いまししものを
C生ける者　死ぬと云ふことに　免れぬ　ものにしあれば　頼めりし　人のことごと　くさまくら　客なる間に
D佐保川を　朝川渡り　春日野を　背向に見つつ　あしひきの　山辺を指して　晩闇と　隠りましぬれ
E言はむすべ　せむすべ知らに　徘徊り　ただ独りして　しろたへの　衣袖干さず　嘆きつつ　吾が泣く涙　有間山　雲居たなびき　雨に降りきや　（3・四六〇）

反歌

留め得ぬ　寿にしあれば　しきたへの　家ゆは出でて　雲隠りにき　（3・四六一）

右、新羅国の尼名を理願といふ。遠く王徳に感けて、聖朝に帰化しぬ。時に大納言大将軍大伴卿の家に寄住して、すでに数紀を経たり。ここに天平七年乙亥を以ちて、忽ちに運病に沈み、すでに泉界に趣く。ここに大家石川命婦、餌薬の事によりて有間温泉に往きて、この喪に会はず。ただし、郎女独

り留まりて、屍柩を葬り送ることすでに訖りぬ。仍りてこの歌を作りて、温泉に贈り入る。

右の歌は、詳しい左注によって、作歌事情などが比較的よくわかる。理願は新羅から渡って来たが、佐保大納言家の邸内に家を構えて、長年暮らしていたところ、天平七年（七三五）、病気で亡くなってしまった。その時母の石川命婦は、有間温泉で病気療養中だったために、理願の死とその葬送などに立ち会えなかったので、坂上郎女がその様子をこの歌で知らせたのだと言う。すなわち、これは書簡という形で消息を伝える役割を果たそうとした作品であって、その点で『万葉集』中に多く見られる人の死を悼む歌々とは、作歌の目的を異にしている。言うなれば、これはまさしく「往復存問の意」[*2]であり、「男女間の恋を主とする個人間の私情を伝えあった歌」[*3]という意味での「相聞」の歌にほかならない。

人麻呂の人の死を悼む長歌が、人々の前で口誦されることによって披露されたものと考えられるのとは違って、これは一人の相手に書簡として示すつもりで作られている。そこに人麻呂の歌々とは決定的に異なる、この歌の性格を見て取ることができる。またそのことは、『万葉集』の「挽歌」の中でも特殊なことであったと言ってよい。

ところで、この歌によって初めて石川命婦が理願の死を知ったのだと考えるとすれば、それはおそらく間違いであろう。急使を派遣すれば、その日のうちにでも連絡が可能なほどに、有間温泉は平城京から近い。たとえば、大海人皇子は天智十年（六七一）十月に吉野入りしているが、朝大津を立って、その日の夕方には、明日香の島の宮に到着している（『日本書紀』天武天皇即位前紀）。大津宮と島の宮は、直線距離で約六〇キロ。それに対して、佐保大納言家と有間温泉の距離は、約五五キロ。有間温泉までの道の方が起伏が多く、やや困難であるにしても、孝徳天皇の時代にはすでに、「有馬古道」とでも呼ぶべき直線的な計画道路が存在したことも推定されている。[*4]葬儀がすべて終了するまで、命婦に何も知らせなかったとは、とうてい考えられない。

母石川命婦には、詔に応えて作った歌がある。そこには「諸の命婦等歌を作るに堪へずして、この石川命婦のみ独りこの歌を作りて奏す」（20・四四三九左）とされていることから、命婦は作歌について相当の力量を持っていたと見る向きもある。[*5]「屍柩を葬り送ること既に訖りぬ」とあるので、初七日の法要を済ませた後であることは当然のこと、やや時間が経過して、精神的にもほっと一息ついたところで、郎女はこの歌を作り、その趣向を理解してくれるはずの母命婦のもとに送り届けたのであろう。そう考えてよいとすれば、この歌は事実の伝達という実用的な目的で作られたものではない、ということになろう。ただ、命婦に歌を贈るという、そのことだけのために作られたのである。人の死を悼む歌だということからすれば、やや語弊のある言い方だが、これはあくまでも、作品の趣向を楽しむために贈られた歌であったと考えてよいだろう。

長歌は、結びの「嘆きつつ　吾が泣く涙　有間山　雲居たなびき　雨に降りきや」に焦点が絞られているが、これなども決して、理願の死をこの時に初めて知らせたというものではあるまい。すでに命婦がそのことを知っていることを前提とした問い掛けであるように思われる。突然その死を知らされた驚きから、すでに少しは落ち着きを取り戻した時点における作であり、深い悲しみに包まれながらも、歌の趣向を味わうことのできる程度に余裕のある相手でなければ、こうした問い掛けも空しいものとなろう。

この歌はそうした時点で作られ、有間温泉に送り届けられたのだと思われるが、その書簡に今見られるような左注が付されたのは、おそらく後のことであろう。左注の内容は、その歌の遣り取りをした当事者同士にとっては、自明の事柄ばかりだからである。憶測すれば、これは家持あたりの歌ノートに収められた段階か、巻三の編纂時点におけるものだったのではなかろうか。

左注の内容は、概ね長歌の叙述と対応しているが、たとえば「頼めりし　人のことごと　くさまくら　客なる間に」理願が死んだという具体的な事情が、石川命婦が有間温泉に療養に行っていたためだったということについては、歌からでは知ることができない。これは、たとえば一族の者のように、その事情をよく知っていた者が書いたと考えなければなるまい。坂上郎女のことを「郎女」と呼んでいるが、それを女性に対する尊称[*6]と考えてよいならば、この題詞と左注は坂上郎女が自分で書いたものではない、ということになろう。だとすれば、その筆者としては、天平七年（七三五）当時、すでに歌を作るほどの年齢に達していた大伴家持あたりが有力であろう。家持は「大納言大伴卿」の直系の男子として、当時佐保の家に住んでいたはずだから、おそらくこの葬儀に立ち会っていたに違いあるまい。後に命婦から、あるいは坂上郎女からこの歌を入手した時、自らの記憶に従ってこの左注を記し、題詞も整えたのではないかと考えられる。

巻三のこの歌の前後に載せられている歌々の題詞には、月まで明記されているにも関わらず、この歌の題詞には年次しか書かれていない。それは、後に記憶に頼って作歌年次を整えたからではないか。命日は記憶されていても、後日命婦に贈られた歌がいつ作られたのかということまではわからなかった、ということであろう。

郎女が命婦に贈った歌稿にはおそらく、

悲嘆尼理願死去作歌

という程度の題詞が付されていたに過ぎなかったのではないか。理願の死に直面した近親者同士が、まだその死が生々しい時期に、私的な歌の遣り取りにおいて、題詞の冒頭から「七年乙亥」などと書くことはあるまい。また「大伴坂上郎女」なども、自分の母親に対する自称ではなく、大伴氏以外の人々に示すことを前提とした呼称であろう。親族内の通称ならば、「坂上」で事足りよう。どちらかと言えば、それは公的な呼称と見るべきであって、郎女の歌稿の題詞に、初めからあったものではなかった可能性が高い。そして「一首并短歌」を加えて、巻三のその前後の題詞と形式を揃えたのであろうと考えられる。

ともあれ、この歌は右のような簡単な題詞が添えられた程度で、命婦のもとに届けられたのであろう。そして、それは「挽歌」と言うよりも、「相聞」としての役割を果たした歌であったと考えられる。人の死に臨んでその歌が作られたということで、この歌は『万葉集』の「挽歌」の部に収録されたが、人の死を契機として生まれながら、このような機能を果たした当該歌は、とりわけ特殊なものであり、新しい形式であったと言ってよいだろう。[*7]

3　伝統的表現の再生

作者自身の悲しみを、死者に対してうたうのではなく、別の近親者に直接問いかけるという形を取り、それに見合った表現の形式を持つこの長歌は、人の死を悼む歌としては新しいものであり、特殊なものであると述べて来た。ところが、そうした機能の特殊さにも関わらず、この歌の表現には前代の多くの歌々の表現を踏襲したものが多い。それは、人の死に関わる歌のみならず、宮廷儀礼歌などをも含め、人麻呂的な表現を中心としたものである。[*8]

たとえば、「大王の　敷きます国に　うちひさす　京しみみに　里家は　さはにあれども」というように、国中に多くある「里家」の中から「佐保の山辺に」「慕ひ来」たとあるが、このような形は、

(1)倭には　群山あれど　取りよろふ　天の香具山　……　(1・二)

(2)やすみしし　吾が大王の　聞こしをす　天の下に　国はしも　さはにあれども（中略）御心を　吉野の国の　……　(1・三六)

(3)皇神祖の　神の命の　敷きいます　国のことごと　湯はしも　さはにあれども　嶋山の　宜しき国と　……　(3・三二二)

(4)鶏が鳴く　東の国に　高山は　さはにあれども　朋神の　貴き山の　……
（3・三八二）

(5)明つ神　吾が大王の　天の下　八島のうちに　国はしも　多くあれども　里はしも　さはにあれども　山並の　宜しき国と　……
（6・一〇五〇）

(6)敷島の　大和の国に　人さはに　満ちてあれども（中略）若草の　思ひつきにし　君が目に　……
（13・三三四八）

というように、いずれも長歌だが、その類型表現を見出すことができる。[*9]これは寿歌の形式であり、多くの場合、いわゆる宮廷歌人たちによってうたわれた国土讃美の常套的な表現である。

(1)は、言うまでもなく、国見歌の典型とされる舒明天皇御製と伝えられた歌。「讃歌的国見歌」に分類されるものである。[*10]引用したのは、国見する場所である聖山香具山を称えた部分。(2)は、人麻呂の吉野讃歌。壬申の乱の記憶にも繋がる聖地吉野をほめた部分である。(3)は、伊予の温泉での山部赤人の歌。「行幸処」としての温泉を、「丘に立たして」ほめている。(4)は、丹比国人が霊山筑波を称えたもの。(5)は、福麻呂の久迩新京讃歌である。(6)は、そうした表現を恋歌に応用したものだが、このような歌が存在すること自体、伝統的な様式として、こうした表現を中核に据えた長歌が、ある程度定着していたということを示していよう。

坂上郎女も、もちろんそうした常套的な表現を利用したに過ぎないのであろう。とは言え、郎女の場合は、ただ単に踏襲したというだけではあるまい。それは「親族兄弟　なき国に　渡り来まして」を受け、「いかさまに念ひけめかも　つれもなき　佐保の山辺に」と続くことによって、[*11](1)〜(6)の歌々のように、一つ取り上げるものを称えるという形ではなしに、宿縁ということを強調しようとしているのだと見ることができる。[*12]理願は佐保大納言家の中に家まで与えられていた上に、名族の大刀自とも言うべき坂上郎女が自らその葬儀を取り仕切ったと言う。その点からも、理願が大伴家の中で相当な待遇を受け、尊崇を集めていたことが窺われる。[*13]並々ならぬ縁を感じていたからこそのことに違いあるまい。

宿縁をうたうことは、山上憶良の思子等歌にも「いづくより　来たりしものそ」（5・八〇二）という形で見られる。[*14] 作者と理願との関係が、それほどに深い因縁によって結ばれているということを言っておくことで、理願の死に出遭った驚きや悲しみを、より一層きわやかに印象づけようとするものであったと考えられる。[*15] もちろんこれは、人間の存在についての仏教的な認識を前提とした発想であろう。このように、伝統的な表現を受け入れつつも、そこに新たな意味を付与しているのであって、そうしたところに坂上郎女の表現の方法の一つを見て取ることができよう。

伝統的な表現の新しい用い方は、「いかさまに　念ひけめかも」にも見られる。これは人麻呂が定着させた表現であり、その後、いわゆる挽歌的表現[*16]としてしばしば用いられている。近江荒都歌（1・二九）や日並皇子尊の殯宮での歌（2・一六七）で「いかさまに　念ほしめせか」とうたい、吉備津釆女の死を悼む歌（2・二一七）でも「いかさまに　念ひをれか」とうたっているが、以後、丈部龍麻呂の死を悼む大伴三中の歌（3・四四三）など、いずれも人の死に関わる歌に用いられている。

だが、坂上郎女の場合は、これも常套的な用い方と異なっている。多くは他界したことに対しての不審の念を述べるものだが、郎女は同じく人の死を悼む歌で用いながらも、理願が佐保の家に身を寄せたことに対して用いているのだ。つまり、生前の行為に対して用いている点で、他の用例とは違いがある。

こうして伝統的な表現や先行歌の表現を新たな形で用いることは、それらにとどまるものではない。人麻呂などが墓所や殯宮など死者の眠る地に対して用いた「つれもなき」を、坂上郎女はやはり宿縁を強調する文脈の中で用いている。また、圧倒的に「繁き」「言痛き」ものとしてうたわれ、恋の障碍とされる「人言」[*17]も、「よしと聞かして」とうたっているのだ。さらには、「たくづのの」「しきたへの」という枕詞も、他に例のない「新羅」

「家」に懸かる形で用いている。

先行歌の表現の利用は、決して歌句ばかりではない。長歌の構成そのものが、人麻呂的なものであると言ってよい。長歌は、次のような構成になっている。

A縁あって佐保大納言家に来る
B佐保大納言家に家を作り長い年月を過ごす
C人の世の定めで理願が身まかる
D佐保川を渡って野辺の送りをする
E悲嘆しつつ石川命婦へ問い掛ける

前半のABで生を、後半CDでは死をうたい、最後のEで嘆きの情を述べるという形である。こうした構成は、人麻呂の人の死に関わる長歌で、しばしば取られた形である。たとえば、日並皇子の殯宮での歌（2・一六七）、同じく高市皇子への歌（2・一九九）、そして泣血哀慟歌（2・二〇七）と、「挽歌」部に収録された人麻呂の代表的な長歌は、いずれもこの形である。このように、前半で比較的平穏な日々を描いてから、一転して後半で死の叙述に移ることによって、生から死へという大きな落差を見せつけるのである。こうした構成を採ることで、死に直面した驚きの大きさと嘆きの切実さを、よりきわやかに描き出そうとしたのであろう。

このような構成も、坂上郎女はいわゆる「挽歌」ではなしに、失われた愛を主題とした「怨恨歌」（4・六一九～六二〇）で応用しており、[*18] 先行歌の表現方法を新たな形で使用しているのである。ともあれ、そうしたところに郎女の創作の一つのあり方を見て取ることができよう。

もちろん、新たな形に再構成するばかりでなく、常套的表現をそのまま踏襲したものも見られる。たとえば、人麻呂以後「人の死に逢着した時発せられる常套語[*19]」となっていたとされる「言はむすべ　せむすべ知らに」や

「隠り」「雲隠り」という、いわゆる敬避表現がそれである。憶良の「日本挽歌」（5・七九四）のみに見られた「哭く児なす　慕ひ来まして」や、これはいわゆる挽歌的な表現ではないが、「あらたまの　年の緒長く」なども、すでに固定化していた表現をそのまま利用したものであろう。

ところで、以上のような先行歌の表現を、坂上郎女はどのようにして自分のものにしたのか。ここで指摘したもののほとんどは、偶合であろうはずはない。必ずや先行歌に学んでいたはずである。もちろん、確実なことは言えないが、筆者は筆録された資料を通して学んだのではないかと考えている。

坂上郎女の生年は不明だが、藤原京の時代の生まれであった可能性が高い。[*20]したがって、郎女が人麻呂の肉声を聞いたと考えることはできない。そこに見られる人麻呂的な表現は、筆録された何らかの資料によって学んだものだと考えなければなるまい。一方、郎女は大宰府に下っている。「日本挽歌」の場合は、筑紫において、憶良から直接歌稿を見せてもらっていた可能性もあろう。

言うまでもなく、書かれた歌の場合は、声による享受のように一回的なものではない。何度も反芻することができる。その結果として、作品を客観的に対象化することも容易であって、構成や用語なども、より鮮明に意識化することが可能である。頭の中で再構成することも、容易となろう。伝統的、常套的な表現に新たな意味を付与させつつ再構成することは、平城京の時代になってから、笠金村・山部赤人などを典型として、著名歌人たちの歌にしばしば見られることだが、[*21]そうしたことも、文字による前代の歌の享受が、彼らにとって普通になっていたこと、書くことが創作の第一義的なものとなっていたことなどと、[*22]関係があろうと思われる。

このように、当該歌は主に人麻呂の人の死に関わる歌に用いられていた表現などをふんだんに盛り込むことで、伝統的な格調を持つ長歌となった。そして、その一方で、そのような古めかしい表現を巧みに再構成することによって、それに新しい生命を与えたのである。そうした意味で、新しさへの模索の中から生まれたのが、この長歌であったと言ってよいだろう。こうした新しい表現への模索は、長歌という古い歌体によりながらも、それが「相聞」としての機能を果たそうとした、新しい「挽歌」であってみれば、当然なされるべきことだったのだと思われる。

新しい機能を持った人の死を悼む歌は、伝統的な表現が書かれることによって意識的に新しい装いへと変貌させられて行く中で、創作されたのだと考えられる。

4 「涙」の位相

当該歌が、前代の人の死を悼む歌々と決定的に袂を分かつ点は、その歌の果たした機能であると論じて来た。それは長歌の末尾の五句「嘆きつつ　吾が泣く涙　有間山　雲居たなびき　雨に降りきや」によって果たされたものである。そして、その結びの五句は、人の死を悼む歌でありながら、その抒情が死者に向かうことなく、生きている第三者に向かっているという点で、前代には見られなかった新しさを持っている。また、表現そのものとしても、比較的新しいものだと考えられる。それは、佐保の宅において泣く郎女の涙が、遠く離れた有間温泉で雨になって降るという発想である。

『万葉集』中に「涙」をうたった歌は、一九首見られる。恋歌――ここでは、悲別と死別を除き、日常生活の中で一人を嘆く歌の意――が五首（五〇七、一五二〇、一六一七、二五四九、二九五三）、悲別歌が四首（六九〇、九六八、四三九八、四四〇八）、死を悼む歌が九首（一七七、一七八、二三〇、四四九、四五三、四六〇、四六九、七九八、四二一四）と、世間の無常を悲しむ歌が一首（四一六〇）というように分類できる。また、それらは「坂上郎女の周辺にあった大伴旅人、大伴家持、山上憶良あたりに集中して見られ、またそうでなくとも、比較的新しい歌巻にひろうことができる」[*23]とする指摘がある。すなわち、それは比較的新しい歌語であることが窺える。

「涙」をうたったもっとも早い例は、日並皇子の宮の舎人たちの歌である。

朝日照る　佐田の岡辺に　群居つつ　我が泣く涙　やむ時もなし　（2・一七七）

み立たしの　嶋を見る時　にはたづみ　流るる涙　止めそかねつる　（2・一七八）

これらは、皇子の死という悲しい出来事に遭遇し、ただただその悲しみが深いものである、ということをうたっているに過ぎない。「やむ時もなし」「止めそかねつる」は、もちろん多少の誇張を含んではいるものの、それらは事実をうたったものであろう。悲しみの形象化として、もっとも素朴なあり方であると言ってもよい。

ところが、今の例を除くと、「涙」をうたった残りの歌は、いずれも平城京の時代のものだが、舎人らのうたった「涙」とは異質なものが多い。たとえば、これもやはり皇子の死に臨んでの歌だが、

……　玉桙の　道来る人の　泣く涙　小雨に降れば　しろたへの　衣ひづちて　……　（2・二三〇）

と、金村はうたっている。「涙」がしとしとと「小雨」のように降ることによって、「衣」がぐっしょりと濡れてしまうとうたっているが、これは単なる誇張ではあるまい。「泣く涙　小雨に降れば」と、悲しみの「涙」がそのまま「小雨」として描かれることによって、その気分が巧みに情景に置き換えられ、瀟々たる雰囲気を醸し出している。「涙」は「小雨」であり、「小雨」は悲しみを盛り上げるための情景であり、その「小雨」に濡れた「衣」を着た「道来る人」の姿は、悲しみに打ちひしがれた姿である。それがまた「涙」を誘うという構図である。つまりこれは、「涙」と「小雨」とをオーバーラップさせることにより、悲しみをイメージ化する手法であって、これらは舎人らの歌に比すると、かなり高度な表現技法であると考えられる。

「涙」と「雨」を重ねる手法は、当面の坂上郎女の歌を除くと、この例以外に見られないが、平城京の時代の恋歌に見られる「涙」は、より表現としての世界に傾斜している。単なる誇張の域を超えて、非現実的なものさ

え見られるようになる。そのもっとも顕著なものが、次の二首であろうと思われる。

しきたへの　枕ゆくくる　涙にぞ　浮き寝をしける　恋の繁きに　（4・五〇七）

照る月を　闇に見なして　泣く涙　衣濡らしつ　干す人なしに　（4・六九〇）

前者は駿河采女の歌だが、「涙」が多く流れて洪水となり、そのために「浮き寝」をするという意である。これは「浮き寝」という、ある程度固定化した歌語の存在に支えられた発想であろうと思われる。その用例は、遣新羅使歌群に四例集中して見られる以外、あまり多くはないが、

我妹子に　恋ふれかあらむ　奥に住む　鴨の浮き寝の　安けくもなし　（11・二八〇六）

などと見られ、恋の不安に揺れ動く心情を表している。駿河采女の歌における「浮き寝」という歌語は、「涙」→（洪水）→「浮き寝」という言葉の連想を契機として、たゆたう心情を事実に見立てたところになったものであろう。

『古今和歌集』の「哀傷哥」に、

なく涙　雨とふらなん　わたりがは　水まさりなば　かへりくるがに　（16・八三九）

という歌があるが、駿河采女の歌は、この歌の発想と非常に近いものであるように思われる。「わたりがは」は、いわゆる三途の川のこと。ただし、上代の文献に「三途の川」の用例は見られないので、駿河采女の歌は必ずしも、そうした観念に基づくものではない可能性もある。しかし、「なく涙　雨とふらなん」という比喩を直接事実に見立てる発想は、采女の歌と共通していると言えるのではないか。

後者の歌（4・六九〇）は、それとは少し異なってはいるものの、悲しみの「涙」で「照る月」さえも「闇に見なして」というのだから、これも一種の見立てであろう。つまり、心情をそのまま景に投影させて行く手法である。景物は多くの場合、心情表現を支える役割を果たすものだと言えようが、ここに挙げた歌における景物は、

さらに積極的に、景さえも心情に相応しい形に変わって行くべきものとして扱われている。

これらはいずれも平城京の時代の歌だが、当面の郎女の歌の結び五句に見られる発想の基底には、こうした動向が反映しているのであろうと考えられる。また、古代には「霧」を人間の嘆きの表象と見る発想が普遍的に存在したとする見方があるが、[*24]そうした観念とも関係があろう。

ところが、〈嘆きの霧〉の歌は、ほとんどの場合、眼前の霧を嘆きの表象として捉えたものである。遠く離れた二者の間において、一方の「嘆き」が他方のいる場所に「霧」となって現われるというものは、意外と少ない。当面の歌と、天平八年の遣新羅使歌群に見られるのみである。

君が行く　海辺の宿に　霧立たば　我が立ち嘆く　息と知りませ　（15・三五八〇）
秋去らば　あひ見むものを　何しかも　霧に立つべく　嘆きしまさむ　（15・三五八一）
我がゆゑに　妹嘆くらし　風早の　浦の沖へに　霧たなびけり　（15・三六一五）
沖つ風　いたく吹きせば　我妹子が　嘆きの霧に　飽かましものを　（15・三六一六）

これらは、〈嘆きの霧〉の歌としては、もっとも新しい部類に属する。古代において、雲や霧は人間の霊魂の姿（気息霊）と見られたとされるが、[*25]〈嘆きの霧〉の歌は決して霊魂観そのものをうたっているわけではあるまい。もちろん、そうした古代的な観念がその基底に存在することまでは否定し得ないが、それはあくまでも、見立てという歌の表現の一つとして捉えるべきものであろう。〈嘆きの霧〉という表現が、ある程度定着していたことを前提として、歌の表現として利用されているのだと考えられよう。したがって、そこでうたわれた「霧」は現実のものではあるまい。〈嘆きの霧〉という発想が歌の表現として自立した段階で、「霧」がうたわれているのだと考えた方がよい。

当面の坂上郎女の歌は、これらとほとんど時を同じくしてうたわれている。「嘆きつつ　我が泣く涙　有間山

雲居たなびき　雨に降りきや」も、そうした段階にあるものと考えてよいだろう。そして、誤解を恐れずに言えば、それはすでに『古今和歌集』的なものにかなり近づいている、と言えるのではないか。新しい機能を背負った表現は、新しい表現感覚に支えられた発想に負っていたのであろう。

5　仏教的表現と伝統的表現

当該歌は、機能から見た場合、いわゆる「挽歌」ではなく、まさしく「相聞」の歌であるということは、平城京の時代の「挽歌」の一つのあり方であったと考えられる。それを表現に即して見れば、前代の人の死を悼む歌々の常套的表現などを受け入れつつも、それを新しい装いに変貌させながら成った歌ということである。そうした新しさと古さとが共存しつつも、統一性のある作品へと巧みに組み立てられている。そこで、ここでは死生観や他界観などを背負った表現から、この作品の一面を考えてみようと思う。

小野寺静子はこの歌の表現に、「仏教的表現」と「古代歌謡や人麻呂の挽歌に基づく伝統的表現」の二つの面が共存している、と指摘している。[*26] 宿縁という観念を下敷きにしたと見られる表現については、すでに指摘したが、ここで言う「仏教的表現」とは、「生ける者　死ぬと云ふことに　免れぬ　ものにしあれば」や「留め得ぬ寿にしあれば」などを指す。[*27] しかし、これは具体的な経典を直截的な出典としたものではあるまい。仏教の教理を受容することを通して、人間の存在の不確かさを感性によって表現したもの[*28]だと見るべきであろう。

とは言え、中川幸廣が「水沫のごとし」「常ならなくに」「朝露の我が身」などといった、多分に感覚的な比喩的表現を持つ多くの作者未詳歌の例を引きつつ、都の底辺に広がる人々、すなわち下級官人、写経生などを含めた知識人たちが、無常観という教理としてではなく、単なる「はかなさ」に還元して表現したと説いた[*29]歌々と、当該歌の表現には、質的な点で明らかに違いがある。たとえそれが特定の出典を持たないにしても、それは仏教的な死生観というものに対して、より直截的な表現であり、確かな手ごたえを持ったものであるように思われる。

そこで思い出されるのが、諸注にしばしば類句として取り上げられているが、

生ける者　遂にも死ぬる　ものにあれば　この世なる間は　楽しくをあらな　（3・三四九）

という旅人の歌である。旅人は佐保の宅の主人であった。その父安麻呂が健在だった頃に理願は渡来し、「既に数紀を経たり」とされる。したがって、もちろん旅人も理願とは日常的に交流があったと考えてよい。

しかし筆者は、坂上郎女や旅人の歌が理願の影響のもとに成ったと言おうとするのではない。旅人や郎女がそうした表現をなす環境が、佐保の家を中心とした当時の大伴氏には存在したのだ、と言いたいのである。こうした仏教的な表現が、より確かな形で詠まれるような雰囲気が、当該歌によれば、佐保の宅の中に家まで構えて何十年も住んでいたという理願の存在そのものに、象徴的に現われているのだと考えてよいだろう。

大伴氏と仏教との繋がりは、六世紀の狭手彦の時代から密であったということが指摘されている。[*30]『日本書紀』には、崇峻天皇三年（五九〇）に学問尼善信等が百済から渡来して、我が国最初の尼寺である桜井寺――『元興寺伽藍縁起並流記資材帳』に「桜井道場」と見え、後の豊浦寺とされる――に住み、さらにその年に、狭手彦の娘善徳・大伴狛の夫人・新羅媛善妙など、渡来人を含む多くの人たちが出家して桜井寺の尼になったと伝えられている。彼らの中には狭手彦が高句麗を討った時に虜とした人もいたと言われるほどに、[*31]この桜井寺と大伴氏との関係は密であったと考えられる。もちろん、理願が佐保大納言家に身を寄せていたことも、大伴氏としては歴史的に準備された必然であったということであろう。

また、『東大寺要録』（巻六・末寺章第九）によれば、養老二年（七一八）、大納言安麻呂の発願によって、奈良坂の東の阿古屋谷に永隆寺（伴寺）を建立したが、同五年には、奈良坂の東谷、般若山の佐保河東山に改めて遷し

立てた、ということが知られる。[*32] 大伴氏は、氏寺を持つほどに、仏教と深い関わりを持っていたのである。この歌に見られる仏教的死生観に基づく表現は、そうした中で身についたものを前提として成り立っているのだと考えてよい。もちろん、それをうたうことは、理願の死を悲嘆した歌としてもっとも相応しいことだったと考えられよう。

さて、もう一つは「伝統的表現」である。それは、

……佐保川を　朝川渡り　春日野を　背向に見つつ　あしひきの　山辺を指して　晩闇と　隠りましぬれ

……

という部分である。とは言え、こうした表現が「挽歌」の中で「伝統的」と言えるほどに固定化し、連綿と続いていたという確信は持てない。また、これは表現の様式の問題ではなく、葬送のあり方を反映した叙述と見た方が適当かも知れない。

小野寺静子は、この部分が武烈紀の影媛の歌謡の中に見える、

石上　布留を過ぎて　薦枕　高橋過ぎ　物多に　大宅過ぎ　春日　春日を過ぎ　妻ごもる　小佐保を過ぎ

……

（紀九四）

という葬送の道行きの形式に基づくとしている。[*33] 確かに『万葉集』巻十三には、葬送の道行き形式と言えそうな同様の表現が見られる。たとえば、

……朝裳よし　城上の道ゆ　角さはふ　磐余を見つつ　神葬り　葬り奉れば　行く道の　たづきを知らに

……

（13・三三二四）

だが、これも道行き形式と断定できるほどに完全な形とは言い難い。また、こうしたものさえ、「挽歌」の中にはほとんど見られないのだ。志貴皇子が薨去した時の笠金村の歌に、松明を持った人々の葬列の様子が、

……　高円山に　春野焼く　野火と見るまで　燃ゆる火を　何かと問へば　玉桙の　道来る人の　泣く涙
小雨に降れば　しろたへの　衣ひづちて　……　（2・二三〇）

とうたわれてはいるが、これはもちろん道行き形式ではない。

八世紀において、人が死んだ時、平城京の外の埋葬地まで葬列が行ったことは確実である。喪葬令9[*34]によれば、「凡そ皇都及び道路の側近は、並に葬り埋むること得じ」とされ、同令8には、そのため親王と三位以上の高官には「轜車」（葬車）を使用することが定められている。また、皇親と五位以上の者には、「送葬夫」が支給されることにもなっていた。したがって、人の死に関わる歌の中で、時にこうした叙述が生まれるのも当然であって、それをもって固定化した表現様式と見ることには、慎重を期する必要があろう。志貴皇子の場合は、平城京の東の山間に営まれた田原西陵（『延喜式』巻二十一・諸陵寮）への葬送が、このように描かれたのであろう。

当該歌はまず、「佐保川を　朝川渡り」とうたっている。現在の奈良市法蓮町にあったと推定される佐保の宅[*35]から、葬列が一条大路を東に進んだことが窺える。続いて「春日野を　背向に見つつ」とされているが、「春日野」とは「若草山・御蓋山の西麓に続く台地[*36]」なので、そこを「背向に見つつ」とは、その後一行が北に向かったことを意味している。そして、「山辺を指して」と言えば、奈良市川上町にあったと見られる永隆寺に向かったことになろう。この時はまだ東大寺は建立されていなかったが、その大仏殿の北北東六〇〇メートルほどのところである。このように、当該歌にうたわれているのは、佐保大納言家から氏寺への行程であると考えられる。

もっとも、理願は永隆寺に埋葬されたということではあるまい。檀那寺に墓地があり、そこに葬られることが一般化したのは、周知のように、近世初期のことである。また、永隆寺で葬儀が行なわれたのかどうかも定かではない。周知のように、家持の歌の中に「佐保山に火葬す。故に『佐保の内の里を行き過ぎ』といふ」（17・三九五七）という自注が見える。それによれば、大伴氏の人々は佐保山で火葬され、

昔こそ　よそにも見しか　吾妹子が　奥つ城と念へば　愛しき佐保山　（3・四七四）

という歌のように、佐保山に埋葬された、ということが知られる。佐保大納言家と深い縁で結ばれた理願も、大伴家の埋葬地に葬られた可能性があろう。

ともあれ、理願の葬儀がどこで行なわれ、どこに埋葬されたのかは定かでないが、長歌にうたわれた行程が永隆寺への道であるということは、石川命婦には間違いなく伝わったはずである。葬儀から少し時を経て、改めて永隆寺で追善供養を行ったということかも知れないが、一族の者にとって、それは言わずと知れたことだったのであろう。その点でもこの歌は、理願の死という事実を伝達するという実用的な役割を果たしたものではない、ということを示している。

また、この部分を問題にするならば、「あしひきの　山辺を指して　晩闇と　隠りましぬれ」という部分をこそ、問題にしなければなるまい。氏寺への道程を、歌の表現にした時に、このようにうたったということを、である。

筆者は、これこそ死の伝統的表現ではないかと考えている。死者が山に隠れるとうたっているのである。これは山中他界という観念を反映したものとも考えられているが、そうした歌は、

ささなみの　大山守は　誰がためか　山に標結ふ　君もあらなくに　（2・一五四）
山吹の　立ちよそひたる　山清水　汲みに行かめど　道の知らなく　（2・一五八）
衾道の　引手の山に　妹を置きて　山道を行けば　生けりともなし　（2・二一二）
鴨山の　磐根しまける　吾をかも　知らにと妹が　待ちつつあるらむ　（2・二二三）

など、かなり多くの例を挙げることができる。これは巻二の「挽歌」部から任意に拾ってみたものだが、これらに表現としての固定した形はない。しかし、こうした表現は、後々まで受け継がれて行っているのである。

たとえ仏教的な葬儀が行なわれ、法要が営まれたのだとしても、ヤマトウタはヤマトウタとしての表現によってなされるものであろう。それはヤマトウタという表現の様式を選ぶ限り、避けられない宿命である。仏教的な死生観が生活の中に溶け込み、それに基づく人間という存在に対する認識が彼らの感性の中に深く根づいていたにしても、ヤマトウタにおいてはヤマトウタの表現の様式を取らざるを得なかったのだ。その中で、山中他界という観念と仏教的死生観が一体となり、一つの作品を形成した。それがこの長歌なのであろうと思われる。

こうした当該歌には、ヤマトウタの表現として伝統的なものを受け入れているとは言え、それにも増して仏教的な色合いが強い。尼の死が作歌の契機だったのだから、当然と言えば、当然ではある。しかし、ここでもう一度確認しておかなければならないことは、長歌という表現様式を選択する限り、それは長歌の伝統――人麻呂を中心としたものだが――の中にあったということである。この歌の新しい機能も、結局ヤマトウタ的な発想によってしか、生まれ得ないものだったということである。

6　結

ここまで、反歌についてはまったく触れて来なかったが、「家ゆは出でて　雲隠りにき」と結ばれるその反歌が、一般的な「死の敬避表現」と「等質」であるとする指摘[*37]は、注意をしておく必要がある。確かに、反歌を含めて一つの作品である。そして、長歌とは違って、反歌は理願の死という事実を正面からうたったものである、ということも間違いあるまい。しかし、当該歌をなした意図がどこにあったのかと言えば、左注に「ここに大家石川命婦、餌薬の事によりて有間温泉に往きて、この喪に会はず。ただし、郎女独り留まりて、屍柩を葬り送ることすでに訖りぬ。仍りてこの歌を作りて、温泉に贈り入る。」とある通りであろう。もし石川命婦が都を留守にしていなかったならば、この歌は決して生まれ得なかったのである。

したがって、坂上郎女が理願の死を契機としてうたった歌はやはり、あくまでも「相聞」のためのものであったと見ることができる。それはおそらく、書面によって果たされた「相聞」であり、そうした点でこの歌は、「歌を題りて送答し、起居を相問す」――言うまでもなく、「題」とは書きつけるの意――という左注を持つ大伴駿河麻呂との贈答歌（4・六四八〜六四九）と、歌の果たした機能はまったく同じであったと言ってよい。ところが、当面の歌は作歌の契機が理願の死であったために「挽歌」に収録され、駿河麻呂との歌は疎遠になっていた人への「相問起居」であったことで「相聞」に分類された、ということであろう。したがって、坂上郎女がその両者を作るにあたって、どれほどジャンルの違いを意識していたかということについては、大いに疑問である。

よく言われるように、天平期の歌はすでに社交の具となり得ていて、坂上郎女はそうした歌を操ることによって、風雅の遊びの世界に身を置いていたと見ることができる。そうしたことをも含め、天平期の万葉の世界は、歌が本来あるべき〈褻〉の世界への傾斜を深めていたのだと言ってもよい。[*38] 当該歌の場合も、あくまでもその一つに過ぎなかったのだと考えられる。もちろん、人の死を契機としたものだから、いわゆる「挽歌」の伝統と無縁ではないが、それはあくまでも個々の歌句の上でのことであって、決してその本質的な部分ではないと考えることができる。「相聞」のための歌である、ということこそが、この歌の本質であろう。したがって、そこでうたわれた死生観などに関わる表現も、結局は歌を贈った郎女とそれを受け取った母命婦にとっては、共通の了解事項としての仏教的死生観と仏式の葬送・法要とを反映したものであったと考えられる。

こうして、『万葉集』の「挽歌」に収録された歌々も、万葉史の流れの行くべき方向に向かって変貌を遂げて行く。そして、歌を書くことが定着して行く中で、『万葉集』が「挽歌」というジャンル意識を獲得した頃には、いわゆる「挽歌」的表現――それは主に儀礼性の濃厚なものだが――は消滅への道を辿っていたのであろう。死者に直截向かう抒情は、表現として見れば、恋歌とほとんど変わらなくなっているばかりでなく、当該歌に見られたように、抒情が死者に向かわない歌すら生まれて来たのである。[*39]

もう一つ確認しておかなければならない点は、新羅の尼の死を契機として作られた歌であるにも関わらず、生前の理願の人となりを描写することはない、という点である。AとBの部分は生前の叙述だが、ただ佐保大納言家との宿縁を強調しているに過ぎない。遣新羅使歌群と同様、とりわけ新羅についてうたうことはなかった。一つには、それが母石川命婦への「相聞」の歌だったからだが、それはヤマトウタの本質に根ざす事柄ではないかと考えられる。

それについては別稿に譲るが、[*40]ともあれ、「挽歌」の問題は、「挽歌」史を見据えるだけで解決できるものではあるまい。それは、多くの場合、作者の意図を反映しない分類名に過ぎなかったことにもよろう。「挽歌」とは何かということを見据えることは、万葉史全体への見通しなしには行なうことができない。また、「雑歌」や「相聞」の内実との比較検討も必要であろう。しかし、その点については、別の機会に譲りたいと思う。[*41]

注

＊1　拙稿「『挽歌』の位相」（『万葉史の論　笠金村』桜楓社・一九八七）、同「《初期万葉》の『挽歌』」（「語文」115・116輯・二〇〇三）。

＊2　山田孝雄「相聞考」（『萬葉集考叢』宝文館・一九五五）。

＊3　伊藤博「相聞の意義」（『萬葉集の表現と方法　上』塙書房・一九七六）。

＊4　足利健亮「難波京から有馬温泉を指した計画古道」（『日本古代地理研究』大明堂・一九八五）。

＊5　たとえば、窪田空穂『萬葉集評釋　第一巻〔新訂版〕』（東京堂出版・一九八四）、小野寺静子「尼理願の死去を悲嘆する歌」（神野志隆光・坂本信幸編『セミナー万葉集の歌人と作品　第十巻　大伴坂上郎女・後期万葉の

女性歌人たち』和泉書院・二〇〇四）など。
＊6　神田秀夫「『嬢子』と『郎女』」（『古事記の構造』明治書院・一九五九）。
＊7　阿蘇瑞枝「大伴坂上郎女」（古代文学会編『万葉の歌人たち』武蔵野書院・一九七四）。
＊8　その点についてはすでに、澤瀉久孝『萬葉集注釋　巻第三』（中央公論社・一九五八）などに指摘がある。
＊9　他に、八九四、三三二四、四〇〇〇、四三三一に見られる。
＊10　土橋寛「国見歌とその展開」（『古代歌謡と儀礼の研究』岩波書店・一九六五）。
＊11　青木生子ほか校注『萬葉集一〈新潮日本古典集成〉』（新潮社・一九七六）に、「挿入句であるが意味上『慕ひ来まして』にかかり、さらに『隠りましぬれ』にまで及ぶ」とする見方が示されている。スペースに限りのある頭注なので、十分説明が尽くされているわけではないが、その直前に「挽歌の常用語」としている点からすれば、一般的な挽歌と同様に考えているのであろう。しかし、この歌の表現はこの歌の文脈の中で考えるべきものである。しかも、三句飛ばして、その後の二二句もの長きにかかるという理解には、とうてい同意することができない。
＊12　寺田透「理願挽歌」（『万葉の女流歌人』岩波書店・一九七五）に、郎女は「仏教的縁を見ていなかった」とする見解も見られるが、特に根拠は示されていない。
＊13　大濱真幸「『大伴坂上郎女悲嘆尼理願死去作歌』攷——書簡歌としての実用性をめぐって——」（『国文学（関西大学）』65号・一九八九）、佐藤美知子「坂上郎女試論——尼理願死去挽歌と祭神歌について——」（『大谷女子大国文』28号・一九九八）、小野寺静子「尼理願の死去を悲嘆する歌」（先掲）など。
＊14　契沖『萬葉代匠記』（初稿本）に始まり、澤瀉久孝『萬葉集注釋　巻第五』（中央公論社・一九六〇）、井村哲夫『萬葉集全注　巻第五』（有斐閣・一九八四）、小島憲之ほか校注・訳『萬葉集②〈新編日本古典文学全集〉』（小学館・一九九五）、伊藤博『萬葉集釋注　三』（集英社・一九九六）など、多くの注釈書に支持されている。
＊15　笠金村にも同様の表現が見られる。その点については、拙稿「軽の道の悲恋物語——紀伊国従駕歌」（『万葉史の論　笠金村』）、同「人麻呂からの離脱——入唐使に贈る歌」（『同』）で指摘した。
＊16　杉山康彦「人麻呂における詩の原理——人麻呂ノートそのI——」（「日本文学」6巻10号・一九五七）が、

近江荒都歌（１・二九）の「いかさまに　思ほしめせか」を挽歌的発想と捉えて以後、この表現を挽歌的表現とする見方が定着している。

＊17　「人言」の諸相については、伊藤博「人言」（『萬葉集相聞の世界』塙書房・一九五九）に詳しい。

＊18　駒木敏「大伴坂上郎女の怨恨歌」（『万葉集を学ぶ　第三集』有斐閣・一九七七）に、すでに指摘がある。

＊19　中西進「日本挽歌」（『山上憶良』河出書房新社・一九七三年）が指摘し、拙稿「『挽歌』の位相」（先掲）などに支持されている。

＊20　持統九年（六九五）生まれとする小野寺静子「大伴家の人々」（『坂上郎女と家持』翰林書房・二〇〇二）、同十年（六九六）生まれと見る五味保義「大伴坂上郎女」（『萬葉集大成　作家研究篇下』平凡社・一九六四）などが、比較的早い生年を想定する説である。

＊21　笠金村については、拙著『万葉史の論　笠金村』を、山部赤人については、同『万葉史の論　山部赤人』（翰林書房・一九九七）の各論考を参照のこと。

＊22　そうした問題については、久米常民「誦詠歌からの脱皮」（『萬葉集の誦詠歌』塙書房・一九六一）以来、諸氏により、さまざまな形で論じられている。

＊23　東茂美「霏の詩想」（『大伴坂上郎女』笠間書院・一九九四）。

＊24　伊藤博「嘆きの霧――万葉贈答歌の一様相――」（森脇一夫博士古稀記念論文集刊行会編『万葉の発想』桜楓社・一九七七）。

＊25　土橋寛「花見・国見のタマフリ的意義」（『古代歌謡と儀礼の研究』岩波書店・一九六五）。

＊26　小野寺静子「理願挽歌考」（『坂上郎女と家持』）。小野寺は「大伴坂上郎女」（木下正俊・稲岡耕二編『上代の文学』有斐閣・一九七七）でも、同様のことを述べている。

＊27　たとえば、武田祐吉『増訂　萬葉集全註釋　四』（角川書店・昭和32年）、澤瀉久孝『萬葉集注釋　巻第三』（中央公論社・一九五八）、青木生子ほか校注『萬葉集一〈新潮日本古典集成〉』（新潮社・一九七六）、西宮一民『萬葉集全注　巻第三』（有斐閣・一九八四）、伊藤博『萬葉集釋注　二』（集英社・一九九六）など諸注に指摘されており、それは通説であると見做してよい。

＊28　中川幸廣「つき草の仮なる命――相聞における仏教的発想の意味――」（森脇一夫博士古稀記念論文集刊行会編『万葉の発想』桜楓社・一九七七）。同趣の指摘は、中西進「万葉の中国思想」（『万葉史の研究』桜楓社・一九六八）にも見られる。
＊29　中川幸廣「つき草の仮なる命――相聞における仏教的発想の意味――」（先掲）。
＊30　渡瀬昌忠「大伴坂上郎女（序説）――大宰帥の家へ――」（上代文学会編『万葉の女人像』笠間書院・一九七七）。
＊31　谷川士清『日本書紀通證』（臨川書店・一九七八）。
＊32　筒井英俊校訂『東大寺要録』（国書刊行会・一九七一）による。
＊33　注＊26に同じ。
＊34　井上光貞ほか校注『律令〈日本思想大系3〉』（岩波書店・一九七六）の番号と訓読による。
＊35　川口常孝「『佐保の宅』と『西の宅』」（『大伴家持』桜楓社・一九七六）。
＊36　『奈良県の地名〈日本歴史地名大系30〉』（平凡社・一九八一）。
＊37　注＊23に同じ。
＊38　中西進「女から女へ」（『万葉史の研究』桜楓社・一九六八）。
＊39　拙稿「『挽歌』の位相」（先掲）、同「志貴皇子挽歌の論」（『万葉史の論　笠金村』）。
＊40　拙稿「万葉集と新羅――遣新羅使人等はなぜ新羅をうたわなかったか――」（本書所収）。
＊41　初期万葉の「雑歌」と「相聞」については、拙稿「《初期万葉》の『雑歌』」（梶川信行編『初期万葉論〈上代文学会研究叢書〉』笠間書院・二〇〇七）、同「《初期万葉》の『相聞』」（『日本大学文理学部人文科学研究所紀要』67号・二〇〇三）で論じた。

IV

東アジアの中の『万葉集』

新羅の都慶州の瞻星台
七世紀の天文観測施設である。

東アジアの中の『万葉集』

1　序

近年、研究者たちの間では、『万葉集』は東アジアの中の文学であるとする認識が定着して来た。民族の古典、国民歌集としての『万葉集』は、明治の国家の要請に基づく「発明」であるとする研究[*1]の出現によって、伝統的な万葉観は息の根を止められた観さえある。比較文学的な研究の重要性は増す一方であり、その主題・用語・表記などに漢籍からの影響を指摘する研究は、まさに汗牛充棟である。

しかし、東アジアと言いつつ、実は中国一辺倒であって、朝鮮半島の国々との交流を視野に入れつつ『万葉集』を論じた研究は、数えるほどしかない。たとえば、近江朝における百済文化の移入が万葉歌の誕生の大きな契機となったという指摘[*2]がある。また、渤海の動きなどを視野に入れつつ、『万葉集』がまさに東アジア全体の動きの中で生まれたものであるということを、大伴家持と防人歌との関係に焦点を当てることによって浮かび上がらせた論文[*3]もあるが、そうしたものは例外的な存在に過ぎない。もちろん、巻十五の遣新羅使歌群に関する論文はかなりの数に上るが、それらは歌群の構成や主題・表現等に関わる作品内部の問題が議論の中心である。新羅との関係については、その外交交渉が不調に終ったということが、繰り返されるばかりである。

確かに、日本の古代の政治や文学が中国の影響になるということは、今さら言うまでもないことである。とは言え、百済経由で渡来した仏教や新羅からもたらされた新羅琴（正倉院御物）の例を挙げるまでもなく、朝鮮半島を経由して、あるいは半島から直接、もたらされたものが多いということも、紛れもない事実である。唐楽ばかりでなく、高麗楽、百済楽、新羅楽を含めて構成されている雅楽寮の形を見ても、八世紀の日本の文化が唐だけに依存して形成されたものではなかったことが窺える。半島には七、八世紀の文献が残っていないとは言え、こうした研究状況は決して望ましい形ではあるまい。

『万葉集』には、渡来系の人たちの歌が数多く見られる。しかし、そのほとんどは、唐から渡来した人たちの歌ではない。百済を中心とした朝鮮半島から渡来した人々、あるいはその子孫の歌々である。東アジアの中の文学としての『万葉集』を明らかにしようとするならば、朝鮮半島から渡来した人々の動向にも目を向けなければ、片手落ちだと言わねばなるまい。

このように、『万葉集』を東アジアの中の文学として定位するためには、そこに登場する渡来系の人々の動きを観察することを通して、『万葉集』の形成に朝鮮半島からの渡来人たちがどのような役割を果たしたのか、その点をきちんと見据えなければならない。そこで本稿は、その基礎的な作業として、『万葉集』に登場する渡来系の人々の動向を概観しようとするものである。

2　七・八世紀における百済系渡来人の動向

朝鮮半島の三国の中では、百済系の渡来人がもっとも多い。周知のように、百済との交渉は、石上神宮（奈良県天理市布留）に伝わる七支刀の存在によっても知られるが、それは百済という国家が成立した四世紀からのことであった。『日本書紀』には、百済に関わる記事が数多く見られる。また、百済人の渡来は少なくとも五世紀に溯るが、『万葉集』にとってとりわけ重要なのは、天智天皇二年（六六三）八月、白村江で日本軍が大敗を喫し、百済が完全に滅亡した後、百済人たちが大挙して日本に亡命して来たことである。『万葉集』は実質的に、斉明天皇の時代（六五五〜六六一）から始まっている。[*4] 時系列的に見る限り、渡来した百済人たちがさまざまな形で朝廷に登用され、活躍して行く中で、『万葉集』の形成もあったと考えられるのだ。

天智天皇は亡命した百済人を重用したが、天武天皇は天智と反対の立場を取り、むしろ新羅との国交回復に努めた。したがって、一時的に百済人の活躍の場がなかったとも言われるが、[*5] 八世紀になると、百済系の人々の活躍も目立つようになる。たとえば、『続日本紀』の天平宝字五年（七六一）三月条に、渡来系氏族の人々に対する賜姓のことが見られるが、その対象となった氏族の多くは百済系である。しかも、『万葉集』はその二年前、すなわち天平宝字三年（七五九）正月の歌で終っている。したがって、これはまさに『万葉集』の時代の百済系の人たちの活動の集大成にほかならない。

> 庚子、百済の人余民善女ら四人に姓を百済公と賜ふ。韓遠知ら四人に中山連。王国嶋ら五人に楊津連。甘良東人ら三人に清篠連。刀利甲斐麻呂ら七人に丘上連。戸浄道ら四人に松井連。憶頼子老ら卌一人に石野連。竹志麻呂ら四人に坂原連。生河内ら二人に清湍連。面得敬ら四人に春野連。高牛養ら八人に浄野造。卓杲智ら二人に御池造。延尓豊成ら四人に長沼造。伊志麻呂に福地造。陽麻呂に高代造。烏那龍神に水雄造。科野友麿ら二人に清田造。斯﨟国足ら二人に清海造。佐魯牛養ら三人に小川造。王宝受ら四人に楊津造。答他伊奈麻呂ら五人に中野造。調阿気麻呂ら廿人に豊田造。高麗の人達沙仁徳ら二人に朝日連。上部王虫麻呂に豊原連。前部高文信に福当連。前部白公ら六人に御坂連。後部王安成ら二人に高里連。後部高呉野に大井連。上部王弥夜大理ら十人に豊原造。前部選理ら三人に柿井造。上部君足ら二人に雄坂造。前部安人に御坂連。新羅の人新良木舎姓県麻呂ら七人に清住造。須布呂比満麻呂ら十三人に狩高造。漢の人伯徳広足ら六人に雲

梯連。伯徳諸足ら二人に雲梯造。

という記事である。[*6]

その筆頭に挙げられた余氏は、百済の滅亡とともに、天智朝に日本に渡って来た百済の王族である。また、「憶頼子老ら卌一人」なども、天智朝に日本に亡命して来た人々だが、そうした人々に連・造という職能に関わる姓を与えたのは、彼らがもたらした知識や技術を前提とした賜姓が中心であったことを窺わせる。[*7]彼らの祖先が大挙して渡来してから、ほぼ百年。日本の朝廷に仕え、確たる地位を築いて来た結果にほかなるまい。もちろんそれは、本国の身分や地位の上下も反映しているだろう。[*8]また、渡来系氏族であることの特性を依然として維持してはいるものの、彼らに伝統的な姓を与えることによって、律令制の実務的官僚としての枠組みの中に組み込んだのだと考えられる。

渡来人たちは集団で居住することが一般的だったこともあって、近親婚が多かったとも見られるが、[*9]この賜姓は、その間に多少は混血が進み、日本社会に同化したということをも意味するのであろう。すなわち、とりわけ百済系と高句麗系の人たちにとっては、渡来してから約百年間の彼らの活動に対する朝廷の評価であったと見做すことができる。

右の記事を見ると、百済系氏族が二二氏一三一人。それに対して、高句麗系は九氏二九人、新羅系は二氏二〇人、漢（中国）系は二氏八人に過ぎない。もちろん、彼らの背後にはその家族や従者もいたことだろう。この賜姓に関わる渡来系氏族の人々は、その何倍にもなったはずである。あるいは、十倍を超えたのかも知れない。

『万葉集』に登場する渡来系の人物も、当然のことながら、百済系が多い。確実なところだけでも、麻田連陽春・安宿公奈杼麻呂・宇努首男人・馬史国人・生石村主真人・大石蓑麻呂・高丘連河内・調首淡海・刀理宣令・葛井連大成・葛井連子老・葛井連広成・葛井連諸会・文忌寸馬養・吉田連老・吉田連宜・余明軍らの名を挙げることができる。また、高氏老も百済系の高向村主老であると言われ、志紀連大道も百済系であるとする説がある。[*10][*11]天智七年（六六七）には、高句麗も滅んでいる。[*12]しかし、百済系が多いのは、一つには百済の方が日本列島に近いという地理的な条件によるのであろう。またもう一つには、百済と日本は古くから友好関係にあり、両国の交流が活発だったということも挙げられる。[*13]分けても、百済が滅んだ時、日本が救援軍を送ったことが、多くの百済人が日本に亡命して来た最大の理由にほかなるまい。

さらには、『万葉集』に百済系の人々が多い理由の一つとして、彼らの居住地の問題を挙げることもできる。周知のように、五世紀に渡来した人たちの多くは畿内に集住したが、白村江以後に渡来した人たちの居住地は、国ごとに分かれていたように見える。言うまでもなく、『万葉集』は奈良盆地を中心とした歌集だが、[*14]畿内に居住したのは主に百済から渡来した人たちである。

たとえば『日本書紀』天智天皇四年（六六五）二月条に、

是の月に、（中略）百済の百姓男女四百余人を以ちて、近江国神前郡に居く。三月（中略）是の月に、神前郡の百済人に田を給ふ。

と見える。また『日本書紀』天智天皇八年（六六九）是歳条にも、

佐平余自信・佐平鬼室集斯等男女七百余人を以ちて、近江国蒲生郡に遷し居く。

とあるように、天智朝に亡命して来た百済人は主に、近江国に居住させられている。当時の都は、近江大津宮。現在の滋賀県大津市錦織の錦織遺跡を中心とした一帯である。すなわち、たとえ辺鄙な土地とは言え、平城京の時代で言えば、大和の国内に居住地を与えられたようなものだ。[*15]やや時代が下るが、『続日本紀』の延暦八年（七八九）八月条には、百済郡という郡名も見える。それも畿内の摂津に置かれている。現在の大阪市生野区・天王寺区・阿倍野区などにわたる一帯であった。

それに対して、『日本書紀』持統天皇元年（六八七）三月条には、

　己卯（十五日）に、投化せる高麗五十六人を以ちて、常陸国に居らしめ、賦田ひ受稟ひ、生業に安からしめたまふ。

とする記事が見える。また、『続日本紀』霊亀二年（七一六）五月条にも、

　辛卯（十六日）、駿河・甲斐・相模・上総・下総・常陸・下野の七国の高麗人千七百九十九人を以て、武蔵国に遷し、高麗郡を置く。

と伝えられている。高麗郡は現在の埼玉県飯能市・日高市・鶴ヶ島市などの一帯だが、高句麗から渡来した人々の居住地は関東地方が中心であった。

新羅人の居住地についても、『日本書紀』持統天皇元年（六八七）四月条に、

　丙戌（二十二日）に、投化せる新羅十四人を以ちて、下毛野国に居らしむ。賦田ひ受稟ひ、生業に安からしめたまふ。

と見える。また、同三年（六八九）夏四月条にも、

　庚寅（八日）に、投化せる新羅人を以ちて、下毛野国に居らしむ。

とされ、同四年（六九〇）八月条にも、

　乙卯（十一日）に、帰化ける新羅人等を以ちて、下毛野国に居らしむ。

する記事がある。時代が下って、『続日本紀』天平宝字二年（七五八）八月の条には、

　癸亥（二十四日）、帰化きし新羅の僧卅二人、尼二人、男十九人、女廿一人を武蔵国の閑地に移す。是に始めて新羅郡を置く。

とも見える。この新羅郡は、現在の埼玉県新座市・志木市の一帯である。持統朝以後に渡来した新羅人たちは、

都からは遠い現在の関東地方に居住させられたことがわかる。[*16]

上記の例はその一部に過ぎないとは言え、律令官僚として採用されたのは、主に畿内の豪族であったとする研究もある。[*17] したがって、すでに見た姓を与えられた氏族の数は、都とその周辺に居住した人の数に比例する、と考えることもできよう。

その多くが武蔵国に住んでいたと見られる高句麗系の渡来人は、『万葉集』にもあまり見られない。確実なところでは、消奈行文と高麗福信の二人に過ぎない。『続日本紀』延暦八年（七八九）十月条の福信の薨伝によれば、行文と福信は伯父と甥の関係で、武蔵国から一緒に上京した間柄である。また、新羅系の渡来人はなお少ない。[*18] やはり、確実なところで言えば、理願という名の尼のみ。しかも、本人の作歌はなく、その死にあたって、大伴坂上郎女が挽歌（3・四六〇～四六一）をなしていて、長年佐保大納言家に住んでいたことと、その葬儀の様子などが断片的に知られるに過ぎない。[*19]

高句麗系や新羅系に比べると漢系の渡来人は、秦氏を典型として、やや多いように見える。『新撰姓氏録』の諸蕃の条によれば、漢一六三氏、百済一〇四氏、高句麗四一氏、新羅九氏、任那四氏で、漢系渡来人がもっとも多いということになっている。しかし、その多くはかつて、楽浪郡や帯方郡に居住していた朝鮮系中国人とでも言うべき人たちだとする説がある。[*20] 確かに、『日本書紀』応神天皇十四年二月条には、秦氏の祖とされる弓月君が百済から渡来したとする記事も見える。「秦氏は、（中略）直接には、新羅・加羅から渡来したものらしく、すでに朝鮮において相当の豪族であった」[*21] とも言われている。彼らの遠い祖先は、大陸に居住していたのかも知れない。しかし、彼らのほとんどは、大陸から直接海を渡って来たわけではあるまい。少なくとも何世代もの時間をかけて朝鮮半島に定着し、そこから渡来した人々であったと見てよいだろう。[*22]

このように、『万葉集』が形成された時代の一翼を担った渡来系の人々は、主に朝鮮半島から渡って来た人々である。すなわち、半島を新羅が統一した後は、先進文化は新羅経由で入って来たが、国内的には百済系の人々の活躍が中心であった、ということを確認することができる。

3　大伴旅人周辺の渡来人

大伴家持によって編纂されたと見られ、大伴家から出た資料の多い『万葉集』としては当然のことであろうが、渡来系氏族の人たちも、大伴家の人たちとの交流の中で記録に残されていることが多い。たとえば、旅人の場合は晩年の歌がほとんどだが、渡来系の人たちとの交流も、大宰帥として筑紫に下った神亀四年（七二七）から、天平三年（七三一）に没するまでの間の最晩年に集中している。

まずは、麻田陽春である。この人は一般に、百済が滅亡した時に渡来した答本春初の子であるとされる。とすれば、渡来二世である。天平二年（七三〇）六月、大宰帥大伴旅人が大納言に遷任されて上京する際に、大宰府近郊の蘆城の駅家で行なわれた餞宴で、筑前掾門部石足、防人司大伴四綱とともに、大宰大典として歌をなしている。

韓人の　衣染むと云ふ　紫の　情に染みて　念ほゆるかも　（4・五六九）
大和辺に　君が立つ日の　近づけば　野に立つ鹿も　とよめてそ鳴く　（4・五七〇）

という二首である。紫は三位以上の礼服・朝服の色だが、当時、旅人は正三位であった。したがって、旅人はこの餞宴で、紫の礼服を着ていたのだとする注もある[*23]が、衣服令には「大祀、大嘗、元日に、服せよ」と見える。ここはその例ではない。単に「卿を紫によそへて」[*24]と見ておくべきであろう。

「韓人の　衣染むと云ふ　紫の」と、渡来人のもたらした染色法を序詞としているが、それは「と云ふ」と伝聞の形になっている。つまり、陽春自身は「韓人」ではない、ということであろう。もとは答本と称したが、その数年前の神亀元年（七二四）五月に麻田連を下賜されていた。すなわち、自身は日本で生まれ、日本の官僚機構の中の一員であり、伝統的な姓の連を名乗ることを許されてもいる。それは、「韓人」の範疇には入らない、とする意識に基づく表現だったと考えられる。

同じ場で、門部石足も「三崎廻の　荒磯に寄する　五百重波」（4・五六八）という序詞を用いている。それが海路帰京することを想定した序である[*25]としても、海から遠い筑紫野市の御笠遺跡に比定されている蘆城の駅家[*26]における歌にふさわしいものではない。一方、陽春の二首目の歌の「野に立つ鹿」は、即境的景物であろう。石足よりも陽春の歌の方が、その場に即応した表現を選択していると見ることができる。

ほかに「大伴君熊凝の歌二首」が見られる。

国遠き　道の長手を　おほほしく　今日や過ぎなむ　言問ひもなく　（5・八八四）

朝露の　消やすき我が身　他国に　過ぎかてぬかも　親の目を欲り　（5・八八五）

という歌である。それらは熊凝の立場で詠んだものであって、一種の代作と見るのが通説である。それも、陽春が十分作歌に習熟していたことを示すものであると考えてよい。『懐風藻』にも詩が見られるので、漢籍の素養もあり、文人的な資質を持った人であったことは確かであろう。おそらく、当時の陽春は四十歳代。だいぶ年が離れてはいるものの、旅人は文雅を共有できる下僚として好感を持っていたのではないかと思われる。

宇努男人も、大宰帥時代の旅人との関係で歌の残る百済系渡来氏族の一人である。神亀五年（七二八）十一月、大宰帥の旅人以下、大宰府の官人たちがこぞって香椎廟を奉拝したが、その一行の中に豊前守の宇努男人の姿もあった。豊前守は従五位下相当の官。男人は蔭子ではないと見られるので、かなり長い官歴の後に、ようやく貴族の末席に連なったものと想像される。とは言え、従五位下に到達したことは、それなりに優遇された証であろう。宇努氏がいつ頃渡来したのかは不明だが、男人は年齢的には旅人に近く、かなりの高齢であった可能性が高い。

その歌は、香椎廟から退帰する時に香椎浦で詠まれたものだが、

往き還り　常に我が見し　香椎潟　明日より後は　見むよしもなし　（6・九五九）

という一首である。「往き還り」とは、一般に豊前国庁（福岡県京都郡豊津町）と大宰府との往復を言うとされる。また、「明日より後は　見むよしもなし」とは、転任によって都に帰還する途中であるとする注もあるが[*27]、いずれの場合も、その官道は香椎潟を通っていない[*28]。自分にとって「香椎潟」は慣れ親しんだ場所である、ということを言いたかったのであろう。

いざ子ども　香椎の潟に　白妙の　袖さへ濡れて　朝菜摘みてむ　（6・九五七）

という旅人の歌も、それに続く大宰大弐の小野老の歌（6・九五八）も、行楽的な気分の横溢した歌である。男人の歌は上司たちの歌に合わせて、自身は慣れ親しんだ「香椎潟」の景観だが、明日からはもう皆さんと一緒に見る機会がないと嘆いた歌であろう。

題詞の「大宰の官人等、香椎の廟を拝みまつり」によれば、大宰府の官人の多くが帥の旅人に従っていたものと考えられる。しかし、歌を残しているのは、その三人のみ。社交の具としての儀礼的な歌に過ぎないが、男人は作歌に習熟した旅人や老と同様に、その場に即応した歌の詠める数少ない人物の一人だったのであろう。

当時の九州には、筑後守の葛井連大成と駅使の葛井連広成も在任中であった。二人の関係は不明だが、もとは白猪史と名乗った百済系氏族に生を受けた人たちである。養老四年（七二〇）五月に、ともに葛井連の姓を賜ったのであろう。

大成は、天平二年（七三〇）正月に大宰帥の邸宅で催された梅花宴に参加している。まさに社交辞令的な歌だ

が、

梅の花　今盛りなり　思ふどち　挿頭にしてな　今盛りなり　（5・八二〇）

と、諸手を挙げて、その日の宴を謳歌している。筑後守は従五位下相当の官。主人の旅人の歌（5・八二二）の前には、大宰大弐以下、高官たちの歌々（5・八一五～八二一）が並んでいるが、大成も上座の客の一人だったのであろう。[*29]

また、大宰帥大伴卿の上京後に「悲嘆」して作った歌として、

今よりは　城の山道も　さぶしけむ　吾が通はむと　念ひしものを　（4・五七六）

という歌も伝えられている。「城の山道」は、大成の任地の筑後国府から大宰府へと通う道の意。すなわち、現在の福岡県久留米市合川町の国府跡から大宰府まで、直線的に計画された駅道[*30]のことであろう。「さぶしけむ」の原文は「不楽牟」。大伴卿にお目にかかるのを楽しみに、私が大宰府へと通おうと思っていた道が、今からは楽しくなくなってしまうでしょう、という意の一首。これも、いかにも社交辞令的な歌だが、題詞の通り、旅人の帰京後に贈られたものだとすれば、在任中の交流のほどが窺える。

大成には、短歌がもう一首見られる。海人の釣船を見て「海人娘子　玉求むらし」（6・一〇〇三）とうたったものだが、海辺の旅の歌としては類型的な発想である。しかし、それはむしろ、旅の歌の形式を承知している、ということにほかなるまい。

一方の広成には、天平二年（七三〇）に作られた歌が一首見られる。勅命で大伴道足を擢駿馬使として遣わす時に、大宰帥の邸宅で道足を饗応したが、その日集まった人々が広成に歌を作るようにと勧めたと言う。広成は『家伝下』に「文雅」の一人とされているが、その評判に違わず、即座に次のような歌をなして、吟誦したと言うのだ。

奥山の　磐に苔生し　恐くも　問ひ賜ふかも　念ひあへなくに　（6・九六二）

という一首である。歌を所望されるとは思いませんでした、という意。「その古曲めいた詠法と要望に添えないという応え方のちぐはぐさ加減が、かえって宴の座に笑いを巻き起こした」[*31]とする見方もある。大宰帥の邸宅の庭園の池に苔生した磐があり、それを「奥山」に見立てたものか。あるいは、大宰府の背後に築かれた大野城の石垣を指すのか。いずれにせよ、即境的景物であろう。広成の歌はこの一首しか見えないが、作歌にも習熟していたことが窺える。

また、天平八年（七三六）十二月十二日には、歌儛所の諸王と臣の子等が広成の家に集まって宴を催した。広成は歌儛所の中心的な人物であり、この宴はその忘年会だとされる[*32]が、そこで広成は、参会者に対してこう呼びかけている。

比来、古儛盛りに興り、古歳漸に晩れぬ。理に、共に古情を尽くし、同じく古歌を唱ふべし。故に、この趣に擬して、輙ち古曲二節を献る。風流意気の士、儻にこの集へるが中にあらば、争ひて念を発し、心々に古体に和せよ。

と。文中に六回も「古」の字が繰り返されているが、同字の繰り返しは六朝の詩賦によく見られるものであることが指摘されている[*33]。漢籍に堪能だったのであろう。そこで披露された古歌二首は、

我が屋戸の　梅咲きたりと　告げ遣らば　来と云ふに似たり　散りぬともよし　（6・一〇一一）
春去れば　をををりにををり　鶯の　鳴く吾が山斎ぞ　やまず通はせ　（6・一〇一二）

という歌々だが、いずれもこの場にふさわしいものである。この二首をも含め、広成がまさに「文雅」の士であったことを窺わせるに十分である。

歌儛所の性格については諸説があるが、ヤマトウタの弾琴唱和に関わる宮中の部署であろう。ところが、広成

はこの時、外従五位下に過ぎない。その広成が、諸王のいる席で、「風流意気の士」がいれば「古体に和せよ」と呼びかけているのだ。二首の古歌も含め、確かに彼は、「文雅」の才によって歌儛所の中心的人物と見られていたことを窺わせる。「奥山の」の歌の存在も、広成が歌の場を領導する人物として一目置かれていたということを物語っていよう。

天平二年（七三〇）正月に、大宰帥大伴旅人の邸宅で催された梅花宴にも、渡来系の人々の姿が数多く見られる。すでに述べたように、葛井連大成もその一人だったが、百済系の人はほかに、板持連安麻呂の姿があった。また、高氏義通は高句麗系、張氏福子、山口忌寸若麻呂、田氏肥人、田氏真上といった人たちは、中国系であろう。彼らは、

春去れば　木末隠りて　うぐひすそ　鳴きて去ぬなる　梅が下枝に　少典山氏若麻呂（5・八二七）
梅の花　咲きて散りなば　桜花　継ぎて咲くべく　なりにてあらずや　薬師張氏福子（5・八二九）
春なれば　うべも咲きたる　梅の花　君を思ふと　夜眠も寝なくに　壱岐守板氏安麻呂（5・八三一）
梅の花　今盛りなり　百鳥の　声の恋しき　春来たるらし　少令史田氏肥人（5・八三四）
春去らば　逢はむと思ひし　梅の花　今日の遊びに　相見つるかも　薬師高氏義通（5・八三五）
春の野に　霧立ち渡り　降る雪と　人の見るまで　梅の花散る　筑前目田氏真上（5・八三九）

と、判で押したように、「梅」を詠んでいる。

若麻呂の歌は、「梅」と「うぐひす」の取り合わせである。この宴席でも、七首にその取り合わせが見られる。それは、すでに『懐風藻』に収録された葛野王の「春日、鶯梅を翫す」という詩（一〇）に見られ、漢籍に出典のあることが指摘されている。[*34] また、安麻呂や義通の歌のように、「梅」を擬人化し、恋人に逢うことを待ち望んでいたかのようにうたったものも見られる。真上の歌は、「梅」の落花を「降る雪」に見立てている。この宴

の主人旅人の歌（5・八二二）を受けているのだ。この日の歌々は総じて、先行歌の表現を意識しつつ、[35]その日の宴席を心から楽しんでいることがうたわれており、いずれも宴席における交遊の具としての機能を十分に備えていると見做すことができる。もちろん、中には事前に準備して来たものや、誰かに代作を依頼したものなどもあったかも知れない。しかし、その場の雰囲気にふさわしい歌を用意し得た彼らが、一応風雅を弁えた人たちであったことは認めてよい。

余明軍も、晩年の旅人との交流が知られる一人である。余氏は百済の王族の姓なので、明軍も百済系の渡来氏族の出身に違いあるまい。明軍は旅人の資人の一人として、犬馬の労をとった人であることが伝えられている（3・四五八左）が、『万葉集』の筑紫歌群の中にその姿はない。その点からすれば、明軍は大納言の職分資人であり、旅人の側近となってからまだ日が浅かったのであろう。『万葉集』に短歌八首が見られるが、そのうちの五首は天平三年（七三一）七月に旅人が薨じた時の歌である。

はしきやし　栄えし君が　いましせば　昨日も今日も　吾を召さましを　（3・四五四）
かくのみに　ありけるものを　萩の花　咲きてありやと　問ひし君はも　（3・四五五）
君に恋ひ　いたもすべなみ　葦鶴の　哭のみし泣かゆ　朝夕にして　（3・四五六）
遠長く　仕へむものと　思へりし　君しまさねば　心どもなし　（3・四五七）
みどり子の　這ひたもとほり　朝夕に　哭のみそ吾が泣く　君なしにして　（3・四五八）

といった歌々だが、一人の作者が一人の死者に対して五首もの「挽歌」をなすことは、あまり例がない。

「萩の花咲きてありや」は、旅人の臨終間際の言葉であったとする説[36]もある。旅人は七月二十五日に薨じているが、それはまさに「萩」（ヤマハギ）の開花期であった。[37]臨終の間際かどうかは不明だが、病の床に就いた後の言葉であったことは確実である。帰京以後の旅人は、よほど明軍を信頼していたのであろう。また右の五首には、

「はしきやし」「かくのみに」「いたもすべなみ」「心どもなし」「哭のみそ吾が泣く」など、『万葉集』中に類同句が多い。類歌も見られる。[*38]すなわち、明軍はヤマトウタの表現をよく心得ていたのだと考えることができる。

明軍には、旅人の息大伴家持に与えた歌も見られる。

見奉りて　未だ時だに　更らねば　年月のごと　念ほゆる君　（4・五七九）

あしひきの　山に生ひたる　菅の根の　ねもころ見まく　欲しき君かも　（4・五八〇）

という二首である。いずれも作歌年次は不明だが、『万葉集』は旅人の帰京後に位置づけている。資人は主人の死後、一年間喪に服した（喪葬令17）ので、この二首は、喪が明けて旅人家を去った直後の作と見る注もある。[*39]明軍が年若い家持に主君旅人の面影を重ねていたことを窺わせるが、家持の知遇を得て、まだ日が浅いことがうたわれている。明軍はやはり、大納言としての職分資人だったと見てよいのではないか。

大宰府の官人ではなかったが、吉田連宜の存在も忘れてはならない。『新撰姓氏録』（右京皇別）には任那の出と伝えられる氏族だが、『日本文徳天皇実録』嘉祥三年（八五〇）十一月条に、その出自が百済であることが見える。したがって、宜は百済の人と明記する注もある。[*40]もとは恵俊という名の僧だったが、文武天皇四年（七〇〇）に還俗。養老五年（七二一）正月、学業に優れた者が褒賞された中に「医術の従五位上吉宜」と見える。当時の名医であった。神亀元年（七二四）五月、吉田の姓を賜っている。天平二年（七三〇）三月、弟子をとってその業を習得させよとする勅を受けたが、その子の古麻呂も侍医。吉田氏には医をもって仕えた人が多い。

天平二年（七三〇）、旅人は都の宜に書簡を送っている。その書簡には、梅花宴で詠まれた歌々（5・八一五～八四六）と、神仙譚的なフィクションとされる「松浦川に遊ぶ序」（5・八五三～八六三）が付されていたようだが、それに対して宜は、次のような私信と四首の歌を贈っている。その作品群を披瀝するにもっともふさわしい人物として彼が選ばれたのだとする見方もある。[*41]

宜い啓す。伏して四月六日の賜書を奉はる。跪きて封函を開き、拝みて芳藻を読む。心神の開け朗かなること、泰初が月を懐くに似、鄙懐の除え袪ること、楽広が天を披くがごとし。辺城に羈旅し、古旧を懐ひて志を傷ましめ、年矢停まらず、平生を憶ひて涙を落とすがごときに至りては、ただし、達人は排に安みし、君子は悶へなしといふ。伏して冀はくは、朝に翟を懐けし化を宣べ、暮に亀を放ちし術を存め、張・趙を百代に架け、松・喬を千齢に追ひたまはむことを。兼に垂示を奉はるに、梅苑の芳席に、群英藻を摛べ、松浦の玉潭に、仙媛と贈答したるは、杏壇各言の作に類ひし、衡皐税駕の篇に疑たり。耽読吟諷し、戚謝歓怡す。宜の主に恋ふる誠は、誠犬馬に逾え、徳を仰ぐ心は、心葵藿に同じ。而れども碧海地を分ち、白雲天を隔てたり。徒らに傾延を積み、いかにしてか労緒を慰めむ。孟秋節に膺る、伏して願はくは、万祐日に新たならむことを、今相撲部領使に因せ、謹みて片紙を付く。宜い謹啓す。不次。

　諸人の梅花の歌に和へ奉る歌一首

後れ居て　長恋せずは　御園生の　梅の花にも　ならましものを　（5・八六四）

　松浦の仙媛の歌に和ふる一首

君を待つ　松浦の浦の　娘子らは　常世の国の　海人娘子かも　（5・八六五）

　君を思ふこと未だ尽きず、重ねて題す二首

はろはろに　思ほゆるかも　白雲の　千重に隔てる　筑紫の国は　（5・八六六）

君が行き　日長くなりぬ　奈良道なる　山斎の木立も　神さびにけり　（5・八六七）

　天平二年七月十日

上記の私信はまず、書簡の高雅なさまを述べて、君子たる旅人を称える。続いて、旅人が地方官としての名声を後世に残すことを期待し、千年の長寿を保つことを願う気持が述べられる。そして、高齢で辺境の地にある旅人を励ました上で、梅花宴の歌々などを称賛し、耽読したことを言う。さらに、旅人に対する敬慕の念の強いことを述べて、遠く離れていることの辛さを披瀝している。社交辞令的な言辞とは言え、行き届いた内容と整った構成を持つ書簡として、評価が高い。もちろん、その表現の端々には『文選』や『世説新語』などの漢籍が踏まえられていることが指摘されている。[*42]

四首の短歌はあくまでも書簡の余白に認められたもの[*43]だとする見方もあるが、たとえそうであったとしても、それらは要を得た歌々であったと見ることができる。宜は、梅花宴の歌々（5・八一五〜八四六）と松浦川に遊ぶの歌々（5・八五三〜八六三）に、それぞれ和した上で、さらに旅人に対する思いを述べている。それは、離れている距離の長いことをうたう歌（5・八六六）と、会わない時間の長さをうたった歌（5・八六七）という一対である。当時、旅人は六十六歳。宜もかなり高齢だったと見られるが、高い教養を持つ高齢の文人同士の、なかなか高雅な交流であったことが窺える。

天平初年頃の大宰府には、周知のように、中国的な文雅の世界が花開いていた。しかし、こうして見て来ると、世に言う「筑紫歌壇」の形成にとって、百済系渡来人の果たした役割はことのほか大きいと言わざるを得ない。従来、憶良との出会いが旅人の創作活動をより豊かなものにしたと言われて来たが、百済系の人たちの存在がなければ、旅人周辺の文雅の世界は、だいぶ痩せ細ったものになってしまったのではないか。すなわち、渡唐経験のある憶良に加えて、半島からの文化を齎した彼らが存在したからこそ、世に言う「筑紫歌壇」の繁栄もあったのだと見るべきであろう。そういう意味で、大宰府はまさに東アジア的だったと言ってよい。

4　遣新羅使の中の渡来人

次に、天平八年（七三六）六月に派遣された遣新羅使一行の中の渡来人たちを見て行くことにしたい。『続日本紀』によれば、この一行には副使として、従六位下の大伴宿禰三中の姿があった。父祖の名、及び旅人との関係などは不明だが、『万葉集』巻十五の遣新羅使歌群の筆録者として、古来三中を擬する説が有力である。[*44]

この時の大使は、阿倍朝臣継麻呂。また、大判官には壬生使主宇太麻呂、少判官に大蔵忌寸麻呂が任命されているが、『万葉集』の遣新羅使歌群には、秦間満、大石蓑麻呂、田辺秋庭、羽栗、雪宅麻呂、土師稲足、秦田麻呂、葛井子老、六鯖といった名も見える。周知のように、遣外使は総じて渡来系の人が多いのだが、この中では、大蔵麻呂、秦間満、秦田麻呂、田辺秋庭が、中国系渡来氏族の人。大石蓑麻呂と葛井子老が、百済系渡来氏族の人である（「渡来系人物事典」参照）。阿倍氏のような古来の豪族をも含め、まさに東アジア的な人員構成である。

『延喜式』（巻三十・大蔵省）によれば、遣新羅使一行は、

入新羅使。絁六疋。綿十八屯。布十八端。　判官。絁四疋。綿八屯。布八端。　録事。大通事。各絁三疋。綿六屯。布六端。　史生。知乗船事。船師。医師。少通事。
雑使。各絁二疋。綿四屯。布四端。　傔人。鍛工。卜部。柂師。水手長。狭杪。各絁一疋。綿二屯。布二端。　水手。各綿二屯。布二端。

といった構成である。秦間満以下の人々の職掌は不明だが、文書の作成に関わる田辺氏の場合は録事として、また百済系渡来氏族の葛井連氏の人々は、通事として派遣されたのではないか。[*45]その当否はともあれ、決して歌を詠むことが求められての任であったわけではない。繰り返し宴席が設けられた中で、たまたま歌が求められたのだが、彼らは十分それに対応できた、ということであろう。

さて、大蔵麻呂は対馬の竹敷浦に船泊した時、

竹敷の　宇敝可多山は　紅の　八しほの色に　なりにけるかも（15・三七〇三）

とうたっている。遣新羅使歌群は、秋に帰京するという約束を前提としている点で一貫しているが、この時すでに九月も終わりに近づいていた。この歌も、往路の対馬ですでに帰京の時期が過ぎて行こうとしていることを嘆いているのだ。竹敷浦の歌群（15・三七〇〇〜三七一七）は、大使、副使、大判官、少判官と、身分秩序に基づいて配列されているが、その中で麻呂の歌は、大使以下の歌々の流れをきちんと受けとめつつ詠まれている。[*46] その場にふさわしい歌であったことが見て取れる。

また、この一行のうちの何人かは、難波津を出航する前に、何らかの事情で、一度帰京したのであろうか。

夕去れば　ひぐらし来鳴く　生駒山　越えてそ吾が来る　妹が目を欲り（15・三五八九）

という秦間満の歌からは、一旦帰京したことが窺われる。その次の歌（15・三五九〇）には「右の一首、暫しく私家に還りて思ひを陳ぶ」という左注も見られる。彼らは直越えの道（6・九七七）を越えたのであろうが、「妹が目を欲り」の背景には、「妹」と別れ、危険な航海に臨まなければならない悲しみがある。また、この歌の各句には、『万葉集』中に類同句が見られる。それは、間満がヤマトウタの表現を心得ていたということであろう。

親子か兄弟か、その関係は不明だが、同じく秦氏の田麻呂は、肥前国松浦郡狛島亭で、

帰り来て　見むと思ひし　我が宿の　秋萩薄　散りにけむかも（15・三六八一）

という歌をなしている。諸注によって、解釈にやや揺れが見られるものの、大蔵麻呂の歌と同じく、帰京の時である秋が過ぎて行くことを嘆く歌であろう。「秋萩」「薄」という秋を代表する景物のうつろいをうたうことによって、季節の推移を嘆く形は、いかにもヤマトウタ的であると言ってよい。

田辺秋庭には、周防国の大島鳴門で作られた歌が見える。

これやこの　名に負ふ鳴門の　渦潮に　玉藻刈るとふ　海人娘子ども（15・三六三八）

というものだが、他の三人とは違って、かねて聞き及んでいた名所「鳴門の渦潮」を実見した感激をうたっている。持統天皇三年（六八九）の紀伊国行幸の時の歌に、「これやこの」という表現を持つ類同歌（1・三五）が見られるが、秋庭はそうした先行歌を意識して作歌したのであろうか。

以上の中国系四人はいずれも、一首ずつしか記録されていないが、どれもヤマトウタの表現の類型の中でうたわれている。しかも、それぞれの歌群の中で、その流れや雰囲気に適った歌をなしていると見ることができる。寡作とは言え、歌を作るということが、彼らの中に習慣としてある程度根づいていたことが窺える。

一方、百済系の人々の歌は、次のようなものである。大石蓑麻呂は安芸国長門嶋で、

石走る　滝もとどろに　鳴く蟬の　声をし聞けば　都し思ほゆ　（15・三六一七）

という望郷歌を詠んでいる。これは『万葉集』中唯一「蟬」を詠んだ例だが、周知のように、「蟬」は和語ではなく、漢音をそのまま和語化したものだとする説が有力である。それについては異説もあるが、巻十五は原則的に一字一音の仮名書きにされているにも関わらず、ここは「蟬」と訓字で表記されている。つまり、語源はどうであれ、これは漢語としての使用例だと意識されていた、と見ることができる。そして、その「蟬の声」は都を偲ぶ縁となると言う。

「蟬の声をし」と「し」で強調されている。つまり、都が思い出される縁となったものが、ほかの何でもなく、「蟬の声」であったということになろう。また、「都し」ともあるので、「蟬の声」も、ほかならぬ「都」を思い出させるものであった、ということに違いあるまい。蓑麻呂にとって、「蟬の声」と「都」はそれほど強固に結びついていた、ということになろう。「蟬の声」に包まれた時、蓑麻呂の心は「都」に飛んでいたのだ。秦間満の歌には、生駒山に「ひぐらし」が鳴いていたことがうたわれていたが、そうした用例から見ると、「ひぐらし」が野趣であるのに対して、「蟬」は都会的なものということになろう。物悲しさを象徴するのが「ひぐらし」で

あるのに対して、しきりに鳴く「蟬」は都会の殷賑を象徴する、ということかも知れない。

このように、ヤマトウタに漢語を用いることは、どのような意識に基づくのか。それを端的に示す事例が、天平二年（七三〇）正月の梅花宴における「梅」であろう。周知のように、ウメは外来植物で、当時は貴族の庭園などに植えられた。それは舶来趣味に適った異国的で高級な花と見られていたのであろう。ウメという語も呉音を和語化したものだとされている。記紀や風土記には見えず、天平期を中心に、平城京に遷都した後の歌にのみ見られる。すなわち、意図的にカタカナ語を使う現代の人たちのように、それは自らのインテリジェンスを示す衒学的なものであったと考えてよい。もちろん、漢語を詠み込んだ歌は渡来系の作者にのみ見られるわけではないが、「蟬」をうたうことは蓑麻呂の志向に適っていたのであろう。

葛井子老は、専門歌人とも言うべき作者以外はほとんど作らない長歌をなしている。壱岐嶋で雪連宅満が「鬼病」に罹患して没した時の「挽歌」である。

天地と　共にもがもと　思ひつつ　ありけむものを　はしけやし　家を離れて　波の上ゆ　なづさひ来にて
あらたまの　月日も来経ぬ　雁がねも　継ぎて来鳴けば　たらちねの　母も妻らも　朝露に　裳の裾ひづち
夕霧に　衣手濡れて　幸くしも　あるらむごとく　出で見つつ　待つらむものを　世の中の　人の嘆きは
相思はぬ　君にあれやも　秋萩の　散らへる野辺の　初尾花　仮廬に葺きて　雲離れ　遠き国辺の　露霜の
寒き山辺に　宿りせるらむ　（15・三六九一）

反歌二首

はしけやし　妻も子どもも　高々に　待つらむ君や　島隠れぬる　（15・三六九二）
もみち葉の　散りなむ山に　宿りぬる　君を待つらむ　人し悲しも　（15・三六九三）

右の三首、葛井連子老が作る挽歌

宅満に対する「挽歌」は、それぞれ二首の反歌が付された三組の長歌、すなわち九首によって構成されている。その中では、子老の長歌が三五句と、もっとも大型である。この三組の長歌に関する見解は、すでに別稿[*47]で詳論したが、子老の長歌は、それに先行する無記名の長歌（15・三六八八〜三六九〇）の内容を受けたものである。また、「あらたまの」「たらちねの」といった枕詞を用い、「朝露」「夕霧」という対句表現をも駆使しつつ、三五句もの長歌を破綻なくまとめ上げている。引津亭や狛嶋亭で詠まれた歌々（15・三六七四〜三六八七）を受けて、季節の景物を巧みに取り込みつつ、雁信の故事を踏まえることも忘れていない。反歌の敬避表現も「島」と「山」という一対の形である。まさに手慣れた作者による力編であると言ってよい。

これに続く六鯖の「挽歌」（15・三六九四〜三六九六）は、長歌としては小型で、しかも、ヤマトウタとしては例外的で熟さない表現が目につく。子老の長歌がなければ、宅満に対する「挽歌」群は著しく痩せたものになってしまう。あるいは、子老がいなければ、長歌の競作をすることはなかったのかも知れない。

このように、天平八年の遣新羅使一行の中でも、渡来系の人々は旅先の風雅に彩を添えていたのだが、長歌をなした葛井連子老を典型として、とりわけ百済系の人たちの歌に対する習熟度の高さを窺い知ることができる。

5　大伴家持周辺の渡来人

渡来系の人々は、旅人の子大伴家持の周辺にも数多く見られる。青年時代の交友関係の中に、秦許遍麻呂、高丘連河内の姿があるが、すでに述べたように、少年時代には余明軍の知遇も得ている。また、国守として赴任した越中での交際範囲の中にも、内蔵忌寸縄麻呂、田辺史福麻呂、秦忌寸石竹、秦忌寸八千嶋、山田史君麻呂といった人たちが存在する。帰京後の人生の中でも、馬史国人、山田史土麻呂、山田史御母、安宿公奈杼麻呂、吉田連老などの名を挙げることができる。高丘連河内、馬史国人、安宿公奈杼麻呂、吉田連老が百済系、それ以外の人は中国系である。旅人の周辺には、百済系の人が多かったが、家持の周辺にはむしろ中国系渡来氏族の人の方が多い。

天平十年（七三八）十月、右大臣橘諸兄の旧宅で、その息子の奈良麻呂を中心とした宴が催された。出席者は、久米女王、長忌寸娘、県犬養吉男、県犬養持男、大伴宿禰家持、大伴宿禰書持、大伴宿禰池主などだが、その中に中国系渡来氏族の秦許遍麻呂の名も見える。この宴席で作られた歌は十一首。主人の奈良麻呂の開宴の歌二首（8・一五八一〜一五八二）から始まり、久米女王以下、客側の歌が続いている（8・一五八三〜一五九一）。それらはいずれも宴席の趣旨と気分をきちんと踏まえつつ詠まれたものであって、歌群全体として、緊密な表現の連鎖と対応が見られる。[*48] しかも、開宴歌、称賛歌、課題歌、状況歌、終宴歌という宴席歌の要件をすべて備えている。[*49]

その日の宴席は、主人の奈良麻呂が雨の降る中、わざわざ手折って来た「黄葉」を「挿頭」して遊ぶことが目的であったようだが、そこで許遍麻呂は、

露霜に　逢へる黄葉を　手折り来て　妹と挿頭しつ　後は散るとも　（8・一五八九）

という歌を残している。宴席全体の進行状況とその雰囲気を意識しつつ、直前の歌の内容をも巧みに踏まえた歌である。社交の具としての歌の要件を、十分に備えていると見ることができる。許遍麻呂の歌は、『万葉集』中この一首のみ。しかし、この歌は許遍麻呂がある程度作歌に習熟していたことを窺わせる。

『新撰姓氏録』（右京諸蕃上）によれば、秦氏の祖の渡来は応神朝である。また『日本三代実録』の仁和三年（八八七）七月条に従えば、その渡来は仲哀朝に溯ると言う。それらは伝承に過ぎないにしても、秦氏の人々が渡来してから天平期まで、すでに三百年ほどは経過していたと考えられていたことになろう。彼らを渡来人と呼ぶことの方がもはや現実的ではない、と言うべきかも知れない。

一方、高丘河内は天智朝に百済から渡来した沙門詠の子。すなわち渡来二世だが、天平十五年（七四三）八月に、「久迩の京を讃めて作る歌」とされる歌がある。

故郷は　遠くもあらず　一重山　越ゆるがからに　念ひそ吾がせし　（6・一〇三八）

吾が背子と　二人し居れば　山高み　里には月は　照らずともよし　（6・一〇三九）

という二首である。「故郷」は旧都となった平城京を指す。「念ひそ吾がせし」は、恋歌に類同句が多い。また、「吾が背子」は通常、女が夫や恋人を呼ぶ時の呼称である。「二人」も、相愛の男女を意味する例が多い。してみると、これは女歌であった可能性が高い。

この時家持は、

今造る　久迩の都は　山川の　さやけき見れば　うべ知らすらし　（6・一〇三七）

と、まさに「久迩の京を讃めて作る歌」をなしているが、河内は、遷都によって離れ離れになってしまった男女の歌を作ったのであろう。「吾が背子」は「平城旧京に住む男の友人」[*50]とする注もあるが、この二首の表現を素直に受け取る限り、これは恋歌であり、男女の掛け合いの形であると考えた方がよい。つまり、これは宴の場で披露された仮想の恋歌[*51]と見るべきものであろう。そうした趣向の理解者となるべき家持が同席していたからこそ生まれ得た二首であったと見られるが、ここでも百済系の人の作歌に対する習熟度の高さを窺うことができる。

家持の周辺にもっとも渡来系の人が多かったのは、越中時代である。その下僚として、内蔵縄麻呂、秦石竹、秦八千嶋、山田君麻呂がいたが、すべて中国系である。中国系の人たちの方が一般に渡来時期が早く、地方にまで進出するほど日本に定着していた、ということであろうか。

ともあれ、家持が越中に赴任した天平十八年（七四六）、その八月七日に家持の館で宴が催された。家持と掾の大伴池主が四首ずつ歌をなしているが、そこで大目の秦忌寸八千嶋も歌を披露している。

ひぐらしの　鳴きぬる時は　をみなへし　咲きたる野辺を　行きつつ見べし　（17・三九五一）

という一首である。望郷の歌（17・三九五〇）をうたった家持に対して、気晴らしに女郎花の咲く野辺にお出掛けになったら、と勧める歌である。これは宴の座の流れを意図的に変えた歌だとして積極的に評価する注[*52]もある。そうした見方には必ずしも賛成できないが、先行する家持と池主の歌々（17・三九四三～三九五〇）の流れが、この歌によって途切れてしまっていることは確かであろう。

最初に「をみなへし」を詠んだのは、

秋の田の　穂向き見がてり　我が背子が　房手折りける　をみなへしかも　（17・三九四三）

という家持だが、池主はそれに、

をみなへし　咲きたる野辺を　行き廻り　君を念ひ出　たもとほり来ぬ　（17・三九四四）

と即座に和している。八千嶋の歌は明らかに、その家持の歌にではなく、池主の歌に和したものである。その間に、家持が三首、池主が三首の歌をなしているが、八千嶋は彼らほど即吟ができなかったのではないか。

ところが、八千嶋自身の館における宴席では、客屋から青海を望んで、

奈呉の海人の　釣する船は　今こそば　船棚打ちて　あへて漕ぎ出め　（17・三九五六）

と、即興の歌を詠んでいる。家持ほどに修練を積むことはなかったのだろうが、曲りなりにも宴席での作歌に対応することはできた、ということかも知れない。

その翌年、天平十九年（七四七）四月には、税帳使として上京するや家持のために、掾大伴池主の館で餞宴が開かれている。そこで家持は、

玉桙の　道に出で立ち　別れなば　見ぬ日さまねみ　恋しけむかも〈一に云ふ「見ぬ日久しみ　恋しけむかも」〉　（17・三九九五）

という歌をなしている。この時、池主は歌を残していないが、越中介の内蔵縄麻呂は、

我が背子が　国へましなば　霍公鳥　鳴かむ五月は　さぶしけむかも　（17・三九九六）

と、家持の歌に応じている。「ば」で、離別することを仮定として提示した上で、その後の心情を「かも」という詠嘆で結んでおり、きちんとした表現の対応が認められる。しかも、家持が留守にする五月を、ほかならぬ「霍公鳥鳴かむ五月」としているが、『万葉集』中の「霍公鳥」の用例一五四例中の六四例が家持である。[*53] 縄麻呂の歌は、家持の「霍公鳥」好きを承知した上での選択だったのであろう。社交の具としての役割を十分に果しているると言えよう。縄麻呂は、中国系渡来氏族の出身とは言え、『新撰姓氏録』（右京諸蕃上）によれば、四世紀に渡来したと伝えられる。縄麻呂という名も、日本風である。秦氏の人々と同様、内蔵氏の人々も渡来人という枠組みで考えるのはもはや現実的ではあるまい。

天平感宝元年（七四九）五月、越中の少目秦忌寸石竹の館で宴会が行なわれた。ここには家持、縄麻呂が出席し、歌を披露し合っているが、

油火の　光に見ゆる　我が縵　さ百合の花の　笑まはしきかも　（18・四〇八六）

という家持の歌に対して、縄麻呂は、

灯火の　光に見ゆる　さ百合花　ゆりも逢はむと　思ひそめてき　（18・四〇八七）

という歌で答えている。この日の宴席には、来客をもてなすために「百合の花縵三枚」が用意されていたと題詞に記されているが、だからこそ家持は「さ百合の花の　笑まはしきかも」と詠んだのである。それに対して縄麻呂は、その「百合」から「ゆりも逢はむ」というフレーズを導き出した。なかなか即妙な歌であると言ってよい。ところが、石竹の歌はない。天平勝宝二年（七五〇）十月には、朝集使として上京する石竹に対して家持が餞の歌（19・四二二五）を詠んでいるが、そこでも石竹の歌は記録されていない。石竹は歌を作ることができなかった

のではないか。

実は、越中でもっとも多くの歌をなした渡来系の人は、左大臣橘家の使者として、都から越中を訪れた田辺福麻呂であった。

天平二十年春三月二十三日に、左大臣橘家の使者造酒司令史田辺福麻呂に守大伴宿禰家持が館に饗す。ここに新しき歌を作り、并せて便ち古詠を誦み、各心緒を述ぶ。

奈呉の海に　船しまし貸せ　沖に出でて　波立ち来やと　見て帰り来む　（18・四〇三二）
波立てば　奈呉の浦廻に　寄る貝の　間なき恋にそ　年は経にける　（18・四〇三三）
奈呉の海に　潮のはや干ば　あさりしに　出でむと鶴は　今そ鳴くなる　（18・四〇三四）
霍公鳥　厭ふ時なし　あやめ草　縵にせむ日　こゆ鳴き渡れ　（18・四〇三五）

という四首に始まり、守大伴家持、遊行女婦土師、掾久米広縄とともに歌を詠んでいる。二十四日には、翌日は布勢水海に行くことを約束しての歌々（18・四〇三六～四〇四三）を、二十五日には、布勢水海に行く途中の馬上の歌々（18・四〇四四～四〇四五）と、布勢水海を遊覧した時の歌々（18・四〇四六～四〇五一）を、そして二十六日には、掾久米広縄の館での宴席の歌々（18・四〇五二～四〇五五）をなしている。福麻呂の歌は併せて十三首。この間、家持の歌は八首であるのに対して、福麻呂は難波の橘諸兄邸で行なわれた肆宴の際の歌七首（18・四〇五六～四〇六二）まで伝誦しており、福麻呂の多作・多弁ぶりが際立っている。

『日本書紀』[*54]に見られる田辺史氏に関わる伝承は、雄略朝に溯る。古くから現在の大阪府柏原市一帯を本拠地としていた渡来系氏族である。とは言え、天平期に活躍した福麻呂まで、秦氏と同様、渡来してから数百年経過していた可能性がある。福麻呂は文筆によって朝廷に仕えた氏族に生まれ、官位を得てからは橘家の家令の一員の書吏を務め、諸兄一筋に仕えたものと考えられる。[*55] 諸兄は時の左大臣だが、『万葉集』中に八首の歌を残し、作歌の場としての宴席の主催者となったことも多い。古くは『万葉集』の編纂者に擬せられてもいる（『栄華物語』）。歌に理解のある人だったらしい。そうした中で、福麻呂も作歌の修練を積んだのであろう。久迩京への遷都の際には讃歌もなしており、持統朝の柿本人麻呂、聖武朝前期の笠金村・山部赤人といった、いわゆる宮廷歌人の系譜に連なる歌人だったと見ることができる。*56『万葉集』の編纂資料の一つとして、田辺福麻呂歌集が用いられているのも、こうした諸兄を通じた交流があったからであろう。いずれにせよ、渡来系の歌人としては、特筆すべき存在である。

家持は、天平勝宝八歳（七五六）二月、聖武太上天皇の河内離宮への行幸に従駕している。その時、百済系渡来氏族の馬史国人の家で宴会をしたが、そこで作られた三首（20・四四五七〜四四五九）の中に国人の歌も見られる。

にほ鳥の　息長川の　絶えぬとも　君に語らむ　言尽きめやも（20・四四五八）

という歌である。あなたと語らうならば話は永遠に尽きないでしょう、という意。もちろん、賓客を迎えた者の歌としてふさわしいものである。

とは言え、そこに詠まれた「息長川」は滋賀県坂田郡伊吹町の伊吹山に発する天野川であるとするのが通説である。同じ時に、家持は「住吉の浜松が根」（20・四四五七）を詠み、池主は難波の「堀江」（20・四四五九）を詠んでいる。いずれも近隣の景観をうたっているのに対して、国人のみ、場違いな景物をうたっているのだ。歌の下に「古新未詳なり」と注せられているが、その場にふさわしくなく唐突だと見られたのであろう。おそらく歌が作れず、古歌を利用したのに違いあるまい。馬の養育に関わる伴造系の氏族だからでもあろうが、文人的な資質は備えていなかったようだ。

山田史氏の人は、三人見える。君麻呂、土麻呂、御母である。主に文筆のことを担当した中国系の渡来氏族である。三人とも自身の歌は残されていないが、簡単にその動向を見ておくことにしよう。

君麻呂は、越中時代の家持が飼っていた鷹の養吏としてその名が見える（17・四〇一五左）ものの、他に記録はない。また、土麻呂は天平勝宝五年（七五三）頃、藤原仲麻呂の宴席に参加し、時に中務省の役人であったことがわかるのみ。御母は、孝謙天皇の乳母。左大臣橘諸兄が山田御母の家で宴が行なわれた時に、大伴家持が歌をなしている。

山吹の　花の盛りに　かくのごと　君を見まくは　千歳にもがも　（20・四三〇四）

という歌で、諸兄を称えたものであろうが、御母の歌はない（「渡来系人物事典」参照）。

天平勝宝八歳（七五六）十一月、讃岐守安宿王等が、出雲掾の安宿奈杼麻呂の家で宴会をしている。奈杼麻呂の家は、安宿王の乳母を出した家系かとする注[*57]もある。その可能性は高いと見られるが、その時奈杼麻呂は、

大王の　命恐み　大の浦を　そがひに見つつ　都へ上る　（20・四四七二）

という歌を披露している。朝集使として上京する時の歌だが、官人としての自身の忠勤ぶりを、「大王の　命恐み」という定型表現を用いて、天皇の命ずるままに一目散に都へと上って来ました、という歌で表明している。

奈杼麻呂はさらに、安宿王に対して出雲守の山背王の歌を伝えている。

うちひさす　都の人に　告げまくは　見し日のごとく　ありと告げこそ　（20・四四七三）

という歌である。自分が顕在であるということを都の人に伝えてくれと、上司の山背王に頼まれたのだ。どちらもあまり出来のいい歌とは思えないが、一応用は足りている。この席に家持はいないが、家持は後日、安宿王の歌に追和する歌（20・四四七四）を作っている。家持と奈杼麻呂は、それ以前から交流があったのだろう。

最後に、吉田連老である。老は、すでに述べた宜と同族で、百済系であった可能性もあるが、両者の関係は不明である。「痩せたる人を嗤咲ふ歌二首」の左注によると、通称は、石麻呂。ひどく痩せていて、大食しても太らなかったと言う。飢饉の時の姿に似ていたので、大伴家持がそれをからかって、

石麻呂に　吾物申す　夏痩せに　良しと云ふものそ　むなぎ取り喫せ　（16・三八五三）

痩す痩すも　生けらばあらむを　はたやはた　むなぎを漁ると　河に流るな　（16・三八五四）

という歌を作ったとされる。宜の子であるとすれば、名医の子ということであって、養生の知識と技があるはずの石麻呂が、見るからに痩せこけているのが恰好の笑いの対象となった[*58]のであろう。それに対する老の歌はない。作歌年次は不明だが、平城京に在任中の作であったに違いあるまい。

家持の周辺には、田辺福麻呂のような宮廷歌人と見做せる人物も見られたが、それは橘諸兄の使者として家持のもとを訪れたのであって、必ずしも個人的な交友関係ではあるまい。若い時の交友関係の中には、秦許編麻呂や高丘河内のように、文雅を共有し合う渡来系の友もいたが、越中守として官途を歩み始めた後は、内蔵縄麻呂を除けば、文人的な資質を持った渡来系の人物は見られない。旅人周辺の人材の豊富さには比べるべくもない、と言うしかあるまい。しかし、程度の差はあれ、家持の作歌活動も、中国系の人たちばかりでなく、百済系の人たちとの交流の中で行なわれていたということを確認することができる。当然、その結果として生み出されたものもあったはずである。

6　大伴坂上郎女周辺の渡来人

大伴家の人物としては、旅人の妹で、家持の叔母にあたる大伴坂上郎女の存在も忘れるわけには行かない。官僚として活躍する男性たちと比べると、女性の交際範囲は狭かったのであろう。『万葉集』を見る限り、坂上郎女との交流が判明するのは親族が中心である。しかし、その中にも渡来人が存在した。次の長歌に登場する新羅の尼理願だが、『万葉集』に登場する渡来系の人たちの中で、自ら海を渡って来たことが確実なのは、この理願と日中の混血児の秦朝元と菩提僊那の三人しかいない（『渡来系人物事典』参照）。

七年乙亥、大伴坂上郎女、尼理願の死去しことを悲嘆して作る歌一首 并せて短歌

たくづのの　新羅の国ゆ　人言を　吉しと聞かして　問ひ放くる　親族兄弟　なき国に　渡り来まして　大王の　敷きます国に　うちひさす　京しみみに　里家は　さはにあれども　いかさまに　念ひけめかも　つれもなき　佐保の山辺に　哭く児なす　慕ひ来まして　しきたへの　家をも造り　あらたまの　年の緒長く　住まひつつ　いまししものを　生ける者　死ぬと云ふことに　免れぬ　ものにしあれば　頼めりし　人のことごと　くさまくら　客なる間に　佐保川を　朝川渡り　春日野を　背向に見つつ　あしひきの　山辺を指して　晩闇と　隠りましぬれ　言はむすべ　せむすべ知らに　徘徊り　ただ独りして　しろたへの　衣袖干さず　嘆きつつ　吾が泣く涙　有間山　雲居たなびき　雨に降りきや　（3・四六〇）

反歌

留め得ぬ　寿にしあれば　しきたへの　家ゆは出でて　雲隠りにき　（3・四六一）

右、新羅国の尼名を理願といふ。遠く王徳に感けて、聖朝に帰化しぬ。時に大納言大将軍大伴卿の家に寄住して、すでに数紀を経たり。ここに天平七年乙亥を以ちて、忽ちに運病に沈み、すでに泉界に趣く。ここに大家石川命婦、餌薬の事によりて有間温泉に往きて、この喪に会はず。ただし、郎女独り留まりて、屍柩を葬り送ることすでに訖りぬ。仍りてこの歌を作りて、温泉に贈り入る。

この歌は、理願の死去とその悲しみをうたって、有馬温泉で療養していた母石川命婦に贈ったものである。大伴坂上郎女は『万葉集』の女流歌人の中でもっとも多くの歌を残しているが、右の長歌はその中でも、最大のものである。しかし、理願に関しては、この作品以外に伝えるところがない。

この左注から知られる事実は、理願という尼が新羅から渡来したこと、平城京の佐保大納言家に住んで数十年

を過ごしたこと、天平七年（七三五）病気のために没したこと、その葬儀に坂上郎女の母石川命婦は有馬温泉に湯治に行っていて参列しなかったこと、坂上郎女がその葬儀を取り仕切ったことなどである。また歌の方からは、理願が新羅から渡来したのは平城京の時代であり、佐保大納言家にやって来たのだということ、その邸宅の中に理願の家が造られていたということ、そして、逝去した理願は一条通りを東に進み、佐保川を渡ってから、春日野を背後に見つつ、山辺に向かったということなどを知ることができる。すなわち、かつて東大寺の北側に存在した大伴氏の氏寺の永隆寺にその葬列が向かった、ということを意味するのであろう。[*59] しかし、理願の人となりに関しては、まったく記されていない。

永隆寺（伴寺）は養老二年（七一八）、大納言安麻呂の発願によって、奈良坂の東の阿古屋谷に建立された。そして同五年には、奈良坂の東谷、般若山の佐保河東山に改めて遷し立てたということが知られている。[*60] 旅人が大伴氏の氏上であった時期だが、理願の葬列が向かったのは、養老五年（七二一）に建立された方の永隆寺である。その時理願は、在日して数十年を経ていた。したがって、永隆寺の建立に何らかの役割を果たしていた可能性もあろう。

大伴氏と仏教との繫がりは古く、六世紀の狭手彦の時代から密であったということが指摘されている。[*61] 確かに、『日本書紀』には崇峻天皇三年（五九〇）三月条に、学問尼善信等が百済から渡来して、我が国最初の尼寺である桜井寺——『元興寺伽藍縁起並流記資材帳』に「桜井道場」と見え、後の飛鳥の豊浦寺とされる——に住んだとする記事が見られる。さらに、同年の是歳条には、狭手彦の娘善徳・大伴狛夫人・新羅媛善妙・百済媛妙光など、渡来人を含む多くの女性たちが出家して桜井寺の尼になったということも伝えられている。彼らの中には、狭手彦が高句麗を討った時に虜とした人もいたと言われるほどに、[*62] この桜井寺と大伴氏との関係は密であったと考えられる。八世紀になってからも、大伴家の人々は氏寺を持つほどに仏教に深く帰依していたということであろう。

すなわち、理願の佐保大納言家への止住は、大伴家としては歴史的必然であったと言える。

新羅の僧と言えば、大津皇子の謀反事件に関わって逮捕された行心がよく知られているが、『万葉集』には登場しない。また、新羅の尼の渡来については、『日本書紀』持統天皇元年（六八七）夏四月条に、

癸卯に、筑紫大宰、投化せる新羅の僧尼と百姓男女二十二人を献る。武蔵国に居らしめ、賦田ひ受稟ひ、生業を安からしめたまふ。

と見える。すでに述べたように、理願が渡来したのは平城京の時代になってからのことだと見られるが、仮にこの時渡来したのだとすれば、在日四十八年ということになる。「数紀を経たり」と記述されるにふさわしい。そこまで長くはなかったとしても、坂上郎女と石川命婦はもちろんのこと、安麻呂、旅人、家持という三代にわたって、大伴家の人々と親交があったということになろう。

7 調首淡海・刀理宣令・文忌寸馬養

大伴家の人たちとの直接的な関わりは見られないが、忘れてはならない百済系の人物がほかに三人いる。調首淡海、刀理宣令、文忌寸馬養である。

調首が百済系であるということは、『新撰姓氏録』に見られる。『日本書紀』の天武天皇元年（六七二）六月条に、淡海は壬申の乱の折、大海人皇子に従って東国に下ったということが見える。吉野宮を出発し、東国に向かった時の二十数人の側近の一人である。また、後の持統天皇はその時、輿に乗って夫と行を共にしたことが伝えられている。わずか二十数人で、女孺十余人をも引き連れての強行軍であった。その道中、淡海が持統の乗る輿を担いだ場面もあったに違いない。

それから約三十年後の大宝元年（七〇一）九月、その持統が太上天皇となって、紀伊国に行幸した時の歌々が『万葉集』に見える。淡海もその行幸に従駕し、歌をなしているが、確認できる範囲で言えば、それは渡来系の作者によって詠まれたもっとも早い歌である。

あさもよし　紀人羨しも　真土山　行き来と見らむ　紀人羨しも　（1・五五）

という一首。真土山（和歌山県橋本市隅田町真土）を越え、いよいよ紀伊国に入る心の高ぶりを、「紀人羨しも」という句を繰り返すことによって表している。単純で無技巧な歌だが、この行幸の気分を反映していたのであろう。壬申の乱の時の東国入りとは違って、心躍る旅だったということは、同行の坂門人足の「巨勢山の　つらつら椿」（1・五四）という歌によっても窺い知ることができる。

すでに述べたように、淡海は壬申の乱の折にも持統の輿に従ったが、その後、天武・持統の政権下で、官人として恪勤したのであろう。和銅二年（七〇九）正月には、従五位下に昇り、貴族の仲間入りを果たしている。若き日に大海人側近の舎人として壬申の乱に従軍したこともあって、その後の順調な官途が約束されたのであろう。長寿を保ったらしく、養老七年（七二三）正月には、正五位下を賜っている。

また、刀理宣令の存在も忘れてはならない。すでに述べたように、天平宝字五年（七六一）三月に、渡来系氏族の人々に賜姓のことがあったが、その中で刀理甲斐麻呂が百済の人とされている。したがって、宣令も百済系であったことが知られる。養老五年（七二一）正月、佐為王、山上憶良らとともに、退朝の後に東宮に侍せしめられている。一般に、皇太子（聖武天皇）の教育係だと言われているが、時に従七位下であった。一族には大学博士となった刀理康嗣もいて、なかなか優秀な家系であったらしい。

『万葉集』には、

み吉野の　滝の白波　知らねども　語りし継げば　いにしへ念ほゆ　（3・三一三）

という歌が見える。「み吉野の　滝の白波」という序詞によって「知らねども」という語を導き出しているが、この序詞は一般に、吉野離宮周辺の景観だとされている。また、すでに見たように、壬申の乱の時には百済系の人も従軍している。そこで語り継がれた「いにしへ」とは、壬申の乱の時の天武天皇に関する伝承に違いあるまい。

巻三の配列からすると、それは養老七年（七二三）五月の吉野行幸の際の歌であった可能性が高い。『続日本紀』は、藤原京の時代（六九四〜七一〇）のこととして、壬申の乱の功臣が相次いで没していることを伝えているが、平城京の時代になると、霊亀二年（七一六）正月に初めて、その功臣の子息に「田を賜ふ」ということが見える。壬申の乱を知る世代がほとんど消えてしまった中で、聖武天皇の即位を視野に入れた時、その直系の曾祖父である天武の事績は、いかにしても語り継がなければならなかったのであろう。

宣令には、

もののふの　石瀬の社の　霍公鳥　今も鳴かぬか　山の常影に　（8・一四七〇）

という歌もあるが、これはどのような事情で詠まれたものか、手掛かりがない。また、「石瀬の社」もどこかわからないが、一首は季節の到来をうたっているのであろう。平城京の時代になると、急速に季節の景物の固定化が進行するが、『万葉集』の「霍公鳥」は夏を代表する鳥である。宣令は、うたうべき景物の固定化を承知した上で、「今も鳴かぬか」と詠んだに違いあるまい。

宣令には、『懐風藻』に詩も見られる。長屋王邸で新羅の客と宴した時のもので、神亀三年（七二六）秋頃のことであると推定されている。[*63]『経国集』（巻二十）に対策文二篇も見られ、名文家であったことが知られる。

文忌寸馬養は、『続日本紀』霊亀二年（七一六）四月条の壬申の乱の功臣たちの子息十八人に田を賜るという記事の中に、「贈正四位上文忌寸禰麻呂が息正七位下馬養」と、その名が見える。『万葉集』には、天平十年（七三八）八月廿日に、右大臣橘諸兄の邸宅で行なわれた宴席で詠まれた歌が見られるが、時に外従五位下。その後、天平宝字二年（七五〇）八月には従五位下に到達している。内位に転ずるまでには、当然のこととして、少し時間がかかったものの、親の七光もあって、順調に昇進して来たらしい。

諸兄の邸宅における宴席の歌は、巻六にも分載されている。計十一首によって構成されていたようだが、当日は大帳使として上京した長門守の巨曾倍対馬の歓迎の宴だったと見られる。[*64] その時の馬養の歌は、

朝戸開けて　物念ふ時に　白露の　置ける秋萩　見えつつもとな　（8・一五七九）

さ雄鹿の　来立ち鳴く野の　秋萩は　露霜負ひて　散りにしものを　（8・一五八〇）

という二首。宴席の雰囲気とその流れを意識しつつ、先行歌の内容・表現などを踏まえて「本日の宴の終焉をいとおしむ思い[*65]」をその二首に託している。馬養の歌は他に見られないが、なかなか要を得た歌ではないか。ここでも、百済系渡来人の作歌に対する習熟度の高さを窺い知ることができる。

8　結

文化の流れは、地球の自転と関係しているのではないか。妄想かも知れないが、そう思えてならない。なぜかと言えば、地球の自転が偏西風を起こし、海流を生むからである。対馬と出雲の海岸で流れ着くゴミに、日本語・中国語・韓国語が混ざっているのを目の当たりにしたことがある。それは、日本海沿岸の各地でも似たようなものだと聞いているが、なぜか韓国側には流れつかないとも言う。動力船のない時代の東アジアでは、海流と風に乗って、中国から朝鮮半島へ、そして、朝鮮半島から日本へという文化の流れを生んだのであろう。黄砂の飛来のようなものだと言ってもよい。それは、人間の力の及ばないところに起因する必然なのではないかと思わ

れる。

　ともあれ、日本の文化には中国文化の影響ばかりでなく、朝鮮半島の文化の影響も見られる。『万葉集』の場合、中国文化の影響が主に書物を通してのものであったのに対して、朝鮮半島の国々との関わりは、もっと具体的で、人間同士の直接的な交流を通してのものであったと見ることができる。[*66] とりわけ、百済系の人たちがその典型だが、ヤマトウタの表現に習熟しつつ、その一方で、当時の世界標準の教養とも言うべき漢籍の知識を前提として歌を読み、漢詩をなしているのだ。

　その人数にしても歌数にしても、膨大な『万葉集』の全体から見れば、少数かも知れない。しかし、縷々確認して来たように、決して無視し得ない人数であり、彼らの歌は概して質が高い。その評価については議論が分かれるとしても、社交の具としての歌を巧みに操る人が多かったということは事実であろう。少なくとも、朝鮮半島から渡来した人たちが『万葉集』の形成にどのような役割を果たしたのか、もっと詳細に検討する必要があるということは、本稿によって確認できたのではないかと思う。

　それとともに、『万葉集』の中で活躍している渡来系の人たちは、百済系の人が圧倒的に多い、という事実も確認できたように思われる。一方、同じく国を失っても、日本に渡って来た高句麗系の人は、地理的な関係もあって、百済の人たちに比べて数が少ない。しかも、彼らは主に武蔵国に住まわされていた。だからこそ、わざわざ上京して来た消奈行文と高麗福信を例外として、『万葉集』に登場しなかったのであろう。また、中国系と言われる人たちは、仮に直接渡来したのだとしても、渡来してからすでに数百年を経ており、もはや渡来人という枠組みで考える必要はあるまい。

　彼らの歌々に渡来人であることの何らかの特色があるかと言えば、ほとんどないと言うしかない。彼らは概ね、ヤマトウタの基本をきちんと身につけていたと見てよい。ところが、実のところ事は反対で、漢籍からの影響をも含め、むしろ渡来系の人たちとの交流の中で、ヤマトウタの形ができ上がり、その常識が形成されたのだと見た方がよいのではないか。初期の渡来系の人々の多くが畿内に住んだという事実だけを見ても、そうした事情を窺うことができる。もちろん、それを言うには、個々の作品の読みを深め、それらをきちんと位置づけて行かなければならない。とは言え、それは今後の課題として、本稿は百済系渡来氏族の人たちが『万葉集』の中で大きな役割を果たしていたということを確認し得たことで、ひとまず擱筆したいと思う。

注

＊1　品田悦一『万葉集の発明　国民国家と文化装置としての古典』（新曜社・二〇〇一）。

＊2　中西進「万葉歌の誕生」（『万葉集の比較文学的研究』桜楓社・一九六三）。

＊3　東茂美「環日本海万葉集――大伴家持と防人歌――」（梶川信行・東茂美編『天平万葉論』翰林書房・二〇〇三）。

＊4　『万葉集』は通常、舒明朝から始まるとされる。確かに、巻一の御代別の標は雄略朝という飛びぬけて古い時代を別とすれば、舒明朝から各天皇の時代がほぼ連続している。しかし、作歌年次の特定できる個性を持った作者の歌は、斉明朝の額田王、有間皇子あたりからである。渡来系の作者の活躍も、大宝元年（七〇一）の紀伊国行幸の時の歌を嚆矢とする。なお、中西進「古代文学における日本と韓国」（井上秀雄ほか編『古代の日本と韓国』学生社・一九八八）に、「『万葉集』を育てた最も大きなものとして、（中略）白村江の戦いという事件があります」とする発言が見える。

＊5　平野邦雄「畿内の帰化人」（『帰化人と古代国家』吉川弘文館・一九九三）。

＊6　『続日本紀』天平宝字元年（七五七）四月条に、改元に関する記事がある。そこに「その高麗・百済・新羅の人等、久しく聖化を慕ひて、来りて我が俗に附き、姓を給はらむを志願はば、悉く聴許せ」と見える。天平宝字四年の賜姓は、これに基づくものであるとされる（青木和夫ほか校注『続日本紀三〈新日本古典文学大系〉』

岩波書店・一九九二)。

＊7　その伝統は、雄略朝に溯る。たとえば、平野邦雄「ヤマト王権の成立と東アジア」(『帰化人と古代国家』吉川弘文館・一九九三)は、「百済を介する梁文化の輸入に伴って、多くの学者・僧侶・技術民がわが国に帰化した。それを『書紀』は『今来漢人』『百済才伎』などと呼んでいる。『書紀』が、それらの渡来の始源を『雄略紀』にかけ、『継体・欽明紀』にまで及ぼしているのは、百済を介する新しい文化の輸入を意味する」としている。

＊8　青木和夫ほか校注『続日本紀三〈新日本古典文学大系〉』(岩波書店・一九九二)。

＊9　鷲見等曜「朝鮮古代家族との比較」(大林太良編『日本の古代11　ウヂとイエ』中央公論社・一九八七)。

＊10　竹内理三ほか編『日本古代人名事典4』(吉川弘文館・一九六三)。最近では、伊藤博『萬葉集釋注三』(集英社・一九九六)、阿蘇瑞枝『萬葉集全歌講義三』(笠間書院・二〇〇七)などが支持している。

＊11　注＊5に同じ

＊12　『三国史記』(新羅本紀第八)によれば、一旦再興された高句麗も、新羅の神文王の四年(六八四)に滅ぼされている。『日本書紀』の天武天皇十四年(六八五)九月条に、「庚午に、化来る高麗人等に、禄賜ふこと各差有り」とする記事があるが、小島憲之ほか校注・訳『日本書紀③〈新編日本古典文学全集〉』(小学館・一九九八)は、「再び亡国の民となった高句麗人の中には日本への亡命を試み、遣使に従って来朝した者もあったか」と見ている。

＊13　試みに、『日本書紀』には「百済」という国名が二三九回、「百済人」が一五回見られるのに対して、「高麗」は一三三回、「高麗人」は九回である。

＊14　地名の分布を見れば、それは歴然とした事実である。国家の理念、あるいは著名歌人たちの意識の問題としては、拙稿「旅と歌」(古橋信孝ほか編『古代文学講座5　旅と異郷』勉誠社・一九九四)、同「阿騎野と宇智野――『万葉集』のコスモロジー――」(本書所収)、同「古代日本におけるグローバル化をめぐる問題――大伴坂上郎女と平城京――」(本書所収)などで論じた。

＊15　平野邦雄「畿内の帰化人」(『帰化人と古代国家』吉川弘文館・一九九三)。一方、『日本書紀』天智天皇四年

（六六五）是冬条に、「百済の男女二千余人を以ちて東国に居く」とする記事が見える。おそらく身分や技能などによって扱いが違ったのであろうが、渡来した多くの百済人の中には、畿内以外に居住させられた人たちもいた、ということである。とは言え、「東国」がどこを指すのか定かでない。

＊16 時代を溯れば、畿内に住んだ例も見られる。たとえば『日本書紀』欽明天皇二十三年（五六二）冬十一月条。摂津国の三島郡の埴廬に新羅人が住んでいたとする伝承である。現在の大阪府高槻市土室で、「付近から朝鮮系渡来人の居住したと思われる村落跡が発掘されている」（小島憲之ほか校注・訳『日本書紀②〈新編日本古典文学全集〉』小学館・一九九六）。

＊17 寺内浩「下級官人とその出身地」（町田章ほか編『新版日本の古代⑥ 近畿II』角川書店・一九九一）。

＊18 『日本書紀』天武天皇十四年（六八五）二月条に、「庚辰に、大唐人・百済人・高麗人、并せて百四十七人に爵位を賜ふ」とする記事が見えるが、その中に新羅人は入っていない。

＊19 拙稿「新羅の尼理願の死をめぐって――大伴坂上郎女の『悲嘆尼理願死去作歌』の論――」（本書所収）。

＊20 坂元義種「渡来系の氏族」（大林太良編『日本の古代11 ウヂとイエ』中央公論社・一九八七）。

＊21 注＊5に同じ

＊22 『万葉集』中に現われる人名は、伝承の主人公等の実在性のない人を除くと、凡そ六六〇人ほど。そのうち渡来系の人は四三人で、全体の七パーセント程度である。現在の日本の人口で言えば、八〇〇万人ほどが渡来系の人という計算になる。総務省統計局のデータによると、二〇〇七年現在、外国人登録をして日本に住んでいる人は二一五万人で、正規入国外国人数は九一五万人であると言う。七パーセントという数字は、国際化社会と言われる現代と比べてみても、非常に多いと言うべきであろう。因みに、海外在留邦人は約一〇一万人である。

＊23 伊藤博『萬葉集釋注二』（集英社・一九九六）。

＊24 岸本由豆流『萬葉集攷證』。

＊25 内田賢徳「大伴君熊凝哀悼歌」（神野志隆光ほか編『セミナー万葉集の歌人と作品 第五巻 大伴旅人・山上憶良(二)』和泉書院・二〇〇〇）。

*26 筑紫野市教育委員会『御笠地区遺跡』（一九八六）。
*27 吉井巖『萬葉集全注　巻第六』（有斐閣・一九八四）。
*28 山村信栄「筑前国」（古代交通研究会編『日本古代道路事典』八木書店・二〇〇四）。
*29 伊藤博「宴梅の賦」（『萬葉集の歌人と作品　下』塙書房・一九七五）、大久保廣行「梅花の宴歌群の展開」（『筑紫文学圏　大伴旅人　筑紫文学圏』笠間書院・一九九八）。
*30 神保公久「筑後国」（古代交通研究会編『日本古代道路事典』八木書店・二〇〇四）。
*31 大久保廣行「葛井氏の歌詠と伝統」（『筑紫文学圏　大伴旅人　筑紫文学圏』）。
*32 井村哲夫「『歌儛所』私見——天平万葉史の一課題——」（『憶良・虫麻呂と天平歌壇』翰林書房・一九九七）。
*33 小島憲之「天平における萬葉集の詩文」（『上代日本文學と中國文學　中』塙書房・一九六四）。
*34 芳賀紀雄「萬葉集と中国文学」（『萬葉集における中國文學の受容』塙書房・二〇〇三）。
*35 周知のように、この歌群には座席の位置を反映した表現の連鎖が見られるとする見解がある。伊藤博「宴梅の賦」（『萬葉集の歌人と作品　下』塙書房・一九七五）、大久保廣行「梅花の宴歌群の展開」（『筑紫文学圏　大伴旅人　筑紫文学圏』）などである。
*36 伊藤博「万葉歌人の死——一つの幻想——」（『萬葉集の歌人と作品　下』塙書房・一九七五）。
*37 大後美保『季節の事典』（東京堂・一九六一）。
*38 すでに諸注に指摘されていることだが、たとえば日並皇子宮の舎人等の歌（2・一七一〜一九三）の中に、類句、類想の歌が多い。
*39 伊藤博『萬葉集釋注二』（集英社・一九九六）。
*40 阿蘇瑞枝『萬葉集全歌講義三』（笠間書院・二〇〇七）。
*41 大久保廣行「園梅の短詠と『懐風藻』」（『筑紫文学圏　大伴旅人　筑紫文学圏』）。
*42 小島憲之「萬葉集と中國文學との交流」（『上代日本文學と中國文學　中』）。
*43 谷口孝介「吉田宜の書簡と歌」（神野志隆光ほか編『セミナー万葉集の歌人と作品　第四巻　大伴旅人・山上憶良(一)』和泉書院・二〇〇〇）。

＊44　窪田空穂『萬葉集評釋 第九巻〔新訂版〕』（東京堂出版・一九八五）、迫徹朗「大伴三中と遣新羅使歌の主題」（『国語と国文学』32巻9号・一九五五）、武田祐吉『増訂 萬葉集全註釋 十一』（角川書店・一九五七）、古屋彰「万葉集巻十五試論」（『国語と国文学』38巻7号・一九六一）など。

＊45　藤本幸夫「古代朝鮮の言語と文字文化」（岸俊男編『日本の古代14 ことばと文字――日本語と漢字文化』中央公論社・一九八八）によれば、古代の三国における言語差はあまりなかったとする韓国の研究者による研究があると言う。

＊46　近藤健史「遣新羅使人等の歌の座――麻里布の浦歌群・竹敷の浦歌群の場合――」（『萬葉研究』創刊号・一九七八）。

＊47　拙稿「遣新羅使歌の『挽歌』――天平期において『挽歌』とはいかなるものであったか――」（本書所収）。

＊48　橘奈良麻呂を中心とした宴席の歌群に、全体として緊密な表現の連鎖と対応が見られるとする見方は、小野寛「橘奈良麻呂宅結集宴歌十一首」（伊藤博・稲岡耕二編『万葉集を学ぶ 第五集』有斐閣・一九七八）、森淳司「万葉宴席歌試論――交歓宴歌について その一――」（『萬葉集研究 第十三集』塙書房・一九八五）、近藤信義「〈宴〉の主題と歌」（上代文学会編『家持を考える』笠間書院・一九八八）、橋本美津子「橘朝臣奈良麻呂結集宴歌十一首――題詞の訓みを中心に――」（『語文』121輯・二〇〇五）などに見られる。

＊49　森淳司「万葉宴席歌試論――交歓宴歌について その一――」（『萬葉集研究 第十三集』）。

＊50　小島憲之ほか校注・訳『萬葉集②〈新編日本古典文学全集〉』（小学館・一九九五）。

＊51　伊藤博『萬葉集釋注三』（集英社・一九九六）。

＊52　伊藤博『萬葉集釋注九』（集英社・一九九八）。

＊53　「霍公鳥」が詠まれた歌一五四首は、『万葉集』全体の三・四パーセントに相当するが、家持の場合は、四七四首中の六四首。すなわち一三・五パーセントに「霍公鳥」を詠んでいる。約四倍の比率である。

＊54　山本昭「古代の柏原」（『柏原市史 第二巻』柏原市役所・一九七三）。

＊55　拙稿「田辺福麻呂」（『万葉史の論 山部赤人』翰林書房・一九九七）。

＊56　橋本達雄「田辺福麻呂」（『万葉宮廷歌人の研究』笠間書院・一九七五）。

＊57　小島憲之ほか校注・訳『萬葉集①〈新編日本古典文学全集〉』（小学館・一九九四）。
＊58　東茂美「山上憶良の罷宴歌」（『国語と国文学』84巻11号・二〇〇七）。
＊59　注＊19に同じ。
＊60　筒井英俊編『東大寺要録』（全国書房・一九四四）。
＊61　渡瀬昌忠「大伴坂上郎女（序説）――大宰帥の家へ――」（上代文学会編『万葉の女人像』笠間書院・一九七七）。
＊62　谷川士清『日本書紀通證』（巻二十六）。
＊63　小島憲之校注『懐風藻　文華秀麗集　本朝文粋〈日本古典文学大系〉』（岩波書店・一九六四）。
＊64　伊藤博『萬葉集釋注一』（集英社・一九九五）。
＊65　注＊64に同じ。
＊66　新羅が朝鮮半島を統一してから、『万葉集』の最後の歌が詠まれた天平宝字三年（七五九）までの間に、遣新羅使は二一回派遣されている。一方、新羅使の来日は、それよりはるかに多い。

九月、百済が滅ぶと、王族の余自進らが日本に亡命し、同八年に鬼室集斯らと近江国蒲生郡に移された。明軍はその一族と見られる。大伴旅人晩年の資人で、大納言に就任した時に与えられた職分資人百人のうちの一人であったと考えられる。『万葉集』に短歌が八首見える。そのうちの五首は、「かくのみにありけるものを　萩の花　咲きてありやと問ひし君はも」（3・四五五）など、旅人が薨じた時の歌（3・四五四～四五八）である。その左注には「右の五首は、資人余明軍の犬馬の慕に勝へず、心の中に感緒ひて作れる歌なり」とされている。いずれも旅人との篤い信頼関係が窺えるものである。その後、家持に与えた歌（4・五七九～五八〇）も見られる。佐保大納言家には、新羅から渡来した理願も住んでいた。一つの屋敷の中に新羅人と百済人が同居していたことになる。因みに、『続日本紀』養老七年（723）正月に、従五位下を授けられた余仁軍という人物がいて、『家伝下』（武智麻呂伝）に「呪禁」とされているが、この人を明軍の兄弟と見る説がある（市村宏「余明軍考」『万葉集新論』東洋大学通信教育部・1964）。しかし、身分が違い過ぎるので、にわかに従い難い。

***理願**《りがん》　新羅から渡来した尼。佐保大納言家に寄住して数十年、天平七年（735）に没している。大伴坂上郎女にその死を悲しみ、有間温泉で療養中の母石川命婦に贈った歌（3・四六〇～四六一）が見られるが、理願自身の歌はない。その左注に、「右、新羅国の尼名を理願といふ。遠く王徳に感けて、聖朝に帰化しぬ。時に大納言大将軍大伴卿の

佐保大納言家付近の一条通

家に寄住して、すでに数紀を経たり。ここに天平七年乙亥を以ちて、忽ちに運病に沈み、すでに泉界に趣く。ここに大家石川命婦、餌薬の事によりて有間温泉に往きて、この喪に会はず。ただし、郎女独り留まりて、屍柩を葬り送ることすでに訖りぬ。仍りてこの歌を作りて、温泉に贈り入る」と見える。「運病」については、疫病等を想定する注と老衰と捉える注が存在するが、不明。墓所も不明だが、その葬送は大伴氏の氏寺の永隆寺（筒井英俊編『東大寺要録』全国書房・1944）に向かったということを、坂上郎女の歌から窺うことができる（拙稿「新羅の尼理願の死をめぐって――大伴坂上郎女の『悲嘆尼理願死去作歌』の論――」本書所収）。因みに、新羅の尼の渡来については、『日本書紀』持統天皇元年（687）夏四月条に、「癸卯に、筑紫大宰、投化せる新羅の僧尼と百姓男女二十二人を献る。武蔵国に居らしめ、賦田ひ受稟ひ、生業を安からしめたまふ」と見える。理願がこの中の一人であるとすれば、在日四十八年となり、「数紀を経たり」と言うにふさわしい。

のは、『万葉集』では例外的なことである。因みに、宅満は「石田野」で永眠したことがうたわれている（15・三六八九）が、長崎県壱岐市の東南部、石田町池田東触に、宅満の墓と伝えられる供養塔がある。

石田町の万葉歌碑（露木悟義氏撮影）

＊吉田連老《よしだのむらじおゆ》　キチタとも。「嗤咲痩人歌二首」（16・三八五三～三八五四）に仁教の子とあるが、系譜は未詳。宜の子とする説もある。神亀元年（724）五月、渡来系の人々に賜姓のことがあったが、そこに「従五位上吉宜、従五位下吉智首に並に吉田連」と見える。また、『新撰姓氏録』（右京皇別）に祖を任那に渡った塩垂津彦とする伝承が見られ、吉は任那の宰の意。一方、『日本文徳天皇実録』嘉祥三年（850）十一月条に、同族の者と見られる宜の出自は百済であるとされている。老の通称は、石麻呂。ひどく痩せていて、大食しても太らなかった。飢饉の時の姿に似ていたので、大伴家持がそれをからかって、「石麻呂に　吾物申す　夏痩せに良しと云ふものそ　むなぎ取り喫せ」（16・三八五三）、「痩す痩すも　生けらばあらむをはたやはた　むなぎを漁ると　河に流るな」（16・三八五四）という歌を作った。宜の子であるとすれば、名医の子ということであって、養生の知識と技があるはずの石麻呂が、見るからに痩せこけているのが恰好の笑いの対象となった（東茂美「山上憶良の罷宴歌」『国語と国文学』84巻11号・2007）。老自身の歌はない。

＊吉田連宜《よしだのよろし》　『新撰姓氏録』（右京皇別）に、吉田氏は祖を任那に渡った塩垂津彦とする伝承が見られ、吉は任那の宰の意とされる。一方、『日本文徳天皇実録』嘉祥三年（850）十一月条に、宜の出自は百済であるとされている。宜は、もとは恵俊という法名の僧だが、文武四年（700）八月に還俗。吉宜の名を賜る。和銅七年（714）正月に、正五位下を授けられる。養老五年（721）正月、学業に優れた者が褒賞された中に「医術の従五位上吉宜」と見える。当時の名医である。神亀元年（724）五月、吉田の氏を賜った。天平二年（730）三月、高齢になったことを理由に、弟子をとってその業を習得させよとする勅を受ける。その子の古麻呂も侍医。吉田氏には医をもって仕えた人が多い。天平五年（733）十二月、図書頭。同九年九月、正五位下。同十年閏七月、典薬頭となる。『万葉集』に短歌が四首見える。「梅花歌三十二首」（5・八一五～八四六）と「松浦川に遊ぶ序」（5・八五三～八六三）の添えられた旅人の書簡に対する天平二年（730）七月十日付の返書と、それに添えられた四首の歌（5・八六四～八六七）である。高い教養を持った老文人たちの典雅な交遊関係が窺える。『懐風藻』にも内薬正として、宜の名が見え、漢詩二首が収録されている。長屋王宅で新羅の客を宴した時の五言詩（七九）と、吉野に従駕した時の五言詩（八〇）である。吉野詩は、吉野宮を神仙の世界とするが、「三舟」と「夢の淵」を描いている点は、山川を対句的に詠む『万葉集』の吉野讃歌と共通する。

＊余明軍《よのみょうぐん》　余は百済の王族の姓。『三国史記』（百済本紀第一）には、百済の世系は高句麗と同じく扶余から出たので、扶余をもって姓としたと見える。天智二年（663）

正八位上相当の官)。『万葉集』には伝誦歌が二首(20・四二九三〜四二九四)あるのみ。少納言の大伴家持に口頭で伝えたものである。かつて、元正太上天皇が山村(奈良市山町)に行幸した時に、天皇が「歌を賦して奏すべし」と言って作った歌と、その詔に応じて舎人親王が作った歌であると言う。少納言は、中務省の侍従を兼ね、鈴印・伝符の管理を行なった。つまり、土麻呂にとって家持は直接の上司にあたる。

***山田史御母**《やまだのふひとみも》 山田史女島のこと。姫島・比売島女・比売島とも。孝謙天皇の乳母。左大臣橘諸兄が山田御母の家で宴会をした時に、大伴家持が歌をなしている。「山吹の　花の盛りに　かくのごと　君を見まくは　千歳にもがも」(20・四三〇四)という歌で、諸兄に対して、末長くお仕えしたいという意志を申し述べた儀礼的な歌である。御母の歌はない。天平勝宝七歳(755)正月、乳母としての功績で、山田御井宿禰の姓を賜るが、天平宝字元年(757)八月、橘奈良麻呂の謀叛を隠した罪で旧姓の山田史とされた。

山上臣憶良《やまのうえのおみおくら》 大宝元年(701)一月、無位にして遣唐少録となり、翌年渡唐。慶雲元年(704)に帰国か。和銅七年(714)一月、従五位下。霊亀二年(716)四月、伯耆守。養老五年(721)一月、退朝の後東宮に侍した。一般に皇太子の教育係と見られている。神亀三年(726)頃、筑前守となり、やがて大宰帥として赴任した大伴旅人と盛んに歌を通じて交流する。天平五年(733)没か。時に七十四歳であったと見られる。『万葉集』に七十八首の歌が収録され、その歌集に『類聚歌林』がある。天智二年(663)に渡来した亡命百済人の憶仁を父とするという説がある。土屋文明「山上憶良」(『万葉集〈古典日本文学全集〉』筑摩書房・1959)が早く、その後、渡部和雄「憶良の前半生」(「国文学解釈と鑑賞」34巻2号・1969)、中西進『山上憶良』(河出書房新社・1973)、比護隆界「山上臣憶良の出自・補続」(「文芸研究(明治大学)」46号・1981)などが賛意を表した。これには、青木和夫「憶良帰化人説批判」(『萬葉集研究　第二集』塙書房・1973)、佐伯有清「山上氏の出自と性格」(『古代東アジア史論集　下巻』吉川弘文館・1978)、申癸燮「山上憶良渡来人説考——中西進氏の論をめぐって——」(「語文」74輯・1989)などの批判があるが、近年の憶良研究の中では、出自に関する論はあまり重視されていない。それは憶良に限らず、歌人研究全般の傾向である。かつて活発だった渡来人か否かという議論も、近年は沈静化している。しかし、この問題は決着がついていないとすべきであろう。『新撰姓氏録』(右京皇別下)によれば、山上氏は粟田真人と同祖とされる。また、すでに指摘されているが、臣という姓も通常は渡来系の氏族に下されるものではない。したがって、渡来系氏族ではあるまい。

雪連宅満《ゆきのむらじやかまろ》 天平八年(736)六月に派遣された遣新羅使の一員だが、伝未詳。壱岐氏ではないかと言われる。『新撰姓氏録』(左京諸蕃上・右京諸蕃上)には、壱岐(伊吉・雪)氏は長安の人劉楊雍から出たとする記述がある。舒明四年(632)、引唐客使伊伎史乙等、斉明五年(659)、遣唐使伊吉連博徳、慶雲四年(707)に帰国した伊吉連古麻呂など、外交面で活躍した人物が見られる。一方、壱岐を本拠とする壱岐氏であって、宅満は卜部として遣新羅使の一行に加わっていたとする説(武田祐吉『増訂 萬葉集全註釋 三』角川書店・1957)もある。宅満は壱岐で「鬼病」(一般に天然痘とされる)によって没したが、その「挽歌」は、それぞれ二首ずつの「反歌」を持つ長歌が三首(15・三六八八〜三六九六)。一人の人物に対して三首もの長歌によって構成される「挽歌」が贈られる

『家伝下』（武智麻呂伝）に「文雅」としてその名が見える。大宰府でも広成の評判は聞こえていたのであろう。「奥山の磐に苔生し」は「恐くも」を導き出す序詞。歌を所望されようとは思ってもみませんでした、という意味で、作歌に習熟していたことが窺える。伝誦歌も二首（6・一〇一一、一〇一二）見える。それには漢文の序が付されているが、これも広成が「文雅」の士であったことを窺わせる。『懐風藻』に中務少輔とあり、五言詩二首（一一九、一二〇）がある。藤原不比等の吉野詩に和した詩などである。

***葛井連諸会**《ふじいのむらじもろあい》　『続日本紀』養老四年（720）五月の条に、「白猪史の氏を改めて葛井連の姓を賜ふ」と見える。『新撰姓氏録』（右京諸蕃下）によれば、葛井連氏は現在の藤井寺市一帯を本拠地とした百済系の渡来氏族で、「先進の学問を伝えた家柄である」（大久保廣行「葛井氏の歌詠と伝統」『筑紫文学圏　大伴旅人　筑紫文学圏』笠間書院・1998）とされる。『万葉集』に短歌一首。天平十八年（746）正月元正太上天皇の御在所での雪の肆宴の時に、左大臣の橘諸兄、大伴家持らとともに応詔歌を詠んでいる。「新しき　年の初めに　豊の年　しるすとならし　雪の降れるは」（17・三九二五）という歌だが、つとに『代匠記』に指摘されているように、雪を祥瑞とする大陸の思想に基づく。典型的な儀礼歌である。天平七年（735）九月に、太政官の大史正六位下と見える。殺人の訴訟の不受理を理由とした処罰の記事で、諸会も上司とともに「坐せらる」とされている。その後、山城介、相模守を経て、天平宝字元年（749）五月従五位下。『経国集』（巻二十）に、和銅四年（711）三月の対策文二篇が載る。その家系にふさわしく、なかなかの文章家だったのであろう。

***文忌寸馬養**《ふみのいみきうまかい》　王仁の後裔氏族とも、阿智使主の後裔氏族とも言われるが、いずれにせよ百済系の渡来氏族である。アヤノイミキと訓む説もある。霊亀二年（716）四月、壬申の乱の功臣たちの子息に田を賜ったとする記事の中に、禰麻呂の息正七位下馬養の名も見える。天平九年（737）九月、外従五位下となり、その後中宮少進、主税頭、筑後守、鋳銭長官などを歴任し、天平宝字二年（750）八月、従五位下に到達している。『万葉集』に短歌が二首。天平十年（738）八月廿日に、右大臣橘諸兄の邸宅で行なわれた宴席で詠まれたもので、「朝戸開けて　物念ふ時に　白露の　置ける秋萩　見えつつもとな」（8・一五七九）と、「さ雄鹿の　来立ち鳴く野の　秋萩は　露霜負ひて　散りにしものを」（8・一五八〇）という二首である。いずれも「秋萩」をうたっているが、それは主賓の歌（8・一五七五）に応じているのであろう。一首目の「見えつつもとな」の原文は「所見喚鶏本名」で、「喚鶏」という戯書が用いられている。鶏を呼び寄せる時のトゥトゥをツツと訓ませたのだとされる。馬養自身の表記であるか否かは不明だが、いずれにせよ、社交の具としての歌に十分に習熟していたと見てよい。

***山田史君麻呂**《やまだのふひときみまろ》　山田史は、主に文筆記録を担当した渡来系氏族。『新撰姓氏録』（右京諸蕃上）に周霊王太子晋の後裔であるとされる。君麻呂は歌を残していないが、天平十九年（747）九月、越中時代の大伴家持が飼っていた鷹の養吏として、その名が見える（17・四〇一五左）。

***山田史土麻呂**《やまだのふひとつちまろ》　山田史は、主に文筆記録を担当した渡来系氏族。『新撰姓氏録』（右京諸蕃上）に周霊王太子晋の後裔であるとされる。天平勝宝五年（753）五月、大納言藤原仲麻呂宅の宴に参加したが、土麻呂の歌はない。時に少主鈴（中務省の役人で

氏族で、「先進の学問を伝えた家柄である」（大久保廣行「葛井氏の歌詠と伝統」『筑紫文学圏　大伴旅人　筑紫文学圏』笠間書院・1998）とされる。平成十六年（2004）、中国の西安市で発見された墓誌の「井真成」は、葛井氏ではないかとする説もある。大成は、神亀五年（728）五月に外従五位下。天平二年（730）正月に大宰帥大伴旅人の邸宅で行なわれた梅花宴に参加した官人の一人。時に筑後守であった。歌は「梅の花　今盛りなり　思ふどち　挿頭にしてな　今盛りなり」（5・八二〇）という一首。その日の宴を、諸手を挙げて謳歌しているが、社交的言辞と見るべきか。大成の作歌の背景に漢学の素養があったことが指摘されている（中西進「梅歌の宴群像」『万葉集の比較文学的研究』桜楓社・1963）。その歌を含め、『万葉集』に短歌が三首。「今よりは　城の山道は　さぶしけむ　吾が通はむと　念ひしものを」（4・五七六）は、大宰帥の大伴旅人が上京した後に悲嘆して作ったと言う。社交の具としての歌であろう。「海人娘子　玉求むらし　沖つ波　恐き海に　船出せり見ゆ」（6・一〇〇三）も、筑後守として、海人の釣り船を見て作ったもの。天平六年（734）の作であろうが、その時、外従五位下であったことが知られる。

＊葛井連子老《ふじいのむらじこおゆ》　天平八年（736）六月に派遣された遣新羅使の一員だが、伝未詳。『続日本紀』養老四年（720）五月の条に、「白猪史の氏を改めて葛井連の姓を賜ふ」と見える。『新撰姓氏録』（右京諸蕃下）によれば、葛井氏は現在の藤井寺市一帯を本拠地とした百済系の渡来氏族で、「先進の学問を伝えた家柄である」（大久保廣行「葛井氏の歌詠と伝統」『筑紫文学圏　大伴旅人　筑紫文学圏』笠間書院・1998）とされる。一族には、養老三年（719）に大外記従六位上で遣新羅使に任じられた広成もいた。大外記とは太政官の一員で、その職掌は「詔奏を感へむこと、及び公文読み申し、文案を勘署し、稽失を検へ出さむこと」（職員令2）とされる。子老も文筆に関わるポストで使人の一行に加わっていたか。壱岐で雪連宅満が鬼病のため没した時、挽歌をなしている（15・三六九一～三六九三）。長歌をなすこと自体、作歌に習熟していた証しであろうが、子老がいたからこそ、三組の長歌によって構成される挽歌群が成立したのだと考えられる（拙稿「遣新羅使歌の『挽歌』――天平期において『挽歌』とはいかなるものであったか――」本書所収）。

＊葛井連広成《ふじいのむらじひろなり》　『続日本紀』養老四年（720）五月の条に、「白猪史の氏を改めて葛井連の姓を賜ふ」と見える。『新撰姓氏録』（右京諸蕃下）によれば、葛井連氏は現在の藤井寺市一帯を本拠地とした百済系の渡来氏族で、「先進の学問を伝えた家柄である」（大久保廣行「葛井氏の歌詠と伝統」『筑紫文学圏　大伴旅人　筑紫文学圏』笠間書院・1998）とされる。広成は養老三年（719）閏七月、大外記従六位上で遣新羅使に任じられた。大外記とは太政官の一員で、その職掌は「詔奏を感へむこと、及び公文読み申し、文案を勘署し、稽失を検へ出さむこと」（職員令2）とされる。天平三年（731）一月、外従五位下。同十五年三月には筑紫で、やはり外従五位下で新羅使の検校にあたっている。同年六月、備後守。同二十年（748）二月、従五位上。同年八月、聖武天皇が自宅に行幸した折、正五位上を賜る。天平勝宝元年（749）八月、中務卿。『万葉集』に短歌が一首。天平二年（730）、勅命で大伴道足を擢駿馬使として遣わす時に、大宰帥大伴旅人邸で道足を饗応したが、駅使の広成に、この日集まった人々が歌を作るようにと勧めた。その時広成は、即興で「奥山の　磐に苔生し　恐くも　問ひ賜ふかも　念ひあへなくに」（6・九六二）という歌を吟唱したと言う。

ち、山城国葛野郡（京都市右京区を中心とした一帯）を本拠地としていた。忌寸の姓を持つ者と持たない者がいるが、田麻呂は無姓ではなかったか。『万葉集』に肥前国松浦郡狛島亭（唐津市神集島か）で詠んだ歌が一首ある。「帰り来て　見むと思ひし　我が宿の秋萩薄　散りにけむかも」（15・三六八一）という望郷の歌。秋に帰るという約束が遣新羅使歌群全体を覆っているが、それを果たせぬ無念さである。

＊**秦間満**《はたのままろ》　天平八年（736）六月に派遣された遣新羅使の一員だが、伝未詳。一行の中に、秦田麻呂という名も見える。親子か兄弟か。いずれにせよ、同族の者であろう。秦氏は初期の渡来系氏族で、『新撰姓氏録』（右京諸蕃上）によれば、秦の始皇帝の子孫功満王が応神朝に来朝したと伝えられる。絹・綿・糸の生産に従事する部民を配下に持ち、山城国葛野郡（京都市右京区を中心とした一帯）を本拠地としていた。忌寸の姓を持つ者と持たない者がいるが、間満は無姓ではなかったか。『万葉集』の遣新羅使歌の冒頭歌群に、「夕去れば　ひぐらし来鳴く　生駒山　越えてそ吾が来る　妹が目を欲り」（15・三五八九）という一首が見える。その次に載せられた歌（15・三五九〇）の左注に「右一首暫還私家陳思」とされている。具体的な事情は不明だが、間満も難波から一旦平城京の自宅に戻ったのではないか。

＊**波羅門**《ばらもん》　インドのバラモン階級の生まれの僧を言う。「高宮王詠数種物歌二首」（16・三八五五～三八五六）に「波羅門の作れる小田を　食む烏　瞼腫れて　幡桙に居り」と見える。この波羅門は、菩提僊那だとする説（鴻巣盛廣『萬葉集全釋　第五冊』廣文堂書店・1935）が有力である。その伝である『南天竺婆羅門僧正碑并序』は、「僧正の〈遠来〉を強調する」（蔵中しのぶ「『南天竺婆羅門僧正并序』の本文」『奈良朝漢詩文の比較文学的研究』翰林書房・2003）ものだが、それによれば、菩提僊那は遣唐大使多治比広成と学問僧理鏡の要請によって、林邑僧仏徹・唐僧道璿とともに来日。困難な航海の後、天平八年（736）五月、筑紫の大宰府に到着する。八月、摂津に入り、前僧正行基に迎えられた。入京すると、聖武天皇は大いに喜び、勅によって大安寺に住んだと言う。『続日本紀』天平八年十月条には、菩提僊那らに時服を施すと見える。そろそろ寒くなって来たので、冬服を支給したということであろう。天平勝宝三年（751）四月、僧正となる。同四年四月の東大寺盧舎那仏の開眼会には、天皇の要請で、開眼師となった（筒井英俊編『東大寺要録』全国書房・1944）が、その時に用いられた筆が正倉院に残る。また、同八歳（756）六月、『国家珍宝帳』の願文にその名が記されている。天平宝字二年（758）八月、孝謙天皇と光明子に尊号を奉った（『続紀』）。同四年（760）二月、遷化。時に五十七歳。登美山の右僕射林に葬られたと言われる（『南天竺婆羅門僧正碑并序』）。高宮王は伝未詳。その歌は、「波羅門」「小田」「烏」「瞼」「幡桙」を詠み込んだもの。「不器用で無能ながらへばりつくように宮仕えをしようとする男には、われを能ある者として闊歩する人びとが波羅門の小田を食んで生きる烏のように見え、やがて瞼腫らしていたずらなる所に身を置くようになることを（中略）寓しているものか」（伊藤博『萬葉集釋注八』集英社・1998）とされる。そうした見方が妥当かどうかはともあれ、波羅門の尊貴さを前提とした戯れ歌であろう。

＊**葛井連大成**《ふじいのむらじおおなり》　『続日本紀』養老四年（720）五月の条に、「白猪史の氏を改めて葛井連の姓を賜ふ」と見える。『新撰姓氏録』（右京諸蕃下）によれば、葛井氏は現在の藤井寺市一帯を本拠地とした百済系の渡来

都市右京区を中心とした一帯）を本拠地とし、財務官僚的な立場で活躍する人を多く輩出している。朝元は奈良時代の医師・学者。父は僧弁正。弁正の俗称は、もちろん秦氏。仏教学に優れ、大宝二年（702）に渡唐した遣唐使に同伴して入唐。囲碁を通じて玄宗皇帝と交流を持ったと言う。在唐中に朝慶・朝元の二子をもうけたが、弁正と朝慶は唐で没した。朝元は養老二年（718）の遣唐使とともに帰朝したと見られ、翌三年四月に忌寸の姓を賜る。同五年正月、医術に優れていることで、その道の師範たるにふさわしい人物として褒賞された。時に従六位下。天平二年（730）三月、漢語に堪能なので通訳養成の任を命ぜられ、弟子二人に教授する。同五年（733）十二月、入唐判官として唐に赴き、玄宗皇帝に拝謁した折、父の縁故をもって厚遇されている。同七年に帰国。天平十八（746）年正月、元正太上天皇の御在所の雪の肆宴に参加。左大臣橘諸兄をはじめ、大伴家持などの参加者は詔に応じて歌をなした（17・三九二二～三九二六）が、朝元は歌が作れなかった。歌ができないなら麝香でもって贖えという諸兄の戯れの言に、朝元は黙して答えなかったとされる（17・三九二六左）。

***秦忌寸八千嶋**《はたのいみきやちしま》　秦氏は初期の渡来系氏族だが、忌寸の姓を持つ者と持たない者がいる。『新撰姓氏録』（右京諸蕃上）によれば、秦の始皇帝の子孫功満王が応神朝に来朝したと伝えられる。絹・綿・糸の生産に従事する部民を配下に持ち、山城国葛野郡（京都市右京区を中心とした一帯）を本拠地とし、財務官僚的な立場で活躍した人が多い。八千嶋は秦石竹と同じく、越中時代の大伴家持周辺の官人である。『万葉集』に短歌が二首見える。天平十八年（746）八月に国守の館で行なわれた宴席の折に大目（従八位上相当の官）とあり、石竹の上官だったことが知られる。そこでは「ひぐらしの　鳴きぬる時は　女郎花　咲きたる野辺を　行きつつ見べし」（17・三九五一）という歌をなしている。望郷の歌（17・三九五〇）をうたった家持に対して、気晴らしに女郎花の咲く野辺にお出掛けになったら、と勧める歌である。また、八千嶋自身の館における宴席では、客屋から青海を望んで「奈呉の海人の　釣する船は　今こそば　船棚打ちて　あへて漕ぎ出め」（17・三九五六）という歌を詠んだ。翌十九年（747）四月には、自身の館で家持を送る宴が開かれているが、八千嶋の歌はない。

***秦許遍麻呂**《はたのこへまろ》　秦氏は初期の渡来系氏族だが、忌寸の姓を持つ者と持たない者がいる。許遍麻呂は、無姓の秦氏か。『新撰姓氏録』（右京諸蕃上）によれば、秦氏は秦の始皇帝の子孫功満王が応神朝に来朝したと伝えられる。絹・綿・糸の生産に従事する部民を配下に持ち、山城国葛野郡（京都市右京区を中心とした一帯）を本拠地とし、財務官僚的な立場で活躍した人が多い。許遍麻呂は『万葉集』に短歌が一首見える。天平十年（738）十月、橘諸兄の旧宅で、橘奈良麻呂が主催した宴に参加し、「露霜に　逢へる黄葉を　手折り来て　妹と挿頭しつ　後は散るとも」（8・一五八九）という歌をなしている。黄葉をかざして遊ぼうというその夜の趣向を堪能したという歌で、主人側に対するお礼の気持ちを含む。この宴席の参加者は奈良麻呂、家持、書持など、当時の若者たちであった。この時の許遍麻呂も青年だったのであろう。

***秦田麻呂**《はたのたまろ》　天平八年（736）六月に派遣された遣新羅使の一員だが、伝未詳。一行の中に、秦間満という名も見える。親子か兄弟か。いずれにせよ、同族の者であろう。秦氏は初期の渡来系氏族で、『新撰姓氏録』（右京諸蕃上）によれば、秦の始皇帝の子孫功満王が応神朝に来朝したと伝えられる。絹・綿・糸の生産に従事する部民を配下に持

沸かせ子ども　櫟津の　檜橋より来む　狐にあむさむ」（16・三八二四）など、宴席における即興の芸に、その特長がある。

長忌寸娘《ながのいみきのおとめ》　一般に、長意吉麻呂の娘であろうとされるが、不明。『万葉集』に短歌一首。天平十年（738）十月、橘諸兄の旧宅で、橘奈良麻呂が主催した宴に、大伴家持・書持らとともに出席している。そこに参加した久米女王の従者かとも言われるが、定かではない。そこで詠まれた「めづらしと吾が念ふ君は　秋山の　初黄葉に　似てこそありけれ」（8・一五八四）という歌は、その日の主人の奈良麻呂を称えたもので、社交の場の歌を無難にこなしている。

羽栗《はぐり》　天平八年（736）六月に派遣された遣新羅使の一員。『類聚国史』（巻百八十七）によれば、霊亀二年（716）に阿倍仲麻呂の従者として渡唐した人に羽栗吉麻呂がいるが、この人ではないか。『万葉集』に短歌一首。熊毛浦（山口県熊毛郡上関町室津の湾）における「都辺に　行かむ船もが　刈薦の　乱れて思ふ　言告げやらむ」（15・三六四〇）という歌である。都への伝言をうたうものは他に三首（三六一二、三六四三、三六七六）見られ、一行の共通の気分を反映したものであろう。羽栗氏は、山城国久世郡羽栗郷を本拠とする氏族かとも言われる。天平宝字三年（759）二月に任命された遣唐使の一行に、録事の羽栗臣翔がいる。宝亀六年（775）の遣唐使にも、同じく録事で羽栗臣翼がいる。羽栗吉麻呂が唐の女性を娶り、産まれた子が翼と翔である。すなわち、日中のハーフである。天平六年（734）、父に従って来日。翼十六歳、翔十四歳。年齢的に見て、この羽栗が翼か翔だった可能性がないわけではない。しかし、来日二年で歌が詠めるかどうか。いずれにせよ、羽栗氏は外交の下働きで活躍した氏族であったらしい。

***秦忌寸石竹**《はたのいみきいわたけ》　秦氏は初期の渡来系氏族だが、忌寸の姓を持つ者と持たない者がいる。『新撰姓氏録』（右京諸蕃上）によれば、秦の始皇帝の子孫功満王が、応神朝に来朝したと伝えられる。絹・綿・糸の生産に従事する部民を配下に持つ。山城国葛野郡（京都市右京区を中心とした一帯）を本拠地とし、とりわけ朝元以後は財務官僚的な立場で活躍する人を多く輩出している。天平感宝元年（749）五月九日、越中少目（従八位下相当の官）だった石竹の館で宴会が行なわれ、守の大伴家持と介の内蔵縄麻呂が歌をなしている。縄麻呂は家持の歌（18・四〇八六）に即妙に応えている（18・四〇八七）が、石竹の歌はない。また、天平勝宝元年（749）十二月にも石竹の館で宴会が行なわれ、家持が歌（18・四一三五）を残している。さらに、天平勝宝二年十月には、朝集使として上京する石竹に対する家持の餞の歌（19・四二二五）もあるが、石竹自身の歌は記録されていない。歌を作ることができなかったのであろう。

平城宮跡の朱雀門

***秦忌寸朝元**《はたのいみきちょうげん》　秦氏は初期の渡来系氏族だが、忌寸の姓を持つ者と持たない者がいる。『新撰姓氏録』（右京諸蕃上）によれば、秦の始皇帝の子孫功満王が応神朝に来朝したと伝えられる。絹・綿・糸の生産に従事する部民を配下に持ち、山城国葛野郡（京

持統太上天皇が紀伊国に行幸した時の歌で、「あさもよし　紀人羨しも　真土山　行き来と見らむ　紀人羨しも」（1・五五）という歌。真土山は大和と紀伊の国境の山。無技巧な歌だが、この行幸の気分を反映しているのであろう。和銅二年（709）正月に従五位下。壬申の乱に従軍したことで、晩年に貴族の仲間入りを果したのであろう。同六年（713）四月、従五位上。養老七年（723）正月、正五位下。

田氏肥人《でんしのこまひと》　天平二年（730）正月に大宰帥大伴旅人の邸宅で行なわれた梅花宴に出席した官人の一人。「梅の花　今盛りなり　百鳥の　声の恋しき　春来たるらし」（5・八三四）という歌がある。田氏は、田口氏、田中氏、田辺氏などと考えられる。田口氏、田中氏ならば、蘇我氏の支族だが、田辺氏ならば、渡来系の氏族である。いずれとも決し難い。

田氏真上《でんしのまうえ》　天平二年（730）正月に大宰帥大伴旅人の邸宅で行なわれた梅花宴に出席した官人の一人。「春の野に　霧立ち渡り　降る雪と　人の見るまで　梅の花散る」（5・八三九）という歌がある。筑前目とされる。従八位相当の官である。田辺史真上かとする説（小島憲之ほか校注・訳『萬葉集② 〈新編日本古典文学全集 7〉』小学館・1995）がある。天平十七年（745）十月、諸陵大允従六位上とされる（『大日本古文書』二）。田辺氏だとすれば、漢王の後裔の知摠から出たとされる渡来系氏族である。

***刀理宣令**《とりのせんりょう》　天平宝字五年（761）三月に、渡来系氏族の人々に賜姓のことがあったが、そこで刀理甲斐麻呂が百済の人とされている。すなわち、刀理氏は百済系の渡来氏族だったことが知られる。宣令は、養老五年（721）正月、佐為王・山上憶良らとともに、正六位下で、退朝の後東宮に侍している。一般に、皇太子（聖武天皇）の教育係であるとされる。時に従七位下。一族には、大学博士になった刀理康嗣もいる。『万葉集』に短歌が二首。いずれも作歌事情は不明である。「み吉野の　滝の白波　知らねども　語りし継げば　いにしへ念ほゆ」（3・三一三）という歌は、一・二句の序詞で「知らねども」という語を導き出し、語り継がれた「いにしへ」に思いを馳せる。天武伝承であろう。もう一首は「もののふの　石瀬の社の　霍公鳥　今も鳴かぬか　山のと影に」（8・一四七〇）という歌。「石瀬の社」の所在地は未詳だが、「霍公鳥」は夏の景物の代表である。季節歌の常識を踏まえているのであろう。『懐風藻』に、長屋王邸に新羅の客を宴した折の詩（六三）と、四十の賀の詩（六四）が見られる。また、その目録によれば、後に正六位上に昇り、伊予掾になっている。「年五十九」とも見え、神亀年間（724～728）にその年齢で没したと推定されている。『経国集』（巻二十）の対策文二篇も忘れてはならない。

長忌寸意吉麻呂《ながのいみきおきまろ》　忌寸は、主として渡来系氏族に与えられた姓だが、系譜・経歴などは未詳。『万葉集』に短歌一四首。大宝元年（701）十月に持統太上天皇と文武天皇が紀伊国に行幸しているが、それに従駕して、有間皇子の歌（2・一四一～一四二）に縁の「結松」を見て哀しみ咽ぶ歌（2・一四三～一四四）を詠んでいる。また、同二年十月には、高市黒人とともに、持統太上天皇の三河行幸にも従駕し、「引馬野に　にほふ榛原　入り乱れ　衣にほはせ　旅のしるしに」（1・五七）という歌を詠んでいる。「大宮の　内まで聞こゆ　網引すと　網子調ふる　海人の呼び声」（3・二三八）などを典型として、宮廷歌人的な存在とも見られているが、その一方に、戯笑歌群（16・三八二四～三八三一）も見られる。とりわけ「刺し鍋に　湯

1997)。またその時、元正太上天皇が難波宮に在った時、橘諸兄宅で宴した日に詠まれた橘諸兄等の歌七首（18・四〇五六～四〇六二）も伝誦している。『万葉集』に、短歌一三首と伝誦歌七首。そのほか、巻六には「田辺福麻呂之歌集中出也」とされる歌が二一首（6・一〇四七～一〇六七）ある。また巻九にも「田辺福麻呂之歌集出」とされる歌が一〇首見られる。いずれも福麻呂の歌と見るのが通説である。巻六は六組の長歌で、短歌はすべてその反歌。「悲寧楽故郷」（6・一〇四七～一〇四九）、「讃久迩新京」（6・一〇五〇～一〇五八）、「悲傷三香原廃墟」（6・一〇五九～一〇六一）、「難波作」（6・一〇六二～一〇六四）、「過敏馬浦時作」（6・一〇六五～一〇六七）である。一方、巻九の歌々は「思娘子」（9・一七九二～一七九四）、「過足柄坂見死人」（9・一八〇〇）、「過葦原処女墓」（9・一八〇一～一八〇三）、「哀弟死去」（9・一八〇四～一八〇六）という内容だが、こちらもすべて長歌である。こうした作品群の存在から、宮廷歌人的な存在だったとする説（橋本達雄「田辺福麻呂」『万葉宮廷歌人の研究』笠間書院・1975）も有力である。

***張氏福子**《ちょうしのふくし》　天平二年（730）正月に大宰帥大伴旅人の邸宅で行なわれた梅花宴に参加した官人の一人で、大宰府所属の医師。定員二名。『家伝下』（武智麻呂伝）に見える「方士」の「張福子」とされる。方士は、不老不死の術や占い、医術を行なう人。系譜は不明だが、唐人・渤海人などに張姓が見られる。いずれにせよ、渡来系の人であろう。梅花宴では「梅の花　咲きて散りなば　桜花継ぎて咲くべく　なりにてあらずや」（5・八二九）という一首を詠む。一応、その場にふさわしい歌である。

***調使首**《つきのおびと》　「つきのおみのおびと」とする説もあるが、未詳。『万葉集』に長歌一首とその反歌が四首（13・三三三九～三三四三）見られる。調氏は、百済からの渡来氏族。姓には、忌寸・連・首・曰佐・吉士・勝などがある。『新撰姓氏録』によれば、左京諸蕃下の調連と河内諸蕃の調曰佐は、百済国努理使主の子孫とされ、調忌寸は阿智使主の子都賀使主の第三子の爾波伎を祖とするという伝えがある。調に関する職掌を氏の名としているとされる。

***調首淡海**《つきのおびとおうみ》　調氏は、百済からの渡来氏族。姓には、忌寸・連・首・曰佐・吉士・勝などがある。『新撰姓氏録』によれば、左京諸蕃下の調連と河内諸蕃の調曰佐は、百済国努理使主の子孫とされ、調忌寸は阿智使主の子都賀使主の第三子の爾波伎を祖とするという伝えがある。調に関する職掌を氏の名としているとされる。『懐風藻』には、正五位下で大学頭になった調忌寸老人、皇太子学士の調忌寸古麻呂の名が見える。いずれも同族の者であろう。淡海は、壬申の乱の折、大海人皇子に従って東国に下っている。『日本書紀』天武天皇元年（672）六月条に見える「元より従へる者は、（中略）二十有余人」の一人で、大海人皇子の舎人だったとする説もある。この時の日記の断片が『釈日本紀』（巻十五）所引の「私記」に見える。『万葉集』に短歌一首。大宝元年（701）九月に、

和歌山側から真土山へ

宮に侍した。一般に、皇太子（聖武天皇）の教育係であるとされる。また同月、学業に優れ師範たるべき人物として絁・糸・布・鍬などを賜った。『家伝下』（武智麻呂伝）には、「共補時政」人々の中に、「文雅」としてその名が見える。天平三年（731）正月、外従五位下。同年九月、右京亮。同十三年九月、久迩京に遣わされて百姓に宅地班給を行なう。十四年八月の紫香楽行幸に際して造宮輔として造離宮司となる。同十八年（746）五月、従五位下となり、同年九月伯耆守。天平勝宝三年（751）正月、従五位上。同六年正月、正五位下。この頃大学頭。『万葉集』に短歌が二首見える。天平十五年（743）八月に、久迩京で詠んだ歌と見られるが、「故郷は　遠くもあらず　一重山　越ゆるがからに　念ひぞ吾がせし」（6・一〇三八）「吾が背子と　二人し居れば　山高み　里には月は　照らずともよし」（6・一〇三九）という二首で、久迩京にある男の歌と、「故郷」（平城京）に残された女の歌という形である。架空の男女の贈答歌であろう。内舎人時代の大伴家持が同席していたものと見られる。また、天平十八年正月、元正太上天皇の御在所の雪の肆宴に参加する。詔に応じて歌をなしたが、記録していなかったために、歌が残っていない人たちの名簿の中にその名が見える。

＊田辺秋庭《たなべのあきにわ》　『新撰姓氏録』（右京諸蕃下）によれば、田辺氏は漢王の後裔の知摠から出たとされる。文筆を職掌とした渡来系氏族で、写経所に勤務した人が多い。姓は史。大阪府柏原市田辺を本貫とした。田辺史福麻呂も同族であろう。『懐風藻』には、大学博士となった田辺史百枝の存在も伝えられる。秋庭は、天平八年（736）六月に派遣された遣新羅使の一員。一行の中では「史生」あたりか。浄書・複写・装丁などにあたる下級役人である。周防国の大島鳴門（山口県大島郡の屋代島と玖珂郡大畠町の間の海峡）で作られた歌が見える。「これやこの　名に負ふ鳴門の　渦潮に　玉藻刈るとふ　海人娘子ども」（15・三六三八）と名所を詠む歌である。

＊田辺史福麻呂《たなべのふひとさきまろ》　『新撰姓氏録』（右京諸蕃下）によれば、田辺氏は漢王の後裔の知摠から出たとされる。文筆を職掌とした渡来系氏族で、写経所に勤務した人が多い。姓は史。大阪府柏原市田辺を本貫とした。同族に、天平八年（736）六月に遣新羅使の一員として派遣された田辺秋庭がいる。また『懐風藻』には、大学博士となった田辺史百枝の存在も伝えられる。福麻呂は天平二十年（748）三月二十三日、造酒司令史であったことが『万葉集』に見える。左大臣橘諸兄の使者として越中に赴き、越中守であった大伴家持の館における宴席で四首の歌（18・四〇三二～四〇三五）をなしているが、その時の歌の題詞である。造酒司の書記官で、大初位上相当である。二十四日と二十五日には、家持たちと布勢水海などをめぐりつつ歌を作っている（18・四〇三六、四〇三八～四〇四二、四〇四七、四〇四九）。二十六日には、掾の久米広縄の館で宴会が行なわれ、ここでも歌を作っている（18・四〇五二）。当時福麻呂は、橘家の家政機関の職員である書吏を兼任していたものと考えられる（拙稿「田辺福麻呂」『万葉史の論　山部赤人』翰林書房・

かつての布勢水海は現在水田と化している

土地柄で、志紀氏は西漢系の帰化人、すなわち百済系の出身であるとする説もある（平野邦雄「畿内の帰化人」『帰化人と古代国家』吉川弘文館・1993）。大道は、天平二年（730）正月に大宰帥大伴旅人の邸宅で行なわれた梅花宴に参加した官人の一人である。「笇（算）師志氏大道」とされている。「春の野に　鳴くや鶯　懐けむと　わが家の園に梅が花咲く」（5・八三七）という一首を詠む。『家伝下』（武智麻呂伝）に「共補時政」として「暦算」の中に志紀連大道の名が見える。大宰笇師は、従八位上相当の官。

＊**消奈行文**《しょうなのぎょうもん》　消奈氏は、高句麗系の渡来氏族。武蔵国高麗郡の出身。高麗福信の薨伝に、行文が伯父であることが見える。肖奈・背奈とも。養老五年（721）正月、学業優秀な者たちが褒賞された中に、明経第二博士正七位上として、行文の名がある。『懐風藻』にも、大学助背奈王行文と見え、漢詩二首が収録される。長屋王邸で新羅の客を宴した時の詩と、上巳の詩である。『家伝下』（武智麻呂伝）には、「共補時政」人々の中に、「宿儒」として行文の名が見える。神亀四年（727）十二月、従五位下に昇進。『万葉集』に短歌一首。「奈良山の　児手柏の　両面にかくにかくにも　佞人の徒」（16・三八三六）という歌である。「佞人を謗る歌一首」とする題詞が付されている。「佞人」とは、口先のうまい人、おもねりへつらう人のこと。そういう人を非難する歌であると言うのだ。「奈良山」は、平城京の北側に広がる低い丘陵地。現在コノテガシワと呼ばれている植物は、中国原産のヒノキ科の針葉樹だが、「両面」すなわち葉の両方が表に見えるという「児手柏」としては、ふさわしくない。奈良時代に何を「児手柏」と呼んだのかは不明だが、奈良山にはそれが生い茂っていたのであろう。一首は、あいつは奈良山にある児手柏の両面が表であるように、あっちにもこっちにもいい顔をする「佞人」の輩だ、の意。貴人や権力者に取り入ろうと、見え透いたお世辞を言いつつ追従笑いする人間を、こき下ろしている歌である。行文のように、その学識によって知られた人間には、そうやって近づいて来る輩もいたのであろう。表向きは一応丁重に応対しつつ、陰でこき下ろしていたのに違いあるまい。日本の伝統的な歌は、和語を使用するのが普通である。したがって、「佞人」も「ねじけひと」と訓読みする注釈書が多い。しかし、ネイジンという音読みの方がよかろう。その原文が「佞人」という漢語を使用しているからである。また、四音ならば字余りにもならない。現代の日本人がカタカナ語を使うことで、斬新さを強調しようとするように、おもねりへつらう輩に貼るレッテルとしては、「佞人」という漢語の方がインパクトは強い。

長屋王邸跡

＊**高丘連河内**《たかおかのむらじかわち》　『新撰姓氏録』（河内国諸蕃）によれば、高丘氏は百済系の渡来氏族。元は楽浪氏。『続日本紀』神護景雲二年（768）六月条の比良麿の薨伝に、その父河内は、天智二年（663）に渡来した沙門詠の子であることが見える。すなわち、河内は渡来二世である。文章に通じ、大学頭となり、神亀元年（724）五月には高丘連の姓を賜る。養老五年（721）正月、佐為王・山上憶良らとともに、正六位下で、退朝の後東

が一首。「或云坂上忌寸人長作」とされる歌である。大宝元年（701）十月に、持統太上天皇と文武天皇が紀伊国に行幸したが、その時に作られた十三首（9・一六六七〜一六七九）の中の一首である。おそらく、人長も従駕していたのであろう。「紀伊国に　止まず通はむ　妻の社　妻寄しこせね　妻と言ひながら〈一云「妻賜はにも　妻と言ひながら」〉」（9・一六七九）という歌で、「妻の社」（橋本市妻の地の社）という地名に因んで作られた言葉遊び的な歌である。因みに、『続日本紀』延暦五年（786）正月条に、坂上苅田麻呂が「家世弓馬を事とし、馳射を善くす。宮掖に宿衛して数朝に歴事す」と見える。坂上氏の武人としては、壬申の乱で活躍した老、蝦夷征討で大功あった田村麻呂も有名である。兵部省等の官人として従駕したものか。

＊薩妙観《さつみょうかん》　薛（せち）とも。一般に、文武天皇四年（700）六月、大宝律令の撰定に参画した功で禄を賜った唐人の渡来一世薩弘恪と同族と見られている。養老七年（723）正月、従五位下を授けられ、神亀元年（724）五月、渡来系の人に賜姓があった時に、河上忌寸を賜っている。天平九年（737）二月、従五位上に昇叙。『万葉集』中に短歌が二首見える。天平元年（729）の班田の時に、使の葛城王が山背から妙観の所に芹とともに歌を贈ったが、それに対して「ますらをと　思へるものを　太刀佩きて　かにはの田居に芹そ摘みける」（20・四四五六）という歌をなしている。丈夫はそういうことをするものではありません、丈夫らしからぬことをなさいますな、と親しみを込めて諌めている歌か。後に、橘諸兄となった葛城王が、天平勝宝七歳（755）に、思い出話として伝えた歌である。また同年、先太上天皇（元正）が霍公鳥の歌を詠んだのに対して、その詔に応じて和した「霍公鳥　ここに近くを　来鳴きてよ　過ぎなむ後に　験あらめやも」（20・四四三八）という歌も見える。「過ぎなむ後に」がやや言葉足らずで、注釈書によって捉え方が異なっているが、今鳴かずして、いつ鳴くのか、という気持ちか。夏を代表する景物である「霍公鳥」には鳴くべき時がある。ヤマトウタの常識を「霍公鳥」に求めているのであろう。

＊山氏若麻呂《さんじのわかまろ》　天平二年（730）正月、大宰帥大伴旅人邸で催された梅花宴で詠まれた歌には「小典山氏若麻呂」とされているが、山口氏と見るのが通説である。山口氏には二系統あるが、神護景雲元年（767）に朝臣の姓を賜った山口氏ではない。当初は直姓で、天武十一年（682）に連となった。同十三年十一月に八色の姓が制定されたが、その翌年に忌寸となった。東漢氏系の一支族である。山口忌寸には、大宝律令の撰定に携わった大麻呂など、知的エリートが多い。若麻呂は『万葉集』に短歌二首。梅花宴で詠まれた歌は「春去れば　木末隠れて　鶯そ　鳴きて去ぬなる　梅が下枝に」（5・八二七）という一首である。もう一首は、同年六月の大監大伴百代等の駅使に贈る歌で、「周防なる岩国山を　越えむ日は　手向けよくせよ　荒しその道」（4・五六七）というもの。大宰帥大伴旅人が脚の病で枕席に疾苦した時、遺言をするために、大伴稲公と胡麿を都から呼び寄せた。幸い平癒したので帰京する二人を、大宰大監大伴百代・少典山口若麻呂と家持らが、夷守の駅（所在地未詳）まで見送った。これは、その時の宴で作られた歌である。道中の安全を願う歌。社交の具としての歌を、そつなくこなしているように見える。

志紀連大道《しきのむらじおおみち》　志紀連は、『新撰姓氏録』（大和国神別）に神饒速日命の孫、日子湯支命の後裔とされる。その本拠地は、河内国志紀郡志紀郷（藤井寺市の国府を中心とした地域）と見られる。渡来系氏族の多い

同三年正月、夜更けの宴席で鶏が鳴いた時には、「打ち羽振き　鶏は鳴くとも　かくばかり　降り敷く雪に　君いまさめやも」(19・四二三三) と、当意即妙の歌をなしている。作歌に習熟していることが窺える。

***高氏老**《こうしのおゆ》　天平二年 (730) 正月に大宰帥大伴旅人の邸宅で行なわれた梅花宴に出席した官人の一人。その時、対馬目であった。「うぐひすの　音聞くなへに　梅の花　我家の苑に　咲きて散る見ゆ」(5・八四一) という歌がある。『続日本紀』天平勝宝二年 (750) 四月条に、「正六位上高向村主老に外従五位下を授く」とする記事が見えるが、この高向村主老ではないかとする説がある。そうだとすれば、百済系である。対馬は下国で、その目は少初位上。天平十七年 (745) に、雅楽寮少允 (従七位上相当の官)。老は異例の速さで昇進をしたことになる。有能な官人だったのであろう。

***高氏義通**《こうしのよしみち》　天平二年 (730) 正月に大宰帥大伴旅人の邸宅で行なわれた梅花宴に出席した官人の一人。「春去らば　逢はむと思ひし　梅の花　今日の遊びに　相見つるかも」(5・八三五) という歌がある。梅を擬人化した歌である。薬師と見え、典薬関係の業務に携わった渡来系の人と見られる。高氏とは、高麗氏か高丘氏であろう。高麗氏なら高句麗系、高丘氏なら百済系である。義通は伝未詳。

***高麗朝臣福信**《こまのあそみふくしん》　『新撰姓氏録』(左京諸蕃下) によれば、高麗朝臣は高句麗王好台の七世の孫、延興王の後裔であるとされる。天智七年 (668) に高句麗が滅亡した後に渡来し、駿河・甲斐・相模・上総・下総・常陸・下野の七国に居住したが、霊亀二年 (716) 五月、武蔵国高麗郡に遷居させられた。現在の埼玉県入間郡日高町と飯能市を中心とした一帯である。もとは消 (肖・背とも) 奈公と称していたが、天平勝宝二年 (750) 正月に高麗朝臣の姓を賜った。一族には、外交関係に関わった人が多い。福信は、入唐使の藤原清河等に酒肴を賜うための勅使として難波に下った時の歌 (19・四二六四～四二六五) に、その名が見える。しかし、福信自身の歌はない。『続日本紀』延暦八年 (789) 十月条のその薨伝によれば、高句麗が滅亡した時、祖父の福徳が渡来し、武蔵国に住んだが、少年の時に伯父の消奈行文と都に出る。相撲が強かったことが内裏にまで聞こえ、内竪所に召されてから、頭角を現し、順調に出世。天平十年 (738) 三月、外従五位下。同十一年七月、従五位下。同十五年六月、春宮亮。同十九年六月、一族八人の者とともに消奈王の氏姓を賜り、天平勝宝二年 (750) 正月、高麗朝臣の氏姓を賜った。天平勝宝八歳 (756) 八月、紫微少弼。武蔵守を兼任しているが、遙任であったらしい。天平宝字四年 (760) 正月、信部大輔。天平神護元年 (765) 一月、従三位となる。宝亀元年 (770) 八月にも武蔵守となるが、延暦二年 (789) 六月に三度目の武蔵守となった時も、遙任であったとされる (中村順昭「八世紀の武蔵国司と在地社会」『律令官人制と地域社会』吉川弘文館・2008)。宝亀十年 (779) 三月、高倉朝臣と名乗ることを求めて、許される。延暦八年 (789) 十月没。散位従三位。「薨しぬる時、年八十一」とあり、和銅二年 (709) の生まれであったことが知られる。

***坂上忌寸人長**《さかのうえのいみきひとなが》　『続日本紀』延暦四年 (785) 六月条に、坂上氏は「後漢霊帝の曾孫阿智王の後なり」と見える。また『坂上系図』(『続群書類従』巻第百八十五) によれば、漢の高祖の末裔とある。東 (倭) 漢氏と同族だが、東 (倭) 漢氏は、四世紀頃に中国系と称して朝鮮半島から渡来した秦氏と並ぶ渡来系氏族である。『万葉集』に短歌

按作村主益人《くらつくりのすぐりますひと》 『新撰姓氏録』(右京諸蕃上) によれば、按作氏は仁徳朝に渡来している。「村主」は渡来系氏族に与えられた姓で、スグリは古代朝鮮語で村長の意とするのが通説。鞍作鳥の後裔であるとする説もある (坂本太郎ほか監修『日本古代氏族人名辞典』吉川弘文館・1990)。『万葉集』に短歌が二首見える。一首は、豊前国から上京する時の歌で、「梓弓　引き豊国の　鏡山　見ず久ならば　恋ほしけむかも」(3・三一一) というもの。その土地の名を詠み込んではいるが、社交辞令的な惜別の歌である。巻三の配列から見ると、神亀年間 (724〜728) の作と見られるが、地方官だったのであろう。仮にそうだとすれば、豊前国は上国だから、従八位下相当の目か。もう一首は、左注に「右、内匠大属按作村主益人、聊かに飲饌を設けて、長官佐為王に饗す。未だ日斜つにも及ばねば、王既に還帰りぬ。ここに、益人、厭かぬ帰りを怜し惜しみ、よりてこの歌を作る」とされる歌。「念ほえず　来まししし君を　佐保川の　かはづ聞かせず　帰しつるかも」(6・一〇〇四) という一首である。これも配列からすると、天平七年 (735) 頃の作と見られる。内匠大属は、神亀五年 (728) に創設された中務省内匠寮の第四等の官。従八位下相当である。身分の差を考えても、佐為王をもてなすことは、益人にとって、たいへん光栄なことであったはずで、「聊かに飲饌を設けて」というところから、益人が万全の準備をして接待しようとしていたことが窺える。内匠寮は調度品の作製などを行なう部署なので、宴席の調度も特別に整えられたことだろう。しかし、十分なもてなしをする時間が与えられず、さぞ残念だったに違いない。「手落ちがあったのかと反省した」(小島憲之ほか校注・訳『萬葉集① 〈新編日本古典文学全集〉』小学館・1994) とする見方もあるが、これは反省や謝罪の歌ではあるまい。佐保川は「千鳥」を詠むのが普通だが、「かはづ」を詠んでいるのは、自分を鄙びた場所として位置づけているのであろう。歌の表現を一応心得たものであるように見える。

内蔵忌寸縄麻呂《くらのいみきなわまろ》 内蔵氏は、東(倭) 漢氏と同族。『新撰姓氏録』(右京諸蕃上) によれば、東 (倭) 漢氏は、四世紀頃に中国系と称して朝鮮半島から渡来した秦氏と並ぶ渡来系氏族である。縄麻呂は、天平十九年 (747) 四月、越中介。正六位下相当の官であった。『万葉集』に短歌が四首見えるが、すべて越中守として在任中の家持との交流の中で作られたものである。天平十九年四月、越中掾の大伴池主の館で催された税帳使守大伴家持の餞宴の折に、「我が背子が　国へましなば　ほととぎす　鳴かむ五月は　さぶしけむかも」(17・三九九六) と詠んでいる。家持のホトトギス好きを承知した上で、五月を「ほととぎす鳴かむ五月」と位置づけている。また、天平感宝元年 (749) 五月、百合の花縵が用意された宴席では、「灯火の　光に見ゆる　さ百合花　ゆりも逢はむと　思ひそめてき」(18・四〇八七) と詠み、天平勝宝二年 (750) 四月、布勢水海を遊覧した時には、多祜の浦で藤の花を見て、「多祜の浦の　底さへにほふ　藤波を　かざして行かむ見ぬ人のため」(19・四二〇〇) とうたい、

越中国守館跡

れる。したがって、大石氏も百済系であろう。また、姓を持つ大石氏の人は「村主」で、それは主に渡来系氏族に与えられたもの。スグリは古代朝鮮語で村長の意とするのが通説。一族には、写経所に勤務した人が多い。蓑麻呂も、天平十八年（746）頃、東大寺の写経生だった（『大日本古文書』廿四)。「生石村主真人」（3・三五五）も同族であろう。『懐風藻』には「大石王」（三七）が登場するが、大石氏に養育された王であろう。『万葉集』中の蓑麻呂の歌は、「石走る　滝もとどろに　鳴く蟬の　声をし聞けば　都し思ほゆ」（15・三六一七）という一首のみ。新羅に向かう途中、安芸国長門嶋（広島県安芸郡の倉橋島）で作られたもので、「蟬」という漢語を詠んだ唯一の歌である。『広辞苑〈第五版〉』（岩波書店・1998）には、セミは漢音の和音化したものとする説がある、という説明が見られる。上代にセミ一般を何と呼んだのかは不明だが、セミ（蟬）はカミ（紙）、ゼニ（銭）、ウメ（梅）などと同様、字音そのままの外来語であると考えられていたのであろう。あたかも、現代人の用いるカタカナ語のようなものだ。一方ヒグラシは、『万葉集』では「日晩」と表記されているが、歌の素材としては、夕方に鳴くものとされる。とは言え、「蟬」の声を聴くと「都」が思い出される、と言うのはなぜか。ヒグラシの用例で、詠まれた場所のわかるものは、遣新羅使歌の三例を含め、いずれも都の外。あるいは、「野」に出ての歌。ヒグラシは野趣であるのに対して、セミは都会的なもの、ということなのであろう。すなわち、その根底には中国文化に対する憧れがある。

***大蔵忌寸麻呂**《おおくらのいみきまろ》　天平八年（736）六月に派遣された遣新羅使の一員で、少判官。翌九年一月に帰国した時には、少判官正六位上とある。大蔵忌寸は、東（倭）漢氏が分裂してできた氏族の一つ。東（倭）漢氏は、四世紀頃に中国系と称して朝鮮半島から渡来した秦氏と並ぶ、渡来系氏族の代表。『古語拾遺』に「大蔵を立てて、蘇我麻智宿禰をして三蔵（斎蔵・内蔵・大蔵）を検校しめ、秦氏をして其の物を出納せしめ、東西の文氏をして、其の簿を勘へ録さしむ。是を以て、漢氏に姓を賜ひて、内蔵・大蔵と為す。今、秦・漢の二氏をして、内蔵・大蔵の主鎰・蔵部と為す縁なり」とする伝承がある。麻呂は、『万葉集』に短歌が一首見える。新羅に向かう途中、対馬の竹敷浦で作られたものである。「竹敷の　宇敝可多山は　紅の　八しほの色に　なりにけるかも」（15・三七〇三）という歌。遣新羅使歌群は、秋に帰京するという約束を意識している点で一貫しているが、この歌も往路の対馬ですでに帰京の時期が過ぎて行こうとしている嘆きをうたったもの。すでに九月も終わろうとしていた。天平勝宝八歳（756）五月、聖武太上天皇の大葬の造方相司となり、天平宝字二（758）十一月丹波守の時、大嘗会の由機国司を務めたことによって、外従五位下から従五位下となる。同四年六月、光明皇后の葬送の養民司となり、同七年一月玄蕃頭となる。天平神護元（765）年十月の紀伊行幸の御後騎兵副将軍。同閏十月、従五位上。天平勝宝年間（749～757）に、東大寺司の判官、次官として、しばしばその名が見える（筒井英俊編『東大寺要録』全国書房・1944）。

対馬・竹敷浦

*__馬史国人__《うまのふひとくにひと》　馬の飼育に関わる伴造系の氏族だが、王仁の孫阿浪古首の後裔とされる。すなわち、百済系渡来氏族ということである。本貫は河内国伎人郷（現在の大阪市平野区喜連及び住吉区喜連北通一帯）だが、河内には渡来系氏族を中心とした騎馬文化が存在したとされている（大林太良「渡来人の家族と親族集団」大林太良編『日本の古代11　ウヂとイエ』中央公論社・1987）。国人の歌は、『万葉集』に一首。天平勝宝八歳（756）二月に太上天皇が河内離宮に行幸した時、三月七日に国人の家で宴会をしたが、その時作られた三首（20・四四五七～四四五九）の中に、大伴家持の歌とともに載せられている。「にほ鳥の　息長川の　絶えぬとも　君に語らむ　言尽きめやも」（20・四四五八）という歌である。「息長川」は、滋賀県坂田郡伊吹町の伊吹山に発する天野川であるとするのが通説。同じ時に、家持は「住吉の浜松が根」を詠み、池主は「堀江」を詠む。国人のみ場違いな景物をうたっている。歌の下に「古新未詳なり」と注せられているが、その場にふさわしくなく唐突だと見られたのであろう。因みに、河内離宮については、『続日本紀』天平勝宝八歳（756）二月条に、「智識寺の南の行宮」と見える。智識寺は、大阪府柏原市太平寺の石神社の境内に東塔の礎石が残っている。また、同市安堂町の安堂遺跡が行宮の跡とする説も有力である。

河内智識寺跡

縁達師《えんだちほうし》　百済系の法師かとされる（土屋文明『萬葉集私注　四〔新訂版〕』筑摩書房・1976）が未詳。「暮に逢ひて　朝面無み　名張野の　萩は散りにき　黄葉早続げ」（8・一五三六）という一首。巻八「秋雑歌」の中では、「大宰諸卿大夫并官人等宴筑前国蘆城駅家歌二首」（8・一五三〇～一五三一）の後、山上憶良の秋の七草の歌（8・一五三七～一五三八）の直前、筑紫歌群の中に載せられているが、そこには神亀五年（728）秋の作と見られる笠金村の伊香山の歌（8・一五三二～一五三三）もある。したがって、天平の初年（729）頃の作という位置づけだが、筑紫歌群の一つではあるまい。「名張野」（三重県名張市）を詠んでいる点も、そうした見方を裏づける。

*__生石村主真人__《おいしのすぐりまひと》　一般に、『続日本紀』の天平勝宝二年（750）一月条に見え、従六位上から外従五位下になった大石村主真人と同人であろうとされる。とすれば、百済系渡来氏族の出身ということになる。「村主」は下級の渡来系氏族に与えられた姓で、古代朝鮮語で村長の意とするのが通説。『万葉集』に短歌一首。「大汝　少彦名の　座しけむ　志都の石室は　幾代経にけむ」（3・三五五）という歌である。土地の由緒を認める類型的な歌だが、真人がなぜ「志都の石室」（一般に、島根県邑智郡瑞穂町岩屋の弥山にある大岩窟かとされる）を詠んだのかは不明である。その配列位置からすれば、神亀五年（728）頃の作。

*__大石蓑麻呂__《おおいしのみのまろ》　天平八年（736）六月に派遣された遣新羅使の一員。『新撰姓氏録』（左京諸蕃下）によれば、大石氏は高丘宿禰と同祖。『同』（河内国諸蕃）には、高丘氏は百済国公族大夫高僕の後裔であるとさ

も交流があったものと見られる。

軍王《いくさのおおきみ》　伝未詳。『万葉集』に長歌一首と短歌一首。舒明天皇が讃岐国安益郡に行幸した時の歌（1・五～六）である。初期万葉の長歌にしては不定型句がほとんど見られず、形式が整っている。そこで、つとにその表現・形式等の新しさが指摘され、その作歌年次について、藤原京の時代あたりまで下るとする説が有力だが、確証はない。左注は『日本書紀』を引用し、「軍王未詳也」としているが、青木和夫「軍王小考」（『上代文学論叢』桜楓社・1968）は、軍王はコンキシと訓み、百済の王子余豊璋とする。吉永登「軍王について」（「国文学（関西大学）」47号・1972）、伊藤博「帰化人の述作」（『萬葉集の歌人と作品　上』塙書房・1975）などもそれを支持している。また、豊璋の子孫の作とする説（稲岡耕二「軍王作歌の論」「国語と国文学」50巻5号・1973）もある。一方、豊璋とする説を逐一検証した上で、そうした見方は成り立たないとする説（生田周史「『軍王』再考」「萬葉」106号・1981）も説得力に富む。『書紀』は百済が滅亡した際の豊璋の動向を克明に描いている。にも関わらず、『万葉集』は「亦軍王未詳也」としているのだ。したがって、少なくとも『万葉集』は豊璋と考えていなかった、ということであろう。また、『万葉集』に見られる「王」は原則的に、二世から五世の皇裔と考えてよい。

＊板持連安麻呂《いたもちのむらじやすまろ》　天平二年（730）一月、大宰帥大伴旅人の邸宅で催された梅花宴に参加した官人の一人。時に壱岐守であった。壱岐は下国で、その守は従六位下相当の官。『続日本紀』天平七年（735）九月条にも、太政官の大史従六位下と見える。それは殺人の訴訟の不受理を理由とした処罰の記事で、安麻呂も上司とともに「坐せらる」とされている。『新撰姓氏録』（河内国諸蕃）には、板持氏は伊吉連と同祖とされ、長安の人劉家楊雍の後裔だと言う。渡来系氏族で、河内国錦部郡板持村（現在の大阪府富田林市西板持）に因むとされるが、『倭名類聚抄』（巻六）に板持という郷名は見えない。もとの姓は史。養老三年（719）五月に、内麻呂らが連を賜った。『万葉集』に短歌が一首。「春なれば　うべも咲きたる　梅の花　君を思ふと　宵も寝なくに」（5・八三一）という歌である。座の雰囲気を壊さないように、協調性を前面に出した歌で、そつがない。

＊宇努首男人《うののおびとおひと》　『新撰姓氏録』（大和国諸蕃）は百済国君の男、彌奈曾富意彌の後裔とする。神亀五年（728）十一月、大宰府の官人たちが香椎廟を奉拝した帰路に、香椎浦で作られた歌々の中に、「豊前守宇努首男人歌一首」が見える。「往還り　常に我が見し　香椎潟　明日より後は　見むよしもなし」（6・九五九）という歌である。類型的な社交的言辞でしかないが、その場にふさわしい歌が詠める程度には作歌に習熟していたということが窺える。もちろん、大伴旅人が大宰帥でなければ、こうした歌が記録されることもなかったに違いあるまい。因みに、豊前国は上国なので、その守は従五位下相当の官である。また、養老四年（720）二月、隼人が大隅国の守を殺して叛乱を起した時、大伴旅人が大将軍として派遣されている。時代の下る史料だが、『政事要略』（巻廿三・年中行事八月下）によれば、当時豊前守であった男人が将軍となり、宇佐八幡に奉請して征討に成功したと言う。また、多くの人を殺傷した償いとして、その後男人は宇佐八幡で放生会を始め、それが石清水八幡の放生会の起源になったとも伝えている。なお、男人が将軍であったということを疑問視する説もある（山田英雄「征隼人軍について」『日本古代史攷』岩波書店・1987）。

麻田連陽春《あさだのむらじやすち》　『新撰姓氏録』（右京諸蕃下）によれば、麻田氏は百済系の渡来氏族である。陽春は、近江朝に百済から亡命して来た答本春初の子かとされる。初め答本を称したが、神亀元年（724）五月、麻田連を賜る。『万葉集』に短歌が四首収録される。天平二年（730）六月、大宰大典の時、大宰帥の大伴旅人が大納言に遷任されて上京する際に、蘆城の駅家で行なわれた餞宴で、二首の歌（4・五六九～五七〇）をなしている。その一首目で「韓人の　衣染むとふ　紫の」と、「韓人」のもたらした染色法を序詞としているが、それは自身の生活環境の中から生まれたものか。二首とも社交辞令的な歌だが、作歌に習熟した人の歌のように見える。同三年（731）三月の『東大寺文書』（巻五）の「大宰府牒案」には、従六位上大宰大典とある。同年六月、相撲使の従者として上京する途次に没した熊凝を悼む歌二首を作っている。「国遠き　道の長手を　おほほしく　今日や過ぎなむ　言問ひもなく」（5・八八四）と、「朝露の　消やすき我が身　他国に　過ぎかてぬかも　親の目を欲り」（5・八八五）という歌である。代作的な形であるばかりでなく、ヤマトウタの常套的表現によって構成されている。これも陽春が作歌に習熟していたことを窺わせる。この熊凝の歌には、筑前守だった山上憶良の和した歌（5・八八六～八九一）も見られ、憶良との交流も知られる。『懐風藻』に五言詩が一首（一〇五）ある。近江守藤原仲麻呂の詩に和したものだが、そこには「外従五位下石見守麻田連陽春。一首。年五十六」とされる。仲麻呂が近江守になったのは、天平十七年（745）九月のこと。陽春の詩は、それ以後の作である可能性が高い。一方、『万葉集』の陽春は天平初年頃の大宰府でのみ、その姿を見ることができる。大宰大典時代は四十歳をやや過ぎていたものと推定できる。

大宰府政庁跡

安宿奈杼麻呂《あすかべのなどまろ》　『続日本紀』天平神護元年（765）正月条には、外従五位下で、百済安宿奈登麻呂と見える。『新撰姓氏録』（右京諸蕃下）は、飛鳥戸氏を百済の比有王、あるいは末多王の末裔と伝える。飛鳥戸氏は諸国に分布するが、河内国安宿郡、すなわち現在の大阪府柏原市南部と羽曳野市東南部がその中心である。奈杼麻呂の歌は『万葉集』中に一首のみ。天平勝宝八歳（756）十一月八日に、讃岐守安宿王等が出雲掾の安宿奈杼麻呂の家で宴会をした時のもので、それは「大王の　命恐み　大の浦を　そがひに見つつ　都に上る」（20・四四七二）という歌である。「大の浦」は未詳だが、任地の意宇郡の浦、すなわち中海のことであるとする説もある。「大王の　命恐み」という定型句を用いて、ただ任地から上京したことだけをうたう歌。宴席での挨拶歌であろうか。また、同じ時に出雲守の山背王の作も伝えている。「うちひさす　都の人に　告げまくは　見し日のごとく　ありと告げこそ」（20・四四七三）という歌で、私が健在であるということを都の人に伝えてほしいという意である。その左注によれば、この歌は朝集使として都に遣わされる奈杼麻呂に、上司の山背王が餞の宴の時に託したものだと言う。山背王は安宿王の弟であった。家持はこの席にいなかったようだが、後日、兵部少輔の大伴家持がその歌に追和している（20・四四七四）。家持と

渡来系人物事典

【 凡 例 】

⑴ この「人物事典」は、梶川信行・崔光準編『マンヨウ ハセヨ！ 韓国語対照万葉集』（日本大学精神文化研究所共同研究報告書、2009）の基礎資料として、『万葉集』に見られる渡来系の作者たちの動向を展望するためのものである。したがって、渡来人あるいは渡来系氏族の出身であると判断される者ばかりでなく、渡来系とする説がある者についても取り上げている。また、その動向を確認することが目的なので、作歌のない者についても取り上げた。

⑵ 渡来人あるいは渡来系氏族の出身であると判断された者については、見出しに＊を付した。一方、＊のないものはそうとは断定できない者、あるいは筆者が渡来系ではないと判断した者である。

⑶ できるだけ出典を明記したが、経歴等で特に出典を示さない事実に関しては、『日本書紀』あるいは『続日本紀』に基づく。

⑷ 配列は現代仮名遣いの五十音順による。

しかし、今日もっとも話したかったのは、そういうことではない。それは、人間は誰しも自尊心という厄介なものを抱えているので、ともすれば、自己の価値観や常識に当てはめて世界を理解し、わかったような気になってしまう傾向がある、ということである。また、そうした人間の心が、自己の中に自らが納得しやすい「異文化」を創り出してしまうこともある、ということにほかならない。そして、『万葉集』の「新羅」はまさに、色眼鏡をかけた人たちの心が創り出した世界である、ということを言いたかったのだ。

だからこそ『万葉集』から窺うことのできるヤマトウタの世界は、必ずしも事実そのままではなく、編者の価値観と歴史認識に基づいて伝えられているものに過ぎないということをも確認しておくべきであろう。したがって、『万葉集』を読むためには、そうした「内なる異文化への眼差し」を持つ必要がある。これは自戒を含む発言である。

優位とする世界観の反映であろう。

坂上郎女の歌はまさに、そうした佐保に居を構える旧家の大刀自としての誇りに支えられていたと見ることができる。郎女は理願から、新羅がどういう国であるかを聞いていたに違いない。当然理願は、自国の文化の高さを、自己の矜持とともに伝えたことだろう。しかし郎女は、とりたてて「新羅」をうたうことはなかった。郎女は自己の価値観を前提として、心の中に「新羅」を創り、それをうたうべきものと考えなかったのであろう。

7

七、八世紀における日本と新羅は険悪な時期もあったが、『万葉集』は新羅の人たちやその文化について、否定的なことをうたっているわけではない。むしろ、『万葉集』の「新羅」は具体的な映像を持たない、と言った方がよい。

とりわけ遣新羅使人たちは、実際に新羅を訪れたにも関わらず、まったくそこでの経験をうたっていない。その地名や景観をうたうこともなかった。同様に、遣唐使の一員として唐に渡った山上憶良も、唐の地名や景観をうたっていない。その点からしても、ヤマトウタは日本の国土の中で詠むべきものだと考えられていたのであろう。

一方、坂上郎女を典型として、平城京の人たちは、実際に新羅を見たことがないにも関わらず、新羅とはこういう国だというイメージを持っていた。おそらく彼らは、東を優位とする王権の論理を基本として、自分の心の中に、自身が納得しやすく、しかも、自尊心を満足させることのできる異文化としての「新羅」を創り出していたのだと考えられる。換言すれば、自己の文化がもっとも優れているという根拠のない自尊心に基づいて、違う文化を自分の価値の体系の中に位置づけることによって安心していたのだと言ってもよい。冒頭に述べた学生たちと同じである。

今日、「内なる異文化への眼差し」という副題を掲げたのは、一つには、海外ばかりが異文化の世界ではなく、実は、自分の国の中にも、時代や世代、地域などの違いを前提とした異文化がある、ということを言いたかったからである。とりわけ『万葉集』は、私たち日本人の心の故郷という甘美な幻想として読むものべきではなく、異文化の世界として、一旦突き放した上で理解しなれぱならない。

当時の日本という国家は西向きだったが、「西」に向かう使人たちの歌々は、東向きであったと言ってもよい。

そもそもヤマトウタは、個人の心情をうたうものであって、国家の意志や公的な使命をうたうようなものではなかった、ということであろう。とりわけ短歌は、恋を中心とした個人の心情をうたうものにほかならなかった。

6

そうした中で、『万葉集』は「新羅」をどううたっているのか。大伴坂上郎女に「新羅」をうたった歌がある。大伴家の本家は佐保大納言家と呼ばれていたが、そこには新羅から渡来した理願という尼が、数十年にわたって住んでいた。天平七年、その尼が没した時、坂上郎女が作った長歌である。

そこには、「天皇の敷きます国」（日本）と「新羅」との関係が明確に示されている。ここは、「新羅」の人々の「人言」（噂）にも、「吉し」と言われる国であって、だからこそ理願は、「問ひ放くる親族兄弟」のない国であるにも関わらず、「渡り来」たのだと言う。しかも、深い宿縁に導かれて「佐保の山辺」（佐保大納言家）に「哭く児なす慕ひ来」たとさえうたっている。そうした中で、「新羅」に関する叙述は「人言を　吉しと聞かして」しかない。つまりここでは、「天皇の敷きます国」の優越性が前提とされているのだ。

もう一つ注意しておくべきことは、「佐保の山辺」に来て、「家をも造り（中略）年の緒長く　住まひつつ」いた理願が、「佐保川を　朝川渡り（中略）あしひきの　山辺を指して　晩闇と　隠りましぬれ」とうたわれている点である。『万葉集』では、人は死んで山中に行くとうたうのが普通だが、ここでは、今生の地は「佐保の山辺」であり、他界に赴く時は「佐保川」を渡って行くとされている。生と死を「佐保」の内と外とで区別しているのだ。坂上郎女は自尊心の強い女性だったと思われるが、ことほどさように、「佐保」を中心に世界を見ている人だったと考えてよい。

当時、佐保には貴族の邸宅が軒を連ねていたが、その一帯がなぜそうなったのかと言えば、二つの理由が考えられる。第一に、律令制の下では、左大臣と右大臣のように、左が右よりも上位であったということ。平城宮で南面する天皇から見て、佐保は左側になる。第二に、平城宮の東側であるということ。それは東を

武庫の浦の　入江の渚鳥　羽ぐくもる　君を離れて　恋に死ぬべし

この歌は難波津を出航する前に、難波宮の一画で催された別れの宴席で披露されたものであろうが、なぜそこで、難波宮からは遠い「武庫の浦の入江」がうたわれているのか。それはかつて兵庫県西宮市に存在した入江だが、その奥には広田神社が鎮座していた。そこには現在も、天疎向津媛命のほか、住吉三神と八幡神が祀られている。

『書紀』では、天疎向津媛命は天照大神の荒魂とされるが、それは神功皇后に関わる次のような伝承である。夫の仲哀天皇は、新羅征討を促す神の教えに従わずに死んでしまう。そこで皇后は、吉日を選んで斎宮に入り、自ら神主となって祈り続ける。すると「神風の伊勢国の百伝ふ度逢県の拆鈴五十鈴宮に所居す神、名は撞賢木厳之御魂天疎向津媛命」と名乗って現れたのが、天疎向津媛命だったと言う。『書紀』ばかりでなく、『住吉大社神代記』などでも、神功皇后は戦わずして新羅を服属させたと伝えているが、その新羅征討を支えた神の筆頭が、天疎向津媛命だったのである。

神格はその名に表されているが、「天疎（あまさかる）」は、遠く離れた、の意。自分たちを神の側にある者と見て、その「天」から離れる、という意味だ。「向津」は向こう側の港。したがって、天疎向津媛命とは、遠く離れた向こう側の港の女神という名である。向こう側とは、当然奈良から見ての向こう側。この場合は、その玄関口であった難波津から見て向こう側ということになる。その名はまさに、西宮市にかつてあった入江を指している。すなわち天疎向津媛命とは、その入江の女神にほかならない。

そこの「渚鳥」が「羽ぐくもる」と言えば、その神の加護が暗示されることになる。これから新羅に向かう一行にとって、新羅征討を支えた神の加護は、何にも増して心強いものだったに違いない。一見、別れを悲しむ妻の歌であると見せて、実は、遣新羅使にもっともふさわしい神の加護を暗示する非常にめでたい歌であった。遣新羅使歌群の冒頭に、「武庫の浦の入江」がうたわれた理由は、ここにあったと考えられる。

遣新羅使歌群はこの歌から始まり、瀬戸内海を西に進みつつ、歌が詠み継がれて行く。しかし、新羅に着いてからの歌はない。また、その内容を見ても、国家の使命を帯びた使人たちの歌であるにも関わらず、家郷思慕の歌が中心である。

それは伊勢神宮の存在とも関わる。記紀では天皇は天照大神の子孫とされるが、天武朝以後、伊勢神宮は皇祖神天照を祀る社として、特別な地位が与えられるようになった。そうしたこともあって、太陽の昇る東が聖なる方向として、より重要視されるようになったのだ。

ところが、平城京は南を正面として設計されている。天皇はその北辺に設置された平城宮にあって南面する形である。それは当時の世界標準に基づいて造られたものだが、古来天皇は「背に日神の威を負ひ」(『書紀』)て立つ「大王」として、西向きに君臨する存在だったと考えられる。現在、元号と西暦を併用しているように、当時の日本は、南北の宇宙軸と東西の宇宙軸を、矛盾なく併用していたのであろう。

平城京は「四禽」が図に叶った形の理想的な都だとされている。「四禽」は高松塚やキトラ古墳の壁画に見え、公州の武寧王陵にも描かれているが、南が赤で、北が黒という形である。「四禽」の色は五行説に基づいているが、『書紀』には、東が赤で西が黒だという例がある。奈良盆地の東西に位置する墨坂神社と大坂山口神社である。

アカはアカルイという語と同根であるのに対して、クロはクライという語と同根であるとするのが通説。つまり、陽の昇る方向である東に対して、陽の沈む方向が西。天照と月読のように、明るい昼と暗い夜という一対の関係であって、それは東の優位性を意味している。それは五行説という外来の思想によるものではなく、固有の世界観に基づくものであろう。

したがって、日本の古代を考えようとする時に、北が上になっている地図をそのまま用いることは適当ではない。むしろ、東を上にして見た方が、奈良盆地を拠点としていた王権の世界認識がよくわかる。

5

『書紀』は、新羅のことを一貫して「西・西蕃」と表記している。服属させるべき国と位置づけているのだ。当時の日本なりの中華思想である。もちろん『万葉集』にも、そうした意識が反映されている。

巻十五には、天平八年に派遣された遣新羅使等の歌一四五首が収録されているが、その冒頭に次のような歌が載せられている。

が、これも北が上になっている。しかし、八世紀においても北を上にするのが常識だったというわけではあるまい。

そこには、碁盤の目のような田んぼのまわりに、山々が描かれている。現代の地図は等高線で高さを表すが、田んぼに立つ人の視線で山の姿が描かれているのだ。その地図を机の上に広げると、東西南北どちらを上にして見ても、向こう側の山は、確かに山の形に見える。等高線が空からの視線、すなわち神の目によって描かれているのに対して、それはあくまでも地上で生活する人間の眼差しで描かれているのだ。

この地図が北を上にして描かれているのは、平城京から越前を見ているからであろう。越前に行く場合、平城京の北側の奈良山を越えて一路北に向かったが、地図を広げた時、手前が奈良で向こうが越前になる。カーナビが常に、進行方向が上になるのと同じ。地図を見ている人が北を向いているので、北が上になっているのだと考えられる。それは地図上の約束事としての東西南北ではなく、身体感覚を前提とした東西南北であろう。

また、私たちは地図上で距離を測る時、垂直方向から、二つの地点の距離を間隔の広さとして把握する。すなわち、宇宙からの眼差しだが、この地図を見ていると、古代の人たちは、自分が移動する場合の距離を水平方向の奥行きとして把握していたということを窺うこともできる。比較的近い所ならば「あの山の向こう」とか、「その川を少し遡った所」とかいうように、距離も身体感覚で把握していたのだと考えられる。

4

八世紀の日本にとって、新羅はどちらの方角だったのか。奈良と釜山の緯度はほとんど同じだが、新羅の都の慶州も、奈良のほぼ西にあたっている。

平城京の三条大路を西に進むと、生駒山を越えて難波宮に行き着く。聖武朝の難波宮は陪都とも言うべき存在で、国際的な玄関口としての難波津と一体の関係にあった。遣唐使や遣新羅使は難波津から出航したが、平城京が現在の東京ならば、難波津は成田空港に相当する。船は瀬戸内海を西に進むので、身体感覚的な方位でも、新羅は西だが、それ以上に、国家の理念として、新羅は西でなければならない理由があった。

地上の水には酸素が少ないが、雨は空から落ちて来る間に多量の酸素を吸収する。その酸素が作物の成長に力を与えるのだと言う。アメとミヅとでは、作物を育てる力に大きな違いがあるということを、自然科学的に説明できるのだ。

実は、アメと発音する和語は雨だけではない。天もまたアメだが、天と雨が同じ音で表されることも、酸素の量の違いで説明できる。天は、天上に存在する神々の世界を意味する。そこは人間の世界とは違って、多くの不思議を可能にする。アメが地上の人間の世界にあるミヅとは異なり、作物の生育に大きな力を持つのも、それが神々の世界からもたらされたものだったからである。古代の人たちは、そうした雨の力を経験的に知っていたのだ。だからこそ、それをアメと呼んだのであろう。つまり、古代の人たちは、雨という自然現象の背後に神々の世界の存在を感じ取っていたことになる。したがって、アメという語の意味は、「雨」や「天」という漢字（中国語）の意味の枠組みでではなく、アメという音（和語）で考えなければならない。すなわち、それは神々の世界に属するもの、それゆえに不可思議な力を持つものを、総体として表す語であったと考えられる。

『日本書紀』には、「天の磐船」という空飛ぶ船に乗ってやって来た神の話がある。ここでも「天」は不思議を体現するものに冠されているが、飛行機はまさに神の乗り物だ。つまり、神々の領域に近づいてしまった現代の私たちが、古代の人々の心情を理解することは、とても困難なことだと考えなければならない。

八世紀の律令では、太政官の上に神祇官が置かれていた。政治はまさにマツリゴトだった。『万葉集』は、自然の中に神々の存在を実感できる人たちの歌々によって形成されている。したがって、辞書を引いて、一首を現代語訳したからと言って、その歌の持つ意味が理解できたと思うのは、幻想に過ぎない。一首の本当の意味がわかるためには、彼らと同じ眼差しで世界を見ることが必要である。

3

地図は通常、北が上になっているが、それはグリニッジを経度の基準にしているからである。北半球を中心に考え、自分たちの国を世界の中心に据えたのだ。日本の世界地図でも、日本が中心に位置しているように、人間はいつも自分が世界の中心である。

正倉院に、越前国にあった東大寺の荘園の地図がある。天平神護年間のものだ

万葉集と新羅
——内なる異文化への眼差し——
《要約》

1

韓国で生活していると、しばしば文化の違いを感じることがある。たとえば、韓国のバスは非常に速い。日本ではバスはノロノロ走るものだが、韓国ではバスがトラックを抜いて行く。それを見た時は、本当に驚いた。日本と韓国とでは常識が違うのだ、ということを実感したことの一つである。

一方、内なる異文化はごく身近にある。たとえば、私の息子は大学生の頃、夜型の生活をしていた。私は早寝早起きが基本なので、一つの家の中で息子とは四時間ほどの時差があった。パキスタンの首都イスラマバードと同じ時差である。ずいぶん遠い所に住んでいるものだと感じた。

私たち男性にとってみると、女性も異文化である。女性はどうしてあんなに記憶力がいいのか。細かいことまで、本当によく覚えている。私は、男とは本質的に忘れる動物であるのに対して、女性は記憶する動物だと思っているが、それで行動様式や価値観などの点で、異なる文化を持っているのではないか。

常々学生たちに、「古典を読む時には、簡単にわかったと思うな」と言っている。多くの場合、「わかった」という気がしているだけであって、単に自分の常識に当てはめ、自分の価値の体系の中に位置づけたことで、安心しているに過ぎない。学問の世界では、何がわからないのかを明確に自覚することこそがすべての出発点なのに、学生たちはすぐに答えを求め、わかった気になろうとする。しかし、親子でさえ日本とパキスタンに匹敵する距離があるのに、古典の世界がそう簡単に理解できるわけがない。

2

同じ H_2O なのに、川を流れているものや池にあるものはミヅと呼び、空から降って来るものはアメと呼んで区別している。また、熱いものにはユという別の名もあるが、それはいったいなぜなのか。

*23 斎宮《さいくう》(사이쿠): 옛날 伊勢(이세) 신궁에서 봉사한 미혼의 황녀, 또는 그 거처.

*24 신불절충사상: 일본의 전통적 종교인 신교와 불교를 절충한 사상.

*25 平家物語《へいけものがたり》(헤이케모노가타리): 平家일문의 성쇠를 엮은 鎌倉시대의 군담.

*26 枕詞《まくらことば》(마쿠라코토바): 옛날 和歌(와카: 일본식 시조) 등에 쓰인 수사법의 하나. 특정한 어떤 말 앞에 붙여 어조를 고르는 일정한 수식어. 5음절로 된 것이 많다.

*27 현재 広島《ひろしま》(히로시마) 현 福山《ふくやま》(후쿠야마) 시.

*28 현재 山口《やまぐち》(야마구치) 현 岩国《いわくに》(이와쿠니) 시.

*29 현재 福岡《ふくおか》(후쿠오카) 시 中央《ちゅうおう》(츄오) 구.

*30 현재 福岡《ふくおか》시 西《にし》(니시) 구.

*31 현재 長崎《ながさき》(나가사키) 현 壱岐《いき》(이키) 시.

*32 현재 長崎《ながさき》현 対馬《つしま》(쓰시마) 시.

*33 短歌《たんか》(단카): 단가. 和歌(와카)의 한 형식. 5/7/5/7/7의 5구 31음을 기준으로 함.

*34 佐保大納言《さほだいなごん》(사호노다이나곤): 大納言은 직책명. 따라서 佐保의 大納言이라는 의미.

*35 長歌《ちょうか》(쵸카): 장가. 和歌(와카)의 한 형식. 5/7구를 세 번 이상 반복하고 끝을 7음으로 맺음.

*36 反歌《はんか》(한카): 長歌《ちょうか》(쵸카) 뒤에 곁들인 短歌《たんか》(단카). 長歌《ちょうか》(쵸카)의 뜻을 반복, 보충, 또는 요약하는 것.

*37 大刀自《おおとじ》(오토지): 궁중에서 일하는 여성.

마지막으로 이 이야기는 저 자신이 안이해지는 것을 경계하기 위한 것이라는 사실을 덧붙여 두고 싶습니다. 들어주셔서 감사합니다.

*1 夏目漱石《なつめそうせき》(나쓰메소세키): 근대 일본의 영문학자 겸 소설가.

*2 森鷗外《もりおうがい》(모리오가이): 근대 일본의 군의관 겸 작가.

*3 奈良《なら》(나라): 일본 奈良현 북부, 奈良분지 북동부에 있는 시. 옛 奈良시대 (710~784) 에 平城京가 있던 곳.

*4 天照大神《あまてらすおおみかみ》(아마테라스오미카미): 일본 황실의 조상신이자 해의 신. 여신.

*5 高天原《たかまのはら》(다카마노하라): 일본 신화에서 하늘의 신들이 살았다는 천상의 나라.

*6 日本書紀《にほんしょき》(니혼쇼키): 720 년 경 지어진 일본의 역사서

*7 太政官《だじょうかん》(다죠칸): 율령제 중 국정을 총괄하는 최고기관.

*8 神祇官《じんぎかん》(신기관): 간성의 거사숫 광상하숫 관전.

*9 万葉集《まんようしゅう》(만요슈): 일본에서 현존하는 가장 오래된 가집.

*10 正倉院《しょうそういん》(쇼소인) : 奈良의 東大寺 대불전 북서에 있는 목조 창고. 역사적으로 귀중한 유물들이 많이 수납되어 있다.

*11 東大寺《とうだいじ》(도다이지): 奈良시에 있는 화엄종 총본산.

*12 荘園《しょうえん》(쇼엔): 귀족, 사원이나 신사 등의 사적인 영유지.

*13 越前《えちぜん》(에치젠) 국 : 옛 지명. 지금의 福井 (후쿠이) 현 동부.

*14 福井《ふくい》(후쿠이) 현 : 일본의 중부지방 서부에 있는 현.

*15 平城京《へいじょうきょう》(헤죠쿄): 710 ~ 784 년까지 奈良의 수도였던 곳.

*16 難波宮《なにわのみや》(나니와노미야): 고대 오사카 중앙구 일대에 있던 황거의 총칭.

*17 聖武《しょうむ》(쇼무) 천황 : 701~756. 제 45 대 천황.

*18 陪都《ばいと》(바이토): 중국에서 국가 수도 이외에 별도로 만든 수도.

*19 遣唐使《けんとうし》(겐토시): 630 년경부터 894 년까지 중국 당나라에 파견된 공식 사절단.

*20 遣新羅使《けんしらぎし》(겐시라기시): 6 세기말에서 8 세기말까지 신라에 파견된 공식 사절단.

*21 記紀《きき》(기키):『古事記』『日本書紀』를 가리키는 표현.

*22 序詞《じょことば》(죠코토바): 和歌《わか》(와카 : 일본식 시가) 등에서 어떤 어구를 이끌어 내기 위한 허두 (虛頭) 로서 두 구 (句) 이상으로 된 수식어.

쪽을 우위로 하는 왕권의 논리를 기본으로 자신의 마음 속에 자신들이 납득하기 쉬운, 자존심을 만족시킬 수 있는 문화로써의 '신라'를 만들어 낸 것이라고 생각됩니다. 바꾸어 말하자면 자신들의 문화가 더 뛰어나다고 하는 근거 없는 자존심에 의거해 자신들과는 다른 문화를 자신들의 가치 체계 안에 두고서 안심하고 있었다 해도 좋겠지요. 이들의 모습은 처음에 서술했던 학생들의 모습과 겹쳐집니다만 과연 학생들만 그런 것일까요?

오늘 '내면에 있는 다른 문화로의 시선'이라는 테마를 꺼낸 것은 하나, 외국문화만이 다른 문화가 아니라, 실은 자신의 나라 안에서도 시대와 세대, 지역 등의 차이를 전제로 한 다른 문화가 존재한다는 사실을 이야기하고 싶었기 때문입니다. 특히 『万葉集(만요슈)』는 우리들 일본인의 마음의 고향이라는 감미로운 환상으로써 읽어야 할 것이 아니라, 다른 문화의 세계로써 일단 거리를 두고서 이해하지 않으면 안됩니다. 그러나, 오늘 더욱더 이야기하고 싶었던 것은 좀 다른 곳에 있었습니다. 그것은 인간은 누구나 자존심이라는 성가신 것을 안고 있기 때문에 자칫하면 자신의 가치관과 상식에 맞춰 넣어서 세계를 이해하고 다 안 듯 느껴버리는 경향이 있다는 사실. 또 그러한 인간의 마음이 자신 안에 스스로가 납득하기 쉬운 이문화를 만들어 내어버리는 일도 있다는 사실. 그리고 『万葉集(만요슈)』의 '신라'는 정말로 색안경을 낀 사람들의 마음이 만들어 낸 세계라는 사실을 말하고 싶었던 것입니다.

다시 한번 말하자면, 그 때문에 『万葉集(만요슈)』에서 짐작할 수 있는 ヤマトウタ(야마토우타)의 세계는 반드시 사실 그대로가 아닌, 편자의 가치관과 역사인식에 근거해 전해지고 있는 것에 지나지 않다는 사실. 따라서 『万葉集(만요슈)』를 읽기 위해서는 그러한 '내면에 있는 다른 문화로의 시선'을 가질 필요가 있다는 사실을 이야기하고 싶었던 것입니다.

번째로는 平城宮(헤죠미야)의 동쪽이라는 사실. 그것은 동쪽을 우위로 두는 세계관의 반영이라고 생각할 수 있습니다.

坂上郎女(사카노우에노이라쓰메)의 노래는 확실히 그 佐保(사호)에 기반을 둔 유서있는 집안의 大刀自《おおとじ》(오토지)[*37] 로서의 긍지를 나타내고 있다고 볼 수 있습니다. 坂上郎女(사카노우에노이라쓰메)는 理願(리간)으로부터 신라가 어떤 나라인지 들었을 것입니다. 당연히 理願(리간)은 자국의 뛰어난 문화를 자신의 긍지와 함께 전했겠지요. 그러나 郎女(이라쓰메)는 자신의 가치관을 전제로 마음 속에 자신만의'신라'를 만들어 내어, 그것을 노래한 것입니다.

7

잘 알려진 바와 같이 7,8세기에 있어서 일본과 신라의 관계는 상당히 험악한 시기도 있었습니다. 그렇다고 해서 『万葉集(만요슈)』는 신라 사람들과 그 문화에 관해 부정적으로 노래하고 있는 것은 아닙니다. 『万葉集(만요슈)』의 '신라'는 구체적인 영상을 가지고 있지 않습니다.

특히 遣新羅使(겐시라기시)들은 실제로 신라를 방문했음에도 불구하고, 신라에서의 경험을 전혀 노래하고 있지 않습니다. 그 지명과 경관을 노래한 것도 없었습니다. 그와 같이 遣唐使(겐토시)로써 당나라로 건너간 山上憶良《やまのうえのおくら》(야마노우에노오쿠라)도 당나라의 지명이나 경관을 노래하고 있지 않습니다. 그 점으로 보아도 일본의 고대인들은 ヤマトウタ(야마토우타)는 「皇神のいつくしき国(대대에 이르는 천황의 신들로 존엄한 나라)」(『万葉集(만요슈)』巻5・894) 인 일본의 국토 안에서 불러야 된다고 생각하고 있었다 여겨집니다.

한편 坂上郎女(사카노우에노이라쓰메)를 전형으로 平城京(헤죠쿄)의 사람들은 실제로 신라를 본 적이 없었음에도 불구하고, 신라는 이런 나라라고 하는 이미지를 가지고 있었습니다. 필시 그들은 동

保の山辺(사호의 산 언저리)」（佐保大納言家）에「哭く児なす慕ひ来(우는 아이가 (부모를) 사모하듯 오시어)」라고 까지 노래하고 있습니다. 그러한 가운데 신라에 관한 서술은 「人言を吉しと聞かして((일본은) 좋은 나라라는 사람들의 입 소문을 들으시고)」밖에 없습니다. 즉, 여기서는 천황을 중심으로 한 일본이라는 국가의 우월성을 노래하고 있다고 보아도 좋겠지요. 또 하나 주의해야 할 것은 「佐保の山辺」에 와서「家をも造り(집까지 지으시고)（중간생략）年の緒長く　住まひつつ(긴 세월을 살고)」있었던 理願(리간)이「佐保川を　朝川渡り(佐保(사호)의 강을 건너시어)（중간생략）あしひきの　山辺を指して　晩闇と　隠りましぬれ(산 언저리를 향해 땅거미가 지듯 숨어버리셨네)」라고 노래되어지고 있는 점입니다. 『万葉集(만요슈)』에서는 사람은 죽어서 산으로 간다고 일반적으로 노래되어지고 있습니다. 이른바 산중타계입니다만, 여기서는 이번 생의 땅은 「佐保の山辺(사호의 산 언저리)」이고, 타계(다른 세상)으로 향해갈 때는 「佐保川(사호의 강)」을 건너서 간다고 노래하고 있습니다. 생과 사를 「佐保(사호)」의 안과 밖으로 구별하고 있는 것입니다. 坂上郎女(사카노우에노이라쓰메)는 자존심이 강한 여성이었다고 여겨집니다만, 그만큼 「佐保(사호)」를 중심으로 세계를 보고 있던 사람이었다고 생각해도 좋겠지요.

佐保(사호)는 현재의 奈良(나라)시法蓮町《ほうれんちょう》(호렌쵸) 일대입니다. 平城宮(헤죠미야)의 동쪽, 一条大路《いちじょうおおじ》(이치죠오지)의 근처입니다. 당시 佐保(사호)에는 상류 귀족들의 저택이 처마를 나란히 하고 있었습니다만, 그 일대가 왜 고급주택가가 되었는가 이유를 말하자면 두 가지를 생각할 수 있습니다.

하나는 율령체제 하에서는 예를 들면 좌대신과 우대신처럼 왼쪽이 오른쪽보다도 상위에 있었다는 사실. 平城宮(헤죠미야)에서 남쪽으로 직면한 천황으로부터 보아 佐保(사호)는 왼쪽이 됩니다. 두

りましぬれ　言はむすべ　せむすべ知らに　徘徊り　ただ独りして　しろたへの　衣袖干さず　嘆きつつ　吾が泣く涙　有間山　雲居棚引き雨に降りきや　　　　　　　　　　　　　　（巻３・４６０）

大平 7년 , 乙亥 (기노토노이)에 大伴坂上郎女 (오토모노사카노우에노이라쓰메)가 비구니인 理願《りがん》 (리강)의 죽음을 비탄해 하며 지은 한 수 . 또 단가 ?

멀고 먼 신라에서 (일본은) 좋은 나라라는 사람들의 입 소문을 들으시고 , 안부를 건네 묻는 친족도 연고자도 없는 이 나라로 건너오시어 , 천황께서 다스리시는 우리 나라에는 수도에 다른 마을과 집들도 가득 있는데 , 어찌하여 , 무슨 생각을 하시었는지 , 아무런 연고도 없는 여기 佐保 (사호)의 산 언저리로 , 우는 아이가 (부모를) 사모하듯 오시어 집까지 지으시고 긴 세월을 살고 계셨는데 , 산 자는 반드시 죽는다는 운명에서 벗어나시지 못하시어 의지하고 있던 사람들이 모두 여행을 떠나 아무도 없는 때에 이른 아침에 佐保 (사호)의 강을 건너시어 春日野 (가스가노)을 뒤로 보시면서 산 언저리를 향해 땅거미가 지 듯 숨어버리셨네 . 그래서 무엇을 어떻게 말하면 좋을지, 무엇을 어떻게 해야 좋을지 알 수 없어 허둥지둥 왔다 갔다, 혼자서 흰 상복의 소매가 마를 새도 없이 계속해서 통곡하며 내가 흘리는 눈물 , 이 눈물은 당신이 계신 有間 (아리마)산에 구름이 되어 길게 깔리고 비가 되어 내리는 것일까요 .

라고 하는 長歌(쵸카) (反歌《はんか》(한카)*36 한 수는 생략)입니다.

이 노래 안에는 동쪽(天皇の敷きます国: 천황께서 다스리시는 나라, 즉 일본)와 서쪽(신라)와의 관계가 명확하게 드러나 있습니다. 「天皇の敷きます国」(일본)은, 신라 사람들의「人言《ひとごと》」（소문）으로도「吉し(좋다)」고 말해지는 나라였고, 그 때문에 理願(리간)은 「問ひ放くる親族兄弟(안부를 건네 묻는 친족도 연고자)」도 없는 나라임에도 불구하고「渡り来(건너 온)」것이라 하고 있습니다. 게다가 깊은 전생의 인연에 이끌려「佐

절단들의 노래임에도 불구하고, '뒤돌아보고 있다'고 평가되고 있듯이, 집과 고향을 그리워하는 노래가 중심이 되고 있습니다. 당시의 일본이라는 국가는 서쪽을 향하고 있었으므로 '서쪽'을 향하고 있던 이들의 노래들은 동쪽을 향하고 있었다 해도 좋겠지요.

원래 ヤマトウタ(야마토우타)는 개인의 심정을 노래한 것으로, 국가적 의지와 공적인 사명을 노래하는 것은 아니었다고 여겨집니다. 특히 短歌《たんか》(단카)[*33] 는 사랑을 중심으로 한 개인의 심정을 노래한 것입니다.

6

그럼 『万葉集(만요슈)』는 '신라'를 어떻게 노래하고 있을까요. 아주 적은 예 밖에 없습니다만, 天平期（덴표키729～749년）을 대표하는 여류가인, 大伴坂上郎女《おおとものさかのうえのいらつめ》(오토모노사카노우에노이라쓰메)가 '신라'를 노래한 것이 있습니다.

大伴(오토모)가문의 본가는 佐保大納言《さほのだいなごん》(사호노다이나곤)[*34] 가라고 불리고 있었습니다만, 거기에는 신라에서 건너온 理願《りがん》(리간)이라는 비구니가 수 십 년간 살고 있었습니다. 天平7年（덴표7년: 735년）그 비구니가 죽었을 때, 大伴坂上郎女(오토모노사카노우에노이라쓰메)가 長歌《ちょうか》(쵸카)[*35] 를 지었습니다.

七年乙亥大伴坂上郎女悲傷尼理願死去作歌一首并短歌

たくづのの　新羅の国ゆ　人言を　吉しと聞かして　問ひ放くる親族兄弟　なき国に　渡り来まして　天皇の　敷きます国に　うちひさす　京しみみに　里家は　さはにあれども　いかさまに　思ひけめかも　つれもなき　佐保の山辺に　哭く児なす　慕ひ来まして　しきたへの　家をも造り　あらたまの　年の緒長く　住まひつつ　いまししものを　生ける者　死ぬと云ふことに　免れぬ　ものにしあれば　頼めりし　人のことごと　くさまくら　客なる間に　佐保川を　朝川渡り　春日野を　背向に見つつ　あしひきの　山辺を指して　晩闇と　隠

이 경우에는 그 입구였던 難波津(나니와쓰)에서 본 건너편이라는 것이 됩니다. 그다지 신용할 수는 없습니다만, 神戸《こうべ》(고베)의 六甲《ろっこう》(롯코)산은 원래 「むこうの山(무코노야마: 건너편 산)」이었던 것이, 음독이 되어 '六甲(ロッコウ:rokkou)'가 되었다는 설도 있습니다. 결국 그 이름은 틀림없이 현재의 西宮(니시노미야)시에 일찍이 있었던 入り江(이리에: 후미)를 가리키고 있습니다. 즉, 天疎向津媛命(아마사카루무카쓰히메노미코토)라는 것은 그 入り江(이리에: 후미)의 여신이었던 것입니다.

遣新羅使(겐시라기시) 가군의 첫 머리에「武庫の浦の入り江(무코노우라노이리에)」가 불리워진 이유는 여기에 있었다고 생각되어집니다. 「武庫の浦の入り江(무코노우라노이리에)」는 天疎向津媛命(아마사카루무카쓰히메노미코토) 그 자체이며, 거기에 「渚鳥(스도리)」가「羽ぐくもる(하구쿠모루)」라고 하면, 天疎向津媛命(아마사카루무카쓰히메노미코토)의 가호가 암시되는 것이 됩니다. 이것으로 신라로 향하는 일행에게 있어 신라 정벌을 지지하는 神功(진구)황후의 신의 가호는, 더한층 든든한 것이었음에 틀림없습니다. 한편, 이별을 슬퍼하는 아내의 노래로 보이지만, 실은 遣新羅使(겐시라기시)에 더욱 어울리는 신의 가호를 암시하는 매우 경사스러운 노래였다는 것입니다.遣新羅使(겐시라기시) 가군은 이 노래로 시작하여 瀬戸内海(세토나이카이:해협이름)를 서쪽으로 계속 전진해 나아가며 노래들이 계속 이어지게 됩니다. 備後国《びんごのくに》(빈고노쿠니)의 長井浦《ながいのうら》(나가이노우라)[*27] 、周防国《すおうのくに》(스오노쿠니)의 麻里布浦《まりふのうら》(마리후노우라)[*28] 、筑紫館《つくしのむろつみ》(쓰쿠시노무로쓰미)[*29] 、筑前国《ちくぜんのくに》(치쿠젠노쿠니)의 韓亭《からとまり》(가라토마리)[*30] 、壱岐嶋《いきのしま》(이키노시마)[*31] 、対馬嶋《つしまのしま》浅茅浦《あさじのうら》(쓰시마노시마아사지노우라)[*32] 등에 정박할 때마다 연회가 열리고 노래가 지어지고 있었습니다. 그러나 신라에 도착한 후 지어진 노래는 한 수도 없습니다.

또 그 노래의 내용을 보아도, 일찍이 국가적인 사명을 띤 외교 사

県の拆鈴五十鈴宮に所居す神、名は撞賢木厳之御魂天疎向津媛命」と。

7일 낮 , 7일 밤이 지나 “伊勢 (이세)국 度逢《わたらい》 (와타라이)현 (옛 지명) 五十鈴 (이스즈)궁에 있는 , 이름은 撞賢木厳之御魂天疎向津媛命《つきさかきいつのみたまあまさかるむかつひめのみこと》 (쓰키사카키이쓰노미타마아마사카루무카쓰히메노미코토)”

라고 말씀하시며 나타나신 분이 天疎向津媛命(아마사카루무카쓰히메노미코토)였다고 합니다. 『日本書紀(니혼쇼키)』뿐만 아니라, 『住吉大社神代記《すみよしたいしゃじんだいき》(스미요시타이샤진다이키)』등에서도 神功(진구) 황후는 전쟁을 치르지 않고 신라를 복속시켰다고 전해지고 있습니다만, 그 신라 정벌을 받쳐준 신들 중 첫째로 꼽히는 신이 天疎向津媛命(아마사카루무카쓰히메노미코토)였던 것입니다.

그와 더불어 住吉三神《すみよしさんしん》(스미요시신)도 天疎向津媛命(아마사카루무카쓰히메노미코토)가 나타난 후에 황후가 「亦有すや(다신은 계십니까?)」라고 질문했을 때 나타났습니다. 항구의 신, 항해의 수호신으로써 지금도 大阪(오사카)의 住吉大社(스미요시타이샤)에 모셔져 있습니다. 또 八幡神(하치만신) （応神《おうじん》(오진)천황） 은 궁술의 신입니다만, 이후 신불 절충 사상[*24] 으로 八幡(하치만)대보살이 되어 무사들의 숭배를 받고 있었습니다. 잘 알려져 있듯이 『平家物語《へいけものがたり》(헤이케모노가타리)』[*25] 에서 那須与一《なすのよいち》(나스노요이치: 인명)가 부채 과녁을 쏠 때, 마음 속으로 빈 것도「南無八幡大菩薩《なむはちまんだいぼさつ》(나무하치만다이보사쓰)」였습니다.

소위 말하는 신으로써의 자격이라는 것은 그 이름에 나타납니다만, 天疎向津媛命(아마사카루무카쓰히메노미코토)는 이해하기 쉬운 이름입니다. ‘天疎(amasakaru)’는 『万葉集(만요슈)』에는 「夷（ヒナ:히나）」에 연결되는 枕詞《まくらことば》(마쿠라코토바)[*26]로서‘멀리 떨어져 있다’는 의미입니다. 「向津《むかつ》(무카쓰)」는 건너편 항구. 따라서 멀리 떨어진 건너편 항구의 여신이라는 이름인 것을 알 수 있습니다. 건너편이라는 것은 당연히 奈良(나라)에서 보았을 때 건너편.

아 있습니다.

그러나 더욱 중요한 사실은, 그 후미에 있었다고 보이는 西宮(니시노미야)시 大社(다이샤)라는 마을에 자리잡고 있는 広田《ひろた》(히로타) 신사의 존재입니다. 이 신사의 이름은『日本書紀(니혼쇼키)』에도 나옵니다만, 거기에는 天疎向津媛命《あまさかるむかつひめのみこと》(아마사카루무카쓰히메노미코토)이외에도 住吉三神《すみよしさんしん》(스미요시산신)인 底筒男命《そこつつのおのみこと》(소코쓰쓰노오노미코토)・中筒男命《なかつつのおのみこと》(나카쓰쓰노오노미코토)・表筒男命《うわつつのおのみこと》(우하쓰쓰노오노미코토)와 八幡神《はちまんしん》(하치만신)이 모셔져 있습니다.

『日本書紀(니혼쇼키)』에는 天疎向津媛命(아마사카루무카쓰히메노미코토)은 天照大神(아마테라스오미카미)의 분신 (荒魂《あらみたま》(아라미타마)) 라고 되어 있습니다만, 그것은 神功《じんぐう》(진구)황후의 섭정전기에 다음과 같이 보입니다.

남편인 仲哀《ちゅうあい》(츄아이)천황은 신라 정벌을 촉구하는 신의 가르침에 따르지 않고 죽습니다만, 거기에 神功(진구)황후는

吉日を選びて、斎宮に入りて、親ら神主と為りたまふ。則ち武内宿禰に命して琴撫かしむ。中臣烏賊津使主を喚して、審神者にす。因りて千絵高絵を以て、琴頭尾に置きて、請して曰はく、「先の日に天皇に教へたまひしは誰の神ぞ。願はくは其の名をば知らむ」とまうす。

황후께서는 길일을 택해 斎宮《さいくう》(사이쿠)[*23]로 듭시어 신관이 되시었다. 武内宿禰《たけうちのすくね》(더케우치노스쿠네 : 인명)에게 명하시어 거문고를 연주케 하시고는 中臣烏賊津使主《なかとみのいかつのおみ》(나카토미노이카쓰노오미 : 인명)를 부르시어 審神者《さにわ》(사니와 : 신탁을 듣고 의미를 해석하는 사람)로 삼으셨다. 신전에 바치는 공물을 모으시어 거문고의 머리부분과 꼬리부분에 두시고 청하시길 "이전에 저희 천황께 가르침을 주신 신은 어디의 신이신지요. 부디 그 존함을 알려주십시오."하고 사뢰었다.

라고 계속해서 기원합니다. 그러자

七日七夜に逮りて、乃ち答へて曰はく、「神風の伊勢国の百伝ふ度逢

에 애태우다 죽어버리겠지요

라는 1수 입니다. 「武庫の浦の　入り江の渚鳥(武《む》庫《こ》의 강 후미에 둥지 튼 물새들)」는 이른바 序詞《じょことば》(죠코토바)[*22] 로서 「羽ぐくもる(날개로 품듯이)」라는 말을 이끌어 냅니다. 본래의 뜻은 「君を離れて　恋に死ぬべし」, 즉, '당신과 헤어진다면 나는 반드시 사랑에 애태우다 죽어버리겠지요'라는 의미입니다. 그 序詞(죠코토바)와 원래의 뜻을 연결시켜주는 것이 「羽ぐくもる」라는 제 3구입니다. 새끼를 키우는 「渚鳥《すどり》(스도리: 습지, 하구에 사는 새들. 도요새, 물떼새 등)」와 나를 키워 준 「君《きみ》(키미:당신)」의 이미지를 겹치게 함으로써, 1수가 완성되는 것입니다.

「君(키미)」라는 말은 2인칭 대명사로 통상 여성이 남성을 가리킬 때 쓰는 표현입니다. 이 노래는 여성의 노래, 아내의 입장에서 지어진 노래로, 難波津(나니와쓰)를 출항하기 전 難波宮(나니와노미야)에서 개최되어진 이별의 연회석에서 불려진 것이겠지요. 그러나 왜 難波宮(나니와노미야)로부터는 좀 먼 「武庫の浦の　入り江の渚鳥」가 노래되지 않으면 안되었던가. 그것이 문제입니다.

「武庫の浦の入り江」는 兵庫《ひょうご》(효고)현 西宮《にしのみや》(니시노미야)시의 중심부에 있었던 入《い》り江《え》(이리에: 후미)라 생각되어집니다. 현재는 매립이 진행되고 있어서 후미는 남아있지 않습니다. 그러나 그다지 알려져 있지는 않습니다만, 일찍이 거기에 후미가 있었다는 사실은 灘《なだ》(나다: 지명)의 주조 메이커들 사이에서는 알려진 사실입니다.

술을 만드는 데 적합한 宮水《みやみず》(미야미즈)가 솟는 우물들이 집중적으로 모여있는 지역입니다. 宮水(미야미즈)라는 것은 지하의 조개껍질 층을 통과해 솟아 나오는 이 일대에서만 나는 물입니다. 칼슘과 인 등의 미네랄 성분을 다량으로 함유하고 있기에 알코올 발효에는 최적이라 합니다. 즉, 일찍이 거기가 入り江(이리에: 후미)였기 때문에 지하에 조개껍질층의 퇴적이 있는 것입니다. 또 그 입구로 보여지는 근처에는 「津門《つと》(쓰토 : 항구의 입구)」라는 지명도 남

은색이라는 것이 중요합니다. アカ(aka : 붉은 색)는 アカルイ(akarui : 밝다)고 하는 말과 같은 뿌리라는 데 대해 クロ(kuro : 검은 색)는 クライ(kurai : 어둡다)는 말과 같은 뿌리라는 것이 통설입니다. 즉, 태양이 떠오르는 방향인 동쪽에 대해 태양이 지는 방향인 서쪽. 天照大神(아마테라스오미카미: 태양신)와 月読命(쓰쿠요미노미코토: 달의 신)처럼 밝은 낮과 어두운 밤이라는 한 쌍의 관계이며, 그것은 동쪽의 우위성을 의미하고 있다고 생각되어지기 때문입니다. 즉, 오행설이라는 외래의 사상에 의한 것이 아니라 일본 고유의 세계관에 근거한 것입니다.

따라서 일본의 고대를 생각할 때는 북쪽이 위쪽인 지도를 그대로 이용하는 것은 적절하지 않습니다. 오히려 동쪽을 위로 해서 보는 편이 奈良(나라)분지를 거점으로 한 왕권의 세계인식법을 이해하는 데 도움이 될 것입니다.

5

『日本書紀(니혼쇼키)』에는 신라가 일관되게 「西蕃《せいばん》(세이반: 서쪽에 있는 번)」혹은「西《にし》(니시)」라고 표기되고 있습니다. 복속시켜야만 할 나라로 정해놓고 있었던 것입니다. 일본 나름의 중화 사상이라 해도 좋겠지요. 물론 『万葉集(만요슈)』에도 그러한 의식이 반영되어 있다고 생각됩니다.

巻15에는 天平8年（덴표 8년: 736년）에 파견된 遣新羅使(겐시라기시)들의 노래 145수가 실려있습니다만, 그 첫머리에 다음과 같은 노래가 있습니다.

武庫《むこ》の浦《うら》の　入《い》り江《え》の渚鳥《すどり》　羽《は》ぐくもる　君《きみ》を離れて　恋《こい》に死《し》ぬべし

（巻15・3578）

武庫《むこ》의 강 후미에 둥지 튼 물새들, 그 어미 새가 새끼 새를 날개로 품듯이 소중히 여겨 주시던 당신, 당신과 헤어진다면 나는 반드시 사랑

모셔라. 또 검은 방패를 8장, 검은 창 8개로 大坂神《おおさかがみ》(오사카가미 : 신의 이름)을 모셔라"

4월 16일, 꿈에서 가르침 받으신대로 墨坂神《すみさかがみ》(스미사카가미), 大坂神《おおさかがみ》(오사카가미)를 모셨다.

이것은 崇神《すじん》(스진)천황 시대라는 아주 오래된 시대의 일이라 전해지고 있습니다만, 養老《ようろう》(요로: 연호)4년 (720) 에 성립된 『日本書紀(니혼쇼키)』에 쓰여져 있는 이상, 8세기 왕권의 가치관과 모순되는 것은 아니라 생각해도 좋겠지요.

「墨坂神《すみさかがみ》(스미사카가미)」라는 것은 奈良(나라) 분지의 동쪽 출입구 중 하나인 榛原《はいばら》(하이바라: 지명)에 자리잡고 있는 墨坂《すみさか》(스미사카)신사. 그 곳은 이후 伊勢街道《いせかいどう》(이세카이도)라 불린 동서 교통로의 요충지입니다. 현재에도 伊勢(이세:지명)・志摩《しま》(시마:지명)・名古屋《なごや》(나고야:지명)로 가는 近鉄《きんてつ》(긴테쓰: 열차)특급이 통과하고 있습니다. 한편, 「大坂神(오사카가미)」는 大阪(오사카)부에 인접한 奈良(나라)현 香芝《かしば》(가시바:지명)시에 자리잡고 있는 大坂山口《やまぐち》(오사카 야마구치)신사입니다. 이쪽도 바로 근처를 近鉄(긴테쓰)특급이 달리고 있습니다만, 이것은 그 일대의 坂《さか》 (사카:경계) 의 신으로써 모셔지고 있습니다. 특히 수도가 분지의 남쪽인 明日香(아스카:지명)와 藤原《ふじわら》(후지와라:지명)에 두어진 7세기 이전에는 동서의 경계로써 강하게 인식되고 있었다고 생각되어집니다.

물론 분지의 북쪽의 국경에도 奈良豆比古《ならつひこ》(나라쓰히코)라는 신이 있습니다만, 남쪽 신과 한 쌍으로 모셔지고 있다는 기록은 없습니다. 行基《ぎょうき》(교기: 인명)가 그렸다고 전해지고 있는 『行基菩薩説大日本国図(교기 보살설대일본국도)』처럼 동쪽을 위로 하는 지도도 존재하고 있습니다. 역시 동서의 방향이야말로 옛 왕권에 있어서 중요한 우주의 축이었다 해도 좋겠지요.

아시는 바와 같이 「四禽(시킨)」의 색은 중국의 오행설에 근거하고 있습니다만, 이 경우는 동쪽이 붉은색이고 서쪽이 검

천황은 그 북쪽에 세워진 平城宮《へいじょうきゅう》(헤죠큐)에 살고 있었고, 우주의 중심인 북극성을 뒤로하고 남쪽을 보고 있는 형태입니다. 언뜻 보기에 동쪽이 중시되고 있었다는 사실과 모순되는 것 같습니다만, 그것은 당나라의 장안을 본뜬, 당시 국제 표준에 맞춰서 만들어진 수도입니다.

거기에 옛 천황들은「背に日神の威を負ひ 뒤로는 태양신의 힘을 지고」(『日本書紀(니혼쇼키)』神武天皇摂政前紀(진무천황 섭정 전기)) 즉,「大王」으로써 서쪽을 향해 군림하는 존재였다고도 생각되어집니다. 현재 일본에서 연호와 서력을 같이 사용하고 있듯이, 당시의 일본은 남북 우주의 축과 동서 우주의 축을 모순되지 않도록 같이 사용하고 있었던 것이지요.

『続日本紀《しょくにほんぎ》(쇼쿠니혼키: 역사서)』(和銅《わどう》(와도)원년 2월 조)에 의하면, 平城京(헤죠쿄)는「四禽《しきん》(시킨: 4마리의 신묘한 짐승)」이 딱 제 자리에 맞게 있는 이상적인 수도로 되어 있습니다. 북으로 현무, 동으로는 청룡, 남쪽이 주작, 서쪽에 백호가 그려진 벽화가 明日香《あすか》(아스카: 지명)의 高松塚《たかまつづか》(다카마쓰즈카), キトラ(기토라) 고분, 그리고 한국의 공주에 있는 무령왕릉(461～523년) 에도 그려져 있습니다. 즉, 남쪽이 붉은 색, 북쪽이 검은색입니다만,『日本書紀(니혼쇼키)』에는 이와는 정확히 90도 다르게 동쪽이 붉은 색이고 서쪽이 검은색이라는 예가 나옵니다.

> 九年の春三月の甲子の朔戊寅に、天皇の夢に神人有して、誨へて曰はく、「赤盾八枚・赤矛八竿を以て、墨坂神を祠れ。亦黒盾八枚・黒矛八竿を以て、大坂神を祠れ」とのたまふ。
> 四月の甲午の朔己酉に、夢の教の依に、墨坂神・大坂神を祭りたまふ。

9년 봄 3월 15일 , 천황의 꿈에 신께서 나타나 가르쳐 주시길 "붉은 색 방패를 8장 , 붉은 색 창 8개로 墨坂神《すみさかがみ》 (스미사카가미 : 신의 이름)를 이동하는데 걸리는 시간으로써 거리를 표시하고 있습니다. 즉, 이 경우는 거리를 구체적인 시간으로 바꿔서 이해하고 있는 것입니다.

4

그러면, 8세기 일본에서 신라는 어느 쪽 방위였을까요? 당연히 당시 수도였던 奈良(나라)가 중심입니다. 나라는 북위 35도로 약간 남쪽이며 위도는 부산과 거의 비슷합니다. 따라서 신라의 수도 경주도 거의 서쪽에 해당합니다. 平城京(헤조쿄)의 三条大路《さんじょうおおじ》(산죠오지: 대로, 길)를 일직선으로 서쪽으로 향하면, 奈良(나라)현과 大阪《おおさか》(오사카)부의 경계에 솟아있는 生駒山《いこまやま》(이코마야마: 산이름)를 넘어서 難波宮《なにわのみや》(나니와노미야)*16 에 다다릅니다. 그 중에서도 聖武《しょうむ》(쇼무)천황*17기의 難波宮(나니와노미야)는 陪都《ばいと》(바이토)*18 라고 불러야 할 정도로, 국제적 관문이었던 難波津(나니와쓰)와 깊은 관계가 있었습니다. 遣唐使《けんとうし》(겐토시)*19 와 遣新羅使《けんしらぎし》(겐시라기시)*20 는 難波津(나니와쓰)에서 출항했습니다만, 平城京(헤죠쿄)가 현재의 東京(도쿄)라면, 難波津(나니와쓰)는 成田《なりた》(나리타) 공항에 해당됩니다. 배는 瀬戸内海《せとないかい》(세토나이카이)해협 서쪽을 향해 가기 때문에 신체감각적인 방위로도 신라는 서쪽입니다만, 그 이상의 의미 국가의 이념으로써도 신라는 서쪽이어야 하는 이유가 있었던 것입니다.

그것은 伊勢《いせ》(이세)신궁과도 깊은 연관이 있는 문제입니다. 記紀《きき》(기키)*21 에서 천황은 태양신 天照大神(아마테라스오미카미)의 자손이라 되어있습니다만, 그 중에서도 天武《てんむ》(덴무: 672~686년) 천황기 이후, 伊勢(이세)신궁은 천황가의 선조가 되는 신인 天照(아마테라스)를 모시는 신사로써, 특별한 지위가 부여되어 있었습니다. 천황만이 제사를 지낼 수 있는, 말 그대로 왕권의 신이었던 것입니다. 태양이 뜨는 동쪽이 신성한 방향으로써 보다 중요시 되고 있었다고 여겨집니다.

그런데 平城京(헤죠쿄)는 남쪽이 정면으로 설계되어 있습니다.

다음은 왼쪽 밭에 서서 또 동서남북의 산들을 그리고 있는 것으로, 한 장의 지도 안에 두 개의 시점이 있습니다. 혹은 각각 4방향을 그리고 있으므로 8개의 시점이 있다고 하는 편이 좋을지도 모릅니다. 그러나, 모두 다 지상에서 수평방향으로 본 시선이라는 점에는 변함이 없습니다.

그러면 이 지도는 왜 북쪽이 위쪽인 것일까요? 이것은 越前《えちぜん》(에치젠)국[*13]의 장원 지도입니다만, 현재의 奈良(나라)현에서 福井《ふくい》(후쿠이)현[*14]을 보고 있기 때문이라 여겨집니다. 越前(에치젠)에 갈 경우, 平城京《へいじょうきょう》(헤죠쿄)[*15] 의 북쪽으로 펼쳐진 奈良(나라) 구릉을 넘어, 하나의 길이 북쪽을 향하고 있습니다만, 지도를 펼쳤을 때, 바로 앞이 奈良(나라)이고 건너편이 越前(에치젠) 이됩니다. 네비게이션의 진행방향이 항상 위를 향하고 있는 것과 같습니다. 즉, 지도를 보고 있는 인간이 북쪽을 향하고 있기 때문에 북쪽이 위로 되어 있는 것이라 여겨집니다. 그것은 현재, 지도를 보는 약속으로 정해진 동서남북이 아니라, 신체 감각을 전제로 한 동서남북인 것입니다.

또 우리들은 지도상으로 거리를 잴 때, 수직방향에서 두 개의 지점의 거리를 그 간격의 넓이로 파악하고 있습니다. 즉, 우주에서 보는 시선입니다. 하지만 고대인들은 그런 시선을 가지고 있지 않았습니다. 이 지도를 보고 있으면, 고대인들은 자신이 이동할 경우의 거리를 수평방향의 안 길이로써 파악하고 있었다는 사실을 미루어 짐작할 수 있습니다. 비교적 가까운 곳이라면 '저 산 너머'라든지 '그 강을 조금 거슬러 올라간 곳'이라고 하듯이 거리도 신체감각으로 파악하고 있었다고 여겨집니다.

이와 관련해 수도에서 각 지방의 국가관청까지 거리를 『延喜式《えんぎしき》(엔기시키)』라는 행정상 규정집에는 날짜로 나타내고 있습니다. 수도에 올라갈 때와 내려갈 때의 일수가 다릅니다. 그것은 공물을 운반해 가지고 가는 가, 가지고 가지 않는 가의 차이입니다. 추상적이며, 객관적인 수량으로써의 길이의 단위가 아니라, 보통 관리들이

3

우리들이 보는 지도는 보통 북쪽이 위쪽에 가 있습니다만, 그것은 틀림없는 사실일까요? 고등학교 때까지의 학습방식인 「○×」 방식대로 하자면 확실히 「○」 입니다. 그러나 『万葉集(만요슈)』의 경우에는 반드시 「○」는 아닙니다.

현대에 쓰이는 지도는 왜 북쪽이 위쪽인가 하면, 필시 그리니치를 경도의 기준으로 둔 것과 관계가 있겠지요. 메르카토르 도법으로 알려진 메르카토르(1512~ 1594년)도 벨기에 사람입니다만, 북반구를 중심으로 생각했을 때, 자신의 나라를 아래쪽에 그릴 리가 없습니다. 일본의 세계지도도 일본이 중심으로 되어 있듯이 인간은 항상 자신이 세계의 중심입니다.

그림 1(5)은 正倉院《しょうそういん》(쇼소인)[*10] 에 소장되어 있는 東大寺《とうだいじ》(도다이지)[*11] 荘園《しょうえん》(쇼엔)[*12] 지도의 일부입니다. 天平神護《てんぴょうじんご》 (덴표진고 : 일본의 연호. 765～767년) 시대의 것입니다만, 오른쪽에 '동' 아래쪽에 '남'이라고 쓰여있는 것을 보아 이것도 북쪽이 위쪽이란 사실을 알 수 있습니다. 그러나 8세기 지도도 북쪽을 위쪽으로 해서 그리는 것이 상식이었는가 하면 필시 그렇지는 않을 것입니다.

바둑판 같은 밭의 주위에 산이 그려져 있습니다만, 그 부분을 주목해 주십시오. 오리들이 사용하고 있는 지도는, 등고선으로 높이를 표시합니다만, 밭에 서 있는 사람의 시선으로 산의 모습이 그려져 있습니다. 그 지도를 책상 위에 펼쳐서 보면, 건너편 산은 확실히 산의 형태로 보입니다. 산 위에는 나무들도 우거져 있습니다. 등고선이 하늘에서 보는 시선, 즉, 신이 보는 시선으로 그려진 것에 비해, 그것은 어디까지나 지상에서 생활하고 있는 인간의 시선으로 그려져 있는 것입니다.

재미있는 것은, 오른쪽 밭의 서쪽 산 정상과 왼쪽 밭의 동쪽에 있는 산의 정상이 붙어있는 듯 그려져 있는 부분입니다. 즉, 이 지도를 그린 사람은 먼저 오른쪽 밭에 서서 동서남북의 산들을 그리고,

라 하는 한자어(중국어)적 의미의 틀이 아니라, アメ(ame)라는 음(일본어)으로 생각해야합니다. 즉, 그것은 신들의 세계에 속한 것, 게다가 이상한 힘을 가진 것들을 총체적으로 나타내는 말이었다고 생각됩니다.

우리들은 기상 위성으로부터 보내진 사진으로 구름의 움직임을 알 수 있습니다. 그것은 우리들이 신의 눈을 획득한 것을 의미합니다. 물론 일본의 신은 창조주가 아니라 많은 개성을 지닌 팔백만 신들입니다만, 태양과 바람과 바다와 같이 꼭 인간에게 순화되는 일 없이, 우리들이 사는 세계에 같이 공존하고 있는 것입니다. '이웃집 토토로' 같은 존재라 해도 좋겠지요.

우리들 인간도 여러 가지 개성을 지니고 있습니다만, 현대 사회에서는 그 한 사람, 한 사람이 무척 존중되어, 때로는 신처럼 받들어지고 있습니다. 휴대폰도 거의 신의 영역입니다. 『日本書紀《にほんしょき》(니혼쇼키)』[*6]에는「天《あめ》の磐船《いわふね》(아매노이와후네)」라는 거대한 바위로 만들어진 하늘을 나는 배를 타고 온 신의 이야기가 실려 있습니다. 여기에서도 アメ(ame)는, 괴이함을 구현하는 것이 되어있습니다만, 그렇게 치자면 비행기는 그야말로 신이 타는 것입니다. 이렇게 신의 영역에 가까이 가버린 현대의 우리들이, 고대인들의 심정을 이해한다는 건 무척 어려운 일일 것입니다.

8세기 율령에는 太政官《だじょうかん》(다죠칸)[*7] 위에 神祇官《じんぎかん》(진기칸)[*8] 가 있었습니다. 정치는 말 그대로 マツリゴト(matsurigoto : 제사 + 정치)였습니다만, 『万葉集《まんようしゅう》(만요슈)』[*9]는 자연에 대해 그러한 시선을 가진 사람들의 가집인 것입니다. 그것은 자연 안에 신들의 존재를 실감할 수 있는 사람들의 노래라 해도 좋겠지요. 따라서 사전을 찾아 1수를 현대어로 번역했다 해서 그 노래가 가지는 의미를 이해할 수 있다 여기는 것은 환상에 지나지 않습니다. 1수가 가지는 참 의미를 이해하기 위해서는 실은 여러 가지 절차가 필요한 것입니다. 그 중에서도 그들과 같은 시선으로 세계를 보는 것이 필요하게 됩니다.

기 어느 날엔가 천둥이 치고 세찬 소나기가 내리자, 어제까지 새끼손가락 굵기만하던 오이가, 단 하룻밤 새 놀랄 만큼 영글어 있는 것입니다. 정말로 놀랐습니다. 며칠 계속해서 소나기가 내리긴 했었습니다만 일 때문에 하루 밭에 가지 못했을 때, 어제까지 새끼손가락만한 크기였던 것이 오이라고 여겨지지 않을 만큼 거대해져 있어 놀란 적도 있었습니다.

때마침 그런 경험을 동료인 화학선생에게 이야기하자, 그것은 산소의 힘이라고 가르쳐 주었습니다. 지상의 물에는 산소가 적지만 하늘에서 내리는 비에는 다량의 산소가 포함되어 있다고는 것입니다. 듣고 보니 어항에 계속해서 산소를 공급해야 할 필요가 있듯이, 같은 물이라 해도 산소가 들어있는 양은 결코 일정하지 않은 것입니다.

이처럼 '비'와 '물'과는 작물을 기르는 힘에 큰 차이가 있다는 사실을 자연과학적으로도 설명할 수 있습니다만, 실은 'あめ(ame)'라 발음하는 일본어는 '雨(ame : 비)'만을 의미하는 것은 아닙니다. '天' 도 'あめ(ame)'라 부르고 있습니다만, 저는 산소의 힘 이야기에서 왜 '天' 와'雨'가 같은 음으로 발음되는지 알 것 같았습니다.

'天'은 天照大神《あまてらすおおみかみ》(아마테라스오미카미)[*4] 가 지배하는 '高天原《たかまのはら》(다카마노하라)'[*5] 가 그 전형으로 천상에 존재하는 신들의 세계를 의미하는 말입니다. 신들의 세계는 인간 세계와는 달리, 많은 신기한 일들이 가능합니다만, '雨(ame : 비)'가 지상의 인간세계에 있는 '물'과는 달리 작물의 생육에 아주 큰 힘을 가지는 것도, 그것이 신들의 세계로부터 받은 것이기 때문임에 틀림없습니다. 우리들의 선조는 그러한 '雨(ame : 비)'의 힘을 경험적으로 알고 있었던 것입니다. 그 때문에 그것을 'あめ(ame)'라 부른 것이겠지요. 즉, 고대인들은 '雨(ame : 비)'라고 하는 자연현상의 배후에 신들의 세계가 존재함을 느끼고 있었던 것이라 생각됩니다.

따라서 アメ(ame)라는 말의 의미를 생각할 경우에는, '雨'와 '天'

했다' 는 느낌만을 가지고 그것을 단순히 자신의 상식에 맞추어, 자신의 가치 체계 안에서만 이해하고는 안심하고 있는데 지나지 않다고 여겨집니다. 실은 그 대상에 대해 정말 아무것도 알지 못하고 있는 것입니다. 학문의 세계에서 모든 출발점은 무엇을 모르고 있는가 명확히 자각하는 일임에도 불구하고 학생들은 바로 답을 요구하고는 이해했다고 여기려 합니다.

고전문학은 어학적으로 아직 완전히 이해할 수 없는 내용이 많은 만큼 나을지도 모릅니다만, 근/현대 문학에 관해서는 박사들이 되어 있습니다. 내용이 일단 이해가 되므로 그것을 '다 알았다'고 느껴버리는 것입니다. 그러나 부모 자식간, 단 1세대 사이에서 조차 일본과 파키스탄에 필적하는 거리가 있는데 夏目漱石《なつめそうせき》(나쓰메소세키)*1 라든지 森鷗外《もりおうがい》(모리오가이)*2 의 심정을, 젊은이들이 그렇게 간단히 이해할 수 있을 리가 없습니다.

2

'실은 이해하고 있지 않은 상태'의 전형적인 예를 들자면, '비' 와 '물' 이라는 단어가 있습니다. 자연과학적으로는 같은 H_2O인데 우리들은 강에 흐르고 있는 것과 연못에 고여있는 것은 '물'이라 하고, 하늘에서 내리는 것은 '비'라고 부르면서 구별하고 있습니다. 또 뜨거운 것은 'ゆ(yu ; 탕)'이라는 다른 이름도 있습니다. 대체 왜 그럴까요?

저는 30대 즈음 奈良《なら》(나라)*3 에서 생활하며 농협에서 밭을 빌려 가정용 채소밭을 만든 적이 있습니다. 그 때의 경험으로 '비'와 '물' 이 어떻게 다른지 이해한 것 같았습니다.

오이를 재배할 때였습니다. 오이는 땅에 깊게 뿌리박지 못하고 건조에 약하다고 들어서, 밭에 가는 날에는 물뿌리개로 물을 듬뿍 주었었습니다. 그러나 그 해는 장마철이 되어도 좀처럼 비가 오지 않아 꽃이 펴도 생각처럼 열매는 여물지 않았습니다. 그런데 갑자

내면에 있는 다른 문화로의 시선

梶川信行 (가지카와　노부유키)

1

당연한 일입니다만 한국에서 생활하면서 문화의 차이를 느끼는 일이 자주 있습니다. 예를 들면 한국 버스는 아주 빠릅니다. 일본에서는 느릿하게 달리는 것이 버스, 운전이 거칠고 스피드를 내는 것은 트럭이라고 일반적으로 정해져 있습니다. 그러나 한국에서는 반대로 버스 가 트럭을 제치고 달려갑니다. 처음 그 장면을 봤을 때는 정말로 놀랐습니다. 일본과 한국은 상식이 다르다는 사실을 실감한 일들 중 하나입니다.

이런 문화의 차이는 바로 알 수 있습니다만, 내면에 있는 다른 문화의 차이는 알아차리기가 상당히 어렵습니다. 예를 들면 지금은 사회인인 제 아들 이야기입니다만, 대학생일 때는 상당히 늦은 시간까지 잠을 자지 않았습니다. 저는 기본적으로 일찍 자고 일찍 일어나는 사람이라 한 집에서 아들과는 4시간 정도의 시차가 있었습니다. 4시간이면 파키스탄의 수도 이슬라마바드와 같은 시차입니다. 서로 상당히 먼 곳에 살고 있구나 라고 느꼈습니다.

그리고 여성들도 우리 남성들의 입장에서 보면 다른 문화입니다. 여성분들은 어째서 그렇게들 기억력이 좋은지. 세세한 일까지 정말로 잘 기억하고 있습니다. 저는 남자는 본질적으로 망각의 동물인데 비해 여성은 기억하는 동물이라고 생각합니다. 그래서 행동양식과 가치관등에서 다른 문화를 가지고 있는 것은 아닐까요? 한국어로 '忘れる (wasureru) '를 'イッタ (itta: 잊다) ' 라고 합니다만 그 때문에 남녀 사이에는 예부터 '言った(itta : 말했다), 言わない(iwanai : 말하지 않는다)' 는 트러블이 생기는 것이라 여겨집니다.

저는 항상 학생들에게 '고전을 읽을 때는 그렇게 간단하게 다 이해했다고 생각하지 마라' 고 말하고 있습니다. 대부분의 경우 '이해

あとがき

二〇〇六年の四月から九月までの半年間、思いもよらない展開で、日本大学の海外派遣研究員として、韓国の釜山で生活をすることになった。学生時代以来、私の目はいつも奈良に向いていたので、私の人生の中に、外国人登録をして、外国で生活をする日々があるとは予想だにしていなかった。初めての外国生活は、言葉の問題をも含め、やはりそんなに生易しいものではなかったが、それでも十分に楽しむことができたのは、畏友崔光準氏をはじめとして、受け入れ先となって下さった新羅大学校の関係者の皆さんのお蔭である。鄭弘燮総長をはじめ、新羅大学校の皆さんには、ここで改めてお礼を申し上げる次第である。

実は、こういう本をまとめようと考えるようになったのは、釜山で生活していた時のことであった。慶州をはじめとして、韓国各地の山城などを訪ね歩きながら、「万葉集と新羅」という論文を書いたのだが、それを書く過程で、韓国での半年間の経験を、きちんとした形にまとめておくべきだと考えるようになったのである。帰国してから、できるだけ早く本にしようと思っていたのだが、待っていた仕事を片づけたりしているうちに、思いのほか時間が経ってしまった。

ところが、たまたま翰林書房の今井氏からある用事で電話をいただいた時に、「原稿はあるんだけど……」と、つい口を滑らせてしまったのだ。その時「じゃあ、すぐ本にしましょう」と、即座に出版をお勧めいただいた結果として、この本が世に出ることになったのである。これも思わぬ展開だったが、考えてみれば、これから本を作っても、韓国で過ごした日々から三年が過ぎてしまう。戸惑いつつも、確かにここらが潮時かも知れないと思い、翰林書房に未整理の原稿を託すことにした。体系性がなく、重複の多いただの論文集に過ぎないが、これもたいへんありがたい偶然であった。篤くお礼を申し上げたい。

そういう事情で、この本は偶然の成り行きで出来上がったものである。とは言え、釜山での日々は、まったく違った角度から日本を見る機会となり、『万葉集』を見直す上でも、とてもいい経験となった。このように不十分な書物でしかないが、私は今、貴重な時間を過ごした経験を形にできたことが、とてもありがたく、幸福なことだと感じている。


書名は、本書に収録した論文の統一テーマではないが、あえてこれを選んだ。釜山で書いたこの論文がきっかけとなったこともあるが、新羅大学校でお世話にならなければ、その貴重な時間は生まれなかったからである。感謝の気持ちを、こうした書名を掲げる形でも表したいと思う。

私の勤務先である日本大学と新羅大学校は、その後提携を結び、交換留学生をはじめ、さまざまな交流が始まっている。周知のように、『万葉集』の時代、日本と新羅は険悪な関係の時もあったが、今は「日本と新羅」が良好な関係を築いている。さまざまな偶然によってこの本が生まれたこともその一つだが、新羅の尼理願が、何かの縁によって佐保大納言家に寄住し、その結果として、坂上郎女の挽歌が生まれたように、私が新羅大学校に隣接するチョング・アパートで生活したことによってこの本が生まれたことも、やはり縁という必然なのだと思えてならない。

院生の頃、理願挽歌に関する論文を書いた時にすでに、私の新羅への旅は始まっていたのかも知れない。また、初めて研究職に就き、たまたま住んだ西宮市で最初に書いた論文も、遣新羅使に関するものであったが、それも広田神社との偶然の出会いがきっかけだった。その後も、遣新羅使歌のことはずっと頭の隅にあったが、本書の刊行によって、私の新羅への旅もようやく一段落がつき、着くべき港に到着したような気がする。

新羅大学校で講演した原稿を韓国語の形で収録できたことも、とても嬉しいことの一つである。翻訳は河晶淑氏にお願いした。私が信頼する韓国の友人の一人だが、河氏にも心からお礼を申し上げたい。また、露木悟義先生には貴重なお写真で紙面を飾ることをご快諾いただいた。校正は野口恵子氏の手を煩わせたが、その方々に対しても篤くお礼を申し上げたいと思う。

山裾に建っていたチョング・アパートの十二階の窓からは、洛東江を赤く染める美しい夕陽が見えた。飽かず眺め、写真に撮ったその夕陽とともに、本書の刊行に関わってお世話になった方々のことを、いい思い出として、ずっと心の中に刻んでおこうと思う。

著者

二〇〇九年一月

初出一覧

I　八世紀の東アジアにおけるグローバル化と日本

阿騎野と宇智野――『万葉集』のコスモロジー――　「万葉古代学研究所年報」5号・二〇〇七年三月

古代日本におけるグローバル化をめぐる問題――大伴坂上郎女と平城京――　「日本大学精神文化研究所紀要」37号・二〇〇七年三月

II　心の中の「新羅」

万葉集と新羅――遣新羅使人等はなぜ新羅をうたわなかったか――　「史聚」39、40合併号・二〇〇七年三月

武庫の浦の入江――遣新羅使歌群の冒頭歌をめぐって――　「上代文学」53号・一九八四年一一月

III　挽歌の諸相

遣新羅使歌の「挽歌」――天平期において「挽歌」とはいかなるものであったか――　「美夫君志」70、71号・二〇〇五年三月、一〇月

新羅の尼理願の死をめぐって――大伴坂上郎女の「悲嘆尼理願死去作歌」の論――

「語文」58輯・一九八三年六月（原題は「大伴坂上郎女の『悲嘆尼理願死去作歌』の論――『挽歌』の位相――」）

IV　東アジアの中の『万葉集』

東アジアの中の『万葉集』――旅人周辺の百済系の人々を中心に――　「国語と国文学」86巻4号・二〇〇九年四月

東アジアの中の『万葉集』――渡来系の人たちの動きから――　「日本大学精神文化研究所紀要」39号・二〇〇九年三月

付　渡来系人物事典　書き下ろし

V　万葉集と新羅――内なる異文化への眼差し――（韓国語・要旨）

「新羅・伽耶・日本　文化交流《万葉　鈴木靖将展》講演会資料」二〇〇六年八月

【著者略歴】
梶川信行（かじかわ・のぶゆき）
1953年　東京都生まれ
1981年　日本大学大学院文学研究科博士後期課程満期退学
現　在　日本大学文理学部教授　博士（文学）
東北大学（中国・瀋陽市）中日文化比較研究所客座教授・万葉古代学研究所客員研究員

著書

『万葉史の論　笠金村』（桜楓社・1987年）
『初期万葉をどう読むか』（翰林書房・1995年）
『万葉史の論　山部赤人』（翰林書房・1997年）上代文学会賞受賞
『創られた万葉の歌人　額田王』（塙書房・2000年）

編著

『万葉人の表現とその環境　異文化への眼差し』（冨山房・2001年）
『天平万葉論』（翰林書房・2003年）東茂美氏と共編
『初期万葉論』（笠間書院・2007年）
『マンヨウ　ハセヨ！　韓国語対照万葉集』（日本大学精神文化研究所共同研究報告書・2009年）崔光準氏と共編

万葉集《まんようしゅう》と新羅《しらぎ》

発行日	**2009年 5 月 20 日**　初版第一刷
著　者	**梶川信行**
発行人	**今井　肇**
発行所	**翰林書房**
	〒101-0051 東京都千代田区神田神保町 1-14
	電　話　(03)3294-0588
	FAX　(03)3294-0278
	http://www.kanrin.co.jp
	Eメール● Kanrin@nifty.com
印刷・製本	シ　ナ　ノ

落丁・乱丁本はお取替えいたします

ISBN978-4-87737-280-4